村里有片红房子

小格 著

上

时代文艺出版社
SHIDAI WENYI CHUBANSHE

图书在版编目（CIP）数据

树下有片红房子 / 小格著. -- 长春：时代文艺出
版社，2023.11（2025.3重印）
ISBN 978-7-5387-7056-8

Ⅰ.①树… Ⅱ.①小… Ⅲ.①长篇小说－中国－当代
Ⅳ.①I247.5

中国版本图书馆CIP数据核字(2022)第178979号

树下有片红房子
SHU XIA YOU PIAN HONG FANGZI

小格 著

出 品 人：吴　刚
产品总监：郝秋月
责任编辑：徐　薇
封面绘制：鹿寻光
装帧设计：布瑞兹艾克斯
排版制作：陈　阳

出版发行　时代文艺出版社
地　　址：长春市福祉大路5788号　龙腾国际大厦A座15层　（130118）
电　　话：0431-81629751（总编办）　　0431-81629758（营销部）
官方微博：weibo.com/tlapress
开　　本：880mm×1230mm　1/32
字　　数：420千字
印　　张：18.625
印　　刷：吉林省吉广国际广告股份有限公司
版　　次：2023年11月第1版
印　　次：2025年3月第2次印刷
定　　价：64.80元

图书如有印装错误　请与印厂联系调换　（电话：0431-85256838）

Content

目 录

上

下

Chapter 1

四水之花

如果用一句话形容陈欢尔现在的心情——

不，一句话形容不了。

偏偏，偏偏就在这时，一个声音从身后响起：

"拉倒吧，谁理他啊。"

"跳梁小丑，关他啥事。"

"说真的，我祝他出门被鸟屎砸，一坨都算便宜，最好砸头上落脸上——"

声音戛然而止，而陈欢尔的视线里出现了一个举着手机目瞪口呆的男生。

陈欢尔在心里翻了个七百二十度超高难度系数旋转白眼，而后慢吞吞蹲下去将怀中抱着的满是盘碗的纸箱放到地上，这才腾出一只手去蹭右脸。黏糊糊热腾腾乳白一团，还久久散发着使人心不旷神不怡的奇幻味道。

不能更倒霉了。

炎炎夏日手持易碎重物走在去新家的路上，人生地不熟，对，连鸟也不熟所以才开门见山地被赠了这样一份欢迎大礼。

呵，砸头上落脸上，缺德鸟你认错人拉错地方了。

"那个……"男生欲说话却迎头碰上一张铁青着的脸，准确地说，青里还留有一抹白。于是他小心地后退半步，扭头离开。

陈欢尔摸遍全身只摸到一副钥匙。老天有眼，您是琢磨等这坨晒干了让我用金属工具铲干净？

她气急败坏地踢一脚箱子，又怕盘子碗碎了回去被慈母教训，于是收了脚赶紧开箱检查。

男生在这时退回来，只离她半步，小心地问："你……你还好吧？"

欢尔气嘟嘟不回答。

"我真不是说你。"男生说着从包里先翻出一条毛巾，接着又掏出一瓶水，瓶盖拧到一半尴尴尬尬地止住动作——只见只有几滴水珠沾在瓶身，空得那叫一个实在。

"我……我再找找。"他低头继续翻找。

陈欢尔这才注意到他穿着一身球服，大大的随身包斜挎在肩上，模样像刚从运动场回来。至于年纪——应该和自己差不多。

"这个行。"对方兴冲冲地将手里东西举到她面前—— 一瓶止痛喷雾。

"我不疼。"欢尔没好气地答了一句，直起身拢拢头发。真见鬼了，哪里来的变异物种肠胃这么顺畅。

"我知道，那点儿分量砸一下能有多疼。"男生摇两下喷雾，"好歹是液体，这东西喷脸上没事，擦擦就掉了。"

"不用。"陈欢尔不想理会他，弯腰欲搬箱子。

他直接拉住欢尔，表情像在憋笑："而且这个遮味儿。"

遮……遮味儿？什么玩意儿啊都。

"你闭眼。"男生直接将喷头对准她，欢尔下意识闭起眼睛。

右脸颊一阵凉意。

接着是摩擦触感，料子还算舒适，动作——异常生猛。

欢尔睁眼的同时拿过他手里的毛巾，擦完脸又蹭了两下头发。

"差不多了。"对方直接将毛巾收回去，看看她又瞄瞄她脚下的箱子，"新来的？"

"嗯。"陈欢尔瞄着被揣进他背包里的毛巾，"我来洗……"

"我也住这院里，以后保不齐能见到。"男生朝箱子挑挑眉，"沉不沉？"

"还行。"她以为他要帮忙，忙不迭补一句，"我能……"

"那你自己拿吧。"

果然是想多了。

背后诅咒人的家伙能有多好心。

"走了。"他倒退着摆摆手，大步跑开。

回家直奔卫生间，脸干干净净，只有发丝还残留着几缕白浆。欢尔洗了澡，这才给母亲发消息："搞定。"

没有刻意等回复——钱医生要是有空，也不会家搬一半人溜了个没影儿。

她环顾四周，东西不算多，十几个打包箱外加三个大号行李箱，母亲早就给过搬家原则——"拣必要的带"。她关了窗，空调电视齐齐打开，悠然自得开启了整理模式。

她的新家在市三院医生家属院，小区大半的户主都是大夫。建成已久的老小区，每栋楼都同卵胞胎似的相像，六层，无电梯，外墙呈现出历经风雨沧桑的砖红色。连卡车都进不来的地方，可也只能住在这儿——母亲由县医院调职过来，经同事牵线接下这处顶层二手房，省了一大笔中介费，走两步就到工作地，一个电话呼叫还能赶上后半程手术。前任房主去首都大医院任职举家搬迁，家具家电通通留下，基本相当于拎包入住。而深层次的原因——上午刚进来母亲就信誓旦旦地告诉她："这房子风水好，人家儿子考的是北大医学院。"

陈欢尔揶揄道："你们学医的不应该讲点儿科学？"

小陈同学不止一次怀疑母亲持假证上岗。

总而言之，陈欢尔的第一个人生拐点就这样出现在十四岁。

十四岁以前她生活在四水县，天河市下属一个极其没有存在感的小县城。这里没有历史故事、没有名人产出、没有厉害的工农业指数，甚至连拿得出手的土特产都没有。陈欢尔有次随父亲去市里参加婚礼，被问及家乡，她那没正形的爸爸和众人做你比划我猜："第一个字是数字，第二个字是流动的液体。"在座与父亲同龄的叔叔阿姨皆笑而不答，他们的子女—— 一群城市小孩子们讨论半晌给出答案："叔叔我们知道了，五湖四海。"

"是四水。"陈欢尔一脸傲娇地给出正确答案。

那时面对城里小孩儿大彻大悟的表情她只觉他们无知，却不曾意识到只因四水是个小地方。

陈欢尔在这里出生长大，从县里最好的小学考上最好的初中。第一批加入共青团，成绩从未掉出年级前二十，班干部从小当到大。不出意外她会以优异成绩考上县一中，至于以后，她暂时没想过。

在幸福环境下成长的小孩儿总没什么忧患意识。

当然，就算是杞人忧天也想不到某天走在路上竟然能被不明飞行物"洗礼"。

"哎呀。"想到此处欢尔烦躁地揉揉头发，这都什么事。

电视上正在播放一则运动品牌广告，田径运动员站在起跑线上做着准备，特写给过去，运动员面色凝重目光坚定，发令枪响，屏幕暗下去推出品牌标识。本来陈欢尔对这些是不在意的，只是她突然反应过来，刚刚那名男生穿的就是这个牌子的鞋。

几百或者上千，她没有具体概念，只知道很贵。

所以，关于2007年的夏天，陈欢尔只有两项记忆：穿品牌运动鞋的学生随处可见，以及因为转学她名正言顺没有写暑假作业。

开学第一天由陈妈送她去学校。母亲忙，在教务处处理完学籍问题便被一个电话叫走，那叫一个心狠手辣干脆利落。凄凄惨惨地目送母亲离开，小陈同学不知怎么有些想哭。就像朱自清看到蹒跚走到铁道边那个背影，又像刚去幼儿园的孩童故作坚强忍着不喊家长。新环境让一向自信的她忽然胆怯。她第一次知道这里对初三的标准叫法是九年级，每年级十四个班中有四个快班十个普通班，教学进度不一；操场塑胶跑道中央可以是画有白线的绿油油的草坪；每周一英语早自习会出现金发碧眼的外教。来自小城的陈欢尔还未上战场便双腿发软溃不成军。

把杂七杂八的事项处理完，课间操结束后她被班主任正式带到教室，没有做自我介绍，老师说了她的名字，同学们鼓掌欢迎，她按指示在大家新奇打量的目光中坐到倒数第三排。班主任不知有意无意解释了一句："座位是按身高排的，看不清黑板再和老师说。"

陈欢尔点点头。换作从前她大概会皮一句："您要不把字儿写大点儿。"敢说是因为笃定，不敢是因为自卑——报到时教务处要了上学期期末考试试卷，之后她才成为快三班倒数第三排的学生。有果必有因，陈欢尔心里压了一座小山。

老师走后，旁边的女生歪过头悄声问："你从哪里转来的？"

"四水。"陈欢尔说完见她皱眉不解，赶紧又补一句，"四水县。"

对于那个柔软的故乡，她第一次显得底气不足。

女孩子"哦哦"两声，朝她笑笑："欢迎你。"

周围同学小声议论："在哪儿啊？外县吗？"

陈欢尔假装没听到，拿出课本小心翼翼地翻书页。

这时身后传来一句不大不小的男声："西边，面积最小的县。"

我们最……最小吗？欢尔在心里打上一个问号。

上课铃响，她来不及去找声音的主人确认。

事实上，整整一上午陈欢尔都没有回头。老师讲得很好，但是快，太快了。他们不会将每一道题的解题思路都写在黑板上，取而代之的是口述。所有人异口同声给出答案时，她却刚刚参透题面。两节课的时间让她看到差距，中学两年，甚至过去十四年累积下来的她与城里孩子的差距。

那种感觉可形容为，当头一击。

她拼命记笔记，试图将听到的每一句话、每一个知识点都记下来，字迹歪歪斜斜，手麻到没有知觉，可她还是跟不上。

不会就先记下来，连从小到大积攒的学习方法都遭遇了瓶颈。

陈欢尔受到重创，从身体到心理。

午休时间收到母亲短信："我听同事说才知道这学校没食堂，你先买点儿吃吧。"

瞧，小城来的妈都比城里妈慢一拍。

"知道了。"怕母亲担心，她还是迅速回复过去。

教室里喧嚣和饭香一起升腾，大家三三两两坐到一起扎堆开餐。欢尔抱着手机，没有一刻如此时这般希望母亲再多回一句。那样她就有正经且真实的理由不去想吃饭的事儿——我忙着聊天呢，话题有趣到根本不觉得饿。

然而等上半晌，手机毫无动静。

她忍不住又敲一行字:"妈,晚上吃啥?"

就像强行搭讪但又不得要领的男同志,就差再打一句,"别累着,没事多喝热水"。

然而陈妈这"中年妹子"果然稳如泰山,消息过去石沉大海,十级海啸都撩不动的架势。

高手。陈欢尔盯着手机,都不知这句应该送母上还是送显然技高一筹的老父。

正发呆时前排女生回过身,笑吟吟一张脸伴着轻声细语:"一起吃吗?"

"我……没带饭。"欢尔莫名窘迫,觉得自己是不懂规矩的异类。

女生不假思索迅速将自己的饭盒扣起来,同时起身说道:"一起出去买呗。"

"你不够吃?"陈欢尔想都没想反问。

对方一愣,继而哈哈大笑:"不够分着吃。走吧。"

欢尔这才领悟到对方的好意,上一秒费心惦记的"中年妹子"立刻被她抛诸脑后,把手机往桌斗里一扔跟着站起。"走!"

"你叫陈欢尔是吧?"对方问。

"嗯,你呢?"

两人说着话走出班级门口,女生还未回答,楼道里有男生喊:"祁琪祁琪,给我带个肉夹馍。"

声音非常耳熟。

"自己去。"祁琪头也不回拉过欢尔胳膊,"懒蛋。"

一个抱着足球的瘦高男生大步一跨挡到两人面前，嘴里嘟囔："动不动搞人身攻击那套。买完操场给我啊。"

人，更眼熟。

他说完大步跑开，没有看欢尔一眼，又或许看了，因为实在没印象目光便未及停留。

"景栖迟，咱们班体委。"祁琪介绍。

也不是什么愉快的相遇，再说他凭什么认定四水最小，保不准哪天把天河都收了，你户口本上都得改出生地。

祁琪又道："他是足球特长生，随便考考就能进天中。"

这下欢尔惊了："天中？"

天中就是天河一中。天河一中的名号如雷贯耳，省重点中学，教育板块新闻常客，自产试卷卖到脱销。四水全县第一勉强才能考进，那是小城姑娘陈欢尔想都不敢想的地方。

"看不上？"祁琪"啧啧"两声，"女侠深藏不露啊。"

陈欢尔十分正经地摆摆手："不能露，裸着更考不上。"

祁琪笑得见牙不见眼，马尾随身体晃来晃去。末了评价道："上午看你都不出声，我还以为你挺内向的。"

"怎么会。"欢尔小声答一句。祁琪的友好让她倍觉亲近，一时又恢复以往的性格，"我还参加过我们那边的选秀比赛。"

"真的假的？"祁琪双手捂嘴，"快说快说，什么比赛？"

"四水之花。"

"四水……"祁琪这下眼泪都笑飞了，半晌上气不接下气地回一句，"真，大型赛事啊。"

欢尔丝毫不觉被冒犯。她太需要一个这样的朋友了，自己所有的烂梗都能被接住，说着说着就能笑成一团的朋友。

"四水之花"荣誉是真实存在的。

县电视台为响应"素质教育"的号召，面向所有小学生发出比赛征集令，彼时读五年级的陈欢尔一路过关斩将，知识问答、才艺展示、临场应变各个环节都超常发挥，最终以黑马之势夺得冠军。人生第一次被鲜花与掌声包围，发表获奖感言时她激动得眼泪横飞，一兴奋竟忘了比赛的名字。黑黢黢的摄像机齐齐对向她，话筒就在跟前，她紧张之余忙低头去看奖状，泪眼模糊啊，一不留神将手写上去的"星"字看成"花"，堂堂正正的"四水之星"陈欢尔就这样变成了歪门邪道的"四水之花"。

当然她更不会想到会借此交到转学以来的第一个朋友。

祁琪让她怀念在四水读书的日子。在那些日子里，第一名的笔记可以传阅全班；先进带后进不是我会才讲给你听，而是我会多少就告诉你多少；说起一个同学可以是他笔书很漂亮或她特别爱干净，而绝不只有那人月考第几名。陈欢尔经常迷茫，是只有这里如此还是四水的那些伙伴们现在也会如此？

曾经够不到的天中被放进心里，她理解人都会变。

变得没那么贪玩儿，变得有很多心事，变得让成绩也成为去衡量他人的一杆秤。

遗憾的是好友偏科严重想帮忙也有心无力——语文能考年级第一，作文出手就是范文，然而开学两个月后期中考，分数出来祁琪中游偏下，陈欢尔全班倒数第二。

史无前例，甚至比上次月考还倒退了十余名。

这天两人结伴骑车回家，祁琪安慰她道："你就是基础薄弱，以后肯定能追上来。"

欢尔如霜打的茄子，慢吞吞地蹬着车道："但愿吧。"

祁琪继续鼓励："咱们是快班，放到年级总排名里还可以。"

欢尔不语叹气。

"还大半年呢，别泄气。"

比起泄气，是对自己恼火更多。陈欢尔心事重重，重重地"唉"了一声。

祁琪也不再说什么。她住另外街区，分开时拍拍伙伴肩膀，打气道："加油。"

情绪爆发是在进家门看到父亲的那一刻。陈爸当兵常年在外，屈指可数的年假还分了几天在她期中考试后，陈欢尔鼻子一酸哭出来："我都没考好你回来干吗？"

陈爸一边接女儿书包一边打趣："按这个标准你爹还能回来吗？"

她哭得更大声，站在家门口吭吭哧哧："问老天爷吧，我哪知道。"

陈妈端菜从厨房出来，说："别哭了，多大点儿事。赶紧过来吃饭。"

"我说完名次估计就没饭吃了。"欢尔原地不动，眼泪哗哗地往下淌。

"早说啊，早说让你妈少做点儿。"陈爸揉她脑袋，"女子汉大丈夫，绝地反击涅槃重生。"

"你别逗她了。"陈妈把女儿推向卫生间，"快洗手去。"

陈欢尔看着满桌饭菜和笑眯眯的父母，自责加倍，关起卫生间门，扭开水龙头哇哇大哭。

何其幸运遇到这样的爸妈，知她难以启齿，对名次分数只字不提，从小到大不曾因成绩责备她一句。

当然，她打从有考试就没考过这么差。

在四水，她明明是老师们交口称赞的好学生，是大家眼里头脑聪明人人羡慕的好班长，怎么到了这里每天努力学拼命记，却成了拉低平均分的吊车尾。数学卷子没答完，英语听力一头雾水，物理大题全不会做，连最好的化学有一半都靠蒙。欢尔从未如此刻这般绝望，她不知道还能怎么做。

顶着红肿的眼睛坐到饭桌前，她一声不吭地把饭往嘴里塞，味同嚼蜡。她不敢抬头，若对上父母关切的眼神她一定会再次哭出来。

陈家父母对视一眼，陈爸暗自摇头，拱拱陈妈胳膊，示意由她发言。

"那个，"陈妈轻咳一声，"人家市里小孩儿一年级就开始学英语，你在四水六年级才开始学，本身就起步晚，有点儿差距正常的。再说你又被分在快班，大家都是尖子生，别对自己要求那么高。"

母亲越是包容欢尔越内疚，她的头几乎扎进碗里，眼泪又险些落下来。

陈爸见势不妙赶紧附和："你妈观点正确。老话怎么说，宁做凤头不做鸡尾，对吧。"

欢尔闪着泪光纠正："宁做凤尾不做鸡头。"

"就是，鸡头咱不当。"陈爸满脸严肃，夹一筷子菜到她碗里，"四水之花怎能轻易低头。"

陈欢尔"扑哧"一声笑出来，不想眼泪也跟着挤出，她又哭又笑："我现在是残花败柳。"

"你这刚花骨朵。"陈妈发布命令，"赶紧吃，趁你爸回来了吃完跟我去串个门。林阿姨家小孩儿跟你一般大，过去顺便跟人家取取经。"

陈欢尔点头。她早听说过这位林阿姨，是母亲医学院的师姐，现在的直属领导，也是经由对方推荐母亲才得以调任至市三院，陈欢尔作为家庭成员当然有配合一家之主参与社交活动的义务。

"空手去？"陈爸问，"过去谢人还得拿二斤鸡蛋呢。"

"不用。"陈妈否定得干脆，"再说这大晚上你觉悟来了，我上哪儿找二斤鸡蛋去。"

陈爸环顾四周，此地还算新居，连沙发罩都未来得及买，确实也无可表达诚挚谢意的礼物。于是点点头，夹一口菜又道："明天你们该上班上班，该上学上学，我把家里拾掇拾掇。"

"我房间不用。"欢尔听到此处赶紧接话，"求您。"

欢尔人生习得的第一项可被称为技能的东西，不是写字，不是骑车，不是种花，而是——把被子叠成豆腐块。小时候唯父母马首是瞻，大人这么要求她就这么做，早晨起来一定规规整整呈上一套有棱有角的被褥。随着长大陈欢尔才明白，这算哪门子生活技能，这纯粹是一个军人练完新兵蛋子手痒在练自己闺女。

心智初开她便开始偷懒，到现在房间乱得自己都摸不着头。

陈爸听得这话当即了然，指指女儿对妻子说道："要不把这个打包送了吧。"

"这个啊，"陈妈撇嘴，"人家要收我今晚就地把字据立了。"

住家属院的好处就是串门环保，往前走三栋楼最里单元便是目的地。欢尔跟在父母身后，门敲了两下就很快打开，她听到熟悉的声音："叔叔阿姨好。"

四目相对两人皆是一愣，景栖迟最先笑出来："巧啊，陈欢尔。"

"哟，陈磊休假啦？"跟在他身后的中年女人探过头，"正说你们两口子呢，快进来。"

"林阿姨好。"欢尔见状规规矩矩地打了声招呼。

"欢尔也成大姑娘了。"景妈揽着陈妈坐到沙发上，"唉，我这印象里还是孩子刚出生那会儿呢，真是……"

"那还不快，一晃眼的事儿。"陈妈问，"老景还没回来？"

"说刚开完会，他们那口随时随地有事儿，就这样。"景妈热络地招呼，"陈磊喝茶，见你一面可不容易。"

"我们也那样。"陈爸笑，"任务一来恨不得坐火箭回去。"

"这次休几天？"

"后天就走了。就来看看她们娘俩儿。"

景妈道句"部队也是真忙",又问:"都没来得及回老家吧?"

"下次吧。"陈妈替答,随即笑了,"老的可不想他,整天就惦记小的。"

"爷爷奶奶可不得想孙女。"景妈话题一转,拱拱旁边专注看电视的儿子,"和欢尔你俩一个班?"

"嗯,她坐我斜前边。"景栖迟漫不经心回一句,眼睛仍在电视上。可在欢尔听来这句约等于她学习也不咋地,她在心里翻个白眼。

陈爸瞧瞧女儿,说:"一个班啊,那真挺巧。"

"学校按片区划的,院里一般大的孩子都在那儿。"景妈见怪不怪,"我这培训才回来,忘跟栖迟嘱咐了,欢尔刚来,回头让你栖迟哥哥带着你到处认识一下。"

"好。"欢尔碍于长辈在场,乖巧地点头,心里却不屑到极点。瞥一眼懒懒坐在沙发上的少年,恰巧对方回看,表情好不得意。

栖迟哥哥,啥玩意儿啊。

这时景妈一拍手,热心地介绍:"欢尔骑车吧?以后上下学你们结伴走,尤其晚自习下课,一起走安全。还有那谁,骨科老宋的儿子。丽娜你应该熟呀,你直系大师哥。"

"熟。我前天下班还碰见宋师哥了,他倒夜班,也没来得及多说。"陈妈诧异,"他家孩子跟欢尔他们一般大?"

"可不,老宋是晚婚晚育典范。"景妈嘿嘿笑起来,"他们家宋丛学习好啊，年级第一。"

陈爸一改在家中的轻松模样，此刻认真地接过话头："欢尔看见没，跟这两个哥哥多学习。"

景栖迟得意不过半秒便被母亲戳破："宋丛可以，我们家这就算了。"

陈爸笑："林姐你得鼓励式教育。"

这时开门声响起，一位身着消防制服的中年男子进来。景妈人不离座，打趣道："哟，开会的回来了。"

"景叔叔好。"欢尔立正站好打招呼。

"丽娜，这你家丫头？"景爸用手比量着身高，"上回见也就这么点儿吧，那时候四五岁？现在走大街上肯定认不出了。"

陈爸点头："可不是。你最后一回见应该还是她们同学聚会那次，我带欢尔来市里接她妈。那会儿还没上学呢，真是快啊。"

"我怎么没印象？"景妈一副思考的模样。

"你？你喝得走路都转圈，能记住什么。"景爸笑着瞧妻子一眼。

"啊！我想起来了。"景妈大彻大悟的神情，"不过那次因为什么来着？好像都特别高兴，都喝多了。"

"我也记不得因为什么。"陈妈摇头，"不过我印象中宋师哥是后半程才来的，说刚给人接完骨头，那会儿他还没到三院呢。"

"是啊，多好。"景妈笑得欣慰，"咱们、孩子们现在又都凑到一块儿了。"

景栖迟眼不离电视机，此时冷不丁插一句："我妈还能喝多？"

"对，人家陈磊刚才说了，"景妈指着儿子告诉丈夫，"得对你儿子进行鼓励式教育。"

"拉倒吧。"景爸摇头加摆手，嫌弃劲儿毫不隐藏，"再鼓励房子都能被他点了，我们还得组织救援。"

欢尔听着大人们说话心里乐开了花，这景家爸妈个顶个儿能拆台。

她的小表情悉数落进景栖迟的余光里。男生放下遥控器，挪到她旁边拱拱人："高兴哈？忘了被鸟屎砸那出？"

欢尔坐在沙发一旁的椅子上，被这句堵得七窍生烟却又不好即刻发作，于是气鼓鼓地顶一句："谁要你记得。"

谁料景栖迟紧挨着她一屁股坐下来："我在学校不说是给你留面子，那是哥照顾你。"

一张椅子挤两个人，欢尔只卡住一点儿边角。鸠占鹊巢，心里这么想，上半身紧贴住景栖迟暗中发力拱他，奈何对方像是已经料到这一出，死守阵地不放松，两人开启了一场无声较量。

"干干巴巴，还挺有劲儿啊。"景栖迟凑到她耳边示威。

欢尔本就处于劣势，身体一半都在悬空状态使不上力，况且对方又是整日泡球场体力一级棒的青春期男生。大军压境兵行险招，她一手把住椅子，另一只手偷偷伸过去挠他侧身痒痒肉，景栖迟"哎"一声，屁股挪走了一半。

他迅速握住她的手："你犯规。"

"管我。"欢尔见这招奏效，空出来的手又去抓他。

景栖迟见招拆招，一边躲闪一边以其人之道还治其人之身，两人嘻嘻哈哈闹成一团。

动静过大被景妈逮住，她抄起抱枕朝儿子这边扔过来："给我老实待着！"

景栖迟眼疾手快地接住，委委屈屈撒娇："不是我。"

欢尔趁机又胳肢他一下，男生"啧"一声按住她手腕，嘴里嘀咕："别闹。"

比赛还在继续。他顺势握住欢尔的肩膀将她转过身面向电视，抱枕放她腿上又安抚似的拍拍："认输，不许闹了啊。"

"这还差不多。"欢尔心满意足地晃晃脑袋。

景栖迟看着她，不由低头一乐。

若说起来——

晚饭时还在愁找个什么理由蹭电视，来得早不如来得巧，陈家到访于他简直是圆梦——心心念念的比赛从头看到尾，连中场广告都没漏下撸了一遍，哪有比这更美好的夜晚。至于即将一起上下学的陈欢尔——这个角度他可以清晰看到她的侧脸，某种意义上也算圆梦了。因为景栖迟对这位转学生的全部了解仅限于她是祁琪的朋友，且她们会一起回家。那么衍生出来的结果就是，他顺理成章会和祁琪同路。

那可是他没话找话都想跟人聊两句的祁琪。

欢尔妹妹可真是一颗闪闪发亮的幸运星。

早晨七点，家属院门口，陈欢尔终于见到了传说中的年级第一。

　　景栖迟懒洋洋地介绍："我们班陈欢尔，丽娜阿姨家的小孩儿。不知道回去问你爸。"

　　宋丛扬扬手："嗨。"

　　谦谦君子，温润如玉。书中的描写一下子有了具象。

　　三人一同出发去学校。宋丛在中间，配合着欢尔的车速与她说话："栖迟跟我说了，你们刚搬来那天……"

　　陈欢尔一下明白了，狠狠瞪了一眼始作俑者。

　　景栖迟满脸无辜："我就跟老宋提了一嘴。"

　　"那天上午我们在一块儿踢球，"宋丛不紧不慢地解释，"有个小子脚特别脏，后来踢完我先走了，谁料想赛后他去找栖迟的碴儿。我俩当时正打电话说这个事，他也是气不过。"

　　"真的，以后见他一次我铲一次，神经病。"提起这事景栖迟仍怒上心头，当天可真是差点儿就动手了。

　　还能说什么？邪了门儿的"缘分妙不可言"？

　　陈欢尔不吭声。

　　"你妈早晨给我爸发消息了。"宋丛迅速转换话题，"刚转学挺多地方不适应吧？"

　　"好多了。"欢尔文文静静地答一句。她就这臭毛病，不熟的人第一印象再好也憋不出几个字来。

　　宋丛温和接话："有我能帮忙的尽管说。"

　　未等欢尔开口，骑在另一侧的景栖迟一脸奸笑："你帮她考试吧。"

倒数第一嘲笑倒数第二，天上少有，地下难寻。

陈欢尔被噎得想揍人，可余光扫到宋丛，莫名而来的羞耻感顿时盖过了其他情绪。

旁边的男孩儿是年级第一。

不是四水县城那种名不见经传的小学校哦，是与现在的她穿一样校服、老师同学张嘴闭嘴就是省重点天中的大地界。

原来做有上进心的差生是这种感觉啊。成绩所带来的自卑、尴尬、低人一等，会不分场合不分时间地出现，就像指尖的软木刺，挑不出来塞不回去，疼不至哭痒不至扎，可稍微碰到就有感觉，说不清道不明地难受。

宋丛偏头朝这边看，见她脸通红也猜个十有八九。景栖迟说话不着调全院孩子都知道，可新来的难免招架不住。他犹豫间隙又听见挑事者发言："算了，你有那工夫还是帮我吧，我这情况更危急。"

得，不着调的人圆场也犹抱琵琶半遮面。

"帮忙非得把自己搭进去？"宋丛若无其事地说道，"我回头把试卷考点列一下，你们看用不用得上。"

"谢宋老师待见。"景栖迟放开车把双手作揖，趁机放慢车速蹭到两人中间，拿胳膊肘拱拱欢尔，"快道谢，晚了他收费。"

"谢谢。"欢尔朝宋丛点点头，心下一转，用眼神示意对方加快速度。

宋丛多聪明，得到信号快蹬几下，欢尔加速的同时报复性撞了下景栖迟的车把。

他正双手撒开车把炫技，突如其来的这下撞击导致方向偏离，险些摔个狗吃屎。慌忙握住调整的工夫，抬眼一看前边两人已蹬出几米远，景栖迟发觉上当，一边追一边痛骂："陈欢尔你胆儿挺肥啊！"

说话间便到了学校，三人并排停好车齐步往教学楼走。景栖迟朝身后瞟了一眼，脚步故意慢下来直至停下，这才装作不经意地说句："陈欢尔好像有人叫你。"

"嗯？"欢尔回头，看到刚锁完车的祁琪正兴奋地冲她挥手。"琪！"

祁琪快步跑过来，眼神如扫码器迅速掠过三张面孔，最后定格在好友脸上："你们……"

欢尔笑答："我们仨住一个院。"

宋丛大悟似的："啊，是你。你期中语文范文都传到我们班了。"

这下轮到欢尔诧异："你们不认识？"

"年级几百号人呢。"景栖迟逮着机会开始报刚刚撞把之仇，"以为你们四水那种小破地方。"

"我们四水也年级几百号人。"提到四水陈欢尔战斗力拉满，梗着脖子像只护短的母鸡。

景栖迟一把勾住她脖子，像逗小狗那样挠挠她下巴："你都认识？"

"那倒不……"

"那他俩就非得认识？"

"不……"欢尔被呛得无力反击，她只是直觉上认为年级第一和年级语文第一必须要有点儿交集。

宋丛拍拍景栖迟胳膊示意他放手："这不就认识了。"他朝祁琪笑笑，"上学期宣传栏上有你照片，我见过。"

祁琪回以微笑，见欢尔不服气的样子直接搂过她肩膀："得了，我们四水之花怎么还生气了。"

景栖迟听罢乐得更欢："四水之花？不是，你俩真一个敢说一个敢听。"

"愿意。"祁琪回嘴，揽着欢尔大步上楼。

景栖迟刚要跟上，被宋丛拽住书包带："你老逗她干吗？都一个院住着你俩又一班，没事闲的。"

"想给人出头你得先来我们班。"男生回答得毫不走心，目光集中在前方步伐轻快马尾一甩一甩的姑娘背影上。

"去不成。"宋丛歪歪嘴角，"考不了那么差。"

他在快一班，一个人数最少可进度最快的特殊群体班级。

"滚蛋。"景栖迟毫不嘴软。他与年级第一从小玩儿到大，用父母的话说，吃一样的喝一样的偏偏分数从来没一样过，说多了他自己也觉得神奇，一路往上找，最后把原因归到根儿上——宋叔三十大几才当爹，宋丛打娘胎里就比别人汲取了更丰富的人生经验，这事可赖不得孩子。

晚自习前，陈欢尔被请至教师办公室。

班主任是教数学的，一个严谨、话少、保温杯不离手的小老头儿。陈欢尔站到他面前不觉低下头，不用想也知是为期中成绩。

"名次跟月考比下降太多。"对方直奔主题，"自己分析过没有，什么原因？"

陈欢尔仍低着头，史无前例作为差生被谈话，这让她无地自容，她磕磕巴巴地回答老师的问题："想过……卷子答不完，题一综合就不知道用哪个公式……"

班主任一手端着茶杯放在嘴边吹气，一手翻她试卷："月考侧重阶段性，说白了就是现学现卖；期中涉及到的知识点范围更宽，得把所有学过的知识联系起来。底子弱无非是不扎实，这件事既然不是一天两天造成的，也不能靠一天两天解决，道理你都明白吧？"

欢尔将最后一句话在心里复述一遍，这才回应道："明白。"

那便是万里长城那也是一块砖一块砖搭出的坚硬壁垒，十四岁的她可以明白老师所指的道理。

"今天回去自己做个计划，着重薄弱学科，重点分析基础题型，先把以前学过的敲实吃透，不要着急迈大步往前冲。"

"嗯。"陈欢尔闷声闷气地挤出音节。背在身后的手紧紧绞在一起，指甲抠进指肚。

小老头儿忽而笑出来："听你母亲说你在以前的学校挺积极的，又当班干部又组织活动，怎么到我这儿就沉默是金了？"

欢尔知道答案，但她说不出口。

小城姑娘到了大地方才发现自己一直在坐井观天，这里有太多优秀的人，太多聪明的头脑，太多不会、不懂的新鲜事物，少女易碎而珍贵的自尊让她羞于暴露自己的不足，沉默只是一件消除存在感的外衣。

"困境都是暂时的。不懂就问，问老师问同学，不用不好意思。知识咽到肚里才是自己的。"班主任良久说道。

"是。"欢尔低头，双手背在身后绞成死结。

"转学过来这段时间适应了吗？"小老头儿合起试卷，"除了学习，其他方面有困难也要多和老师同学沟通。"

"嗯。"陈欢尔干干巴巴站在原地，声音如蚊虫作响。

"行了，没事儿先回去吧。"

"老师，"她在正式提问前下意识看看四周，晚自习即将开始，办公室里只有三两个埋头准备教案的教师，并无其他学生，欢尔这才稍微提高些音量，"考多少名能进天中？"

入学快三个月，听了很多也看了很多，这问题变成她最珍视的秘密。秘密是不需要对别人讲的，可遗憾的是她的秘密是个必须要有答案才能去支撑的问题。问不熟的人怕大家觉得她好高骛远，问父母只会得到一番连他们自己都不相信的鼓励，问祁琪得不到准确答案毕竟对方也泥菩萨过河，面前的小老头儿一下就成为了最合适的分享者。

果然，班主任面色如常客观作答："至少得班里中上。"

"中上。"欢尔稍稍松了口气，"也还行吧。"

不知不觉就把心里话顺出来了，因为她真觉得这目标没什么难度。

小老头儿这下倒乐了："怎么，我这快三班还装不下你呗？"

欢尔急忙摆手，心情一松本性自然流露："我占不了多大地方。"

"好好努力吧，你学的时候别人也没闲着。"班主任放下茶杯，"竞争向来残酷，别做被打倒的那个。"

"谢谢老师！"欢尔鞠一躬，轻轻带上办公室的门。

中上而已，再说陈欢尔怎么会被打倒。

Chapter 2

左邻右舍

景栖迟近来颇为郁闷。

因为连续几周宋丛都拒绝了他的周末娱乐邀请，无论踢球还是打游戏，理由只有一个——给陈欢尔补课。

那种感觉简单就像——他变心了。

在景栖迟看来，源头就是陈欢尔这个第三者插足横刀夺爱。

这天景栖迟父母皆值夜班，他照例串到隔壁单元宋家蹭饭。刚进门就看到饭桌边坐着陈欢尔，他气鼓鼓地半晌不吭声。

当大夫的谁都绕不过夜班，尤其双医务家庭——如宋家父母，两口子撞期更是常事。每每此时，孩子便被扔到家属院里谁家临时落脚，蹭饭蹭住是这片小区域的特色。景妈去年被提拔，本可以绕过值夜班这一环，可她是三院领导班子里最年轻的一个，加之近几年私立医院蓬勃发展，大批临床医生转去他处就职，她便自告奋勇一周二值做出表率。景爸在消防口儿，人随任务动，时常电话一响转眼就没影儿了，在这种环境下长大的景栖迟适应了也习惯了。他最常待的地方便是宋家，要么就和宋<u>丛</u>一起被送到院里某科已退休的老医生处。后来那些带他们的爷爷奶奶很多再没见过，有的被儿女接走，有的去了天上，而他们也长成了可以独立居家的男子汉。

这种固若金汤的情谊岂能因一个陈欢尔说崩就崩？

想到这里，景栖迟对插足者发出质问："你不嫌远啊过来吃？"

上次陈家父母到访时他记得陈妈讲过，陈欢尔明明自己会煮面，再说大不了还能去医院食堂。

好的不学，吃百家饭倒弄了个门儿清。

"院儿就这么大远什么远。"今日变成大家长的宋妈抢先用食指点他额头，说他："怎么不说自己，白天学习没个人影儿，到饭点儿了你来得倒准时。"

"郝姨我踢球去了，我那也是……"

"你妈白天还在跟我念叨，就算你是特长生可文化课……"

"您这待客之道绝了！"景栖迟举双手投降，"我吃饭，吃饭总行吧。"

陈欢尔轻蔑地嘀咕一声："碰瓷。"

音量很小，只有挨着她坐的宋丛听到了，见自己兄弟招惹不成反倒碰一鼻子灰，他没忍住笑出声。

宋<u>丛</u>不记得被她逗笑了几次，可他记得笑的感觉。陈欢尔总能出其不意，点子也好，讲话也好，而每一次都始料不及地正中他笑点。他现在完全可以确认，陈欢尔本人与她给人的第一印象完全是天壤之别。

他才不会拆穿，多幸运，毕竟极少有人知道她这另一面。

宋妈同欢尔闲聊："上次跟你一起的丫头这周末还过来吗？"

"她说要来。"欢尔犹豫一瞬，试探地问，"行吗郝姨？"

最后这问句让宋妈一时有些不解，对上小姑娘诚挚的眼神才反应过来，忙不迭应允："行行行。上回我看那小姑娘挺爱吃橙子，回头多买点儿给你们备着。"宋妈停顿一刻，继续道，"欢尔啊，这里你就当自己家，怎么自在怎么来。以后你妈值班你就直接过来吃饭，当然前提是家里有大人啊。宋丛还不如你呢，就没进过几次厨房。"

"妈，差不多行了。"宋丛做出打住的手势。

欢尔当然理解面前这位慈眉善目的阿姨讲这番话的心意，于是笑了笑："您做饭真比我妈做的好吃。"

"陈欢尔你这有点儿不择手段了啊。"景栖迟哼笑，"我告诉丽娜阿姨去。"

"你又不是没干过这事儿，"宋丛帮腔，"是谁马屁拍上天非说我妈做饭全院第一来着？"

"能一样吗，我那是发自肺腑真情实感的夸赞！"景栖迟吃得快，满嘴鼓囊着一动一动，"胳膊肘断筋了你往外拐。"

宋丛笑，见他风卷残云的架势，把自己的水杯推到他那儿。

只剩小半杯水，景栖迟喝到底还觉得噎，随手抄起面前另一杯，嘴唇贴上杯口。

"那是我的！"欢尔想阻止可为时已晚，对方仰头就是两口。

吃饱喝足的人放下筷子悠闲地伸个懒腰，轻飘飘甩出三个字："我知道。"

"知道你还喝！"欢尔气急。

他是在端起杯子那一刻忽然意识到的——以往一起吃饭的大多是家属院的小哥们儿，男孩子们凑一起如同一窝小猪搞时速竞赛，谁也没有讲究餐桌礼仪的概念。陈欢尔是第一位长期加入的异性，当下生理需求远远高于头脑转速，景栖迟想停都来不及，一不做二不休，干脆气气她算了。

"谁规定知道就不能喝？"他拿着用过的餐具起身去洗碗池，经过陈欢尔身边抽出一只手猛揉她脑瓜顶，"娇气。"

"你手全是油！"欢尔火得七窍生烟，抄起自己用过的碗筷水杯一股脑儿全撂他餐具上，"给我洗干净！"

"谁用谁洗，"景栖迟不服，大力往外推，"来了就坏规矩。"

"洗不洗！"欢尔一把攥住他胳膊。

"不洗！"

"洗不洗！"欢尔发力，另一只手直接揪住他耳朵。

"疼！"景栖迟歪头叫一声，眼睛睁得滚圆盯住女生，而后又像寻求帮助似的先去看正收拾厨房的宋妈，最后委屈巴巴扭曲着脸对宋丛诉苦："她劲儿可大了，我真没瞎说，特、别、疼。"

最后三字一字一顿，表情我见犹怜。

宋丛只笑不说话，宋妈背对他们擦着厨灶说他："让你找碴儿。"回过头又问，"还要不要添饭？每天运动量大得多吃点儿。"

"不了，吃伤了我。"景栖迟用胳膊肘顶顶欢尔，一脸怨气地说："洗，我洗行了吧。"

"戴罪立功，放你一马。"欢尔如愿以偿，鼓励似的拍拍他的脸。

景栖迟打开水龙头自言自语："欠你的，还得给你洗碗。"

三下五除二洗好餐具，他将滴水的杯子大力戳到陈欢尔面前，说她："不是，你怎么那么大劲儿。说完转过头："宋丛，她打人你还跟她一块儿玩。"

"别装了。"宋丛好笑地瞄他一眼，而后看向欢尔，说："走吧，继续。"

"我也去。"景栖迟说着一步踏到前面，回身对厨房里的宋妈打个招呼："郝姨我进去跟他们学习会儿。"说完在三人错愕的目光中昂首挺胸走向宋丛的房间。

"呵，太阳打西边升起来了。"宋妈连连摇头。

景栖迟当然不是来学习的。

关紧房门，他抱胸往两人面前一站，问："上周祁琪也来了？"

"对啊。"宋丛点头，"和欢尔一起来的。"

"你怎么没说？"

"你也没问啊。"宋丛一向脑子转得快，话音刚落某个念头忽然闪过，随即笑出来，"哦原来你……"

当事人一把捂住他的嘴："下周我也来啊，给我腾个地儿。"

陈欢尔正在翻练习册，两人的对话听得她云里雾里，只关注到景栖迟也要加入补习小分队，皱眉反问："你来干吗？"

"学习。"景栖迟一脸正气，敲点着桌上的试卷，"你都进步了，我难道不能摆脱倒数第一？"

欢尔嗤之以鼻："为何非得有这种不切实际的追求？"

"来就来吧。"对状况了然于心的宋丛当起和事佬，"学习学习挺好的。"

所以当下一个周末到来的时候，宋丛家里热闹非凡。

宋妈一早准备好了午餐，与孩子们打声招呼便拉着丈夫急急出门。祁琪以为大人怕他们拘谨刻意回避，颇为不好意思地对宋丛说道："给叔叔阿姨添麻烦了。"

"你别多想。"宋丛温温和和地答，"他们打麻将去了。"

景栖迟这时指指欢尔："加上我妈，她妈，四人正好凑一桌。"

祁琪睁大眼睛："你们的父母全认识？"

"这院的爸妈谁不认识谁。"景栖迟摆出云淡风轻的神态，"怎么可能为了你离家出走。"

心下了然的宋丛瞄着他暗自摇头，这家伙明明意在宽慰，好好一番话非得拐着弯戳上刺地说出来。

"宋丛，这里我不太懂。"欢尔心思尽在昨天研究半天也没弄出所以然的物理题上，练习册摆好，笔拿在手里，"你给我讲讲。"

祁琪探头过来，紧接着坐到宋丛另一侧："这里我也一知半解。"

"大题都是综合考点，最好先把题干信息整理出来。"宋丛接过欢尔手里的笔，抬头见景栖迟正百无聊赖地朝窗外望，随手一指，叫他："你，过来跟着听。"

他指尖停留在祁琪身旁的位置。

"行吧。"景栖迟心中暗喜，表面却一副委曲求全的模样，磨磨蹭蹭挪到祁琪身后，一弯腰脸差点儿触到她马尾。男生顿时有一丝紧张，又怕被人发现似的，于是小声嘀咕一句："头发真烦。"

"先看题中给的隐藏条件，这里……"宋丛开始讲解。

欢尔父母几乎没给她做过学业指导，一是四水时代的她排名稳如泰山，功课自来无须挂心；二是他们会将成绩排在很多事之后，比如健康，比如快乐。在为数不多与学习相关的话题中，父亲有句话她一直牢记：让不懂的人明白，知识才算被学到。

以此标准评价，宋丛着实厉害。

他有一套思考方法，将所有的知识点拆成因果，因为这样，导致那样；他还有一套做题方法，题干像一颗爆破的宇宙粒子，每句话扩散出与之相关的原理公式，解题思路不过是从中甄选的过程。这些是陈欢尔从他一次次的讲解中总结出来的，毕竟"方法"是个很晦涩的词，像天上的云，它存在，却也会在不同的眼睛里幻化成不同形状。

有一次欢尔问他是不是常给人讲才讲得这么清楚，宋丛否认："我们班几乎都在上课外辅导，大家不需要我讲。"

快一班只有二十人，教室在比校长室、教务处还高一层的顶楼，紧挨着形同虚设的美术教室。坊间传闻他们自习时可以在两间教室随意坐，学校给予这个精英群体最大的自由。

然而祁琪求证时得到否定回答。

"越传越邪门儿。"宋丛对此满是无奈，"自习肯定在教室啊，不然书桌不得来回搬。偶尔有谁犯困会出去学一会儿，可能正赶上美术室开门就进去了吧。"

祁琪不解："可除你之外，从没听别人否认过。"

"除了我，我们班你还认识谁？"

没有，一个都没有。

宋丛笑："正常。因为大家都不想在其他事情上浪费时间，来得早走得又都很晚，比较难遇到。"

颇具传奇色彩的快一班，顶着荣耀光环的快一班，神龙见首不见尾的快一班，那里聚集的不过是一群更努力的人罢了。

可看起来最放松的宋丛是这些人里的第一名，欢尔问他："你为什么和他们不一样？"

去上辅导班，或找家教，更早去更晚归。

他答："我认为我不需要。"

宋丛的一切都清晰无比，他的笔记、讲解、思路，甚至他对自己和他人的认知。

彼时的陈欢尔隐约意识到这一点，但十几岁的她并不知道这种"清晰"意味着什么。

她只是跟随着他的脚步击碎了一个个"不懂"。月考进步几名，期末再几名，再月考又几名。就像小时候爱吃的大大泡泡糖，吸一口气吹出来，泡泡便会膨胀一圈。她不断蓄力，期待着最终爆破的那个巨型泡泡。

它的名字叫天中。

开春时，学校举办公开课评比。小老头儿一副不大上心的模样，之前只在某次班会上通报过会有这件事。直到某天下午英语课早十分钟结束，教室里一下子涌进一群领导，小老头儿亦是西装革履站上讲台，大家才意识到这是一项可以为老师挣颜面的重要活动。

陈欢尔本抱着事不关己认真听讲的态度，岂料课至一半，班主任忽然点名让她说解题思路，要知道转学半年多她被叫到的次数一只手都能数得过来。

难道因为这几次考试有进步？

她窃喜着。问题并不难，她语速很快，说几句就被小老头儿打断："什么？"

欢尔重复。

周围鸦雀无声。

"啊，"小老头忽然笑起来，边笑边纠正，"cos，余弦。"

这下同学们笑了，观摩的教导主任、年级组长以及认识不认识的老师们都笑了，一时间教室里笑作一团。

只有陈欢尔笑不出来。因为她终于明白班主任为什么要她重复，为什么纠正，大家为什么会笑。

她按习惯去发这个函数的音节，"考赛英"，可那是四水老师教的带足乡音的叫法。

搞笑，土里土气，甚至让人费解。

班主任压压手示意她坐下："思路完全没问题，很好啊。不要紧，数学考试不考口语。"

教室里又一阵笑，小城姑娘突如其来的发言将这堂公开课的气氛推向高潮。

直至课后，观摩者退场时还有人笑着学她发音。

欢尔知道大家并无恶意，或许自己无意中还给小老头儿加了分。

多有趣啊。本应顺畅到比高速公路都平坦、一切井井有条但一定干干巴巴的公开课，空降了一名与众不同的"外来物种"。

她只是有些窘，还有些迷茫。

过年回老家，见了众多长辈，参加一场同学会，与要好的玩伴挽手逛街，大家一致评价欢尔现在口音像市里人。可被抛在真正的城里人堆里，她仍是带着四水乡音、来自名不见经传小旮旯儿的姑娘。陈欢尔彻底变成爹不疼娘不爱的"四不像"，可对于这一切是怎么发生的、什么时候发生的，她全无察觉。

因为这堂公开课，陈欢尔同学和家乡四水县的存在感同时升高。课间操散场有人绘声绘色描述起快三班"考赛英"事件；班里同学会拿来英文单词短句请她演示标准四水读法；就连手腕上绑的庇护红绳也成为某种特殊标识——你们那儿的宝宝生下来都要戴这个吗？

祁琪心思细腻，有天午休时悄声问她："大家这么说，你会觉得不舒服吗？"

"不会。"欢尔笃定，"新鲜劲儿过去就消停了。"

"是，也都没恶意。"祁琪拍着胸口，"幸亏没把'四水之花'说出去。"

"小小荣誉不值一提。"

反正没恶意。陈欢尔默念这五个字，这真是一句万能开脱词。

一周后晚自习放学，宋丛不知何故一直没到。平日都是四人一同回家，等了一刻钟，祁琪忍不住开口："我真得走了，误了补习课老师肯定给我妈打电话。"

快一班属禁地，她们不便上楼找，欢尔于是点头："快去吧，小心骑车。"

"我送你。"景栖迟自告奋勇当护花使者，"就你这火急火燎的，第二天别见不到人。"

"不用。"祁琪说着迅速推车起步，她是真心急，车撑都忘记提上去。

"欸！"景栖迟追上前，抬脚把对方车撑勾上去，扭头朝欢尔喊："等宋丛一起啊，你有个三长两短我妈能'刀'了我！"

余音还在，人已不见踪影。

"好。"欢尔自言自语回一声。大考临近，毕业班晚自习延长至八点。比起自己，说实话她更怕"小白脸"宋丛有个三长两短。

天色半暗，教学楼里陆续有晚归学生出来。欢尔靠上车棚一角的立杆，将耳机塞进耳朵，按钮轮番按过去显示屏仍不见动静。老式随身听，电池愈发不禁用。

她便任由耳机塞着，以示不愿被打扰的隔绝态度。

又等上一会儿，两名说笑着的女生走近车棚。欢尔本没有在意，直至意识到她们口中的谈论对象——

"你肯定见过。个儿不高，短头发，土里土气的。"

"我知道，就三班那个乡下来的嘛。她追宋丛？别逗了。"

"天天黏着好吗？上下学一起，有时候连吃个东西都往宋丛身边凑，超级有手段。"

"谁告诉你的？"

"还用告诉，年级都传遍了。"

"得了吧，我可不信宋丛能看上她。"

"就是说嘛，也不照照镜子，不知道自己几斤几两。"

"哈哈哈，说好听点儿叫自不量力，实际就是没脸没皮。"

一字一句，阵阵讥笑，站在两米外的陈欢尔听得清清楚楚。

见她们准备离开，欢尔别过脸去。

忽而一声闷响，最外边的自行车被大力踹倒在地。多米诺效应启动，整排自行车纷纷倒地。

正说话的两名女生呆住，陈欢尔与她们同时定位到肇事者——正走向这边的景栖迟。

"嘴别那么脏。"景栖迟站到她们面前，声音冷冷的，"知道什么就瞎造谣，脑子进水了？"

"神经病啊你！几班的？"一名女生破口大骂，刚要上前被另外一名及时拽住，两人小声耳语。

欢尔隔着一段距离听不清她们讲什么，可显然景栖迟听到了，他扬扬下巴："嗯，就是我。我也天天跟他们一起走，怎么着，有意见？"

"关你什么事儿啊？想逞英雄别处逞去。"两名女生绕过他欲去推车。

"说陈欢尔就是关我事，就是不行，听见没有！"景栖迟急了，抄起手中的足球狠狠砸过去。女生们背对他，这下被响动吓得尖叫一声，球精准擦过两人衣角落地滚远。

刚出来的学生们堵在教学楼门口围观，谁也不敢上前。

"再瞎说我不管你们男的女的。"景栖迟指着两人，目光如炬。

欢尔猛地缓过神，怕事情闹大想要上前阻拦。然而刚迈出一步，她看到景栖迟朝自己方向抬了抬手。

他知道她的位置，并且发来一道暗语：别动。

她只得站在原地，眼见两名女生默不作声迅速离开。待人走远，堵在教学楼门口的学生们纷纷出动，有的小跑直奔校门口，有的经过事发地推上车半秒不停，也有胆大者偷摸打量景栖迟一番，又装作没看到快步走开。

犹如一场夏季暴雨，车棚很快恢复安静。

欢尔叹气，默默捡回足球，而后看着景栖迟慢慢走到跟前。她径直拽过他肩上的包把球塞进去，拉好拉链又轻轻拍拍，小声说了句"谢谢"。

其实有很多很多话，可一时半会儿想不出要如何表达。

曾经优秀的、开朗的、全票当选班长的陈欢尔，有一日竟会被陌生人形容得如此不堪。

又或者，这里的人看她就是这副德行，自己不知道而已。

"不许哭啊。"景栖迟将单肩包转到身后，天色暗到他有些不确定，为了确认伸手掐掐她脸颊。

软乎乎的，没哭。

话还是说早了，刚确认完，一大滴泪就砸到他手背上。

景栖迟叹气："你跟她们较什么劲。"

他越说欢尔越委屈。正因为没较劲，屁都没放一个就被说成这样她才委屈。

景栖迟把她耳机拽下来："上午就被我听没电了，还装。你窝不窝囊，别人说你你骂回去啊，实在不行上手，打不过叫人，遇事就会往后缩，弄得自己可怜巴巴。"

"我怕打伤她们。"欢尔说的是实话。有一刻，短暂的一刻，她的拳头是握紧的，考虑的也确实是万一打伤了人该如何收场。

可这在景栖迟听来纯属死鸭子嘴硬，他蹭掉她的眼泪："行了别哭了。做朋友嘛，难免遇到被误伤的情况。以前我跟人踢球有摩擦，事后一帮人来家属院堵我结果把宋丛给打了。宋丛在急诊里边缝针，我妈在外边差点儿给我开颅。"景栖迟见她盯着自己，余光瞄瞄楼口说道，"真事儿，他现在耳朵后边还有一道疤。我意思是，你别因为这点儿嚼舌根的话以后对宋丛……"

"知道。"陈欢尔抹抹脸，她懂他的意思。

"反正就……"景栖迟也没想好要说什么，见她垂头丧气的模样不觉有些内疚，于是按过欢尔脑袋顶在自己胸口，安慰似的抚摸两下，"唉，不如让你先走了。"

听到这话欢尔忍不住又哭了，嘴长在别人身上，知道或者不知道，哪个更好些？

她无从判断，只觉得委屈。

"好啦。"景栖迟能感觉到她在阵阵抽泣，奈何他的词汇库里就没有安慰女孩儿的话，绞尽脑汁挤出一句，"你就当她们冲你放屁，谁接到这种毒气攻势不得大珠小珠落玉盘。"

欢尔破涕为笑，这家伙又比喻又引用，也真难为他。

她直起身，擦净眼泪朝他点点头。

"欢尔，栖迟。"宋丛叫着两人的名字自教学楼里跑出来，还没到跟前便开始求饶，"我们班晚自习非要考试，还不允许提前交卷。等着急了吧？抱歉抱歉，明天请你俩吃饭，吃好的。"

"你可得好好将功补过。"景栖迟揽过欢尔，"尤其对咱们欢尔妹妹。"

"怎么了？"宋丛见她脸色不好，声音里满是关切，"是不是等半天冻着了？冷不冷？"

"没。"欢尔摆手，避开他的视线转身去推车，"考得好吗？"

"就那样。"宋丛仍不放心，书包往地上一撂就要脱校服，"你多穿一件吧，晚上回去凉。"

"我真不冷。"欢尔止住他的动作，硬生生地挤出笑容，"快走吧，我作业还没写完。"

"走了走了。"景栖迟跨上车，单脚蹬地呼唤伙伴，"头一遭全校最后一个走。"

见欢尔并无异常，宋丛提上书包说："哪最后一个，我们班全在呢。"

"他们干吗？打地铺通宵？"

"对答案。"宋丛耸耸肩，"我的答案。"

"你就嘚瑟吧。"景栖迟哼笑一声，"看这窟窿以后你怎么补。"

家里漆黑一片。欢尔这才想起今晚母亲值夜班。

桌上放着三鲜鸡蛋羹，手触上去还是温的。她吃一口，只觉没有滋味。于是整碗倒进饭盒放入冰箱，第二天午餐也算有了着落。

心烦意乱，书看不下去，作业写不出来，欢尔在空荡荡的家里来回走上几圈，干脆换身运动服出门跑步。

自小养成的习惯，紧张、失眠、烦闷，五公里下来基本全能解决。

这城里人当得实在委屈。若还在四水，这时她大概已经睡了。第二天醒来她会神清气爽地组织大家上早自习，课上认真听讲积极回答问题，课间与同桌嘻嘻哈哈逗闹一通，四五人结伴去食堂吃碗打卤面，每日每日都过得开心快乐。

人啊，都是对现在不满才会怀念从前，对从前不满才会向往以后。

此刻她只有怀念，全无向往。

唯一不同的是，若还在那小县城，她不会惦念天中。

想都不会想。

得此失彼，她好像参透了一点点人生。

电话在这时响起，陈欢尔停下来，见是熟悉的联系人便随手接通。

景栖迟听到那头急促的呼吸先"欸"一声，随后问："你在自虐？"

"跑步。"她无心逗嘴，"干吗？"

"哦，那什么，"景栖迟支支吾吾，"回来听我妈说阿姨夜班，你不自己在家吗……"

欢尔懂了，这是一通饱含好意的慰问电话。她轻笑一声："是，我就在医院楼下，瞧着这楼顶不错，高度够，还宽敞。"

景栖迟也笑："等会儿再跳，我先跟我爸打个招呼，让他们做好救援准备。"

欢尔已跑到小区外。视线里是一片规整的暗红色楼房，正值大好晚间，几乎每个窗口都散发出盈盈暖光，她蓦地有些惆怅，低声道一句："谢谢。"

也不算太差，至少还在被伙伴关心着。

想到这里欢尔又问："对了，你刚刚怎么折回学校了？"

"糟了！"景栖迟大呼一声，"祁琪把你物理练习册拿走了，让我还你。作业啊，明天要讲的。"

欢尔听罢扭头往回跑："我现在回家，一会儿见。"

天大的事在物理作业面前都不值一提。因为他们的物理老师是会三小时不吃不喝直勾勾盯着学生直至作业完成的恶魔。

景栖迟等在单元楼门口，见欢尔出现迎上前几步："万一写不完先抄抄得了，早点儿睡。"

他连同自己的作业一起拿来。

欢尔道谢，接过练习册告诉他："我没事。"

"今天也是我冲动了。"男生摸摸脖子，"一生气没控制住，挺小一事反倒闹大了。"

他在从家走过来的几分钟时间里忽然意识到后果。倒不是怕传出去自己被指点、被主任训，而是人言可畏，陈欢尔经这么一遭必然会成众矢之的，原本背后嚼舌根的话齐齐摆到面前，他怕她承受不住。

只怪当时气血冲头，忍住一时有的是法子，非就选了最差的硬碰硬。

"你没错啊。"欢尔牵牵嘴角，"有人背后那样议论你，我肯定也会出头。而且我更厉害一点儿，必须打到他满地找牙跪下来叫奶奶。"

"行了姑奶奶，"景栖迟笑，"说大话全宇宙第一。"

"夸张了点儿，但……"欢尔看着他，"你真没错。之后的事我也有心理准备，我不在乎。"

"好，你最厉害。"景栖迟拍拍她头顶，一副好人做到底的架势，"还跑吗？"

"嗯？"

"我陪你一段。"说罢赶紧补充，"两个人一起安全，反正我也得训练。"

欢尔摆手："我可跟不上你。"

"让你跟不就行了。"景栖迟似笑非笑，"哥等你。"

"滚蛋。"欢尔将练习册举到头顶，转身回单元楼，"不跑啦，回家抄作业去。"

景栖迟在她身后喊："以后夜跑叫我，听见没？"

欢尔笑笑，在后脑勺比个"OK"的手势。

多奇怪，因宋丛惹出的事端倒要由他来偿还似的。

好在这漫长又难熬的一天总算过去了。

学校密闭集中、单一枯燥的大环境是话题迅速传播的温床，而青春期的少男少女们还不知夸张的意义。前一人的主观猜测到下一人耳朵里就是"我听说"的事实，每个人自作主张加的那个小小描述词聚沙成塔，他们齐心协力做着正义的法海，当事人陈欢尔被制服在塔底，毫无反击之力。

到最后祁琪都忍不住来问："你真给宋丛写情书了？"

那是两周之后的早自习，周围同学捂耳背诵，教室里一片喧嚣。

倒计时的天数被用黄色粉笔写在黑板右侧，垂直排列的一行小字，当天数字还未来得及减少，像一种心知肚明的自欺欺人。

陈欢尔抬起头下意识先去看黑板上的数字，之后目光才落到祁琪脸上，说："我也得有那实力。"

面前摆着语文摸底试卷，作文只拿了一半分。老师红字批

注："严重跑题，词不达意。"

她一点儿都不怪祁琪。故事版本漫天飞，早就该问了，不知为何对方忍到现在。

祁琪半转着身体，一只胳膊搭过来，用书本挡住周遭视线说起悄悄话："不知道的会真以为你在追宋丛。"

她眼睛一眨不眨地盯住好友，心情类似在等考试成绩。

有点儿紧张，有点儿慌乱，又有点儿期待。

然而陈欢尔此刻正焦头烂额地对付自己的跑题作文，对祁琪的心思全无察觉。她一边奋笔疾书一边哼笑作答："我又不瞎。"

"干吗，人家宋丛挺好的呀。"

"好好好，那当我瞎行了吧。"

"嘿嘿。"祁琪暗笑一声，又觉自己表现得过于明显立刻收住表情，她敲敲桌子，"作文多用排比句，多引用，这都是加分点。"

欢尔这下抬起头，换成求助的语气："怎么才能治跑题？"

不是第一次了。其他科成绩日趋稳定，考得好的那几次全是作文分数高。

祁琪一脸委屈："怎么才能写跑题啊？"

得，五十公斤级对阵八十公斤级，根本不在一个重量级。

悄悄话时间结束。陈欢尔埋头写上几行，忽而想起什么，又点点祁琪后背："你别跟宋丛说。"

"放心，本姑娘不干给人添堵的事。"祁琪朝后半仰着身体，"不过宋丛他们班真神了，这么大动静人家全部两耳不闻窗外事。"

欢尔放下笔："他们班百分百都能念天中吧？"

"念天中？你也太不了解情况了。"祁琪晃着脑袋做科普，"人家班拼的是全市名次，全市前十免考进天中奥班，天中奥班基本等于清华北大人大复旦……"

小城姑娘陈欢尔又一次受到冲击。

无论快一班多么传神，她一直对这个特殊群体无感。他们就像另一个世界的物种，大家各有轨迹，互不相扰。而此刻她却无比羡慕那里的人，羡慕到快要嫉妒了，快要愤恨世间不公——她所仰视的，要全力起跳才能触碰到的那块天花板于他人却只是一块小小跳板。比这更让她受伤的是，只有对那些对跳往哪里一清二楚的人，跳板才会存在。

追赶的滋味并不好受，而在这个阳光明媚的清晨，陈欢尔仿佛看到自己一直在追赶的命运。

她蓦地十分难过，甚至开始假设：若我没有生在四水呢？

若起跑线和他们一样，此刻会不会也坐在顶层的教室里？那时的我抬起头又会看到一片怎样广阔晴朗的未来？

祁琪在她面前晃晃手："发什么呆？"

早自习结束铃声响起，有人一头歪倒补眠，有人起身去接开水，还有三两人聚到一起说话。休息时间，教室里反倒变得沉寂。

"没有。"欢尔摇头，接着问伙伴，"你以后想做什么？我是说未来，不用念书以后。"

"我想当作家。"祁琪说完好似自己把自己逗笑了，"将来我小孩儿考试做阅读理解，嚯，全是他妈写的。"

景栖迟听到话音凑上来："这是我听过最狠毒的愿望。"

祁琪抄起书本就要打人，他一把抓住，故意逗人，硬不撒手。

"你呢?"欢尔顺势问道，"踢足球?"

他忽然放手，祁琪还用着劲儿身体顺势向后一歪，男生坏笑却又下意识拉住她胳膊，随口回答问题："大概吧。"

欢尔无心理会二人逗闹，继续问："宋丛想做什么?"

"老宋?"景栖迟发觉两名女生齐齐盯住自己，不在意地撇撇嘴，"他想做什么做什么。你放学直接问他呗。"

陈欢尔的心情跌至谷底。别说快一班，连每天混在一起的好朋友都各有想法，难道真因为生在小地方眼界才这么窄?

可她随即鄙视起自己。四水是赋予她那么多美好回忆的故乡，她怎么就成了忘恩负义的白眼狼，开始怪罪起出身呢?

景栖迟和祁琪对视一眼，他们都以为提到宋丛欢尔又想起这场还未结束的风波，所以沉默不语。

祁琪捏捏她鼻头："别想了，走自己的路，让别人说去吧。"

欢尔眼神扫过两人，知他们误会了却也不知从何解释，只得点点头。

上课铃响，教室里的人各自归位。

英语老师站上讲台："昨天作业都拿出来，第一部分选择题，谁有问题?"

有人举手说："老师，第五题。"

"这道题考点是定语从句。"老师背过身欲板书，随之注意到黑板一角的倒计时天数，拿起板擦擦掉又重新写上新的数字，"复习一下定语从句……"

新的一天开始了。

欢尔桌上飞来一个纸团，她扭头朝身后望望，景栖迟瞄着老师挑眉示意她打开。

只有三个字——别多想。

她知他意思，拿起笔写上回复：不会。

老师一直对着台下讲课，信息没有机会回传。

欢尔于是将纸条随意夹进书中一页，暗自朝他的方位有节奏地拍两下椅子。

不，会。

她知道景栖迟一定可以接收到。

Chapter 3

最贵的夏天

凡事皆怕比较。

那些背地里的话曾戳得陈欢尔脊梁骨生疼，可猛然发觉自己的未来仿若迷雾一片，连想做什么都全无概念，她便没有精力再分给谣言。

毕竟谣言为假，未来却真实存在。

因为不听不想，所以对于什么时候大家不再说起这件事，她也毫无察觉。

仿佛一阵急风，来势汹汹，以为会天崩地裂，然当席卷而过，发现也不过多了层灰尘，掉下了几片落叶。

少年们啊，生活里永远有新鲜事。

关于这场大考的第一个好消息来自景栖迟，他顺利通过了足球专业考试，相当于一只脚已经踏进了天中。

也可以说十拿九稳。他确实是倒数第一，可那是排在十个普通班前列的快班中的倒数第一，就算少考个几十分也能过特长生分数线。

这日三位母亲去郊区挖野菜回来，齐齐聚到陈家准备蒸几屉野菜肉包。景栖迟与宋丛还在球场，欢尔正做练习题，被母亲揪出房间。"一天到晚不动地方，骨头都坐软了，起来活动活动。"

她只得听令。考生都像跑马场上的小马驹子，只不过别人家爸妈拼命拿小鞭往前轰，她可倒好，脖子上着套，冲两步就被拽回来，唯恐马失前蹄人仰马翻，死马可万万不能被医活了。

一点儿职业精神都没有。

欢尔与两位阿姨打过招呼，洗了手站到餐桌前百无聊赖摆弄面粉。

宋妈问话："体校打电话来，你们两口子跟栖迟说过没有？"

"说了。我俩给意见，决定是他自己做的。"景妈边和馅边答，"应该也琢磨了一宿，一点多我看房间还亮着灯呢。"

景栖迟已经决定了去天中，这几天照样吊儿郎当，看不出多兴奋。原来如此，想做职业运动员的话，天中当然不是首选。

欢尔不知体校曾抛来橄榄枝，微微有些诧异。于她看来，那人可是认准一件事八头牛都拉不回来的倔脾气。她都不记得有多少次景栖迟因加练耽误自习被教导主任指着鼻子训，哪次也没见他服软。

"也是。"宋妈点头，"之前那回足校来挑人就没去成，眼下又有机会，孩子肯定还是惦记。"

陈妈不知前情，问："怎么没去成？"

"本来要去的。"景妈娓娓道来，"栖迟不是一直在上足球训练班嘛，前几年足校来挑人看中了，人家归属专业俱乐部，他爸还陪着去见了教练，也过了测试。结果回来没几天跟一帮孩子踢着玩儿把膝关节伤了，本来身上就大伤小伤不断，老宋给看的，说必须停一段时间不然落病根。那次挺严重，好长时间才恢复到之前的水准，但一是有伤，二来人家有的是苗子也不会干等咱们一个，一来二去就没走成。这事其实就怪我，他爸倒还上心，我是觉得小时候送他练球也就发展发展兴趣，职业路哪儿那么好走。其实你们说这都够上职业俱乐部了，哪个父母不得盯着嘱咐着万事留意。唉，说到底就怪我。"

"你可别自责，都过去了。"宋妈安慰，"天中也不见得差，做特长生先进去，练好了还有机会，就算最后没成多少算留了条退路。"

"是。"陈妈接话，"栖迟不是那种心里没数的孩子。你们得相信他。"

本应该用来背书做题的时间却毫不犹豫分给足球场，景栖迟不是和主任对着干，他是和自己对着干。在身体受限的条件下做到最好，如果这个"最好"也达不到职业标准，那时再放弃。

这是一道暂未公布答案的主观题。

"欢尔，"景妈唤人，"你跟宋丛可得帮阿姨把他给盯好了。嘿哟，仨孩子就我家这个不省心。"

欢尔垂眸说："我都不一定考得上天中。"

"兵来将挡水来土掩。"陈妈瞄着女儿笑，"哪有一开始就往后缩的。"

"就是。"宋妈拍拍她肩膀，"咱们小欢尔大风大浪都过来了，考试肯定稳过。"

急促的敲门声响起，欢尔拍掉掌心的面粉说："我去开门。"

"还是闺女好。"景妈看着儿子大咧咧进门，球衣短裤一片脏兮兮，暗自叹气，"丽娜我可真羡慕你，欢尔又懂事还能陪你说话，这可是加绒小棉袄啊。"

陈妈小声逗她："你俩再来一个，搞不好开罐有喜。"

"哼，陈年老罐头，不生锈就不错了。"

话音刚落宋丛探进餐厅问："景姨，今天有罐头吃？"

三位母亲愣愣地交换过眼神，皆闭嘴沉默。宋妈大力把儿子推出去："吃什么罐头，去跟欢尔看看作业。"

"我明明听见……"

"你听错了。"

"什么啊。"宋丛丈二和尚，"吃个罐头还藏着掖着……"

黑板上倒计时的数字一天一变，越来越小。夏天来临时，陈爸空降家属院，学过军事理论的人最喜玩儿突袭，陈妈和欢尔皆吓一跳，两人一致决定由到访者请客下馆子压惊。

陈爸将随部队开赴首都执行奥运安保任务，言语里饱含歉意："你考试爸虽人不在，但心与你同在。"

与国之大事相比，陈欢尔的中考不足挂齿。为此她丝毫不觉遗憾，反倒满心骄傲。放眼全中国，有几个人的老爸能去国家心脏为奥运会贡献力量？

想想就兴奋，恨不得把这事写进作文里，题目都取好了——《我爸不一样》。

嗯？好像哪里不对。

见女儿傻乐，陈妈端起酒杯说："先醒醒，来，给你爸践行。"

"老爸工作顺利，争取上电视！"欢尔与父母碰杯，"干杯！"

陈爸一高兴干脆满杯干掉，手舞足蹈比画着同女儿分享经验："考试最重要就是仔细，考题一念，下笔如有神，对吧。"

"一共考过几回试还如有神！"陈妈嗤之以鼻，拉拢阵营般靠近欢尔，"你爸就会纸上谈兵。什么都不用想，放松，尽人事而后听天命。"

"对，还是听你妈的。你妈考得多。"陈爸仅一回合就败下阵来。

欢尔双手托腮，一直傻笑。父亲回家好像能把全世界的欢笑都带回来，只是这样的日子太少了。小时候不懂，每次离开前都问父亲下次什么时候回来，答案对她太残忍，等待漫长得像是望不见头；而问题对父亲太残忍，他会因无法满足女儿的期待而深感亏欠。

后来她就不问了。那是懂事之后做出的沉默表态：我理解，所以不用抱歉。

我们无法选择家庭和父母，但可以选择成为怎样的子女。

"我最近有点儿迷茫。"欢尔放下筷子，决意将心事告诉父母。可若说就必然要提到四水，好像在怪罪爸妈没把她生在好地方似的，思来想去竟开始卡壳。

陈妈猜测："因为天中?"自欢尔去找宋丛补习她便猜到了，女儿好强，她不愿再去施加压力，所以一直闭口不谈。

欢尔看看父母，半低下头说："我把天中当目标，可大家只把它当成一所好点儿的高中。他们都知道以后要做什么，早就知道，那才叫目标，我却连想都没想过。同学都开玩笑说我小地方来的，我就觉得……唉，我真是小地方来的。"

陈爸赶紧安慰："同学之间那都是说着玩儿的。再说小地方怎么了，我跟你妈都是四水出来的呀。你看我们部队，全国各地哪个地方的人都有，大家还不是……"

话说到一半，收到妻子的眼神信号，后半句直接咽进肚里。

"欢尔，"陈妈摸摸女儿脑袋，"生在哪里，城市也好，农村也好，那只是一个地点，不是人的标签。你可能因为小时候接触不到更多、更先进的东西而感觉比别人差，但你相信妈妈，这都是一时的，是可以通过努力改变的。"

陈妈停顿一刻，继续说道："你现在不知道未来要做什么妈妈觉得是好事，这意味着你已经开始去思考、去探索这个问题了。你有充足的时间可以想，一步一步走，一点儿一点儿来，龟兔赛跑不记得了? 乌龟是怎么跑赢兔子的?"

竟把这则人人皆知的寓言忘了。

她可不就是那只被扔进兔群里的乌龟。

瞬间通透。好比做物理题，此时的陈欢尔已找到了对应的知识点，接下来就是如何代入算出答案。

陈爸见女儿神色轻松些了，赶忙补充发言："就以后工作方向这个问题啊，我跟你妈早就探讨过，别的都行，但你妈是坚决不同意你学医的。"

"这不明摆着吗，"陈妈挑眉，"你去院里问问，谁愿意自个儿孩子学医。"

欢尔"扑哧"一声笑出来。这倒是事实，除非子女天赋异禀，或意志坚定到死活都要学，放眼医疗系统，这道选择题的支持方屈指可数。

家属院别称——医学志愿粉碎基地。

"那……我好好想想。"陈欢尔这样告诉父母，也告诉自己。

吃过晚饭，欢尔走中间，父母各护一侧，三人散步回家属院。陈爸扳直女儿腰板儿，问她："最近锻炼身体没？"

"偶尔。"

话音未落，父亲突然出手，她下意识向后闪开，紧接着右手勾住父亲胳膊却被大力卡住，刚欲出招被母亲一掌敲上后脑勺儿："有点儿女孩儿样。"

欢尔不服："我爸先……"

"练练嘛。"陈爸放开手，讨好地朝妻子笑笑，又揉揉女儿的脑袋小声表扬，"不错，勤练，注意安全。"

陈妈摇头叹气，欢尔和父亲相视偷笑。

夏天来了。它是擦肩而过的人们汗津津的脸，是水果店门口堆起的西瓜山，是孩童细嫩皮肤上被蚊子亲吻的一个个红包。

夏天有种种标识，可属于陈欢尔的十五岁的夏天却是一张动图：父母相伴左右，话似说不尽，路似走不完。

与备考期的紧张相比，考试这三日倒显得稀松平常。

如果非要说有什么不同，那便是家属院这些考生家长们可以有理有据地提前下班。

第一天傍晚，三位母亲相约买菜准备大餐。急诊科护士长宋妈起头儿："食堂那肉末茄子真不错，我怎么做不出人家的味道呀。"

全场最高领导副院长景妈搭话："新来的大师傅听说当初差点儿参加国宴，他自己说的就差一点儿。"

妇科主任医师陈妈催促道："赶紧买赶快做，终于能得空歇会儿。"

一语提醒梦中人。三人手忙脚乱挑完食材各回各家。

第二天傍晚三人在医院门口偶遇，景妈情真意切地感慨："考个十天半个月多好，这日子比休年假都清闲。"

另外两位母亲纷纷点头，恨不得即刻将这条建议匿名发送给教育局。

除去某某的家长，更多时候她们的身份是救护者。每日人来人往的三院是饱含病痛、焦虑与眼泪的微缩人间，有新生的喜悦，有患病的无奈，也有别离的伤感，对于见惯并熟悉这些场景的她们来说，人生不可仅仅用漫长或短暂来评价，它更是复杂的、多变的，充满难以预测的未知变数。考试当然重要，可与孩

子们尚未展开的人生相比，三位母亲心里各有一杆比之更重要的
秤。

属于景妈的关键词叫"梦想"，景栖迟所坚持的热爱的最初
的梦想；陈妈最关注的是"健康"，欢尔顺遂平安长大，身体无
恙吃嘛嘛香；而宋家妈妈只愿儿子拥有应该属于他这个年龄的
"快乐"，宋丛太聪明了，以至于他被所有人关注着只能去做聪明
的事，第一名是不被允许失误的。

这是最为普通的母亲们最平凡的心愿。

从交上最后一门英语试卷到分数出来这之间，陈欢尔的心里
一直七上八下。忽而感觉考得还可以答题卡都涂得工工整整，忽
而又想到历史最后一道大题似乎把朝代搞错了可怎么都想不起自
己写的是哪位帝王，她就在这种熬人的忐忑中迎来结果——她达
到了天中的分数线，只不过差两分未及公费。

这意味着她可以择校入学，而择校费是从宋丛那里听来的，
三万。

三万。一道选择题，一个单词，或只是一个错别字。

它们的价值是三万。

父母对此结果异常满足。付出终有回报，汗水结出果实，那
么多试卷没白做，他们说了很多很多，所有信息最终都指向同一
结论——必须去。

可陈欢尔舍不得。她的家庭绝非大富大贵，她比谁都知道母
亲站七八个小时手术的样子，她更无比清楚此刻身兼重任的父亲

又经历着怎样的高压演习。

只差那么一点儿。

而父母却要为这一点儿承担高额择校费。

天知道陈欢尔有多气多懊恼多难受。

宋丛由年级第一变为出现在报纸上的全市第一，他说欢尔还是应该去，好不容易上线又在能力范围之内，为什么不去；景栖迟的文化课分数超其他特长生一大截，他说当然去啊，你真忍心撇下我们；祁琪不多不少踩中公费线，她说我从小到大上过的辅导班加起来不知几个三万，你权当补学费啦。

梦一样的天中，梦一样的新生活，一切都触手可及。

陈欢尔去医院对面的实验中学晃了一圈，这里是能省下三万的选择。她站在校门口给自己洗脑，学校排名还不错，校园也够漂亮，最重要的是离家近——步行到家属院不过十分钟。

她一狠心做出决定，回家和母亲摊牌。

谁料陈妈在这件事上半分不让："不行，我和你爸意见一致，必须去天中。"

陈欢尔反骨上来："我不去！"

"不去也得去！"陈妈前所未有地强势，"就算打麻醉我也把你送进去。"

"我上学还是你上学！"

"甭来这套，未成年你就得听我的！"

陈欢尔拧着不说话。她鲜少与父母争吵，就因她们家十分民主，几乎没有哪件事父母会以身份施压强迫她去做。

世道变了。

陈妈不耐烦地挥挥手："你不用担心钱。教育是长线投资，借着天中这平台路会走得更宽。"

欢尔沉默。她还无法理解得清母亲的智慧和考量，即便如此她也知道那远在自己之上。

"再说你考虑费用，"陈妈消了气，逗她，"这行为等于瞧不起我和你爸。"

户主风采尽显，反将一军。

服从是陈欢尔的唯一选择。只是在很长一段时间里，那两分都让她牵肠挂肚。

大事落定后欢尔收拾几件衣服回了四水老家。房子按行政区划在更低一级的村镇上，可四水太小了，从家里走到县城最繁华的购物街不过一刻钟。这敞亮的三间平房见证了她的出生长大，也见证了她童年时代所有的喜怒哀乐。语文老师讲鲁迅先生的《故乡》，分析点始终落在文末关于希望和路，可那残酷宏大的时代背景无法触动陈欢尔，反倒文初的描写差点儿让她落泪。

"但要我记起他的美丽，说出他的佳处来，却又没有影像，没有言辞了。仿佛也就如此。"

四水之于她便是这样的存在。说不出哪里好，可难过时这间屋、这个院子会让她心安。

爷爷奶奶不知道天中，他们得到的信息是孙女努力一年考上了市里最好的学校。父母断然不会提三万择校费的事，也许在比她更小的年龄他们就一直在报喜不报忧。这好似父母自带的本领，和走路、说话无异，到了某个阶段便自然而然水到渠成。

她更不会提。那时的陈欢尔已经知道，地方越小，三万的能量越大。

不愿上网、不愿读书，也不愿和旧日同学联系的当年的同桌，欢尔最好的朋友没考上县一中，欢尔打去电话试图安慰，几次都没打通。后来听奶奶说曾遇到对方的母亲，这才得知从前班里已举办过一场热热闹闹的毕业宴，而同桌将要去外地一所中专就读。没有人通知陈欢尔参加，她早已不是他们中的一员。

十五岁的人生开始出现岔路，有了新的朋友，去到新的环境，而曾经的要好伙伴与温柔岁月通通变成了记忆里的一抹影像。

哭哭啼啼地告别老师同学准备转学的情景恍若就在昨天，让欢尔难过的是，她觉得未来某一天自己会连他们的名字都不记得。

长大是有代价的。因为人会随着时间在毫无察觉的情况下进行一场无差别筛选，就像沙漏，等反应过来才发现沉下去的那部分已是一团拼不起的散沙。

乡间生活平静安逸，每天跟在爷爷奶奶后面要么种菜除草，认识稀奇古怪的草本植物；要么串门走访，收获一堆看尽各色人生的老年伙伴。烈日当空照，芭蕉蒲扇随手摇，夏天长得像是过不完。

非要说有什么特别的，其间有次夜里欢尔忽然体温升高，老人家不敢随意用药，又自行判断大约是洗澡着了凉并无大碍，奶奶于是自院里采一把香菜根煮水给欢尔喝下，欢尔当夜发了汗，第二天睡到晌午便重新活蹦乱跳。父亲隔日打电话来如常问候，谁知老两口儿一不留神说漏嘴，当下被"狠批"一通："发烧必须送诊所，老用土法子治，治坏了怎么办！"

奶奶不服气："说的什么话，我孙女我能成心往坏了治？"

"妈，您要这样我明天就让丽娜去接人。"

爷爷听到严重性转脸唯唯诺诺地应："不用接，好着呢。下次一定注意，千万别跟她妈说啊。"

陈欢尔在一旁偷乐。她打小体弱，爷爷奶奶各种土方法皆被学医的母亲否定过，原理效用掰扯得明明白白，禁令下得不容一丝辩驳。业余选手对抗专业人士，老两口一次次撞枪口上，深知完败的滋味。

还没乐完，便被父亲下令："得盯着她锻炼身体，外边热，在屋里打打沙袋。"

又是锻炼身体，耳朵都要磨出茧了。她自认早已不是小孩儿，可在父亲眼里陈欢尔一直是"弱鸡"。她有个一直未实现的不孝心愿：早晚得对老陈来次背摔。

爷爷当即保证："明天就把沙袋挂起来，我们盯着她练。"

奶奶跟上补充："不用明天，放下电话就挂。"

欢尔捶胸顿足，谁说人老了糊涂，这精明劲儿怕是诈骗电话那边的骗子都得礼让三分。

之后一周父亲没有再打过电话。举世瞩目的奥运会即将开幕，许是在长安街上，许是在鸟巢外，又或许在那座她根本没去过几次的繁华都市的不知名一角，陈欢尔不知父亲具体在哪里，可她无比确信，在千千万万驻守的武警官兵中，一定有一张刚毅严谨的面孔就是自己的父亲。

景栖迟来电时陈欢尔正在隔壁院子看老年扑克局。他语气颇为不满："'独乐乐不如众乐乐'，都还给老师了你？"

欢尔看得正起兴，听得他郁闷更加高兴："大哥您哪位。"

景栖迟气得翻白眼，将开着免提的电话甩给身边的宋丛："你跟她说，我怕我骂人。"

"欢尔，"宋丛笑着叫人，"什么时候回来？"

"能不回去吗！"陈欢尔仰天长啸，"我待得……太爽了！"

宋丛笑了会儿说："看你消息都不怎么回，我以为你还没过来劲儿。四水是不是特好玩儿？"

他们有个 QQ 三人群，主要用于沟通谁值日需要早出门，大人夜班去谁家吃饭，以及做不出来的习题由宋丛发布标准答案。回老家后欢尔颇为抗拒社交，面对伙伴的问候也是隔几日才回句"还活着，勿念"，久而久之群沉寂了下来，景栖迟和宋丛给足时间让她缓和。

"好玩儿。"欢尔答，见爷爷要出错牌匆忙止住，"打这个，他没对子了。"

景栖迟听得话音大叫："陈欢尔你又祸害苍生呢。"

"滚蛋。"欢尔回一句。

电话那头的爽朗点燃了宋丛心中一直隐藏的迫切，他靠近话筒，道："欢尔，我……我们去四水找你吧？"话音停滞半秒带出疑问词，"行吗？"

"你们要来？"陈欢尔万万没想到自己的城里朋友竟愿来她家乡这小地方，当下放弃观赏后半程牌局，连跑带颠往家里赶，"等着，我查下客车班次。"

"不用，我知道。"天河通往四水的班次表，宋丛早已烂熟于心。

欢尔喜出望外："你们想哪天来？我去车站接你们。"

"别，你发个地址，我俩能……"宋丛刚说一半被景栖迟夺过电话："陈欢尔你跟祁琪也说一下呗，她最近都没消息，要去可以大家一起。"

"琪来不了。"欢尔故意卖关子，"反正你们开学就知道了。"

她的好友出分后就去割了双眼皮，曾发来一张眼泡红肿渗着血丝的图片。陈欢尔下巴差点儿惊到地上，情不自禁发出感叹："你真时尚！""时尚"是她能想出的唯一形容，而听到价格后，感叹变为"你真有钱"。祁琪拍胸脯保证肯定好看，代价除了挨两刀就是修复期不便见人。

任景栖迟死缠烂打地追问，欢尔始终三缄其口。惊喜是需要营造氛围的，她决意为此添砖加瓦。

宋丛对此全无好奇。本想试探问一句，未想欢尔立即答应，此刻的他在思考另外一个问题。视线落到日历上，忽而计上心头："你家住得下我俩吗？明天可以一起看开幕式。"

想见她，想知道她好不好，想确认她是否真将择校一事放下了。越快越好。

奥运会晚上八点开幕，借住一晚顺理成章。

"明天？"欢尔有些惊讶。

"嗯，就明天。"宋丛不愿再等，言语肯定。

欢尔猜许是宋家爸妈又赶上同时夜班，而伙伴太需要与人分享这一里程碑式重要事件的喜悦，一时东道主姿态尽显："没问题。我家大门常打开，四水欢迎你。"

"就这么定了。"宋丛淡淡地回答，心却早已朝那未知小城飞奔而去。

隔日下午五点，两名男生抵达四水。

宋丛一下车便开始找公交车站，他提前查过，三号公交坐上七站地再走五百米即可到欢尔家，路不算绕。

景栖迟则毫无准备，从小便如此，跟在宋丛身后风吹不着雨淋不到。初入陌生地带，他好奇地打量四周，随即注意到车站对面的中学："看，估计是陈欢尔以前的学校。"

正值暑期，学校铁门紧闭，门卫亭里的大爷昏昏欲睡。

明明是第一次见，宋丛却莫名亲切。他仔仔细细将学校看进眼里，不觉嘀咕一句："她都怎么上学？"

"肯定骑车啊。"景栖迟哼笑，"就她那车技，没个三五年练不出来。"

一幅动态画面在宋丛脑海里铺开——穿校服的少女灵活穿梭于车水马龙的街道，偶尔与伙伴谈天笑语盈盈，偶尔又因快迟到满面焦急。风扬起她的发丝，这下全世界都看到了，她有着那样一张明媚而自信的脸。

宋丛知道自己为什么会想到这些，越来越知道。

"走吧。"他拍下景栖迟的肩膀，"车快到了。"

"等会儿，我拍个照。"

"拍照干吗？"

"陈欢尔不老说她们四水多好学校多大吗，"景栖迟按下快门，"留着打脸用。"

爷爷奶奶以最高礼遇招待两位城里小客人——顶着黄花的新鲜黄瓜，沙瓤透水的西红柿，清香冲鼻的圆润草莓。宋丛连连道谢说不用忙，景栖迟则吃得一脸满足，鼻尖都渗出汗珠。

陈欢尔见状挤对他："你吃自助呢？"

男生反唇相讥："你在我家白蹭过多少顿饭，忘了？"

"人家宋丛都没说，就你事儿多。"

"我？这茬儿谁先挑起来的？"

"打住。"宋丛叫停，拱拱自己兄弟，"你行了。"

"又来？"景栖迟气结，一口深吞将嘴里整颗草莓送进肚中，"老宋，多少回了，你就算不帮亲也得帮个理吧？"

"你有理？景理？"欢尔大笑，"锦鲤啊，真当自己吉祥物啦？"

宋丛在一旁连连摇头，不见面惦记，见面就开始掐，这两位小朋友真没法儿管教。

"欢尔，"奶奶自厨房唤人，"找棵葱过来。"

"奶奶，您要帮忙吗？"宋丛说着起身进到屋里。

欢尔不经台阶，从一米多高的水泥凉台直接跳进园子，拔出一棵顶花大葱，刚要单手撑凉台跳上去，买完熟食回家的爷爷自大门口小跑而来，喊道："不许跳！要摔了的。"

欢尔嘿嘿一乐，等爷爷走近把葱塞到对方手里，挽着老人一步一步拾级而上。

"再不听话我告诉你爸。"爷爷唠叨，"说多少次了，注意注意。"

"是是。"女生忙不迭地点头，推着老人后背进屋，自己重新坐回凉台板凳上。

这一幕被景栖迟清清楚楚地看在眼里。

他想与宋丛分享，却发觉伙伴不在身边，于是一边摇头一边不可思议地看向欢尔："好身手。"

一米多的高度单手支撑原地起跳，陈欢尔个头儿也就勉强够上中等，这难度系数怕是有些男生做起来都费劲。

再加上她力气大，夜跑几公里不在话下，景栖迟不觉发出感慨："陈欢尔你身体素质简直了，是不是从生下来就壮如牛啊？"

"跟你有关系？"

"牛啊。"

"闭嘴。"

"不，你是头真牛。"

斗嘴这件事，遇到对的人，儿童节每天都过。

开幕式壮观炫目，众人看得心潮澎湃连连惊叫。十五岁的少年们眼不离电视，只顾感叹画面恢弘同时找自己最爱的运动员，全无意识到此刻的自己已成为历史的见证者。

结束后二老休息，三位小同学兴奋劲儿未过，一人一凳在院里聊天。虫鸣鸟叫，繁星如沸，夜风吹得院角桃树摇曳起舞。宋丛看着满院果蔬感叹："养得真好。"

孕育这些植物的土壤不是阳台花盆里的人造颗粒，而是细润、柔和、密集的、如此坚实的大地，是万物所仰仗、依赖的自然。

而它们的守护者正是生活在四水乡下，将土地视若珍宝的一群人。

只是这社会太过浮华功利，人人头破血流争上游，土地的守护者成了时代大浪淘沙的边缘者。

所幸陈欢尔这一代还有关于他们的记忆。再往后，他们怕是要成为语文书里的故事了。

景栖迟背靠墙壁懒洋洋地说道："我要是你我就不转学，这地方多舒服。"

他记得家属院门口胳膊缠红布条的保安大爷，记得子弟小学球门没网的沙土操场，记得从侧楼穿到主楼抵达母亲办公室一路的消毒水味，这些是他的童年，日日夜夜围绕着一片红房子的家属院。明明陈欢尔来自小地方，可她的童年有一望无际的夜空，有从四面八方吹来的风，有自由自在飞行或爬行的奇妙物种，她所看到的世界才真正广袤。

"我哪有选择权。"欢尔淡淡地回一句，"首先你得是我爸妈才能聊这个。"

当个半路出家的城市人早已成定局，世上又无回头路。

见她神色黯然，景栖迟招手："叫爸爸。"

"烦人鬼。"欢尔回击。转头看向另一侧，宋丛正坐在摇椅上惬意地闭目养神，她推推他："你是不是能直接进奥班？"

宋丛缓缓睁开眼睛："能进，我不去。"

"为什么？"普通队列二人组异口同声。

见他俩皇上不急太监急的模样，宋丛一下笑出来："不想去呗。"

"为什么？"欢尔和栖迟互看一眼，他俩难得如此默契。

宋丛挠头："懒得搞竞赛。"说完顿了顿，"我想考医学院。"

欢尔言语间满是同情："你……晚点儿跟宋叔说吧，多活一年算一年。"

"早说晚说都没活路。"景栖迟支招儿，"干脆生米先煮成熟饭。"

宋丛瞧他俩半真半假的神态暗自发笑，故作大义凛然状点头说："有道理。"

说出去怕能成家属院头条新闻吧——成绩顶呱呱的宋家儿子彻底学傻了，放着阳关大道不走，非要闯鬼门关学医。

夏天的后半程是和一场又一场体育竞赛一起度过的。欢尔将祁琪拉进小群，四个人每天在 QQ 上分享观看心得，房间里充斥着"嘀嘀嘀"的消息声。开学前一周欢尔依依惜别爷爷奶奶，回天河首要任务便是去慰问双眼皮患者。

祁琪简直换了一副面孔，虽眼皮处细看有小小的颗粒，还呈微肿状态，可眼睛好似大了一圈，衬得整张脸愈发俏丽。欢尔上下左右观摩一圈后，不禁拍起手来："美艳不可方物！"

"我现在就盼着赶紧消肿，不然没法儿见人了。"祁琪噘嘴，"整个暑假全搭眼皮上了。"

"你也真敢，万一破相怎么办。"

祁琪沉默一刻，忽而认真起来："我就想变得更好看、更优秀一点儿，不然……"

少女的心事总是难以启齿，她说不出口。

欢尔不解："不然什么？"

"不然怎么好意思跟你一个班！"祁琪笑起来，兴奋地分享好消息，"开学咱们一个班！"

"真的假的？"欢尔一激动差点儿将人连根拔起，可想想又觉奇怪，"已经有分班信息了？"

"正分呢，还没公布。"祁琪歪着脑袋告知，"我爸上周跟校长吃饭特意拜托的。你、我、景栖迟，把咱们三个分到一个好点儿的班，应该没问题。"

欢尔静静听着，她不知好友是何家世她的爸爸才能随便和校长吃饭，更不知是该为自己有这样仗义的朋友高兴，还是为那些没有这样朋友的人遗憾。

祁琪语气略微低落："就是宋丛没办法。他是中考状元，自动归入奥班。"

"他不念奥班。"欢尔如实告知，"宋丛说不想去，想读医学院。"

其实她也搞不明白奥班有何不同，又和医学院有什么冲突，这些对她来说是超纲题目，没必要弄明白。

"确定吗？"祁琪眼中重燃亮光。

"千真万确。"

今年家属院有个姐姐高考完欲报医学院，父母说不过，于是把整院的医生拉来做思想工作，内、外、妇、儿，连放射科都来了代表，分门别类各个击破，要硬生生把萌芽扼杀在摇篮阶段。所以对于他们这些子弟，说学医等同于找死。宋丛既然讲出来那必定心意已决，否则谁会拿宝贵生命开玩笑。

哦对，那个视死如归的勇敢姐姐，最终被录到了口腔医学。

这也成为三院家属院整个夏天最津津乐道的话题——千算万算，那天偏忘了请牙科代表来做思想工作。

Chapter 4

绽放吧十六岁

正式开学的前一天，宋丛被叫到学校。

教导主任姓付，四十岁上下，挺着圆滚滚的肚子，模样憨态可掬。谈话有两个主题：一是准备演讲稿，开学典礼做新生代表发言；二是奥班考试他没报名，学校还是建议参加。

"市前十直升奥班，对这次选拔考试不作硬性要求。但除了你大家都报名了，反正也能进，摸摸底总是好的，对吧？"

他以为市状元心高气傲不屑参加。

可宋丛本以为不报名就自然会被分进普通班，这下倒疑惑了："怎么才能不进奥班？"

天中奥班远近闻名，数理化三项竞赛每年都硕果累累。进入这个班级意味着很大可能会有保送、降分、出国申请简历上响当当的荣誉，每一条都是通往未来的金钥匙。这支精锐部队向来只会拒绝敲门者，怎有被人拒绝的道理？

付主任备感好奇："为什么不想进？"

宋丛垂下眼眸："个人原因。"

念医科奥班不是最佳选择，不走竞赛也有机会被保送，异于他人的生活他已经过够了。

每一点宋丛都想得清清楚楚。

"家长知道吗？"

"知道。"宋丛给父母的理由是不想太累，宋家爸妈的答复也出奇一致——那就不去。

付主任为师十余载见过各色学生，冷不丁也会遇到几位个性十足的，他暂不做评价，只笑着说："考试你先参加一下，也不一定能考过。"

这下轮到宋丛乐了。他猜这可能是激将法，是给自己下的套，但还是决定先钻进去再破阵，于是指指桌子上的笔筒："那跟您借支笔吧。"

他是"光杆"来的。

考试地点在体育馆。让宋丛颇为意外的是报名人数竟有几百人，场馆中央桌子不够，报晚了的直接坐到看台上去了。试卷已经发了，数理化三门每科一张，八开纸正反面，考试时间三个小时。

他被付主任带进考场，对方与迎上来的监考老师小声说一句："安排个座位。"

"这是？"

"状元。"付主任与之交换眼神。

所有报名者无一缺席，场内满满当当。宋丛拿上试卷指指看台说："我过去吧。"

监考老师沉默地摇摇头，随即招手叫来另一名同事，两人将监考桌搬至另一侧角落，椅子摆好，随后示意宋丛过去。

这边的动静引起一阵不大不小的骚动，可秩序很快恢复，周围只剩笔尖划过纸面的"刷刷"声。

坐下后手机振动，消息来自景栖迟："我俩先去买电脑，你完事过来找我们吧。"

陈欢尔的升学礼物是一台笔记本电脑，陈妈出资，让景栖迟和宋丛当参谋。景栖迟羡慕得眼冒红光，可景妈怕他只会打游戏坚决不同意买给他，他只能借给陈欢尔挑选的机会暗中寄情了。

毕竟买个顺手的说不定还能借来玩玩。

宋丛本没准备考试，也不好意思让他俩干等，敲个"行"回了过去。

监考老师敲桌面示意，宋丛赶忙收起手机。

得快点儿答。他难得考试着急一次。

还是没赶上去电脑城。题比较难，感觉像是算着算着就交卷了，然而一看时间，三小时一晃而过。宋丛的这种特质是初中班主任点出来的，总结起来就两个字——专注。

自小被宋妈带去急诊室，大人忙没空理他，他就看那些医生一点点挑出血淋淋的伤口里的玻璃碎片，再从头至尾一针针缝合皮肉。宋丛有很多类似的记忆，他们的眼神、他们手里的镊子、他们深深浅浅的呼吸，无论周边有怎样的哭号叫嚷，无论患者做出怎样的表情神态，无论背后有怎样的催促报告，身穿白衣的他们始终不为所动，他视野里的他们是静止的。这些场景在宋丛心里生了根，模仿也好，习得也罢，总之他将看到的一切以一种不自知的形式变为自己的一部分，之后他就成了老师打趣的"在大卖场里都能做题的人"。

总会被问到怎么学的，老师、同学、家属院里的叔叔阿姨，出于礼貌宋丛大多认真回答"专心听讲，多做习题"，事实上他也没办法去解释自己的头脑怎样运作。听一遍能记个大概，看一通就会印在心里，做题考试都是稳扎稳打步步为营，只是在这些发生的时候周围会偶尔陷入静止，除了手里的题，他感知不到其他。

开学当日，分班名单被张贴在礼堂门口的宣传板上。毫无意外，欢尔、祁琪与景栖迟同被分到五班。宋丛的名字出现在二十四班第一位，天中传统，精英部队向来是数字最大的班数。

祁琪悄声告诉欢尔，奥班单独建档，她爸不好跟校长打招呼。

最高兴的要数景栖迟，早晨缠着祁琪"漂亮啊漂亮"地夸，此刻又唐僧一般念叨"缘分啊缘分"，祁琪忍不住甩他一句："你就是跟欢尔沾光。"

景栖迟全无多想："以后轮得到她跟我沾光。"

"宋丛，你……"欢尔回头却不见人，小声自语，"刚才还在呢。"

教务处里，付主任正静静打量面前的少年。

桌上摆着奥班选拔考试试卷，他是妥妥的第一名，高出第二名三十几分。要知道在这场并不普通的竞争里，这分数代表的远不止努力，它意味着高压下所呈现出的心态与智力。

更何况他没有任何准备，甚至迟考一刻钟。

可现在少年找来只有一个需求——换班。

付主任敲敲试卷："你知道这届毕业生奥班的保送率和这些学长学姐走的学校？"

宋丛皱眉："主任，我本来就不想考试。"

"但事实证明，"付主任看着他，"宋丛，你更适合这样的集体。"

一支配备最强师资、在高压下激发无限潜能、人人皆怀鸿鹄之志鹏程九天的精锐部队。

"我……"宋丛忽而笑了下，"我知道自己想要什么。"

"回去再考虑考虑。"付主任不忍放弃，"毕竟这关系到你接下来三年的生活，甚至你的未来。"

一条路行不通，宋丛改变策略开始扮可怜："主任，您就给我换了吧。到时我身在曹营心在汉，这不给您给老师添麻烦吗？"

"我们最不怕麻烦。"

"我怕呀，"宋丛极尽真挚，"万一闹得鸡飞狗跳我这不是动摇军心吗？"

付主任被堵住话头，干脆摆摆手："你先回班准备好下午的演讲。其他回头再说。"

宋丛道谢离开。

他不得不去二十四班。又是人数最少，又是教学楼顶层，又是无人叨扰的清静地带。

如果一直待在这儿——宋丛想，那便是过去三年新一轮的重复。

有同学靠近，说："你就是全市第一吧？以后多多帮忙哦。"

"是，"宋丛点头，又道，"可能帮不上，我马上换班了。"

这句话音量不大，可扔在寂静的教室里一下炸了锅。

前后左右都围了上来，离得远的前排同学也扭头竖耳，大家都提出同一个问题："为什么换班？"

要知道，须使出浑身解数才能争取到一个坐在这里的机会。

并且，那机会也不是永久的。

宋丛不愿多说，却又必须给出一个可信的理由，于是告诉他们："我不想搞竞赛。"

大家表情各异。有人点头表示理解，有人因即将少一位强劲对手而神色放松，也有人惋惜接话"你的成绩不走竞赛可惜了"。

宋丛默默拿出书本，不再理会周遭话声。

路该怎么走和要怎么走本来就是两码事，前者从来都不是后者的阻碍。

下午开学典礼，宋丛在所有人的注视下站上主席台。

他扶正话筒，拿出演讲稿，稍稍调整呼吸后开口："敬爱的……"

这三个字犹如一把撒进大海的鱼食，操场上的学生们小鱼般聚成一摊一摊讲起悄悄话。"这就中考状元啊，长得好帅！""还是奥班考试第一，你没看到大榜呀？""声音也好听，哇，我怎么没和他一个初中？"

陈欢尔站在人群中，被周围一句又一句的夸奖冲昏头脑。她戳戳前面祁琪的后背，小声笑道："就算一个初中他们也未必见得到人。"

作为宋丛亲友团的重要成员，她兴奋到要飞起来了。

祁琪半扭头做个"嘘"的手势："别吵，听讲。"

欢尔乖乖闭嘴，在周遭的评价声中不觉挺起腰板儿。

过一会儿，祁琪重新扭头问："宋丛没有换班吧？"

宋丛中午被老师叫去彩排典礼，没有同他们一起吃饭。若全市第一真换到普通班，消息早就传开了，可直至现在校园里并没有这样的信息。

欢尔没有在意，答说："他今天是大忙人，估计还没提。"

"也是。"祁琪点头，转过身去看主席台上闪闪发光的人，换的话——你一定一定要换来这里。

宋丛演讲结束，鞠躬下台。

欢尔与其他人一样热烈地鼓掌。她为身怀技艺救死扶伤的母亲骄傲，为肩负大任守卫祖国的父亲骄傲，而让她感到骄傲的朋友，宋丛是第一个。

每天由家属院一起出发上学，时而聚在一张餐桌上吃同样的饭菜，复习做题应对一场又一场不敢松懈的考试，这过于普通平常的一切让她没有意识到自己的朋友是个多么优秀的人。

又或者在日渐熟悉的过程中，她忘记了。

陈欢尔看着走下主席台那意气风发的少年，恍然觉得其实忘记是一件好事。

只有他不是高高在上的年级第一，她才会同他分享落后的不甘、埋在心底的自卑和无处安放的烦恼与迷茫。

你可以很优秀，但作为我朋友的你其实也不必那么优秀。

换班的事情整整一周都没有定论。

周二付主任出差，宋丛没见到人；周三去找班主任，得到的答复是得教务处拍板；周四再去终于堵到付主任，又被一句"最近组织高三摸底考太忙你的事先放放"搪塞回来。当然也可以不上学抑或干脆搬张桌子去其他班听课以示抗争，可宋丛不愿将一己私事闹得沸沸扬扬，他一向不是会给他人添麻烦的人。

周五晚刚进家门，宋妈极为罕见地发出"过来聊聊"的邀请。

父母并排坐在沙发上，电视机里身着古装的人们打斗正酣。

宋爸将音量调小，烟刚点着就被妻子轰走。他颇为委屈地瞅了儿子一眼，讪讪地打开客厅连接阳台的推拉门，像不甘心离开似的只将半只脚意思意思踏了出去。

有大事发生，宋丛暗想。

他放下书包坐到母亲旁边。

"你们学校主任今天给我打电话了，中心思想就是说你换班可惜。"宋妈跷起二郎腿，"你怎么想？"

这件事他对父母提过一次，家中二老在学业问题上一向随他的意愿，当时只嘱咐他想清楚就好。后来这些曲折宋丛只字未言，一是爸妈工作忙，他不愿他们再为自己分心；二来他认为自己可以处理好后续，毕竟也算不得什么天大的事。

宋丛稍作沉默："我还是想换。"

他本欲多说几句，然而话音刚落，宋爸大半个身子探进来道："想换就换。离了奥班还能上不成学？不都自愿的吗？"

宋妈轻飘飘瞥他一眼，回过头问儿子："就因为累？"

宋丛当时给出的理由只有一个——累。过去三年都在快一班，放学比别人晚，作业比别人多，测试比别人勤，他说太累了。可今天的电话中主任全面分析了他的入学试卷，结论是很多题宋丛都采用简便甚至偏门的解法，这绝不是苦读书读到身心俱疲的孩子能够做出来的。付主任甚至退让一步——"如果以后他觉得有些作业只是表面功夫不需要完成，我去说，宋丛可以开这个例外。"如此种种让宋妈忽而忧心起来，儿子所说的累这个理由，真的站不住脚。

"爸，妈，"宋丛坐直身体满脸严肃，"我其实就想跟别人一样，身边同学能讲笑话，到点儿上学按时放学，有机会参加课外活动。"

至于医生梦，以后再说不迟。

宋家父母皆是一惊。向来年级第一的儿子从未如此坦露过心事，因为所有一切他都自己处理得井井有条。老师夸赞，同事艳羡，他们不知道宋丛原来有这样一个单纯得甚至可以形容为简单的愿望。

宋爸掐灭烟头坐回沙发上，神色中带有几分歉意："儿子，我们真不知道你过得……"

对，过得不开心不快乐。

宋妈惊讶过后反而笑了——孩子愿意讲出来，他始终信任作为父母的他们，还有什么比这更令人放心的？

"这事儿妈来！"宋妈当即拍板，"明天我就给你们主任打电话，不给换我找学校去。"

本以为会是场持久战，没承想收尾如此迅速。

大事落定，宋丛从果篮里拣一串葡萄，优哉游哉吃起来。

宋妈反过头来埋怨："你说你，既然想换班考试就悠着点儿呗。少答几道题不就没这么多事。"

"付主任激我，我不得将他一军。"宋丛吐掉葡萄皮，"再说那卷子答着答着……"

"爸懂，兴致上来根本收不住。"宋爸拱拱妻子，"我有时候都觉得缝针缝那么漂亮呢，真恨不得多给人压几个针脚。"

"嘿，哪儿都不忘夸自己。"宋妈重新将电视音量调大，注意力收回到画面上，"你们瞅这穆念慈，长得像不像欢尔？"

宋丛抬起头，画面里的姑娘清秀得像幅画，笑起来嘴角弯进脸颊，单侧颊边有个大酒窝。

"模样真有点儿像。"宋爸点评，"欢尔爸妈长相在那儿摆着，随谁都错不了。"

宋妈揶揄："小师妹都好看是吧。"

宋爸识透话外音，赶紧往回拉："主要是白衣天使，咱们天使都好看。"

宋丛吃掉最后一粒葡萄，起身说："你们看吧，我进去了。"

可真甜啊。

隔天一早他被付主任叫到办公室。"你妈妈给我打电话了，家里意见一致，学校这边没什么可说的。但是宋丛啊……"

"谢谢主任！"宋丛赶紧叫停。

付主任一挥手："随你吧。到普班也不能松懈，考试是所有班级一起排大榜，分数是最好的证明。"

宋丛忙不迭点头，想想问道："还有主任，我能选班吗？"

"你想去几班？"

"五班。"

当然是五班。

付主任笑起来："这也是私下打听过喽？行，我跟徐老师打个招呼。下午班会换吧，去后勤处领张桌子。"

"是！"宋丛深鞠一躬。未来三年，这样开始才对。

当他由后门推桌椅进五班时，教室一下炸开了锅。班主任徐成泽教语文，此时由前门站上讲台敲黑板："都别嚷嚷了，一个个比见着我都高兴。"

景栖迟自个儿坐最后一排——这是天中不成文的规矩，体育特长生下午有训练，坐最后方便进出。宋丛径直将桌子搬到他旁边，朝前排两名女生眨眨眼睛。

排座位时，欢尔受景栖迟拜托，算了又算换了又换才"恰巧"坐他前一排。他想坐祁琪后边，又不好意思明说，自然知道俩姑娘必定挨一块儿，这才出此策略。

谢天谢地陈欢尔没有矮到必须往前坐。

"这节年级统一要求开班会，有几个事说一下。"徐老师自来不喜拖泥带水，直入主题，"首先欢迎一下新同学，不用介绍了吧?"

"不用!"大家齐喊，在一片掌声和好奇打量的目光中宋丛再次站起来说:"大家好。"

"坐下吧。"徐老师压手，宋丛与景栖迟在桌下暗暗顶下拳头，坐好。

徐老师继续说:"我一直的观点啊，学习好的能力之内要多帮助其他同学，团结是有力量的。希望三年下来你们收获的不单是一份漂亮的成绩单，还有协作、共进、感恩等众多珍贵品格，品格决定命运。"

五班因徐成泽出名，而徐老师除了所带班级保持高升学率以外，还有他的女儿去年从天中考进清华，高一入学时排年级中上游到毕业登顶的神仙案例。

陈欢尔环顾四周，视线里有还不算熟悉的推拉黑板，卷至上层的投影幕布，还无机会深入对话的徐老师，一些或马尾或平头的后脑勺以及暂时不知道名字的侧脸。她自心底涌起一股清爽之感。

真好，终于可以不惧抬头光明正大地看他们;真好，终于在这一刻与他们站到了同一起跑线上。

小城姑娘被丢到时光里，褪去了那层叫作自卑的壳，她变成了与他们并肩作战且会一较高下的陈欢尔。

可她蓦地又有些伤感。这些人将是新的同学新的朋友，而她与小城里那些曾经也一起玩闹一起哭笑过的伙伴们已渐行渐远。

若给成长定义一个开始，那大概是意识到失去的那个瞬间。

而成长之所以残酷，是因在那个瞬间我们还没有学会挽留。

班会第二项议题是选班委。徐老师坦言："好多班第一天就把这事做了，我觉得不好。你们由各个学校聚到天中、聚到这里，彼此之间由陌生人开始，大家互不了解只能凭第一印象做出选择，而往往第一印象并不能让你深入了解这个人。路遥知马力，虽然现在你们也许仍不熟悉，但至少从一些小事里能得出对一个人的判断，在这个基础上，班委的选择会更加理性。"

底下有人接话："老师，学委就不用选了吧？"

大家一边笑一边看向宋丛，徐老师也笑："宋丛，能不能做到为群众服务？"

"我尽量。"男生颇为不好意思地弯弯嘴角。

徐老师接着问："有没有异议？"

底下齐声一片："没有！"

"徐老师，体委也不用。"后排有人指着景栖迟，"你们信我，他绝对行。"

议论声四起，多半是男生们在试图说服不明所以的女生。

"他踢球确实厉害，昨天跟三班踢直接一过四虐他们！""体特啊，咱们这届一共才几个体特！""除了景栖迟没别人，举手举手。"

班里唯一的体育特长生就这样全票当选体委。

欢尔拱拱身后的桌子说："你行啊，没几天收了一帮小弟。"

景栖迟戳她后背，一字一句地说："那是你哥有魅力。"

其余岗位先推举后自愿，只班长一职出现了七八个候选人。大家轮番上台发言，有的搞笑有的严肃，最后以无记名投票方式由一个留着波比头发型的娃娃脸女生当选。欢尔也投给了她，竞选宣言完全没听，只因那女生和从前班里一同学重名，廖心妍。

她不知四水的廖心妍现在在哪里，投这一票只是希望冥冥中带给那个她一些好运气。

最后一项内容是两周后将举行校运会。徐老师将报名表交到新晋体委手上，最后嘱咐"积极参加，安全第一"。最后四个字让陈欢尔对这位名师平添许多亲近感，多像父亲平日说的话，锻炼身体后边总会补一句"安全第一"。

此时的她完全没注意景栖迟拿到报名表时投来的灼灼目光。

对于陈欢尔的运动能力，景栖迟深信不疑。

自从得知她有夜跑习惯且弹跳极佳后，有次在陈家蹭饭他偷摸向陈妈打听，得到的答复是："欢尔自小身体不好，你陈叔叔就坚持让她锻炼强身健体，每次回来爷俩儿一起练，现在欢尔都快赶上他那帮兵崽子了。"要知道陈爸可是格斗拿过全国奖项的武警军官，身体素质无人能敌，虎父怎会有犬子。他不觉想起自己准备专业考试那段时间，考前两个月跑得勤，几次撞到陈欢尔便一起绕着家属院和医院跑大圈，速度不快，但几公里下来她很快就能调整到正常呼吸。搞运动出身的景栖迟一看便知，这是长期坚持形成习惯的人才会有的反应。

眼下校运会当前，她不去谁去？

然而刚说完"运动会"三个字就被当场拒绝，陈欢尔振振有词："我那是玩的，比赛不行。"

"肯定行。"景栖迟先是讲道理，"你五公里下来气都不带喘的，本身心率又慢，天生长跑的料。"

欢尔不为所动。

他转而开始摆事实："你不知道，越学习好的地方体育越差，天天坐着的书呆子哪有机会锻炼？像我们校队要和足校比得被虐到脚底下。你绝对没问题。"

陈欢尔不理，任他大天说破，答复仍只有三个字：不参加。景栖迟是认准了就要干到底的性格，上学洗脑放学鼓动，软硬兼施威逼利诱用个遍，奈何陈欢尔对他无动于衷，不知哪根筋搭错了每天除了学习就是学习。眼看日期临近，他在某天晚自习向斜前方递出纸条——你就参加吧。算我欠你一次，漫漫长路，以后总有用得着的时候。

已经出撒手锏了，天知道陈欢尔会让他怎么还。

传出去就不停戳她后背要答复，被戳烦了的欢尔回头瞪他一眼，猫腰出教室躲去卫生间。

宋丛瞄着她背影劝阻："你别强人所难了，欢尔不想跑。"

"你以为我愿意?"景栖迟叹气,"班里除了她真没别人。"

"四千米,整十圈操场。"宋丛的担心写在脸上,"平时看着还行,她真不一定能撑下来。"

景栖迟心中郁闷不愿解释,回一句嘴:"那是你不知道她多能跑。"

祁琪听见话音回过头说:"实在不行我去吧。"

"一个四千一个一千五,你不行。"男生摆手,"再说怎么着都不会让你去。"

"跑不下来就走呗,就算中途退出也不扣分呀。"祁琪知好友想法,为她说话,"欢尔就是不想分心,你看她现在多努力,一门心思铆足劲儿准备之后的月考。别人不懂你还不知道,择校费的事她多难受啊。"

"那也……"景栖迟放下笔起身,"我再去跟她说说。"

刚出教室门,两人迎头碰上,男生伸脚挡住去路,开口:"运动会……"

"有完没完?"欢尔气不打一处来,"狗皮膏药。"

"你就稍微,稍微考虑一下。"

"让开。"

"学习也不差这几千米,况且你都不用练。"

"说完了?"

"我知道我挺烦人的,但……"景栖迟收回脚,稍作沉默扶住她肩膀,"就当帮我一次,行不行?"

空无一人的楼道里,男生眼神极尽真诚。校服、运动鞋,以及一双清澈透亮的眼睛，欢尔望着他，不知怎地忽然说不出拒绝的话。

景栖迟图什么呢？

不过是为了集体，不过是为大家能拿个好成绩，不过是为五班争取一份荣耀。

一份纯净到堪比泉水的心思。

欢尔打掉他的手。"我报，报行了吧。"

"真的？"

女生皱着眉头不说话。

"真乖。"景栖迟见状兴奋地双手齐上把她脑袋揉了一通，"以后有需求尽管跟哥提。"

陈欢尔面目狰狞地抬手顺了两下乱蓬蓬的头发，想对他撒气又搜不到恶毒词汇，一不小心把自己"突突了"："我也是脑子有坑。"

景栖迟瞧着她气鼓鼓的小模样又想笑又不敢，只得别过头去。楼道窗玻璃上映出一张棱角愈发分明的少年面孔，嘴角简直要歪到耳后。

景栖迟是对的。

校运会上高一年级女子组四千米长跑，名不见经传的陈欢尔拿了第一名，这意外惊喜让整个五班沸腾起来，甚至有一半同学都没看到她过线——圈数太多，人脸不熟，他们还在跑道上找人的时候陈欢尔已经回到班级席。

这片区域瞬间被点燃，鼓点劲击爆响，男生们口哨吹得太花哨被广播点名批评，可那有什么关系，永远不要小瞧十六岁少年们的热情。

我由我意志，任尔东南西北风。

陈欢尔受到了英雄般的礼遇。掌声欢呼声不断，大家让出通道，前后左右有同学递水递零食，所有人都在朝她笑，连隔壁班的注意力都被吸引过来，每个人都注视着这位凯旋的少女。

她已经忘了成为焦点的感觉。

有点儿无措，有点儿惶恐。失而复得总是足够欣喜，也足够陌生。

"你帅呆了陈欢尔！"祁琪激动得满脸通红，拧瓶盖的手一直抖，"难受吗？热吗？赶紧歇会儿。"

欢尔瞧她笨手笨脚的模样一把夺过瓶子，麻利拧开"咕咚咕咚"喝了几口才缓过来些，缓过神又开始炫："我也就用了一半的劲儿。"

"吹过了啊。"祁琪大笑。

班长廖心妍隔着几排人朝她们挥手："快听，咱们班的稿子！"

广播里正在读一篇十分不着调的顺口溜："欢尔欢尔真能跑，四千第一没烦恼；欢尔欢尔你真妙，你是五班小骄傲。"

这声音这语调……

欢尔一脸蒙地指指主席台的方向，祁琪心领神会："宋丛，早晨被付主任临时拉过去充数的。"

欢尔顺口说道："其实宋丛也挺能跑，就是咱们班男生太强。"

"真的吗?"祁琪抿抿嘴,"他真厉害,什么都厉害。"

"但是跑不过景栖迟。"陈欢尔没注意到好友的语气,她正目光撒网满操场找正要比赛的体委大人。

宋丛,宋丛。祁琪在心里默念这再熟悉不过的两个字。

隔日一早,陈欢尔便觉浑身不适。肚子咕噜叫,四肢酸痛,脑袋也昏昏沉沉。她自认身体不错,就算发力跑四公里也不至于这么虚弱,想来想去把原因归结在心理素质上。毕竟第一次参加运动会,紧张。

一百米跑结束,廖心妍唤人:"欢尔,该去准备了。"

"加油!""陈欢尔你最棒!""欢尔灭了他们!"

大家鼓舞声阵阵,只有祁琪拉住好友的手问:"没事儿吧?"

从早晨坐上看台她便隐隐察觉出异样,昨天赛前又是拉筋又是高抬腿跳,前一项目未结束热身已经做了几轮。今日欢尔却格外蔫儿,不说话也不喝水,耷拉着脑袋像在神游。

"放心吧。"欢尔回握她的手,掌心一层冷汗。

"不行就算了,千万别逞强。"祁琪摸摸她的额头,又抚上自己的,"倒是不发烧。"

"早晨没怎么吃饭。"欢尔脱掉校服露出胸前的号码牌,咧嘴朝好友笑笑,"认准了,别加错油。"

一千五百米跑开赛前,景栖迟特意来到运动员准备处。欢尔正在热身,他径直站到她身后双手揉她肩膀帮她放松,嘴里念念有词:"穿一身红那个是体育生。昨天你四千米第一谁也没想到,她今天很有可能开跑就加速故意让你跟。"

欢尔看过去，心跳不觉加快。

景栖迟转到她面前说："把你耗没劲儿了她们班另外那个实力也挺强的就能反超了。不用跟，按自己节奏来，跑好跑坏都没关系，嗯？"

体委是来讲战术的。

欢尔点点头。

"怎么出这么多汗。"景栖迟仰头看天，热辣的太阳直刺得他眯起眼睛，于是侧侧身将欢尔遮在阴影里，又握住她胳膊抖动几下，"放松，别紧张。今天男子组都是我们强项，不差你这一分半分。"

"一分半分？"欢尔怒视。她昨天可一下贡献八分。

"小气鬼。"景栖迟点她脑门儿，顺手蹭掉她额前的汗珠，"我去跳高了，放松再放松，听见没？"

欢尔望着他跑远，男生并入跳高队伍里，转回头，隔着人群单手握拳朝她做了个加油手势。

发令枪响，近五十人从起始点一涌而出，看台上随之而起潮涌般的呼喊声。一圈之后差距渐渐拉开，欢尔排在第三。力气随着跑步回来了，她快追一程暂列第一。可很快红衣女生反超，对方像故意刺激她追似的，时快时慢，始终压在她前方没几步的距离。

路过五班看台，"陈欢尔加油"的声音响彻天际。

有一刻她被鼓舞声燃起斗志，真想和体育生一较高下，可她很快又记起景栖迟的话——对方故意的。

显而易见，这次他又对了。

绝非瞎猜，欢尔知道他的结论源于观察和分析。因为不同于宋丛，景栖迟总会在这种犄角旮旯儿不显眼的地方显示出别样的聪明。

体育生回头看时，欢尔大大方方哼笑一声，就像在说"你随意，本人有数"。

对方加速，直接拉开差距。

陈欢尔将第二名的位置保持到终点，这成绩足以交差。

拖着步子朝班级看台走，晕眩感一阵一阵袭来。她走走停停，耳边声音时大时小，就在腿几乎撑不住身体时，一双手臂及时撑了过来。

Chapter 5

秘　密

跳高场设在主席台正下方。

景栖迟远远看着对面跑道的陈欢尔冲过终点，心里暗叫一句：Yes. 应该迎上去庆祝才够义气，可此刻他在等待随时可能开始的最后一轮决赛，想着反正她回班也要经过这里，到时候必须着重表扬一番。

可越看越不对劲儿。

女生走几步便捂着脑门儿停下，步伐越来越小，速度越来越慢。

"1043 准备！"老师喊话。

"到。"景栖迟一边举手一边朝欢尔看。

女生停住了。

不好。

他走不开，第一反应就是回头找主席台上的宋丛。然而还未挥手，视线里一个身影正急速朝台下冲，至楼梯一半直接撑起栏杆由半高处翻下来。宋丛就这样目不斜视从他面前飞快跑过，直奔陈欢尔而去。

"1043？"

"在！"

这种情况……着急是正常的吧。

起跑，侧翻，落地，横杆纹丝未动。

老师收起记录册："好了，成绩都出来了。"

景栖迟跪在棉垫上抬头去找，见宋丛正搀扶着人穿越跑道朝操场外走，悬着的一颗心这才蓦地落下。

校医正在处理崴脚的伤员，欢尔估摸自己无大碍，坐在床上静等。

"你真把我吓坏了，怎么回事？"宋丛掌心贴上她脑门儿，沾了一手汗却也放下心，"不烧。"

他是搀着欢尔进来的，一路上撑着她身体的大部分重量，头脑中飞快闪过曾听过的晕厥处理办法。从操场到医务室满打满算两百米，而就在这两百米，宋丛头脑中做了近十种预案。

祁琪推门而入，宋丛与她打个招呼继续问话："早晨是不是没吃饭？"

欢尔摇头："吃不下。没事，就是紧张。"

"你输点儿葡萄糖吧。"宋丛转身就走，"我去买点儿吃的。"

"欸。"祁琪刚出一个音节，人已经离开。

校医忙完那头开始给欢尔做检查，又问一遍情况，末了笑说："有点儿低血糖。我就按你同学说的办喽？"

欢尔朝祁琪吐舌头："看见没，要没医生在他都敢给我扎针。"

"不识好人心。"祁琪坐到她身边，见另外一床上崴脚的是个男生，嘴巴贴上伙伴耳朵，"你是不是那个要来了？"

欢尔当即懂了，小声"啊"了一下。

祁琪肯定地点头："我记得你就在我之后。"

怪不得肚子一直咕噜响，净琢磨比赛这茬儿，把生理期忘了。她赶紧问："你带了吗？"

"我刚过去呀。要不我现在去买吧，以防万一。"

"那给你钱。"欢尔下意识去掏兜——短袖短裤，连半个钢镚儿都没有。她讪讪一笑。

"行了，我不差你这仨瓜俩枣。"祁琪轻飘飘甩下一句欠打的话，起身离开。

校门口有三间超市，祁琪径直进到最大那间，正遇见宋丛在排队准备结账。

"你怎么出来了？欢尔呢？"对方问话。

"在输液。"祁琪指指里面货架，"我来给她买点儿东西。"

"拿过来吧，我一起结。"

祁琪一时脑袋短路。这东西显然不适合"一起结"，可怎么说明不适合的原因呢？十六岁的女孩儿还无法将"卫生巾"三个字光明正大说出口，更何况面对的不是其他人。

是早就知道却一直没机会认识的人，是认识之后期待熟悉，熟悉之后期待更近一步，想法无休无止无法克制的人，是每天每天稍微回头就能看到，可揣着一个巨大无比的秘密无论如何都不敢告诉他的人。

他优秀如太阳，而自己只是耀眼光芒下才能被看到的微尘。

宋丛是祁琪的秘密。

只敢放在心里，小心翼翼地让自己变得更漂亮、更优秀，奢望有朝一日站到他身边会被说一句"你们真配啊"，这样羞涩而执着的秘密。

她僵硬地摇摇头："不用了。"

"嘿，"宋丛叫人，"拿过来吧，你跟我客气干吗？"

"真的不用。"祁琪用余光扫视超市货架，要买的东西在最里面。

宋丛拿着面包牛奶从队伍里出来，他直接站到她面前问："所以是买什么？"

"这……这里没有。"祁琪转身就往外走。

校服一角被拽住，扭头正对上他含笑的目光。宋丛颇为无奈地说："你去哪儿我就去哪儿。"

世界在那一刻变得极其温柔。

十月早秋，上午十一点，超市货架前，不远处有人聊着运动会，收银台处有一下一下的扫码声。穿校服的翩翩少年指尖停留在她衣摆，眼神真切挚诚，语气里有种懒洋洋的执拗，他说：

——你去哪儿我就去哪儿。

若这是句告白该有多好。

宋丛放开手，打趣道："祁琪，你现在有点儿呆。"

不能被当成呆瓜。祁琪一狠心钻进里侧货架，随手抓起一包卫生巾塞到他怀里："好了，走吧。"

粉色包装，上面的卡通小人眼睛很大。

宋丛这下完全懂了。脸有点儿烧，他背过身显示出见惯世面的样子："嗯，走吧。"

吊瓶中液体还剩少一半时，景栖迟大汗淋漓地跑来医务室。欢尔正躺得舒舒服服快要睡着，被动静吵醒不由有点儿没好气，她坐起来说："不能把风火轮卸了好好走路。"

景栖迟罕见地没还嘴，转而问道："你怎么样？"

"体委，我这算不算工伤？"欢尔见他态度尚可，心情好了点儿。

"伤得重吗？"

"不轻。"

"那咱还是回家吧。想治哪儿治哪儿。"

欢尔一下笑出来。

项目基本比完，还剩最后一项趣味度最高的教师接力赛。景栖迟上手将进液速度调快，单手虚握住输液管以提升温度："难受吗？快点儿输完还能赶上看老徐跑步。"

"徐老师要上场？"

"嗯。"景栖迟说着脱掉校服，抬起她另一只胳膊顺着袖子塞进去，"老徐第一棒。"

"我不冷。"欢尔撇嘴。

"穿好。"男生整理着衣服，"你这刚落汗，风一吹不感冒才怪。"

说话间采购二人组归来。祁琪拆了面包包装袋递到欢尔跟前，瞧着吊瓶见底问道："医务老师呢？"

欢尔一边吞一边答："去操场巡视了，说一会儿回来。"

"那我赶紧去找她，这都快输完了。"祁琪刚抬脚被景栖迟一把拉回来，他十分认真地问她："你觉得就这针，我们仨谁不会拔？"

家属院的孩子从小玩医生病人游戏，别说拔针，危急时刻就算扎针也能顶上。

至于效果，不好说。

祁琪疑惑地瞧他一眼："你行吗？"

"这个，应该都行。"宋丛笑，取出牛奶扎好吸管，欢尔顺势接过，一通畅饮。

他趁机将卫生巾塞进她校服口袋里。

吃饱喝足，欢尔心急，抬手将扎针的手背递到离自己最近的景栖迟面前："赶紧走，快赶不上了。"

小景同学十分娴熟地右手拔掉针头左手按住注射孔，紧接着欢尔把自己的手换过去："行了我按吧。"

宋丛看看时间："这瓶有点儿快啊。"

祁琪被这一串熟练迅速的操作惊得目瞪口呆，她双手伸出大拇指："明日之星，祖国栋梁。"

教师接力赛按学科分组，平日或严谨细致或和蔼淡定的老师们在赛道上一律六亲不认当仁不让，反差萌让全校学生都乐疯了。最有趣的当属体育老师的明目张胆让赛，这些运动健将们甚至会倒着跑两步故意等其他老师追上来，这是这所重点中学里他们为数不多的高光时刻。

至于老徐，赶鸭子上架，跑了那么一小段就累得坐地上半晌起不来。

结果公布，五班用集体力量获得第一个第一名。

陈欢尔跟着小火了一把，她的"意料之外"更像是一种信号——这里藏龙卧虎。

太高兴了，高兴得要飞起来。

她看着景栖迟捧起奖状被大家围在中央，最终还是没有走上前说那声"谢谢"。这场运动会以及它所带来的荣誉当然会被遗忘，可在那之前，是他将原来的陈欢尔找了回来，连同她丢失已久的自信、极力克制的冲劲儿和许久不曾有过的归属感。陈欢尔是大家的意外，而这些是属于陈欢尔的意外。

应该要说声谢谢的。

就当扯平了，反正他也欠一次。

运动会结束，家属院三人组结伴去医院食堂吃饭，欢尔妈妈作为家长代表下楼迎接。吃饭间见女儿手背上贴着医用胶带，语气顿时严肃起来："你打了什么？"

"葡萄糖。"光顾高兴早把这事忘在脑后，欢尔扯掉胶带，这一扯不要紧，针孔处一片青，被盖住的地方似平原突兀地凸起一座小小丘陵一般。

陈妈一把拉过她手，训斥先至："我说没说过不能随便打针？说没说过！"

这一声突如其来的质问吓到了正在吃饭的景栖迟和宋丛，在他们的印象中，丽娜阿姨风趣幽默，是就算天塌下来也会用"多大点儿事"一语带过的人。她不唠叨、不严厉、不攀比，陈欢尔考倒数第二她也觉得很好，重金择校费砸进去还能给欢尔买笔记本电脑做奖励。简言之，如果大院有场"最佳家长"的华山论剑，陈妈就是少年郭靖，凭空出现会当凌绝顶。

再说，住在此处的这群"白大褂"们什么大风大浪没见过，大多时候，他们是孩子不慎摔倒血流不止也会淡定来一句"自己擦点儿碘伏"的人——轻重太好判断了，闭着眼睛都能摸个底儿掉。

可此时此刻，一个经验丰富的医务工作者面对稍微青肿的输液针口，这反应是不是太过小题大做？

欢尔欲划水过关，嘴里支吾道："知道了，多大点儿事。"

陈妈却不依不饶似的大力攥住女儿四指："回答我，我说没说过？"

一字一顿，气氛降至冰点。

"阿姨，今天……"坐陈妈旁边的宋丛想要解释，毕竟打点滴由他提出，虽不知对方为何动怒，可这事和自己脱不了干系。

话头却被欢尔打断："说过，下次不敢了。"

"没有下次。"陈妈注意力落回欢尔手背，"校医扎的?"

欢尔赶忙辩解："是，但跟老师没关系，你可别找去学校。我自己拔的，着急看比赛就……"

"没轻没重!"陈妈又一声怒喝。

"那个，阿姨……"景栖迟说半句被欢尔在桌下拧大腿，他"啊"一声叫。

"吃你们的。"陈妈扔出一句，显然怒气未消。恰到好处的手机来电救了陈欢尔一命，陈妈瞪女儿一眼，接着电话匆忙离开。

"职业病。"陈欢尔朝伙伴们嫣然一笑，见他俩还是纳闷儿便大咧咧地摆摆手，"同行相轻听过没? 我妈瞧不上校医。"

景栖迟回家倒头便睡。迷迷糊糊中被母亲叫起来，天色已暗，这两天的疲惫紧张总算得以缓解。

难得家中两位大忙人都正常下班，吃过饭，一家三口在客厅里看球。喜好从父亲处继承，牙牙学语时家里电视打开就是体育频道，走路不稳时就已带球满院跑。他从小就比别人灵活，同龄人中没对手就和院里长几岁的男孩儿们踢，他一直是全场最瘦小的那个。后来被送去足球课余班，放学去，周末去，景栖迟从未觉得"课外辅导"是件枯燥乏味的事。相反，少年足球赛他一路从市级踢到省级，教练都说他是棵好苗子能往职业路上培养，对此父母产生分歧。母亲不太情愿觉得不务正业，父亲却全力支持，多方打听职业路应该怎么走。这个问题超出正常读书就业的

100

父母的认知，放眼家属院也全无前人经历过，就在他成绩越来越好，母亲口风放松时，一次踢着玩儿的比赛让他受了重伤。

伤及骨骼，那段时间他见宋丛爹的次数远远超过宋丛这亲儿子。

母亲政策收紧：去足校，想都别想。

景栖迟几乎没抗争，在床上躺着的日子让他心灰意冷，对于还能否踢职业，他完全没底。

康复后是父亲背着母亲带他重新走进球场，他这爸爸的人生信条是：要拼就拼到最后一刻。

景爸上过一次电视。工厂线路老化引发火灾，他扬着被熏黑到看不清五官的一张脸对着镜头说："总得拼到最后一刻吧。"

景栖迟重新开始训练，尽管那时他已经与足校擦肩而过。长跑、折返跑、深蹲俯卧撑，球不离身，练到恍惚时明明脚下没东西却总觉得有什么在滚。失望、失落都没有过多停留，因为有一件事是他无比确信的：现在还不到最后一刻。

这是父亲的信条，也是自己的。

中场间隙，他歪在沙发上与父母闲聊："我们班这次运动会多亏陈欢尔，谁能想到她四千米一下赚八分。"

景爸不解："八分？"

"第一。"景栖迟一下坐直，"爸你都不知道，十圈操场下来啊，她一点儿事没有。"

"陈磊真没白练他闺女，"景爸感慨，"能到今天，他们两口子不容易，那小欢尔更不容易。"

"超容易的好吧！"景栖迟想到白天的场景大力反驳，"我一点儿不夸张，要是马拉松，体特都不一定跑得过她。"

景妈偷乐："还说陈磊，我估计他现在正挨训呢。"

"为啥？"爷俩齐声问。

"给闺女练那么好都去参加运动会了，真摔着碰着怎么办。"景妈摇头，"我说呢，丽娜下午上来就阴着一张脸，半天没个笑模样。"

"丽娜阿姨今天是挺奇怪的。"景栖迟挠挠眉毛，"我们仨中午不是在食堂吃饭嘛，她特别严肃地把陈欢尔狠狠训了一顿，就因为打点滴手背肿起来一点儿。"

"欢尔生病了？严重吗？"景妈问他。

"不严重。她早晨没怎么吃饭，长跑下来可能有点儿低血糖。"景栖迟不以为意，"输完液校医不在，我们又急着走，估计我拔针时没按好才青了一块儿。"

景妈猛地提高音量："景栖迟，谁让你拔的，校医不在不会出去找？非得显摆你多能耐！"

母亲的过激反应让景栖迟不由一愣，他小声嘀咕："就拔个针生什么气。"再说宋丛陈欢尔跟自己都一个院出来的，在他俩面前这点儿技能有什么值得显摆？最多最多，拔完后祁琪那崇拜的眼神让他小有成就感，那一刻心情的确好到不行。可这都是后话，当时当下他一心只着急让病号去看比赛而已。

景爸打圆场："好了好了。儿子，欢尔体弱，还比你小，丽娜阿姨跟你妈关系又这么近，大家一个院住着你得多照顾，多体谅。"

　　这已经是第二次听说了，在他看来，前一天气不带喘跑完四千米第二天轻轻松松又来一千五百米的陈欢尔跟"弱"半毛钱关系不沾。

　　"为什么你们都说陈欢尔身体不好？"男生盘腿坐上沙发看着父母，"丽娜阿姨也说过。"

　　"你甭管。"景妈扔来并不友好的一句。

　　"可她……"

　　"不看是吧？不看进去写作业。"

　　"妈，妈，"景栖迟攥着遥控器不撒手，"下半场开始了都。"

　　他不打算继续追问。电视里这场巅峰对决他是和同学打了赌的，输的人要合伙请一周可乐，无论如何也得挺主队到最后。再者说，他怕问多了自己扛不住，比如陈欢尔并非亲生所以没继承陈叔基因之类的。不过似乎也说不通，她长得就像是陈家爸妈结合体啊。景栖迟只隐约感觉到关于陈欢尔有个秘密，只有家长们知道的秘密。

　　周一开学即是月考，老师们仿佛跑完圈下场就去出试卷，无缝连接兢兢业业。景栖迟本就没压力，加之老徐对他这特长生丝毫没有另眼相待——训练后生理犯困，那就站着听；作业没写完，补不完别想去操场；自习课讲题没赶上，办公室单独开小灶。这通从未遇到过的正常要求导致试卷发下来他竟觉得简单。

　　大概就是，几乎每道题他都记得在课本什么位置，某个场景下老师讲过。

至于答案另说。古诗文记得上句偏偏考下句，英语知道句子怎么写却因拼不准单词卡壳，数学辅助线应该这样画但是打哪儿开始算来着，物质反应原理一清二楚可出来的液体冒不冒泡……不记得。

会的全在题干里，老师出题不对路数。

可景栖迟没所谓，比起要排大榜的考试成绩，他更关心自己有针对性的左脚训练到底有无进步。

月考排名表由宋丛在早自习后拿进教室。"成绩出来了，我放讲台上大家自己来看。"

话音刚落，大家一哄而上，讲台瞬间被围得水泄不通。有人看完自己的又向座位上的同桌汇报："你班里十七，年级三百六。"

这句喊话定下一个标准，底下的人坐不住，教室前面变成蜂巢。

宋丛费力挤出拥挤区，可那片区域里一直有着关于他的谈话——"宋丛又年级第一哎""这让奥班的怎么想""天中传统都给破了"。

回到座位他推推闭目养神的景栖迟："你新手机在望。"

景妈立约，这学期平均排名高出倒数后十，将斥巨资给他换个手机。

景栖迟扑腾着坐直，满眼放光："我多少？"

"成绩出了？"欢尔同祁琪挽手从后门进教室，刚要往讲台冲被宋丛拉住，说："你班里二十五，年级五百六十三。"

陈欢尔喜出望外："我祖坟冒青烟啊！"

全班五十人，这成绩对择校生来说已是质的飞跃。

"我，我。"景栖迟摇着宋丛胳膊撒娇。

宋丛看着欢尔笑，漫不经心答："你三十一，年级七二零。"

景栖迟一把抱住他："老宋我爱你！"

宋丛满脸嫌弃地推开他。

祁琪见这两人都超常发挥，又紧张又期待地问道："我呢？"

"你不太好，班里三十九，年级……"宋丛挠挠头，"不好意思，忘了。"

他说，忘了。

"没事，"祁琪笑笑，"我自己去看。"

挤进人群，找到自己的名字，从单科成绩排名一列列至最后年级总排名，祁琪一下就哭了。

不能被看出来啊。女生故意装出打哈欠的样子，趁机揉揉眼睛。

只是太难受了，说不出地难受。

考得一团糟难受，收到的答复更让她难受。

他是宋丛啊，别人用力去背的古诗词看两遍就能记住，数理化公式都清清楚楚印在脑子里，随便扔去一题就能在草稿纸上写写画画给出答案，他怎么可能忘呢？欢尔和景栖迟的名次零零整整他记得一清二楚，唯一说得通的解释是，他根本就没有注意。

祁琪一直认为，他们四个人比和其他同学关系好，彼此之间也是一样。可这一刻她被刺痛了，原来在最看重的那个人心里，自己完完全全不同于另外两人。

从讲台望过去，宋丛用手机不知在展示什么，三人头对头凑成一团，接着笑作一片。

如同走在平衡木上重心突然偏离，祁琪感觉自己正在被一个想法强烈地拉扯——景栖迟也就算了，可欢尔呢？她是小地方的后来者啊，就因为运气好也住在家属院，便能理所应当站到他的身边？

她暗吸一口气，垂头回到座位。

欢尔见状对两名男生做个"嘘"的口型转身凑上来，轻轻拍她后背。

耳边传来蚊子般安慰的声音："没关系啦，想想之前怎么学的，肯定这段小鞭子没抽紧。"

祁琪趴在课桌上，将头埋进手臂。

"你不总鼓励我还有时间吗，用自己身上失灵了？

"好啦，这才哪儿跟哪儿。

"别难受啦，咱缺啥补啥，中午让景栖迟给你买烤鸡翅膀。"

祁琪不由笑了，她抬起头，问："吃到一飞冲天？"

"总得表个决心吧。"欢尔瞧着伙伴神态见好，认真问道，"是不是还是理化拖后腿？"

"嗯，"祁琪点头，"我还是要去补课。"

"补！上最好的班，就照着三万补。"

祁琪再次被逗乐，可随即又因刚刚的阴暗想法自惭形秽。欢尔一无所知，真心实意拿自己当朋友，她怎能暗地里这样想她？

她因自己无聊的妒忌生气，她是气自己。

景栖迟从后排伸过脑袋："不就一回月考，至于吗你。"

怒气找到爆破点，祁琪一股脑儿全撒出来："你干什么了你，凭什么连你都比我强。"

她知道自己在泄愤，可除了认识最久的他也没人能受得住自己这场无名火气。

果然景栖迟无所谓地"哼"一声说："我屁事没干，但就点儿正。管得着吗？"

"唉，烦人。"祁琪推他一下，拿起练习册开始做题。

少女的心事像狂风，像海啸，像这世界上最为暴烈残酷的灾难，毫无预兆地降临，不管不顾地发出力量，最后留下一地残骸又悄无声息地离开。也只有在很多年后回望，才发现当时那阵轰轰烈烈翻天覆地，不过是漫长岁月里的一段回忆，只不过有的深些，有的浅些，有的干脆被忘得一干二净。

开始补课后祁琪成绩转好，作文更是破天荒拿了一次满分——要知道在人才济济的天中，这可是值得敲锣打鼓庆祝的一件大喜事。她早已忘了这出小插曲，每日放学仍是四个人一同回家，她会先他们转去另一条路，有时骑出老远还会听到景栖迟与欢尔斗嘴的声音。吵闹与欢笑留在夜色里，祁琪想，要是一直这样就好了。

景栖迟最终与新手机擦肩而过。

"擦肩而过"是抬举，事实上他连手机壳都没够上。

月考、期中、期末，景妈甚至为鼓励将下学期第一次月考都计入在内，可冬去春来，他成了彻头彻尾的"景仲永"，再没冲出过班里后十名。

欢尔的名次基本稳定在班级中段，成了既不会被批评又不至被表扬的普通大军中的一员。身边人对此都很满意，爷爷奶奶被告知这成绩能考上大学——虽然他们连一本二本都弄不清楚。父母认为在强手如林的天中，这排名已相当不错，连院里的叔叔阿姨都说欢尔没过来多久就比其他孩子强了。说到底，在大家眼里陈欢尔的比较对象不是现在身边的同龄人，而是那个若没有转学还在四水读高中的姑娘。

相比另外一种可能性，她确实好很多。

这天在景家蹭完晚饭，景妈提出要她给景栖迟"辅导"——宋丛不在，相对先进也得对后进负责，欢尔不得已开始研究他的月考试卷。

房门一关，景栖迟现出原形："差不多行了，晚了我还得送你回去。"

欢尔不理，摊开卷子趴床上一门门看。

男生努努嘴，拽过椅子优哉游哉插上耳机看训练视频。

文科倒没什么，无非是历史年份没记清，政治纯属不背，主观题干脆把选择题题干胡乱抄一通凑数；理科类大题基本空着，乍一看没什么，可仔细研究问题就出来了。

同一个知识点，选择填空都能做对，换个数换种说法而已的综合题却空着不答。数理化门门如此，陈欢尔不相信他傻到看不出在考什么。

她从床上爬起来去翻书架最底层——景栖迟懒得整理，所有试卷堆在一个地方，这房间哪里摆着什么陈欢尔比主人都清楚。

一番折腾后她找到上学期期末考试卷。对照这个思路看一遍，果不其然。

就像是，故意不去拿高分。

本身成绩就够差了，景妈还放出新手机诱饵，他是把自己的脑袋当球踢瘪了？

陈欢尔想不出原因，坐床上"哐哐"踹他靠椅。待人不情愿回过头，她把月考卷往他身上一摔："你为什么故意考不好？"

景栖迟摘下耳机："什么？"

她换成肯定语气："你故意不好好答题。"

男生明显一愣，可极快恢复成赖皮样："去去去，别辅导不了往我头上栽。"

欢尔心中有底，指着卷子摆出证据："这里，填空这么难你都能算出来，大题一模一样你空着？还有化学，前边方程式你都写出来了，后边换个数为什么不写？"

"不会写。"

"瞎掰。"欢尔把期末卷拿出来，"你从上学期就这样。要不说，我就把卷子直接拿给叔叔阿姨，我再跟他俩解释解释。"

景栖迟万没想到这丫头连之前的都能翻出来，夺过试卷胡乱塞到书架下面："我瞎猫撞上死耗子，胡乱编的。"

"不说是吧？"欢尔扬起头就要往外走。

景爸景妈都在客厅，一扇门出去事情严重性必定升级。

"喂！"景栖迟眼疾手快拉住她胳膊，一副认栽模样，"这怎么说啊。"

欢尔像小老师双手抱胸，上上下下打量他一番，问："你是不是考完就知道能拿多少分？"

"哪儿那么神。"景栖迟皱眉，"当我通天啊。"

"说。"

"就……"男生放开手，"就我不想比祁琪考得好。"

他说完扭过头去，不去看面前的人。

欢尔记起来了，祁琪确实对他吼过"凭什么连你都比我强"这样的话。

可是，就因为这一句话？

她想问明白，可又觉得景栖迟已经把答案告诉她了。

"你别让祁琪知道。不，跟谁也别说。"

欢尔犹豫，心里很乱。

尽管她也说不清为什么乱，好像帮他就是背着父母做坏事，又好像这样不对理应及时制止，还好像……迟钝的大脑迎来当头一击，隐隐有些什么正在被开启。

"帮个忙，算我欠你。"

他又这样说，一次一还又欠一次，圆周率似的数不到头。

欢尔看着他，点点头说："好。"

景栖迟确实把答案告诉她了。

Chapter 6

你好陌生人

文化月是天中一大特色。在为期四周的时间里，按年级制定活动主题。高三雷打不动做经验分享——每年此时，优秀校友回归母校举办讲座，在校生虽自愿参加，可面对从这里走出去的师哥师姐们，仍在学海中苦作舟的人大多都盼着沾些运气。今年高二年级做泛知识竞赛，据说题面宽成印度洋，涉及各种领域，全凭平日杂书看得多。而高一，徐老师在班会上发布主题："图书漂流。大家回去找一本自己喜欢看的书，明天交给班长。可以在书里写一句话，你的推荐语，你的感受，或者你想对拿到这本书的人说什么，尽量不要写名字啊，尊重一下我们这次活动的神秘感。"

有男生举手说："那班长都知道我们拿的什么呀，她肯定把自己喜欢的先挑走。"

教室里响起一阵敲桌子起哄声。

那人火上浇油地解释："喜欢的……书，想什么呢！"

廖心妍远远刺他一句："我先把你的扔垃圾桶。"

全班笑得欢快。

"行了。"徐老师叫停，"那就统一规定，拿过来全用报纸包一下。班长收的时候做个统计。"

廖心妍点头。

徐老师继续说："书收上来会被统一放置到图书馆二层报刊阅览室，可以借阅带出来，但一定记得到期前给放回去，活动结束大家自行去阅览室找回。另外为留给大家充足的读书时间，文化月期间，周四周五下午两节自习不做强制要求。"

最后这句话如同一记礼花，"砰"一声在五班绽放得结结实实。

"没自习不是让你们疯玩儿的。"徐老师吼着补充，然纯属以卵击石，最后连自己都跟着笑起来。

教室总算安静，徐老师刚要开口，隔壁四班传来一阵叫喊，不用想都知道他们晚一步听到好消息。

少年们的高兴点总是出奇一致。

"行，自习吧。"徐老师摇摇头，背手出了教室。

祁琪凑近欢尔，问："一会儿去吃牛肉面吗？"

"心有灵犀啊。"欢尔嘿嘿笑。

"叫着他俩吧。"祁琪又道。

就算不叫，他们大概率也会跟着。

欢尔向后侧过头，瞄着景栖迟说："我的琪邀请你们晚上一起吃牛肉面。"

她也不知道为什么自个儿非要对着景栖迟点出是祁琪邀请。只是确信这样做他会高兴，那好像就应该这么做。

"纯邀请，"宋丛笑说，"不请客是吧?"

祁琪脸一红回过头。

欢尔小声说他："吃人某个器官会短。"

这下轮到宋丛脸红，景栖迟也是一愣。可下一秒，这俩人发出足以集聚全班目光的爆笑。景栖迟拍着宋丛肩膀，笑得眼泪差点儿飞出来："某个器官，短。"

"你才短。"

"又没说我。"

"明枪易躲暗箭难防。"

俩神经病。陈欢尔把椅子向前挪挪躲开他们，一句吃人嘴短笑成这样?

晚上回到家，面对自己几乎一贫如洗的书柜，陈欢尔这才开始真正犯愁。大部分书还留在四水，这里要么是各科教辅书，要么是几册老师推荐过的课外读物，要么是四大名著这类人人皆有的名本。简而言之，哪一种都没法儿推荐给别人。

万般无奈下她去敲母亲的房门，虽然有心理准备，可面对架子上整整一排妇科工具书她恨不得就地被开一刀。

陈妈听得缘由乐不可支："我这中华妇科学怎么不能漂流了?这是正规科学，小姑娘提前了解了解挺好的。"

"不行。"陈欢尔果断拒绝。

113

"针灸？"陈妈抽出一本，像电视购物推销员一般，喜气洋洋满脸堆笑。

"不行！"

"这个行，"陈妈扫视一圈，"《本草纲目》，经典巨作。"

"漂这个教人下毒？"母亲越笑，陈欢尔越赌气。怎么堂堂医学院高材生连本正经书都没有。

陈妈不甘放弃，指尖一本一本点过去，确实都不太合适。她灵光一闪转到床头柜上，打开抽屉胸有成竹拿出一本："这肯定行，我建议你也看看。"

那本书叫《神经心理学》。

"不是工具书，里边有知识有案例，挺好玩儿的。"陈妈强势塞到她怀里，"我新买的，同系列还有本《变态心理学》。"

"妈！"

陈妈呵呵笑一通："得了，你得相信你妈的眼光。"

也没其他可选，欢尔抱着书回自己房间。出于对阅读者的负责，她打算了解一下里面都讲了些什么。不想却一发不可收拾，越看越来劲儿，至眼睛酸到睁不开时已是凌晨四点。

大脑、认知、动机，这次没被骗，她感觉自己在拥抱另一个宇宙。

早晨在家属院门口与宋丛和景栖迟会合，她迫不及待分享心得："我这本书惊天地泣鬼神，你们知道怎么给人催眠吗？就是让你注意力集中到房间内某一点，然后注意你的呼吸，然后你要让全身肌肉组放松，放松……"

景栖迟敲她脑门儿："你现在给我俩催眠有什么好处？留点儿劲儿给老徐还差不多。"

宋丛饶有兴致地问："是什么书？"

"她房里有什么你还不知道？"景栖迟不屑。

"滚蛋。"女生大力踹他车轱辘。

"别闹。"景栖迟胸有定见朝宋丛点头，"我估计是从丽娜阿姨那儿偷来的。"

欢尔话到嘴边还是忍住："哎呀，不能说。"她转而问他们，"你俩带的什么？"

"你不不能说吗？"景栖迟逮着机会就与她打嘴仗，"施主且随缘吧。"

宋丛笑一下，老实作答："我拿的《麦田里的守望者》。"

"呀。"欢尔惊喜，"我想看！"

"那你先拿去看吧。"宋丛说着将斜跨的单肩包转到胸前就要开拉链，晨间车流密集，欢尔止住他："别，那你一会儿交什么？"

"随便交一本呗。"

"还是别了。哎，看车。"欢尔放慢速度，伸手将他书包转到背后又细心地拉紧拉链，"没准儿别人也想看。等漂完了再借我吧，反正你又不着急让我还，是吧？"

"也行。"宋丛嘿嘿一乐，"你随时。"

这天早自习陈欢尔是在抄作业中度过的，书是好看，题也是真多。祁琪笑她："你悠着点儿，全对了麻烦。"

欢尔顿笔，赶紧又把选择题答案胡乱改几个——她忘了自己正在抄年级第一的作业。

学习好也是种负担啊。她暗自感叹。

正抄得风生水起，廖心妍站上讲台喊话："大家把书都交上来吧，交完来我这里登记。"

教室开始出现响动。祁琪回头问景栖迟："你有报纸吗？"

景栖迟从书包里拿出体坛周报，翻两页，将印着大幅托雷斯照片的某张偷偷抽出来递过去。

宋丛伸手说："给我一张。"

供应者懒洋洋将整册报纸往旁边一推，宋丛随意拿一张把书包好。

心急火燎地补完作业，欢尔轻手轻脚把书拿到课桌上，怕被人看见迅速翻开书皮压到底下，提笔开始给未知的读者留言。

班长催得急，一时半会儿想不出优美句子，她写道："这本书让我更加了解自己，希望你和我一样从中获得乐趣。"

很久之后当祁琪想起这次图书漂流，她忽而产生疑问：在高中那样紧张繁忙的日子里，学校怎么就确定大家一定会去找书看书呢？

疑问产生的同时她便想到了答案。

会参加的，一定会。

不是寻书，而是千方百计探听哪个人拿的哪一本，而后马不停蹄在书海中准确找到，试图借助这个入口了解献书人的所思所念所爱。最后的最后，冥思苦想琢磨出与之匹配的句子，庄重而

116

小心地写在上一行文字之下。

总会有那么一个人是青春这座小旅馆里的常客。

可也只有在旅馆彻底结束营业的未来，我们才有勇气承认这件事。

书上这句话，来自一个你不知道的陌生的我，是我离你最近的一次。

那时的祁琪侧面向欢尔探听消息——他们一个院住着，早晨又一起上学，好友一定知道。

好友很快给了答复："宋丛那本是《麦田里的守望者》。你下次直接问嘛，又不是外人，他肯定告诉你。"

欢尔以为祁琪同其他人一样只是在关注"年级第一"——他用什么辅导册，他笔记上写了什么，他会看什么样的课外书，宋丛的一举一动都是好学生行为规范，而好友只是不太好意思表现出其实自己也很看重名次，迫切地想要追赶先进生。

报刊阅览室单独腾出来做这次活动，祁琪于开放当日去找了两圈都没看到。她猜测或许有人抢先一步恰好拿到这一本，打算过几天再去找一遍。

没有自习课的周五下午仍有人规规矩矩留在教室，比如班长廖心妍，比如第一排从未出过班里前五名的瘦小女生，再比如欢尔前面与她同样位列中等阵营、午晚两餐都有人送饭的男孩子。宋丛与其他班级学习委员一起被付主任叫走去高二年级知识竞赛帮忙，而景栖迟得偿所愿整日泡在球场——他被选为队长，两周后将带领校队参加全省中学生足球对抗赛。有一次校内友谊赛欢尔和祁琪去看，一方是校队首发，另一方是替补球员，为拉平实力，弱势方加入三名体育老师。比赛对抗十分激烈，操场四周尽是围观人群。戴上队长袖标的景栖迟全无平日吊儿郎当的模样，跑动、呼喊、扬手要球，他是场上的绝对核心。欢尔看着他奔跑的身影忽然明白一件事，抱住梦想的人会闪闪发光。

祁琪问："你不觉得他来天中可惜吗？"

人人挤破头只为争那一席名额，于景栖迟却是种不得已。

就像小时候我们满心欢喜将最爱的玩具给最喜欢的人，却只得到对方一句冷漠的"谢谢"，长大后才明白这句道谢已是对方给出的礼貌。

单方面强加的好是种负担也说不定。

这些欢尔不打算同任何人说。惋惜过去是对自己毫无意义地消耗，她只希望伙伴能抓住眼前所有机会，不回头地往前冲。

就像现在这样。

"进了！"周围一阵欢呼。

景栖迟单刀破门，在最后一刻反超比分，定下终局。

他在场中被拥上来的队友七手八脚揉着脑袋，男生表情有些扭曲，但笑得竟然带几分羞涩。

出息了，欢尔暗想。

比赛结束，她握紧手里未送出的运动饮料同祁琪离场——很多女生上去送水，好像也不差这一瓶。只是身后的欢笑声引得她几步一回头，景栖迟被人群围着，她看不清他此刻的样子。

文化月第三周，徐老师的女儿回母校做演讲。五班这下倒全空了，大家都想一睹这位关系更亲近一层的神仙学姐的芳容。礼堂座无虚席，欢尔同祁琪插空钻到过道处，旁边座位上的高三生人手一本练习册或闭目默诵或奋笔疾书。小徐姑娘在掌声中迈着轻快的步伐走上舞台，她带来的主题是"逆风飞翔"。

也只有穿越云层顺利抵达另一岸的鸟儿才会感谢途中的风雨吧。像陈欢尔这种正远望乌云努力扑着脆弱翅膀的小鸟，最期待的是来阵火炮"砰砰"把云彩击得片甲不留——若能取消高考就好了。

"先说一下我的情况吧。"自我介绍后，小徐姑娘娓娓道来，"我是踩着天中公费线进来的，入学排名四百左右。高一期末三百二十，高二分班后稳定在前十，高三基本没出过前五名，后来的事付主任刚才介绍了，我现在在清华读新闻专业。说这些是想告诉大家，我一路都在追、在赶，很累，非常累，但，值得。"

接下来她开始分享学习方法，由系统到单学科，底下的人笔记不停。

这部分欢尔一样也没记住，倒是中间有句话让她有血脉偾张之感。小徐姑娘说永远都不要看轻自己，无论别人说什么做什么，永远都不要。

中途去卫生间，欢尔在礼堂外大厅碰到徐老师。她打声招呼，之后问："您怎么不进去？"

老徐背着手："还嫌我看得不够腻歪？这儿也能听到。"

欢尔要走却被叫住，老徐像是闷久了急于找人聊天，问她听了多少有无收获。欢尔实话实说："我想选理科，学姐介绍的主要是文科经验。"

她本就理科更好些，天中传统又重理轻文，到高二也就五六个文科班。这选择无须三思。

"经验都是别人的，"老徐看着她，"取其精华，路还得慢慢摸。"

欢尔指指里面："您在家辅导学姐吗？"

"少。"老徐扬扬下巴，"当时这丫头文理差不多，我们就想让她念理科。但她自己坚持，后来……就是倔吧，遇到困难也不怎么和家里讲。她高考那年我还带着毕业班，自己学生都顾不过来。"

"怪不得。"欢尔点头。

"怎么？"

欢尔笑了："学姐说永远不能看轻自己，这句话还让我挺感动的。"

"嘻，"老徐自嘲般笑笑，"最看轻她的人就是她爹。"

"嗯？"

"这丫头是回来给我上课的。"老徐不再多说，拍拍欢尔肩膀，"化学老师夸过你好几次。努力吧，定下目标就全力以赴，别留遗憾。"

礼堂内传来一阵经久不息的掌声，想必分享会已告一段落。

除去羡慕，此时陈欢尔对里面自信满满的小徐姑娘平添许多敬佩。她的飞翔该有多孤独，在那一程狂风暴雨的旅途中，没有谁相信她能飞过去。

这个月欢尔过得很充实，除去读完几本漂流图书，她和祁琪还借宋丛的后门去观摩了两场高二知识竞赛。其他班学委只初赛帮忙，宋丛却被付主任压榨着从头跟到尾——无须任何技能的现场记分员，以示公平找来其他年级学生担任。他说自己刚入学时欠付主任一个人情，至于是什么任欢尔祁琪百般追问，男生都一副哪怕上刑场也决不透露半分的姿态。竞赛题目五花八门，婴儿为什么"干打雷不下雨"啦，无花果到底开不开花啦，某某浏览器名字从何而来啦……好在选择题偏多，不然泛知识竞赛会活脱脱变为尴尬大赛。

四强赛有这样一道题：小脑属于脑前部、中部还是后部？陈欢尔在观众席脱口而出"后部"，几乎同时台上一名戴眼镜的斯文男生抢到，同样给出"后部"答案。回答正确，祁琪大力戳她后脑勺，说她："这事你倒行。"

"学海无涯啊。"欢尔"啧啧"两声。她纯属现学现卖，这是那本《神经心理学》某一章的知识点，揣在怀里还热乎着呢。

眼镜男又稳又准，几乎凭一己之力将班级带入决赛。祁琪指着台上站他身边的女生八卦道："据说他俩是一对。"

"这你都知道？"

"贴吧上热门校园搭对排行榜，那里面都有照片。"祁琪挑眉，"羡慕不，光明正大谈恋爱。"

"可……老师不管？"

"不知道，可能成绩都不差就睁只眼闭只眼吧。"

成绩真是个神奇的存在，在很长一段时间里它无所不能，过了这段时间则又变得毫无用处。它有永生的生命，它清高、公平，有时也会开并不有趣的玩笑。它被特定人群奉若神明，信徒的离开并不使它难过，因为它无比笃定总有人前仆后继跪拜在它的脚下。

祁琪终于知道费尽力气寻找的《麦田里的守望者》身在何处。这天欢尔留在图书馆看书，祁琪找了一圈无功而返回教室自习。路过某张桌子时无意中瞥到被试卷压了一半的书籍封面，露出的封皮上印着"赛格林"。祁琪下意识推开试卷，心心念念的那几个字映入眼帘。

如果是别人她不会多想，可这个座位是廖心妍的。

收书的人，将书交到图书馆的人，可以知道每个人交了什么书并且第一时间借出来的人。

那一瞬间，祁琪的心情形容为五雷轰顶也不为过。

脸庞圆圆的可爱女生，出了名的人缘好。老师喜欢，表扬她责任心强做事认真；同学喜欢，每天有人班长长班长短唤个不停。成绩虽不拔尖但也基本卡在全班前十，家境大概也不错——祁琪扫了一眼她的桌面，手机扣放在文具盒里，那是景栖迟心心念念的最新款智能机。

怎么会是她？

可偏偏就是她。

心事重重地回到座位，祁琪不自觉想起很多关于廖心妍的时刻。比如她有几次声称去姑姑家都"碰巧"顺路和他们一起走；比如她总喜欢站在教室后门聊天，每次说话声笑声都很大；再比如她经常"鸠占鹊巢"坐到自己身后请教问题，那些题目明明没有很难。

如同橱窗里心爱的裙子被别人觊觎，对方甚至付了订金先下手为强。

又恼火又憋屈。

那天晚自习祁琪面前的书一页未翻，她的视线几乎没离开过前几排廖心妍的背影。两节晚自习，她向这边看了六次。

放学后廖心妍甚至明目张胆站到宋丛旁边，虽然说话的对象是景栖迟："你明天就正式比赛了吧？加油哦。"

"谢谢班长。"景栖迟做个敬礼的动作。他将随校队去外市比赛，最短四天，最长两周——全取决于比赛成绩。

廖心妍没有要离开的意思，又问："你们怎么去啊？"

"大巴，一起走。"

"住宿呢？"

"学校都安排好了。"

女生点点头说："你不在学校这段有什么问题随时问我，你有我电话吧？"

"不用，有事我网上给你留言。"

"没问题。"廖心妍笑笑，"当然啦，学习上你可能更愿意问宋丛。是吧学委？"

宋丛听到忙不迭摇头："学习？你太高估他了。"

折腾一大圈不就为了跟宋丛说句话！祁琪这么想，脸色也开始难看。她拉起欢尔就走："磨蹭什么？想住学校啊！"

被拖着出门的陈欢尔完全处于状况外："我早收拾好了，这不等他俩嘛。欸你俩快点儿。"

"走啦。"景栖迟朝廖心妍挥挥手，和宋丛并肩跑出教室。

晚上徐老师在班级 QQ 群发布消息，提醒文化月即将结束，请大家按时归还漂流书籍。景栖迟心下一惊，赶紧给宋丛去电："我桌斗有本书，漂流的，你回头帮我还回去。"

"你还拿了别人的书？你自己都没交吧。"

宋丛记得清楚，交书那天景栖迟两手空空，为蒙混过关这小子拿着他的书交到讲台，之后偷摸勾了两个人的名字。

"你别管。"景栖迟细心叮嘱，"别被人看见。然后再替我写句话，写得真诚一点儿，中心思想就是这书非常好，选得非常有品味。"

"行吧。"

小时候替他写作业还得想着法儿变字体，类似的事宋丛数不清做过多少次，早已司空见惯。

"明天到学校就写，千万别忘了。"那头男生提醒。

宋丛笑答"好"，想想又道："你加点儿小心，尤其膝盖。"

"得啦，等我凯旋吧。"

景栖迟桌斗最里边的确藏了本书。隔日一早，宋丛偷偷摸摸将书转移到自己腿上，一边想这小子从哪儿弄来的一边拆开印有

124

大幅托雷斯头像的报纸——白先勇的《台北人》。他恍然记起交书那天的细节，下意识朝祁琪的方向看了一眼，之后迅速将书塞进校服里。

来真的？

之前开玩笑试探直接被捂嘴，宋丛倒也没深想。景栖迟皮，跟谁都嘻嘻哈哈自然也看不出对谁特别好。当然陈欢尔除外，那是景妈下的死命令，他不敢抗旨不遵。

可若真动了心思……替他写句什么话比较好？

宋丛一抬头便看到陈欢尔的蘑菇头后脑勺，还有几根发丝没睡醒似的支棱着，像它的主人一样稀奇古怪。他不由抬起手想替她抚平，结果刚一碰到就被欢尔一掌打到手背上，女生头也不回继续闷头做题。宋丛忍住笑，心里一下有了轮廓。

取书这天祁琪轻而易举找到自己的《台北人》。她翻都没翻，去前排书架与欢尔会合，好友正原地纳闷儿："奇怪，我的'神经'好像没回来。"

祁琪的目光全在欢尔手里那本《麦田里的守望者》上，她明知故问："这是宋丛那本吧？不知被谁拿走了，我都没看成。"

"你看呗。"欢尔递过来，"我本来跟他借的，你看完再给我就行。琪，你帮我找……"

欢尔未说完，祁琪已经抱着书走了。

此时此刻，她迫不及待想要知道"对手"写了什么。

阅览室外楼道空无一人。祁琪靠墙站定，她知道偷窥别人隐私这种行为备受唾弃，可忍不住，如箭在弦上已经绷到最大弧度，再一下就断了，她真的忍不住。

再次确定四下无人，打开。

内页只有一句英文："Make sure you marry someone who laughs at the same things you do."

字迹娟秀整齐。也就是说宋丛什么都没写，而这句"读后感"来自廖心妍。

一定要与笑点和你一样的人结婚。

她怎么可以这样写？她怎么敢这样写！祁琪握书的手不受控制地颤抖，整个人都在抖，恨不得将整页扯掉撕碎。

廖心妍在用一种无声的方式引导宋丛——看看吧，我们旗鼓相当，我们是一样的人。

狡诈，阴险，尽是心机。

可转而她的内心又涌起一股强烈的挫败感，从未有过的，连考班级倒数时都没有过。

可悲又可笑的是，在这场没有硝烟的对决中，她发现自己甚至没有成为对手的资格。

欢尔出来找到她，嘴里念叨："我的书可能太好看了，好看到舍不得还我。"

祁琪闷头答："是太好看了。"

"你的有留言吗？我看看。"欢尔拿过《台北人》，快速念出声，"谢谢你让我读到一段有情有义的旧时光。希望我也能留存在你的时光里，历久弥新。"

读完"哇"一声说："写得也太好了！"她盯着那行字自言自

语，"不过琪，你看这字迹……"

祁琪这才凑过头，一字一字看过去，心跳乱了。

宋丛的字，倒着看她都认得。

自己的书竟然去了宋丛那里！可他应该不知道吧？等下，不知道为什么要写"希望我也能留存在你的时光里"，或许知道？怎么知道的？

冰到极点的心突然被浇上一盆开水，一时间不知该哭还是该笑。

唯一能确定的是，心脏好像都快要爆炸了。

"好像是……"欢尔还在纠结。字迹冷不丁看上去很像宋丛的，可这家伙写字快连笔居多，连考试作文都没写得这样工整，哪有工夫一笔一画给陌生人留这么一大段？

要么就是在哪个班板报上见过？

祁琪抢过书，宝贝一般贴近心口抱着："赶紧回去吧，英语要小考呢。"

陈欢尔撒腿就跑："快走快走，我忘了，课文全没背。"

和旋转木马比起来，很多人更喜欢海盗船。

祁琪就属后者。

徐徐开始，越来越快，由一个顶端俯冲至另一个顶端，在巨大的失重感下视线模糊，心脏持续剧烈跳动，仿佛下一秒就会蹦出胸膛。

激烈，勇猛，没有退路。

她向往过这样的生活。

Chapter 7

最近的分离

省中学生足球赛结束，天中校队拿到季军，仅次于市足校和邻市体校。而景栖迟成为有史以来第一个非专业院校出身的最佳球员。

此前天中校队从未进入过三甲。课间操通报表扬、宣传栏喜报、广播站采访，景栖迟一夜之间成为校内人人知晓的天中之光。

对学校而言，这是响应素质教育德智体美全面发展的典型案例；对全校的体育老师来说，这是石头缝里蹦出个美猴王天上掉馅儿饼的惊喜；而对于校队那帮每天挥汗如雨球比娘亲的男生们，履历上的荣耀先不提，他们终于能在嘲笑"书呆子还会踢球"的那些人面前，小小地扬眉吐气一次。

与周遭的热闹相比，景栖迟倒显得格外冷静。回来后猛补两天作业未踏入球场半步，去食堂路上被认出也只打声招呼作罢，

128

连老徐课前打趣"咱们班又出来个明星",男生们叫着起哄他也没有借机显摆一番。高兴劲儿还是能看出来,只不过不似想象中那样兴奋罢了。

当然,如此细微的差别只有亲近的伙伴们才能感知得到。

这天上学路上欢尔问他:"你是不是又受伤了?"

"没。"男生反问,"怎么说?"

"还不是看你过于低调。"宋丛接话,"确定打比赛一切正常?"

"哦。"景栖迟这才了然他们的心思,语调很是不在意,"正常,得说超常发挥了。"他想想与宋丛坦言,"我和足校那帮人有差距,而且这差距会越来越大。"

"主要差在哪里?"宋丛一向理智。

"感觉。"景栖迟说得含糊,"他们每个人感觉都很对,什么时候跑哪个点,角球开出来怎么接应,甚至技术犯规都犯得恰到好处。把我扔里边,不一定比他们做得好。"

天中训练环境和足校差距巨大,这是事实。

宋丛一下理解了,安慰道:"他们有专业教练做战术指导,客观条件拉不平的。"

"是。"

"感觉这东西得靠自己慢慢找。"

"嗯。"

"也不是坏事,"宋丛看着他,"知己知彼,反正去一趟就当学习了。"

"我琢磨往后还是加强针对性训练。"

欢尔似懂非懂，见俩人大清早都一脸严肃，"欸欸"两声打断："琪要过生日了，我们一起送她个礼物？"

"可以啊，我没问题。"宋丛朝景栖迟坏笑，"有人是不是想单独准备？"

"哎，真热。"景栖迟不理，加快速度。

又一个夏天来了。

学期最后一次月考成绩出炉，宋丛依旧年级第一，欢尔依旧中游，景栖迟依旧倒数，而祁琪破天荒拿下了语文英语两门年级单科最高分。

在分科已经被提上日程的这时，这像是一种宣告，她将离他们而去。

对有些人来说，分科是举棋不定的选择，对另外一些人却是卸下重担的拯救。

欢尔、祁琪和景栖迟皆数后者，宋丛无所谓，可他要学医，必定得选理科。

离别的气息似村落上空的袅袅炊烟，很轻，很淡，时有时无。

欢尔因被老徐叫去谈话未出席课间操，待回到教室，景栖迟正趴在桌上奋笔疾书地抄宋丛的笔记。

体育特长生偶尔早晨训练，学校便把间操时段留给他们补习功课，对他们去不去课间操不做硬性要求，景栖迟这一年几乎没去过，特权攥得稳稳的。

男生头也不抬问她："老徐跟你说什么了？"

"就考试。"欢尔坐到他身边，"顺便问问分班意愿。"

她成绩太稳定了，虽然这意味着一直没有放松，倒也不是坏事，可老徐说人必须得给自己鼓一把劲儿往前冲一冲，一直在舒适区待着不行。

"分班啊。"景栖迟放下笔，"祁琪生日有计划吗？"

"琪叫我们去她家吃饭，还有一些别的朋友。"欢尔告诉他，"礼物我想好了，宋丛没意见，你……"

"我也没有，你看着送吧。"景栖迟转头看看四周，靠近她，"我打算录个视频，让大家每人说一句'生日快乐'之类的。时间紧，你得帮我。"

原来他早有准备。

欢尔同意。绝没有不情愿，祁琪生日她自然一百个想出力，只是心里怪怪的。

因为冬天时自己生日，景栖迟连份礼物都没送。

"陈叔不有台小 DV 吗，你回头研究研究怎么用，能录上就行。我用数码相机，回头让宋丛剪一起，反正他学东西快。"男生站起来对教室划分区域，"从这里，你左边我右边，单人说或者两三个一起说没所谓。原则就是别被发现，要不没惊喜了。"

景栖迟绝不是认真仔细的性格。除了在球场上，他鲜少将一件事规划得清晰合理井井有条。

某句话像鱼刺卡在嗓子里让欢尔没办法忽视，她心一横问出口："你喜欢琪，对不对？"

对，还是不对。

她觉得自己知道答案，可总有种不到黄河不死心的念头，非要他说出来。

广播体操已进行到最后一节整理运动。教室里静悄悄的，微风将浅蓝色窗帘掀起一角，阳光仿佛也好奇答案，迫不及待钻进只有两人的空间里。

黑板右侧的时钟秒针一如往常规律，一，二，三，四。

景栖迟看着她，没有说话。

他……承认了。

欢尔说不清自己的感觉。有点儿像从海中游回岸边，最后要站起来时背后扑来一个浪花，于是整个人被突如其来的力量推着摔到岸上，嘴里有沙子，也有咸涩的海水，她下意识问出口："为什么？"

"为什么……"景栖迟重复问题。是啊，凡事皆有个为什么。因为一直一个班，因为她文采棒有才华，因为长得漂亮马尾顺眼，因为性格好从来不真生气，这些算理由吗？这些是自己喜欢她的理由吗？

景栖迟被问蒙了，在此之前，他完全没想过原因。

"小孩子家家哪儿那么多为什么。"他揉揉陈欢尔脑袋，蘑菇炸刺真好玩。

课间操结束，楼道里再次喧嚣起来。

欢尔拢拢头发说："你这次期末好好考吧。琪不用你让，她有

132

实力。"

"我知道。"

"买新手机借我玩玩。"

"寒碜我是吧。"

欢尔不觉想到老徐刚刚说的话——分班就是分水岭，竞争只会更激烈。可景栖迟现在琢磨的事显然会让他分心，她莫名有点儿生气，又有点儿担忧，于是说道："你就没个'B计划'，万一真踢不了球呢？"

话刚出口，她就意识到说重了，慌忙开始找补："我指的是万一。我当然希望你名扬千里春风得意家财万贯走上人生巅峰。"

"哎哟小马屁精。"景栖迟重新让蘑菇炸毛，也顺理成章跳过问题。

他当然知道有万一，只是现在的他不愿为那个万一做一丝一毫准备——他怕准备了就成真了。

祁琪生日这天是个周三。临放学前一刻钟，廖心妍站上讲台说："耽误大家几分钟，学校要统一放个视频。"

把USB插进电脑，幕布拉下，关灯。

祁琪还在对班长耿耿于怀，压根儿没抬头。

可下一秒声音响起："祁琪，生日快乐。"

屏幕上开始闪过一张张熟悉的脸，有人说"你作文写得真好，听说你想当作家，任重而道远，加油吧"；有人说"大家看，这就是传说中的豪华男厕，祁琪啊我们为了不让你发现连根据地都暴露了，你看到可别感动哭啊"；还有人说"下学期你去文科班见面机会就少了，想跟所有学文科的兄弟姐妹们说一句常回家看看，五班大门随时进"。

欢尔说："我的琪，遇到你是我的幸运。"

宋丛说："祁琪，祝你披荆斩棘筑一座高楼。"

景栖迟说："生日快乐。"

每个人都在说，生日快乐。

祁琪哭了，靠窗有个同样将去文科班的女生也眼圈红了。长大一岁，向独立的成人更近一步，分班分科，离灿烂的梦想更近一程，这样的时刻却有人哭了。

视频里的他们在笑，教室里的他们却笑着哭。

悲伤好像是所有情绪里最具感染力的那个，想到成长，想到离开，想到怎么也提不上去的分数，想到一回头再也看不见的那个他，每个人似乎都有哭泣的理由。

付主任的声音自广播传出："五班五班，你们搞什么。赶紧把投影关了，还没放学知不知道。"

后排男生直接用校服遮住摄像头。少年们由哭转笑，欢闹声更甚。

十六七岁正在学习隐忍，殊不知那比答不出来的物理题难上百倍。

祁琪抹抹眼泪站起来："谢谢大家，这是我最难忘的生日。"

才走过一点点人生，当然什么都是"最"。最好的朋友，最难吃的食堂，最期待的礼物，以及最想留住的时光。

有人搭茬儿:"祁琪,你真要选文科啊?"

"嗯。"女生坐下,朝问话者点点头。纵然有太多不舍,可现实就是这样,她做不到因为眼下的留恋去更换到另一条跑道,那不理智,更不成熟。

未来,祁琪想,我会和你们,和你,在更好的地方重遇。

放学后,待教室里只剩三两人,欢尔从储物柜背后捧出藏了一天的礼物:"我们三个送给你的,你不是一直想学尤克里里吗?现在没时间,那就以后学。"

祁琪又一阵感动:"视频也是你的主意吧?"

欢尔去看景栖迟,见对方不停朝自己点头只得蚊子般"嗯"了一声。

祁琪抱紧欢尔,在她右脸颊上留下一个重重的亲吻。放开手又双臂环上景栖迟,嘴里叫着"辛苦辛苦"。最后一刻她鼓足勇气抱了抱宋丛,同学间的,友情意义上的,心怀感激的轻微拥抱,她说"谢谢"。

欢尔揉脸:"这可是我的初吻。"

景栖迟替她拿上书包轻飘飘甩一句:"傻蛋,亲嘴的才叫初吻。"

期末考试,景栖迟的排名是全班三十九。

刚刚好省下了景妈"没出过倒数后十"的念叨。

宋丛理性点评他是沾了分科的福利。打算学文的同学已经基本放弃理科了,关注重点也由总名次转至日后更需要的文科单科排名。

欢尔看他卷子，这次倒答得认真，但这一年下来基础却是越来越差。

暑期伊始，院里又一批人结束中考，几只幸运鸟即将进入天中成为新生力量。游学中介把业务做到三院家属院，传单到处飞，热情的销售员身披横幅有问必答。去夏令营的想法便由这些收集到全面信息的家长提出，且像超市"跳楼减价"的消息似的在医院里迅速蔓延，到最后营造出一种不去就是吃亏上当，不花这份钱天理难容的氛围。景妈冲着高校研学训练营这高端严肃的标题给儿子报了名，宋妈觉得一起去有个照应紧随其后，而陈妈目的更加单纯——不在眼前晃悠能省心几天。

欢尔给祁琪去电话邀她一起，补课日程已经排满了的祁琪满心羡慕："我也想去啊，但我妈肯定不让。"

"再争取下嘛，宋丛说班长也来，大家都在多热闹呀。"

"廖心妍？"

"对啊，她找宋丛辅导功课，宋丛就顺口说了。"

祁琪内心泛起酸涩与失落相交的情绪，不由叹一口气。

欢尔知好友家教甚严——上次生日聚会她见过祁琪母亲，是个雷厉风行的女强人，订了双层水果蛋糕，家里也布置得极具气氛，礼物是一台价值不菲的平板电脑。只不过对方离开时她听到一句话："玩儿完不用收拾，我跟李老师约好八点过来。"

连生日当天都逃不过家教上门补习，祁琪插翅难飞。

想到此欢尔安慰一句："别愁了，以后肯定还有机会。"

"嗯，"祁琪心事重重地小声念叨，"下次吧，下次。"

如此一来欢尔本没抱希望，却不想出发当日祁琪从天而降出现在大巴车上，一路介绍自己和母亲斗智斗勇的经过，这段心酸又艰难的经历惹得欢尔捧腹大笑。

车行三小时后抵达首都，奥运风潮仍在，第一站便是鸟巢和水立方。讲解的话欢尔一句没听，道路、座椅、栏杆、灯光，每一处都让她想到父亲。她想象着自己最亲近的人昂首挺胸地站在这里，背后是盛事，旁边是战友，肩上是责任，而眼前一切皆是祖国。她一直以父亲为荣，尽管他很少回家，尽管他总是唠叨让她锻炼身体，尽管他没有参加过任何一场家长会，陈欢尔早就知道自己无法和同学们一样拥有一个寻常的爸爸，可若有下辈子，她仍会选择做他女儿。下辈子如果有前世记忆，她要更早懂事，更早告诉他你是我此生的骄傲。

晚上入住酒店时欢尔才有些犯愁，祁琪紧拉着自己不放，不远处的廖心妍神情有些尴尬。她只得对好友说明："以为你不来，我早就答应和班长一间住了，老师也这么分房的。"

祁琪放开手，可下一秒又挽回去："可以换的呀，我想跟你住。"

"不好吧……"欢尔见廖心妍走过来，大咧咧说道，"要不咱们三个一间，我睡床垫，本来我睡觉就往地上滚。"

她不知其他两人心事，只觉得答应别人又反悔有失诚信。

又是廖心妍。祁琪不知自己怎么了，遇到这人就有种较劲的心态，可欢尔的为难全写在脸上，她不忍让朋友难做，只得支支吾吾让步："那行吧，不然我就……"

"我自己住一间吧。"廖心妍抢先声明，对两个女生笑笑，"都一样。"

这段小插曲很快结束，可欢尔仍觉得过意不去。办理好入住，放下行李，她拿几袋零食预备出门，临走前询问室友："去慰问下班长呀？"

祁琪从包里翻出一瓶花露水扔过去："你给她吧，我就不去了。"

廖心妍今日穿了条短裙，路上就一直抱怨"首都的蚊子有毒吧，怎么专挑一个人咬"，鼓包越挠越大，有的都破了皮，本来祁琪只看在眼里并未有安慰或帮忙的念头，可分房上对方让了步，她不由有些愧疚。

一瓶花露水，就算两清了。

廖心妍住楼上两层。欢尔的到来让她惊喜交加，见到花露水更是大呼救命，直接撩起睡衣露出小腿："我特别招蚊子，你看这一堆包。"

"还是琪懂你。"

殊不知哪有什么料事如神，只因一直暗地观察某人，自然比别人多了些了解。

廖心妍一边往身上拍花露水一边同她说起明日的行程，欢尔在房间四下转悠，漫不经心地接话："明天下午的讲座我们不参加了，想去故宫博物馆，你有兴趣吗？"

廖心妍停止手上动作："是谁想去呀？"

全班都知道陈欢尔与宋丛景栖迟住一个小区，"我们"自然是指他们。

"宋丛提的，我和琪也都没去过。"

"嗯……"廖心妍稍作沉默，"景栖迟去吗？"

"去呀。"

欢尔答得溜，她甚至没反应过来面前的女生在特意问一个人。

"那我也去。"廖心妍回答。

"好啊。"欢尔大喜，拉着她的手说起计划，"讲座咱们就坐靠出口的位置，开场之后找机会就溜。宋丛知道路线，好像坐地铁可以直接到。你带点儿钱，门票价格……我忘了，反正多带点儿，穷家富路。"

廖心妍比个"OK"的手势："没问题。"

欢尔环顾房间："班长，你自己睡不怕吧？"

"放心。"女生笑，"我还怕打呼噜吵你们呢。"

"你打呼？"

"我妈说的。"廖心妍撇嘴，"谁知道真的假的，她那人特别夸张。"

欢尔嘿嘿乐。

平日在班上只是如常交流，出来一趟天南海北瞎聊，倒亲近了许多。

廖心妍将欢尔拉到身边坐下，顿了顿问："那个……景栖迟喜欢什么？"

她当然知道"三剑客"每日黏在一起上学下学，关系非同寻常。

"足球呗，他能有什么追求。"

"除了足球呢？"

"除了足球……"

陈欢尔太迟钝了。四水小城街坊邻居伙伴整日勾肩搭背一起厮混，被扔到陌生环境她整日想的都是如何追上他们的脚步，景栖迟对祁琪没有缘由的喜欢她一知半解，也分不出精力深究，过往经历让她对"心动"的概念全无意识。

就像分科后即将到来的生物课，她知道有这样一件事，可究竟讲什么、学起来难不难、考试题型什么样，她压根儿没想过。

此时的廖心妍是位循循善诱的老师，她在告诉这位迟钝的学生，我只会看到一个人，想要寸步不离地跟在他身后，委婉辗转地去了解他的全部喜好，这就是心动。

只是迟钝而已，陈欢尔不笨。在这陌生城市，在炙热的酷暑盛夏，在空调很冷的酒店房间，有个女生向她坦白了心事。

那种怪怪的感觉又浮了上来。

这次她理解为景栖迟变成校园里的名人，连班长都对他倾慕三分，只因他不再是那个普通的、平凡的、每日一起上下学的朋友，所以自己才觉得怪。

陈欢尔说服自己，你这样很不好，朋友出名了你应该为他高兴，哪天他真成了世界级球星你跟着混个体面差事下半辈子吃香喝辣岂不完美。

面对廖心妍真诚期待的目光，欢尔细细数来："打游戏，睡觉。不爱吃甜食，不吃姜。他这人除了足球真没啥追求，什么事都得过且过，但是有时候又特别轴，明明做错了还死不承认，结果每次惹完爸妈自己更郁闷。还算仗义，宋丛我俩求他他肯定帮忙，其余的……"

欢尔想说会默默对人好，可转念一想好的对象都是祁琪，于是话到嘴边又咽了下去。这点儿眼力见儿她还是有。

"还有呢？他喜欢……"廖心妍用眼神提示关键点还没出来。

欢尔打马虎眼："……宋丛？"

廖心妍"噗"一声笑出来："他俩是挺配的。早知道你这么好说话我就直接问你了，我也就跟宋丛熟一点儿，每次都绕弯儿问，问得我自己都烦了。"

欢尔也笑："你还问宋丛？他更傻。"

"替我保密。"

"放心。"欢尔郑重许下承诺。

接下来的三天陈欢尔成了香饽饽，走哪儿都左拥右抱，祁琪和廖心妍俩人像粘她身上了一样，三个人恨不得上厕所都成群结队。得知班长隐秘的心思再去观察，她发现事实其实清晰透彻得要命——比如廖心妍表面上和宋丛说话，可所有问话主语都是"你们"；比如某人刚抱怨热，下一刻大家就都跟着沾光有冰激凌吃；再比如不知何时她将那瓶花露水给了同样倍受蚊子喜爱的景栖迟，因为一句"多谢"而欢喜许久。陈欢尔发觉自己像极了密室逃生的设计者，知道所有线索和通关密码，可又只能闭口不言，看玩家们在里面瞎绕，有时跟着干着急，有时又倍感有趣，更多时候则是对那颗榆木脑袋感到无奈——你倒是转个弯儿多想想啊。

回程大巴上欢尔有些晕车。宋丛翻晕车药时摸到花露水，朝景栖迟挑挑眉——这小子自来丢三落四，什么东西都往自己包里塞。

景栖迟瞄了一眼，朝后扬扬头说："班长的。"

"廖心妍。"宋丛回身叫她一声扔过去，全然没有注意到后排祁琪难看到极点的脸色。

自己的花露水怎就到了宋丛那里？这班长借花献佛倒是学得门儿清。

她不自觉"哼"一声，怕暴露心思又赶紧将头偏向窗外。

宋丛将药和水一同递到坐身后的欢尔面前，看着她吃下去，问道："要不要跟老师说停一会儿?"

"不用。"欢尔面色惨白地摆摆手。

景栖迟单腿撑在座位上，转过身抱着椅背说话："我跟你说个事儿，说完你肯定不晕。"

欢尔胃里难受，半合眼挤出一个字："说。"

"宋丛要考北大。"

这下连隔一排的廖心妍都笑了。

全世界只有他把这当成新鲜事。

欢尔翻个白眼："不然呢?"

未名湖、博雅塔、花神庙、蔡元培和李大钊像，本作为图片存在的事物现在一一看过摸过，于他人是心之向往，于宋丛倒更像是坚定决心。

景栖迟继续说："我能考体院，那就剩你了，我们北京走一发。"

"我吗?"女生牵牵嘴角，"清华……也不错。"

"陈欢尔你真是!"景栖迟气急败坏点她脑门儿，"你是气球啊你，膨胀到上天了。"

欢尔打掉他的手，抱胸小憩。

够不到的事情才敢拿来说笑，谁都如此，越长大越如此。

这个暑假欢尔只回四水待了一周，离开时她抱着爷爷奶奶有种想哭的冲动。四水是童年，是乐园，是无须考虑未来的无忧无虑的生活，可现在她与它渐行渐远。

告别似某种自然规律，像她逐渐发育的胸部，日益增长的身高，和愈加成熟的心智，不知不觉发生，且不予任何抗拒的空间。

没有人能真正学会告别，我们学会的不过是尊重规律。

开学后班里离开了十人，分进来十二人。文科班统一在原本的实验楼上课，与理科班所在的主楼隔着教职工办公区。欢尔计算过，如果铃声响就往外跑，下三层穿越行政楼花园再上两层抵达祁琪的教室，大概说上五句话后往回赶才不致迟到。这其中祁琪不能有上厕所、接水、讨论问题等耽误时间的额外动作，且对说话者语速及句子长度都有严格限制。简而言之，课间几乎无法见面。

再然后，午晚餐也无法每日同步。压堂、小考、班会、补作业，总有各种各样的事重要性高于一起吃饭。

唯一被保留下来的就是放学一起回家，十分钟车程的这段路仿佛是对分离做出的最后抵抗。

新同桌叫杜漫，瘦长脸戴眼镜，除了第一天问过几句老师的基本信息，这女生大半时间都是埋头看书的沉默状态。欢尔印象最深的就是她右手无名指和小指外侧，因为蹭到未干的墨水，那里总是或黑或蓝一片，像某种无言的声明。

杜漫住校，每周回家一次。某个周六欢尔奉母上大人之命去小区前面的超市买大蒜，结账出来发现前面有对父女并行的身影，女孩儿穿紧身牛仔裤格子衬衫，头发在脑后绑成小刷子，背影有点儿像杜漫。平日大家都穿宽大校服，她不确定那纤细高挑的身型是否属于自己同桌，加之离得远便没有开口叫人。回家同母亲说起这事，顺嘴打探起院里是否有杜姓医生，孩子和自己差不多大，陈妈想想摇头说："孩子在天中的上次夏令营基本都去了，剩几个念高三的……得了吧，你们仨每天横行霸道招摇过市，人家要住这儿肯定早和你打招呼了。"

也是。再说离家这么近哪有人会住校，欢尔未再深究。

"同学"与"朋友"中间其实隔着一段很远的路，赶路需要时间，也需要沟通，这实质上是一种双向选择。不言而喻，高考没有交友题，也永远不会有。

144

这季运动会景栖迟下了一番功夫去打听其他班的报名情况，之后基于田忌赛马原理排兵布阵，五班以绝对优势拿到第一。老徐高兴的同时将他大大数落一番："有那脑袋为什么就不往学习上用，田忌的忌你都写不出来。"

不知是老被数落终于触动灵魂还是夏令营一行有了点儿愿景，景栖迟有次来欢尔家蹭完饭蹭笔记本，打开的网页竟是体院历年招生分数线。这行为惊得欢尔赶紧拍照留念，连一向淡定的宋丛问话都比平日认真："真要考？"

"想试试。"景栖迟看着他俩，"你们随便，那么大城市那么多学校，好的一般的全有选择。但我……我怕没学上。"

最近一次月考，景栖迟是全班倒数第三。

"不至于吧。"欢尔逗他，"没学上你就进城打工，我俩接济你。"

景栖迟抄起抱枕扔过去，欢尔机敏闪开。刚欲扔回被宋丛挡住："几岁了你俩。"

"专业问题不大，最近训练状态也比之前好。但我这文化课……费劲。"

认准一所学校就像看上一个人，滤镜越来越厚，到后来就觉得哪哪儿都顺眼，至于其他，再怎么好也都是替代品。

宋丛沉思片刻，说："语文英语必须花时间记，不用找规律，先背下来再说。生物刚开始，现在能跟住就问题不大，其他科……你看看从哪门开始补吧。"

言下之意，你想好，我随时。

"数学吧，数学总分多。"

"行。"

欢尔将抱枕砸过去："景栖迟，我可把私教都借给你了，这份恩情你记着。"

"是我借你，没心没肺。"景栖迟揉肩膀，"打硝酸甘油了你，回回这么大劲儿。"

"信不信我给你打氰化钠。"

"那我喝点儿双氧水。"

欢尔和宋丛愣着对视一眼，乐了："你可以啊，化学方程式都记得。"

"我还不能自救？"景栖迟对他们的诧异深表不屑，"再说了，谁家还没个大夫。"

"我的理想"是从小就开始写的作文题，它像一条下滑的曲线，越来越少被提及，到最后大家既不会写，又不会说。大人远不如孩童勇敢，他们要面子、怕丢人、太知荣辱，所以将越来越多的事放在心里，越活越孤独。在这条曲线中段，在勇敢和孤独之间的某点，理想会穿着一层外衣被传达给要好的朋友。那是不惧未来却又刚刚懂得脚踏实地的年纪；是有点儿自傲却又禁得住嘲笑的年纪；是极力向成熟靠拢却又不停暴露幼稚的年纪。

对，是矛盾的年纪，是过了就开始怀念的、最好的年纪。

Chapter 8

说　谎

这天晚自习结束回家路上，景栖迟的自行车忽然掉了链子，两个男生轮番上阵弄得满手是油也没能修好，一通折腾过去半小时，祁琪妈妈打电话催促，大家便一致决定将车留在学校明天处理。

景栖迟带欢尔，一路听祁琪聊起文科班的新鲜事。某个历史老师在人人网相当活跃，经常大半夜偷同学的菜，被发现了还死不承认说自己根本不玩"校内"。

祁琪笑得欢快："不玩他怎么知道网站旧名？我们就是不好意思拆穿他。"

她说我们班里由外市转来了一名超级"学霸"，付主任已经预定下周一由此人做国旗下讲话，到时你们就能见到啦；她说我们楼现在离食堂近，慢悠悠过去都能吃新鲜出炉的菜，你们想吃什么告诉我提前打好；她还说人少显得地方好大，上次排座位靠窗靠墙的都换成单人单桌了，教室后边宽敞得能打篮球。

这话引得从未去过的宋丛一阵羡慕："你们班多少人啊？"

"三十四。"

"三十五。"

欢尔和景栖迟齐声给出不同答案。

景栖迟朝后座瞥一眼："不说新转来一个吗，小学算数。"

欢尔打他后背："你就两位数加减法算得好。"

"你俩够了。"祁琪笑笑，看向宋丛，"下次你来找我，实验楼我地盘。"

宋丛也笑："行。"

这个顺口而出的答复让女生心花怒放，十字路口前，祁琪朝伙伴们摆手："明天见啦。"

好友走后，欢尔蓦地有些惆怅。新班级，新朋友，新环境，她恐怕都没机会见到好友口中这位历史老师的庐山真面目吧。

家属院前一个路口是一片拆迁地，虽计划将建成带有大型购物中心的新型高层住宅区，可自欢尔搬来这里就一片狼藉，一天也未动工，连带着整条街的路灯都泄了气似的，要么不亮，要么暗得像随时要偃旗息鼓。就在他们说着话正要经过工地入口时，旁边广告挡板后突然冒出来三个男人，景栖迟没留意不由一个急刹车，后座的欢尔一头撞到他后背上。

宋丛也好不到哪儿去，因为着急回家车速本就很快，这一急停差点儿将自己翻出去。

到欢尔双脚落地看清面前人手里的东西，心一下跳到了嗓子眼儿。

那是一把十多厘米长的水果刀。锋利的刀尖正对着挡在她前面的景栖迟。

对方开口："身上值钱的都掏出来。"

他们右侧是广告板，而另外两人一人拿着酒瓶站在宋丛车前，另外一人则满脸通红赤手堵在背后。

四面夹击，根本没办法跑。

也就是说，在二十一世纪的都市夜晚，他们被打劫了。

这在现场并不好笑，因为欢尔猛地意识到，景栖迟这学期刚换了新手机，而宋丛，他身上有近两千块刚收上来用于买辅导书的班费。

浑身冷汗。

第一反应去看同伴，景栖迟几乎贴在她身边，面无表情；一步之外的宋丛脸色都变了，单手紧紧抓住后背上的书包，钱全在里边。

"看什么看！"对面的人晃晃尖刀，凶神恶煞。

陈欢尔被猛地一吓不觉身体后仰，大脑一片空白。

"钱！"手握酒瓶的人低吼，"拿钱！"

一阵酒气扑鼻，这种陌生而强烈的气息让欢尔瞬间清醒。四下无人，求救无望，所以要么乖乖就范，要么……

持刀者个子不高，体格一般；堵在身后未持器械的人与宋丛和景栖迟身量差不多，但并不壮；至于拿酒瓶的，眼睛通红站立都不甚扎实。显然三人都喝了酒，而这场意外并非精心策划，只是他们三个运气太差，赶上了而已。

可以选第二条路。

陈欢尔决定赌一把。

"钱包在我书包里。"她说着，一边从背上摘下书包一边故意退后半步踹倒自行车，随着"哐"一声响，本来双腿跨在自行车中间的景栖迟下意识迈出来，几乎同时，欢尔趁乱喊出一句"one on one"，怕同伴没听清楚她声音大些又说一遍，"one on one！"

书包猛地砸到持刀者脸上，右脚即刻出击踹上对方的下体，双拳交替对准直打鼻梁，趁对方还未及反应拽住胳膊用尽全身力气，背摔完成，最后一脚大力直下踩住裆部。

"啊！啊！"男人一阵惨叫。

欢尔转头朝身边纠缠的两人大喊"闪开"，景栖迟甩不掉对方，她情急之下一脚从侧面踢过去，两人一同倒地。酒瓶滚出去，而喝醉的人意识不清动作迟缓，景栖迟趁机踩在对方身上迅速爬起，赶紧去帮宋丛，二对一，与宋丛对峙的高瘦男人见形势不好转头就跑。两男生回过头几乎同时喊道："小心！"

欢尔还是被刀划了一下——她正从背后压制已经站起来的醉汉，而另一人从侧面突袭，躲避的基本原则是避重就轻。

这一躲也让持刀者扑个了空，脚下被自行车车把绊住，一个趔趄刀具落地。而宋丛与景栖迟眼疾手快上来一人一侧按住人，欢尔用手臂锁死醉汉，单脚发力狠狠踢上持刀人胸口，趁对方倒下大吼："跑！"

景栖迟和宋丛推车开跑的同时，她转到醉汉身后用膝盖顶上去，对方大叫着跪地，而她放开手便开始跑，紧追两步跳上车后座，景栖迟带着人奋力向前蹬，宋丛挡在他们身后，一边回头望一边扯着嗓子喊："快，快!"

快，快，用尽毕生力气，朝前面光亮的地方，快，快。

比咆哮的风，比燃烧的火，比飞驰而过的流星，少年们在进行一场想要超越世间所有的速度比拼。

他们赢了。

视线里出现熟悉的超市灯牌，两名男生逐渐放缓车速，直至双脚撑地停下。

欢尔跳下车，与此同时两辆自行车应声倒地。三人像溺水者摸得浮木，喘着粗气不发一言一屁股坐到路边。

眼前是明亮的路灯，大马路上时而有车辆闪过，两名穿红色马甲的超市店员凑在收银台聊天。

这样的夜晚才对，平和、宁静、单调，刚刚过去的惊心动魄就像是一场梦。

宋丛最先缓过来，当下拉过欢尔胳膊："是不是伤了?"

当时太紧张，一切又太快，究竟那把刀划到哪里谁都没有注意。

"啊!"欢尔不由叫一声，这才感知到撕扯而来的疼痛。

校服右边袖子被划开，隐隐可见血迹。

"坏了。"景栖迟见状就去拉她校服拉链，脱掉校服，小心翼翼将卫衣袖子撸上去，上臂有个四厘米左右的划口，不深，但还在出血。

"幸亏穿得厚。"欢尔有种劫后余生的侥幸，早晨出门凉，她特意换了件加绒卫衣，歪打正着帮了大忙。

"赶紧回家。"宋丛扶她起来，眉头紧锁。

"先别。"欢尔朝不远处还亮灯的药店扬扬下巴，龇牙咧嘴，"买点儿药处理一下吧，被我妈看见妥妥完蛋。"

"不行。"宋丛坚持，"这是刀伤，处理不好留疤不说，再化脓感染就完了。"

"不至于。"欢尔指着伤口给他看，"就蹭一下，又不在关节，再说这深度肯定不够半厘米，都不用缝针。"

宋丛蹙眉："那也不能……"

"先这么办。"景栖迟见伤口还在渗血，想起上次陈妈因为一点儿青肿就发火的事当即做出决定，"走，快。"

欢尔被安置在药店门外的长椅上，景栖迟进去很快又出来，手里多了一包医用纱布。他拆开包装迅速按住伤口止血，眼神不见平日顽皮："疼不疼?"

"有点儿，还好。"欢尔实话实说。

"不然晚上……"

话至一半，宋丛结完账出来，见景栖迟按着伤口先是叹气，又道："我还是觉得要打一针抗破，不能因为瞒着丽娜阿姨造成隐患啊，要不让我妈带你……"

"你妈知道跟我妈知道有差别?"欢尔扯出一个苦笑，"再被看出刀伤，咱们仨有一个算一个，全见不到明天太阳。放心吧，轻重我心里有数。"

见两人仍沉默，她碰碰景栖迟："刚说晚上怎么？"

他本想提议不然晚上去自己家里睡免得被陈妈训斥，转念一想又觉得这样未免大惊小怪，干脆转换话题："陈欢尔，你什么时候学的这些拳脚功夫？你太牛了你，你会打架啊？"

"完全、完全没想到！"宋丛聊及此处一扫愁容，满脸欣喜交加，"欢尔我真没想到，你那身手完全是专业级！"

出拳，踢腿，锁喉，动作利落稳准狠不说，她所展示的技巧远大于力量，不经长期训练的人绝对做不到如此。

而不经这场意外，即便亲近如他们，陈欢尔也从未提起，更未展示过，对宋丛和景栖迟来说，这个晚上太过惊心动魄。

欢尔被夸得不好意思，淡淡说道："算学过吧。我小时候身体特别好，我爸妈觉得不学功夫可惜。"

景栖迟猛地抬眸看她，没有说话。

撒谎。

他不知道陈欢尔为什么撒谎，可他知道现在不是刨根问底的时机。

"差不多了吧？"宋丛抬开景栖迟按压的手，打开手机照明凑近仔仔细细打量一番，出血量很小，伤口长但的确不深，这才暗松一口气拿出买来的碘伏，"忍着点儿。"

饱含棕色液体的棉签擦到伤口处，欢尔"嘶"一声。

"好了好了。"宋丛安慰，随即用纱布将伤口裹住，简易医疗处理完成。

欢尔稍稍抬起胳膊晃两下，的确只是皮外伤，骨头屁事没有。

她彻底放心，一下笑出来。

景栖迟被这反常举动弄得一愣："干吗？"

"我就是想到，"欢尔指着宋丛手里的碘伏，"这辈子还是第一次买这玩意儿。"

"我也是。"

"我也是。"

三人一同大笑，笑得泪花迸出眼角，笑得根本停不下来。

太值得笑一场了。

点儿背值得，勇斗歹徒值得，死里逃生值得，第一次花钱买家里从不断供的碘伏更值得。

这是一个拥有数不尽值得的秋夜。

大笑过后，宋丛继续刚才的话题："你学的什么？"

欢尔不解："嗯？"

他握紧拳头用 0.5 倍速朝景栖迟脸上打过去，而另一方则配合表演装出被胖揍的模样，"哎哟"一声慢悠悠扭过脸去。

欢尔再次笑出来："就散打，没事打打拳踢踢脚之类的，没什么用。"

"没用？你今天可救了我俩一命。"宋丛朝还在表演状态中的景栖迟做个"收"的动作："是不是？"

"是是是。"景栖迟恢复正常又开始皮，"我现在可知道那会儿你为什么说怕打伤人了。"

宋丛不解，看完他又去看欢尔："打伤？"

景栖迟摆手："反正有那么点儿你不用知道的事。"

伤口四天后开始结痂，十天后再去看只剩隐隐可见的白色伤疤。当天穿的卫衣偷偷丢掉，校服扔不成，只得骗陈妈上体育课不小心划到器材室铁架子上，被啰唆几句"凡事加小心"后重新买了套全新的。事情就这样过去，一如这场风生水起的搏斗到最后不过也只成了一段小小记忆留存在高中生活里。

后来有一天又经过工地时，景栖迟忽然问起："那天你到底怎么想的就敢跟他们干？"

这句"one on one"是景栖迟和宋丛闹着玩时经常说的话。一对一，踢球适用，比吃饭快慢适用，闲着没事抱一起掐架也适用。欢尔加入他们后提议变成英文，国际范儿，说出来档次都高不少。那天她赌的是三个人之间的默契，九成把握，那一成只怕当时那种环境他们听不清。

很幸运，或者说意料之内，她赌对了。

至于战局分析和搏斗方法，这是自小就被训练的内容，就像一加一等于二，印在脑子里的东西，需要时自然会跳出来。

"我就想这两只'弱鸡'没我可咋办。"欢尔这样回他。

关于自己的故事，她不想与任何人分享。她只玩笑着告诉他们，不要声张，低调行事。

元旦将至，班里开始商讨演出节目。去年文艺委员带一众小姐妹跳了现代舞，可分班后"扛把子"带人集体出走学文，廖心妍自此兼顾文艺工作。班会上有人提议诗朗诵，立刻有知情者摇头，说跟九班撞车了；有人说那随便唱个歌，大家起哄一通又挑不出合适人选；有人干脆举双手主张放弃，廖心妍这下急了："你就是裸奔也得给我上去跑一圈。"

全班爆笑，说话的男生苦着一张脸说："我就算裸奔也得有人看啊。"

半节班会过去仍没个结果，有调皮的男生献计："干脆找几个人当足球宝贝跳跳操，景栖迟玩点儿花样，怎么还不凑出个节目。"

"我不干啊，别有事没事拉我出去挡刀。"景栖迟懒洋洋地否决。

青春期的男生们被"足球宝贝"四个字撩得心驰神往，纷纷朝后看过来："牺牲一下你美色怎么了，有没有点儿集体荣誉感。"

欢尔也回过头嘿嘿笑，被当事人气急败坏揉一通脑袋："你瞎起什么哄。"

廖心妍在讲台维持秩序，问："没有别的那就定这个啦？"

一分焦急三分责任外加六分私心，在廖心妍心里这八字没一撇的节目已然是满分。

"就这个吧。"后排经常踢球的男生朝景栖迟看过来，"你怕丢人，大不了哥们儿上台跟你一块儿。"

节目就这样敲定，三男五女，宋丛在景栖迟"你不上我就不上"的幼稚宣言下不得不参加。相比之下女生们选起来容易得多，会跳舞形象好的就那么几个，班长发话，当天晚上排练就热热闹闹地开始了。

祁琪找来时欢尔正随大家挪桌子留出教室后面空地。欢尔将站门口观望的好友一把拉进来："怎么，这么快就相忘于江湖啦？"

晚饭时她给祁琪发消息说了元旦排练的事——他们还保留一同回家的习惯，虽时间常碰不到一起，但提前沟通总是必要的。祁琪听后说想过来看，欢尔自然满心欢喜。

"不是，毕竟我都……"祁琪有些不得劲儿，因为留下的人里有三张面孔她完全陌生。

"没事儿。"欢尔挽着她向其他人热络介绍，"这是祁琪，原来也在咱们班。"

有先前认识的女生问话："祁琪，你们班什么节目呀？"

"爵士舞。"祁琪笑笑，凑近欢尔，"那俩呢？"

"跟班长去借球了。"

正说着，廖心妍与两名男生一同回来，景栖迟大步跨到祁琪面前："我以为你先走了呢。"

"没，看看你们节目。"祁琪心不在焉，目光尽数落在正指手画脚与宋丛说话的廖心妍身上。

他们……关系似乎更好了。

"对了欢尔，"廖心妍满头大汗回身唤人，"帮忙把我桌子上英语小考卷给赵老师送过去呗，她等着呢。"

"好。"欢尔答一声立即行动，廖心妍做个飞吻的手势，说："谢啦。"

"不谢。"欢尔抱着卷子经过祁琪，说句"等我下"，小跑出了教室。

祁琪一言不发抓起书包追出去，在走廊拦住欢尔："她就这么使唤你？"

"不至于。"欢尔笑着摇摇头，"班长今天晚饭都没吃就在编节目，这不正忙着跟宋丛讨论队形呢。她本来事情就多，压力估计挺大的。"

"那她怎么不找别人？"

欢尔猜好友是为自己鸣不平，赶忙解释："别人都要演出嘛，我闲人一个。再说心妍跟我比较熟，她人真的特别好，肯定没有其他意思。"

陈欢尔现在是廖心妍的好朋友。

想想都会觉得不舒服的那个女生，廖心妍。

这一刻，祁琪忽然觉得自己变成了局外人——很久很久都没来过的理科楼、不再属于她的五班、不认识的生疏面孔，甚至，她原本认为固若金汤的四人小分队也要换一名成员。

被换下的人，是自己。

委屈，难过，又不甘心。

她咬咬下唇问道："我想回去了，你送完之后走不走？"

对祁琪来说，这问题代表一个至关重要的机会——

就现在，欢尔请你来选择吧。

"我……"欢尔在好友眼中读到某种不一样的情绪，可她分辨不出那代表着什么，更不知那有多强烈，她只是歪歪头说，"你着急就先走？我等他们一起。"

抢劫事件留下一块儿不大不小的阴影，工地一如往常，她却不敢再冒险单独经过。这件事她没有对祁琪提过，因为一旦说起必然要牵扯出众多关于原因的解释，那是陈欢尔只留给自己的私密空间。

"我先走了。"祁琪说完头也不回地跑开，她听到身后欢尔的声音，可眼泪似乎堵住了耳朵，将那声音遮得严严实实，她一个字都没有听进去。

她的朋友陈欢尔已经做出了选择。

祁琪不再等他们一起回家。她不断给自己洗脑以至于从内而外被完全说服——为什么要等呢，也不过十分钟车程而已，总有一天大家都会分开。有次晚归恰好遇到五班在操场排练，演员们跳得有模有样，廖心妍靠在欢尔肩上，两人看得津津有味。经过时欢尔恰好回头，她装出打电话的样子目不斜视快速离开。刚出校门口便收到欢尔发来的信息："我们快完事了，你在哪里？"祁琪回过去："我先走了，有家教课。"

她自始至终做不到如实告知，对祁琪而言，说谎是一种自我保护。

距离正式登台只剩一周时，参演的一名女生突然要转去文科班。廖心妍为此大发雷霆："转班为什么不早说？你当大家都在玩？"

今年的元旦演出以班级为单位，最后有优秀节目评比。

这话是当着所有参与者说的，女孩儿在众目睽睽下抹不开面子跟她对吵："你知道我费了多大劲儿才说服我爸妈吗？现在他们好不容易同意，走不了你负责？我不怕你们说我自私，比起什么都不会每天在班里干耗，被骂死我也愿意。"

女生说完就哭了，一边哭一边诉苦："我什么都听不懂，什么都不会，再不走我就完了。"

大家都上前劝，没关系，不要紧，别在意。比之一个人的未来，一场演出着实无关紧要。

宋丛永远是最理智的那个，他告诉廖心妍："还有时间，实在找不到人变阵型也来得及。"

"对，"景栖迟附和，"班长你也别太急了，方法总比困难多。"

女生泪如泉涌，磕磕巴巴地道歉："对不起……我知道对不起大家……但我真的最先告诉你们了，徐老师我都还没说……"

廖心妍站在外围，定定看了一会儿，拉起欢尔就走："去找你同桌。"

"杜漫？我俩不熟呀。"欢尔跟在身后走一段，见廖心妍步伐飞快显然余怒未消，犹豫着开口，"哎，你别怪她。"

很长一段时间里陈欢尔都是那种感觉，听不会，看不懂，连去打水都退后谦让，感觉自己比他人矮一截。最可怕的不是提不上去的分数，而是已经够努力却丝毫不见成果的自我否定。我比别人笨，我天资比别人差，我命该如此无可救药，严重的自我否定会毁了一个人。十七岁的心智还未成熟到可以接受大千世界的千姿百态，也难以承接住一个暂时不尽人意只因发光点还未被找到的自己。

廖心妍停下，过了一会儿缓缓摇头："我理解。"

班长好像都这样，成绩不一定最好，但一定最像大人。

欢尔也是这时才知道，杜漫初中时参加过健美操比赛，还得过奖，基础扎实的她是最好的替补人选。

班里剩三五个同学还在自习，晚间的教室空荡安静。廖心妍将杜漫叫到楼道，言简意赅说明情况，扑闪着一双大眼睛静等答复。

杜漫沉默片刻，说："还是算了吧。"

"别呀，救场如救火。"廖心妍边说边向欢尔使眼色，欢尔收到信号跟着央求："你再考虑考虑，就剩一周了，耽误不了太多时间。"

"是，排练也就中午和下晚自习这一会儿。"廖心妍极力劝说，"你本来就有底子，学起来肯定快。再说元旦晚会，多好的展示机会，你不怀念以前登台的感觉?"

杜漫看看她，下定决心一般："我一点儿都不喜欢跳操，也讨厌表演。不好意思。"

她说完回到教室坐好，背影静得如一尊雕塑。

廖心妍直接贴上楼道墙面："完了完了，这可怎么办。"

欢尔想起经常来找杜漫的两个外班女生，其中一个就是课间操领操员，三人常在楼道里说笑，那样子一看就相识已久。杜漫呆坐在座位上，许久许久，只用左手摩挲着右手指侧那一片黑蓝。

不喜欢吗？

这一年，大家好像都学会了说谎。我昨晚很早就睡了，我一点儿都没复习，我最后一题一个字都没写。我小时候身体很好，我讨厌健美操所以不参加，我才不是为了某个人急急敲定节目。奇怪的是，我们明明知道谎言拙劣得不像样可还是会说，就像给身体里胆小无能的自己找一个冠冕堂皇的借口，我们放任那个自己暂时嚣张一会儿。

说谎本领愈发精进，谎言的性质却越发复杂。

最后廖心妍不得已自己顶上，完成演出。活力满满的青春女孩儿，独树一帜的花式玩法，又有景栖迟和宋丛两大风云人物坐镇，五班一举夺得评比第二名。结束后一众人去校门口奶茶店庆祝，廖心妍有些失落，总觉得是自己跳错几个动作拖累了大家。景栖迟安慰她说："第一那可是大型魔术，你先问问人家租道具花了多少钱。"

参演男生逗她："是啊班长，你这仨俩钱换回全班福利，知足吧。"

奖品是五箱罐装咖啡，承载着学校的殷切希望。

大家谈论演出中的趣事，景栖迟拱拱欢尔："最近都不见祁琪哎。"

"她忙着补课呢，估计期末想冲一把。"欢尔这样答，可事实上她也不确定好友给出的这份答案是否真实。

确实有什么地方悄悄起了变化。

想到此处，欢尔抱着手机发消息："琪，我们都在学校西门口这里，你回去了吗？"

奶茶喝完，大家也说累了，有人起身说："散吧，回去还得写作业。"

直到结束，祁琪都没有回复。

似乎努力终于感动上苍，这学期期末考，祁琪是班里第一，年级第三。

她终于有勇气站到那个人身边，寒假第一天她给欢尔打电话："你们在一起复习吗？我这假期不用补课，去找你们吧。"

"快来快来。"欢尔终于等来好友主动问候，兴奋得恨不得直接去接人，嘴里碎碎念，"我们都在宋丛家。他和廖心妍在给景栖迟补生物，景栖迟这次有进步，出倒数了。"

"谁呀？"宋丛问。

"琪。"

电话这头祁琪竖耳倾听，对于自己的名字他会作何答复，会邀请吗，会问最近在做什么，或者……或者兴许知道文科班的成绩会道一句恭喜？

然而什么都没有，她只听到廖心妍的声音："不对，你再把进化理论看看。"

祁琪心一沉，跟着问出口："班长怎么也去了？"

欢尔自然没办法说是廖心妍想见景栖迟才张罗着来，只得蒙混过关:"难度太大,怕宋丛自己补不过来嘛。"

景栖迟的声音:"说谁难度大。"

廖心妍和宋丛纷纷叫停:"看书看书。"

欢尔叫:"我打电话呢,你们小点儿声。"

多热闹啊。

可一字一句都扎到祁琪心上,甚至包括最无关紧要的"生物"。

她甚至都没有生物课。

桌上是母亲刚送进来的水果,一盘红彤彤的苹果里那只黄色的鸭梨显得格格不入。祁琪捡起无辜的鸭梨扔进垃圾桶,对那头说:"刚才同学发消息约我了,下次吧。"

这就是被抛弃的命运。

因为无论如何都融不进去,连争取一下都显得无比寒酸。

——她不想,更不会做摇尾乞怜的家伙。

未待欢尔答复,祁琪直接挂断电话。

"下次"是礼貌的拒绝,整个寒假欢尔都未见到祁琪。

打过电话,发过消息,总是没说上几句就匆匆结束。应该很忙吧,她这样想着,第一可不都像宋丛那么闲。

春节是在医院过的。父亲没回来,她不忍撇下母亲便没回四水,大年三十值夜班倒也算不上新鲜事。三院条件好些,大师傅提前包好饺子冻在冷柜里,食堂入口的桌上摆了几台电磁炉和一次性餐具,自己动手丰衣足食。这天的年夜饭被吃成流水席,来一拨热闹一阵，安静不了一会儿下一拨又来了。欢尔与母亲赶上与产科几位叔叔阿姨进餐——如果你是医生家属就会知道，他们不但会在手术时哼 Beyond、聊家里不省心的熊孩子，不仅会在吃猪脑花、干煸大肠时讲白天遇到的神奇病例，他们还会在大年三十的饭桌上分为理论派和经验派认真打赌——赌注是夜班，而赌题是八床产妇到底生在零点前还是零点后。

陈妈揉着女儿脑袋谆谆教诲："妇产一体，听着点儿以后有用。"

欢尔心里作答，是是，等我生孩子再用吧。

吃过饭，百无聊赖在医办上网时收到景栖迟信息："来基地。"

从医院侧门出去穿过一片小花园就进了家属院，这片父母们上下班必经之地就是景栖迟口中的"基地"。他说小时候院里孩子商量干点儿什么缺德事全在这儿，位置佳，隐蔽性好，且最危险的地方就是最安全的地方。

欢尔在小径中央站定，并没有看到人。拿出手机准备发消息时听到背后响动，她迅速将胳膊肘顶出去，之后拽住对方上臂准备背摔，景栖迟拍着人"啊啊"大叫："疼，疼！"

宋丛自一旁闪出，笑着拉开两位幼稚鬼："让你非得试，成心找打。"

景栖迟揉着右侧肋骨一脸委屈："快叫你爸给我看看，我这儿折了。"

"折不了，我知道是你都没用劲儿。"欢尔朝他做鬼脸。

"这叫……没用劲儿？陈欢尔你过来，我告诉你什么叫没用劲儿，你过来，来。"

欢尔绕着花园开跑，景栖迟在后面追，宋丛站在原地几乎笑哭。

跑上一会儿欢尔忽然反应过来，我干吗躲啊又不是打不过他，同时停下脚步："One on one."

景栖迟撇撇嘴，点她脑门儿说："一会儿让你哭着求哥。"

他俩是带礼物来慰问的，而礼物，是一打没有酒精的气泡酒。

宋丛开一罐递到欢尔面前，景栖迟上手拦住："没规矩，叫哥。"

欢尔点头称是，一本正经道："我先想想叫完送你去哪个科室比较好。"

"眼科，眼科今天值班人员少。"宋丛接话。

"欸老宋，你收红包了吗？跟她沆瀣一气。"

"得了，"宋丛笑着又开一罐递给他，"别显摆你那点儿成语储备了。"

风很大，酒很凉，可喝下去全身都是暖的，暖到可以拥抱住这个寒冷冬夜。

感动也如暖流蔓延开来，欢尔举起酒，真心说道："谢谢你们。"

她知道他们为什么来，她也知道过去一定有一个这样的深夜他们和自己一样，尽管理解到不能更理解，可仍有点儿落寞，有点儿难受，有点儿孤单。

万家灯火，户户团圆，可总有人要坚守岗位。

宋丛与她碰一下："以后想喝酒，找我。"

——很近或很远的以后，随时随地。

景栖迟也碰一下："让你喝是为了好睡觉。"

——不要多想，再难熬的夜也会过去。

他们没有说出口的话欢尔不知道，可她记得那个夜晚自己睡在值班室，好像做梦了，梦里父亲和母亲一同抱着她，就像抱着人世间最璀璨、最珍贵的宝物。

Chapter 9

变　故

开学伊始，祁琪彻底退出同行小分队，每次理由都差不多，补作业，老师找，给同学讲题。直到某天欢尔在车库碰到她和另外一个女生说说笑笑经过，她才知道所有那些都是理由，祁琪只是有了新的朋友。

她当然会有新的朋友，可为什么不直接说呢？

欢尔有些赌气地发消息："琪，你想和别人一起走告诉我就可以了。"

晚上快十一点才收到回复——"我以后和别人一起走。"

只有这一句，不冷不热的一句通知。

第二天课间，欢尔忍不住跑去文科楼找人，祁琪被两名女生揽着正往外走，见到她便停下脚步："有事？"

好像没事就不能来一样。

欢尔顿时气急："你突然这样，是不是有事瞒着我？"

祁琪让身边女伴先行离开，双手抱胸："你不是也常跟廖心妍一起走？有我没我有差别吗?"

"廖心妍她……"欢尔语塞，一时竟有些伤心，"你怎么能这样说。"

祁琪哼笑一声："你不是从前的陈欢尔了呀，只有我一个朋友的陈欢尔。"

该回去了，再不往回跑要迟到了。

可欢尔的双脚像被钉在地上，很多话堵在心口说不出来。

"你快回去吧。"祁琪说罢转身去追女伴。

一定有哪里不对，祁琪绝不是乱发脾气的性格。可陈欢尔绞尽脑汁也想不出理由，更糟糕的是，她似乎没机会问了。

祁琪不再接她电话，信息偶尔会回一条，问及原因通通一句话，"你想多了"。有时会在校园里碰到，笑一下，最多问句"考得怎么样"，她们由朋友又变回了同学。

最为普通的，只停留在认识层面的同学。

陈欢尔因为这件事陷入低迷，上课无精打采，做题也经常分神。求解无门，有天下午自习间隙她问杜漫："如果那个领操的女生突然不理你，你觉得是什么理由?"

杜漫一手拿着面包啃，一手仍在写字："她不会。再说谁会突然不理人。"

欢尔在纸上瞎画："就是说啊，肯定有原因。"

"你做错事得罪人家了?"

"没有。"

"误会没解开?"

"也没有。"

杜漫停下写字的手:"那就是人家有理由但不想告诉你,别想了。"

欢尔叹气:"这样丢个朋友,可惜。"

杜漫随手将半个面包塞进书包,喝两口水说:"朋友丢了还能再找,时间丢了就找不回来了。"

机器啊机器。欢尔心想,却也不由自主拿出练习册做起题来。

这时一个外班男生呼哧带喘闯进教室:"宋丛,景栖迟受伤了,赶紧去医务室。"

话音未落,宋丛"噌"地起身,欢尔迟钝一瞬,扔下笔也跟着跑出去。

省一线俱乐部下周组织选拔备战青超联赛,足校有位一直带景栖迟的教练惜才,单独推荐了他,加之景栖迟拿过重量级赛事的"最佳球员",他志在必得。从寒假开始他就在和足校那帮人混,所有心思都在这场选拔上,景家爸妈甚至预备好了随时让他转学。

偏偏这时受了伤。

医务室有六七个穿运动服的男生,这些平日闹腾得最欢的人此时像一株株被暴雨摧残过的小花,面色凝重地围在床边。宋丛扒开人,皱眉问:"怎么回事?"

有男生替答:"踢比赛俩人撞一块儿了,队长被压在身下,本来没事，结果跑几步不知怎么忽然倒地，站都站不起来。"

景栖迟惨白着一张脸，大滴汗珠顺额头往下落，表情极其痛苦。正给他做冰敷的老师建议："去医院拍个片子吧，看有没有伤到骨头。"

宋丛当下指挥欢尔："去门口拦辆出租车，我俩先回去。"说罢背起景栖迟，用很小很小的声音说："千万别再伤到膝盖。"

欢尔没有跟着回，她的任务是替他们请假、拿书包。

整个晚自习她都心神不宁，她不知道景栖迟伤到何种程度，这场意外是否会影响他接下来的联赛选拔。课间给宋丛去电话，关机；打给母亲，刚响一下记起早晨出门钱医生特意交代今晚有场大活儿要晚回来，赶忙挂断。第二节自习老徐亲自盯场，欢尔不敢作乱，一个小时磨磨蹭蹭只做出一道数学题。

快下课时收到陌生号码短信——"欢尔，我手机没电了。搭不着伴别骑车，坐公交回来吧，到了再说。"

是宋丛。

她敲回几个字，转念猜测宋丛大概是借医院里谁的电话发的这条消息，一来一回未免给他人添麻烦，只得作罢。

挨到放学，欢尔第一个冲出教室，在校门口拦辆出租车直奔医院。先去急诊找一圈没看到人，与认识的护士姐姐打听，这才得知人已被转到住院区。她不由紧张起来，若无大碍，最多急诊观察一夜了事。再者像他们这种身份，不是开刀切口的大病，留院爹妈都嫌占用公共资源，所以景栖迟是真遇到麻烦了。

她在住院区楼道见到宋丛。这几个小时，她的心就像被捆了块大石头扔进海里，越来越重，越来越无力——若是乐观结果，这一刻宋丛应该在景栖迟身边才对。

"人呢？怎么样？"欢尔急着发问。

宋丛先是缓缓摇头，继而指指自己膝盖，低声说道："前十字韧带断了，半月板损伤。"

欢尔其实不太懂，可宋丛沉静的表情和接下来的话让她懂了："以后……不知道还能不能踢球。"

景栖迟心驰神往的职业梦，在离梦最近的地方，戛然而止。

欢尔欲往病房冲被一把拉住，宋丛告诉她："叔叔阿姨在，等会儿吧。"

她站到伙伴身边，头微微扬起靠上墙面，视线里出现笔直坚硬的墙角线。母亲常说不要小瞧身体的每个器官，它们都是有强大供给力和生命力的，一呼一吸，一走一动，它们的密切配合昼夜运转才让人具备载体意义。欢尔本不屑这套言论，在医生眼里，人可不就是一堆器官的拼凑，他们哪懂躯壳之外的情趣和灵魂？

可此时此刻，她忽然觉得母亲这番话充满深奥的哲学意味——只是身体里的某个小小零件罢工了，所爱所念所追求的就通通变成无解，人生随之岔出另一条路，别无选择、必须要去走的路。

这就是摆在景栖迟面前的现实。

欢尔问："接下来怎么办，手术吗？"

172

宋丛点头："我爸说栖迟年龄和身体情况都更适合手术，再说保守治疗他自己也不会同意。"

他还不愿放弃。

"那之后还能踢吗?"

宋丛叹气："恢复期怎么都要小半年，得看恢复情况。"

楼道里有拄拐慢走的患者，偶尔有医生经过宋丛会起立问好，父亲同事他大多认识。其余时间两人都是靠墙呆坐，各自沉思。

安慰是他们此刻共同的难题。

一刻钟过去，景家爸妈出来关紧房门："睡了，明天手术。你俩别等了，回去吧。"

欢尔很想进去看看，又担心隔日要上手术台影响病人情绪，于是闷头不吭声。

"行了。"景妈见她低落反倒劝慰起来，"情况和利弊都讲清楚了，你俩也别太担心，这时候必须相信他。"

多像一位悉心开导病患亲友的医务人员啊，可欢尔清清楚楚看到她脸上一闪而过的蹙眉，那是属于一位平凡母亲隐藏不住的忧心和顾虑。

再坚强的人也有软肋。

景爸揽过妻子肩膀，鼓励似的握了握。

四人沉默着前后出医院，到家属院要分开时景爸用拜托的语气说："栖迟这时受伤，嘴上不说，心理上一时半会儿肯定接受不了。这小子怕我们担心绝对不会讲，你俩在他身边帮叔叔阿姨多开导，拉他一把。"

欢尔与宋丛笤好，各自回家。

春天来了，这个残忍的、打碎希望的春天。

隔日早晨陈妈精神抖擞地起来做了早餐，欢尔问她是几点回来的，钱大夫一声哼笑，说："十一点多。我以为你还学习呢，结果睡得六亲不认。"

欢尔龇牙示好，埋头吃饭。

"我下手术才知道栖迟受伤，听宋丛他爸说情况一般啊。"

母亲的个人习惯，对病患评价通常从优到劣分四个等级——挺好，还行，一般，不乐观。乍一听四种说法相差不大甚至拉低压高勉强可划在同一水平线，事实上植物人苏醒出现医学奇迹她也只会说句"挺好"，命悬一线血压每降一点儿都让人捏一把汗她也只会评价"不乐观"。

钱医生鲜少大喜大悲，好似天性使然。

欢尔听得这等级却有些急了："怎么就一般？"

"严重倒也没多严重，平常人就慢慢恢复呗。"陈妈看着她，"昨天你宋叔说栖迟都有重读的打算了，且不说裂这一回养好之后能不能恢复到从前状态，那什么青年队也有年龄限制的，你们最好让他打消这念头，身体上心理上都是负担。"

欢尔轻轻"嗯"一声。

"手术是第一步，恢复期才真难受。"陈妈叮嘱女儿，"作为朋友你得多帮帮栖迟，别像平时说话没轻没重，听到没有？"

"知道了。"欢尔点头。

宋丛照例等在家属院门口，欢尔与他打个招呼，两人慢慢起步。路上自然说起今天会上手术台的病号，欢尔告诉他景栖迟有重读的念头。

"我能理解。"宋丛淡淡回应，"可这么去赌风险太大了。"

他们都知他不甘心，只是不确定作为朋友，这时应该鼓励他坚持还是劝他放手。

欢尔感受着拂面的春风，默叹一句："明明是好天气。"

"是，"宋丛目视前方，"那天我妈还说抽个周末都空的时间咱们一起去踏青，南湖那边桃花都开了。等栖迟情况好点儿再看吧。"

花期至多两个月，大自然可不等人。

欢尔不语。

宋丛看出她的心思，耐心地笑笑："行啦，今年不行明年呗，又不着急。再说我妈就是看别人都去心痒，她就爱拍那种游客照。"

欢尔这下乐了："郝姨是不是连花围巾都准备好了？"

"还说呢，买了三条。"宋丛咧咧嘴，"你妈、林阿姨、姐妹款，一个都跑不了。"

青梅如豆柳如丝，日长蝴蝶飞。

仔细想想，春天还是有很多期待的。

白天班里几个男生来问情况，宋丛官方代言人般机械作答："要手术，具体得看恢复情况。"廖心妍拉着欢尔探询所有细节，

175

是大手术吗？是不是还要住院？休养多久能好？我能去看吗？欢尔将所知全部转述，最后告诉她先等等。景栖迟的状况眼下谁都不清楚，可依欢尔对他的了解，自己心里那关还没过，这时候他会更希望独处。

接受一场变故需要时间，而真正从容地走出来只能靠自己。

晚自习结束铃声一响，宋丛与欢尔一前一后冲出教室直奔车棚。一路几乎没有交流，只顾将自行车蹬得飞快。即便已得到消息手术顺利，可医生所能把控的终归是身体情况，他们更担心他的精神状态。

人已被送进住院病房，平躺的姿势，棉花纱布从脚踝一直包到大腿根，欢尔数了数，全身一共插着六根管。见他们来，景栖迟扬扬右手，扯出一个略有些惨淡的笑。景妈说麻药劲儿过了，现在正不好受。

"疼吗？"欢尔问他。

"屁股疼。"男生一如既往地皮。

病房里进来一位四方脸戴眼镜的中年男医生，宋丛起身叫人："周叔。"

景妈向来人介绍："老周你没见过欢尔吧？丽娜的闺女。"

"嘿，模样像她妈哈。"周医生朝欢尔笑笑，转头朝向景妈，"看着这俩让我想起周游念高中那时候了，跟老刘他们家云川，还有以前儿科秀贤那姑娘珊珊，三个人啊也是天天往一块儿钻，恨不得一个鼻孔出气，转眼都大了。"

景妈问道："听说秀贤提副院长了？"

176

"她到私立可不就是平踏。前几天还闹清闲，手痒。我说咱们这儿也是围城，里面的累得不行想出去，出去走一遭的又惦念着回来。"

"珊珊在美国毕竟开销大，秀贤自己带孩子压力小不了。"景妈打趣，"你们家周游跟珊珊还没情况？从小一起长大现在又都在国外念书，我看挺般配。"

"我倒希望有情况。但我家那个你还不知道，闷葫芦一个。"周医生连连摆手，"离得远就剩个干着急，这要在家门口他爹就算赶鸭子上架也得往一窝轰。"

"你平时啊你得……"

景栖迟听两人越聊越起劲儿赶紧叫停："周叔周叔，您不看病人来了吗？我这得躺到什么时候啊？"

他不敢乱动，提线木偶似的苦着一张脸，样子逗得大家一阵笑。

周医生抬头看看表说："再仁小时吧，注意头不要晃动。你爸呢？"

"买饭去了。"景妈瞄着儿子替答，"这回可体验到挨饿的滋味了。"

"大小伙子一天没吃可不饿够呛。"周医生双手插进白大褂口袋，"精神不错，再躺一天差不多了。回去慢慢来，心不能急。"

"嗯。"景栖迟神色黯淡下去。

这个晚上谁都没有提踢球的事。欢尔和宋丛将聊天话题定格在今天上了什么课、老师留了什么作业、班里谁和谁因为做值日闹得不痛快上。景栖迟喝了粥，又在景爸的帮助下慢腾腾地去了趟厕所，直到他们离开他仍没有睡。

应该有很多心事吧。欢尔想，虽然他看上去好得不能更好。

对于自己怎么变成现在这副样子，景栖迟有一万个不明白。

球场上时有冲撞，他自认在选拔即将到来的这时已比平日多注意了十倍不止，然而就那么一下，起来时全无感觉甚至还跑了几步，可突然就受不了了，钻心地疼，不只是腿，整个人疼得有一瞬间毫无知觉。

完了。疼痛袭来他就只有这一个念头。

他当然知道什么是前叉断裂，也明白半月板损伤是雪上加霜。可全无办法，生活本就没有撤回键。

他只是不明白为什么是自己。

躺在医院的两天里情绪忽起忽落，有时觉得天将降大任于斯人必先苦其心志劳其筋骨——好好休养，养好再踢，放眼世界大器晚成的球员大有人在；有时又觉得自己不是这块料，所以老天爷才故意设置阻碍要他放弃——早一步认清事实就能早一步抽身，有些坚持注定愚蠢。

这些想法只能自己知道，爸妈担心，朋友惦念，他不想因自己的一举一动增加他们无谓的顾虑。

出院后第一晚父母来房间长谈。母亲说已经联系本地一家康复训练中心，其中一名合伙人是她大学校友，情况那边全知道，不要带任何顾虑，跟康复师好好练习；父亲说给足校教练打电话讲了现状，对方要来看望被他婉言拒绝，眼下最重要的就是康复训练，至于还能不能走职业、未来方向选择都是后话，事有轻重缓急，一步一步来。他们说，景栖迟听，有些真有些假，有些是拐弯抹角的引导，有些是语重心长的安慰。"是""好""知道""放心"，几组词语排列组合变成嘴里的回答，他想不出比这更妥善、更能让父母安心的回应。

接受康复训练的第二个周末欢尔偷偷来了，当时他正平躺在理疗床上按要求做平膝抬腿。一组十个，与屈膝交叉进行，每个动作做五组。训练开始后皮下出现淤青，由小腿到脚掌，整个右腿紫红一片。他一直拒绝宋丛和欢尔的陪同，一是不愿让朋友看见这有点儿恶心的画面，二来他不知该怎样面对他们的眼神——抬腿、放下，对常人来说根本算不上动作的动作他做得极为吃力，他不想变成伙伴眼中笨拙愚蠢一无是处的可怜人。

景栖迟在满头是汗大口喘息的停留间隙看到欢尔，她就站在训练室门口，穿一身牛仔服斜挎一个小包，双手紧紧握住包的牛皮背带。

"来，继续。"康复师发话。

他别开头，重复抬腿放下的动作。

之后是按摩消肿和物理锻炼腿部肌肉，欢尔像观察员一样坐在门口的训练凳上，短暂的休息时间她也只是干坐着没有上前。

直至康复师说"回去注意休息，实在疼就吃片止疼药"，她这才走过来，默不作声将墙角的拐杖拿过来靠在床边，脸上几乎没有表情。

景栖迟坐床上缓解训练酸痛，问她："你怎么进来的？"

"林阿姨带我来的。"

"我妈呢？"

"她说怕你见她不舒服，回去做饭了。"

景栖迟停顿一下，笑了："你就不怕我看见你也不舒服？"

"怎么可能。"欢尔极其自信，"你才不会。"她看着他，又道，"其实没什么的。"

跳高成绩破了校纪录的高大男生就那样平躺在床上一遍遍做最简单的抬腿、放下，因为吃力汗珠顺着脑门儿流到眼角，景爸说得没错，比起身体上的疼痛，更难忍受的是心理层面的打击。

他想走的职业路，他热爱的绿茵场，他触手可及的梦想，所有所有都被这一下又一下的抬腿压碎成渣，打磨成粉。

她想不出任何安慰的话，只能告诉他其实没什么的。

"我吧，"景栖迟单手抚在受伤的膝盖上缓缓开口，"手术前还在想大不了重读一年，一年时间我就没日没夜地练，怎么还就不能恢复好。回头再来挑人的时候，我出去又是一条好汉。"他仰头看她，"可是陈欢尔，我发现不行，根本不行。"

不是揠苗助长，不是欲速则不达，而是身体在最开始就明明白白发出抗拒的信号——你惦念的那些是天方夜谭，我做不到，所以想都不要想。

景栖迟知道自己这想法定会遭身边人反对，现在皆大欢喜，无须劝阻他已经看清事实——算了。

就是算了。

话说完他拿过拐杖熟练地站起来："宋丛呢?"

"本来要一起的，"欢尔欲帮忙又找不到合适位置，双手讪讪落下，"可他姥姥病了，宋叔他们一家去了宋丛小姨那儿，估计要明天回来。"

景栖迟"嗯"一声："感觉好久没看见老宋了。"

其实也不过十天，上周宋丛还来家里蹭过一次饭，顺带讲了一章数学课。无非天天见面的人会在不知不觉中习惯对方的存在，时间被时空分隔成不同流速，好似神仙一天凡人一年。

"你不一起走，宋丛路上都在给我讲题。"欢尔回一句。

景栖迟笑："甭谢我。"想想又道，"以后别来了。"

"你不希望我来?"

"不是。"男生想解释却又不知那些七零八碎的理由要从何讲起，于是干脆闭嘴不言。

"那好吧。"欢尔听话地点点头。她只是想到景妈路上说的，景栖迟经常半夜疼醒，醒了就吃止疼药赶紧睡，明明不是怕疼的人，他不过怕耽误第二天所能取得的那一点点进步。

他不提足球不问选拔，不哭不闹，不抱怨也不说委屈，像默默地云淡风轻地放下了这件事，没人知道他在想什么。

受伤一个月后景栖迟拄拐复学。

刚进校门宋丛被付主任叫走，欢尔便配合病号的节奏慢慢进校园。特殊装扮吸引众多目光，窃窃私语就罢了，竟有人瞧着他偷笑，欢尔气血冲头拳头一下握紧。景栖迟倒不介意："真有人揍我你再出头，我是打不过了。"

欢尔摇头："那不行，我还等着拿你练手呢。"

晨间操场有几人跑步，中间的足球场空荡荡的，球门没有装网，孤零零地守在原地。景栖迟停住，朝那边扬扬下巴："我以前扒球门做引体向上经常被教练训，说不结实。"

这是自他受伤后，第一次提到相关话题。

欢尔犹豫该说些什么时，他已重新起步，再没多看一眼。

她快跑两步挡到他面前，从书包里掏出笔记本，翻到最后一页，不管不顾地念起来："1984年巴乔右膝盖十字韧带撕裂，缝了二百二十针，但是1987年他踢入自己在意甲的第一粒进球，同时避免了佛罗伦萨降级；1998年皮……皮耶罗十字韧带撕裂，2006年他在意大利杯八分之一决赛次……哦，次回合中上演'帽子戏法'；1999年罗纳尔多十字韧带完全断裂，大家以为他会退役时，他却在2001–2002赛季复出并且状态回升……"

景栖迟终于明白她在做什么。

"2006年，欧文十字韧带撕裂，2008年他成为纽斯……纽斯卡……"

"纽卡斯尔。"

"对，纽……纽卡斯尔队长……"

"陈欢尔。"景栖迟叫她一声。

"成为队长，全季攻入十一球……"

"欢尔。"他声音大些。

女生这才扬起头，这家伙叫人从来都连名带姓，她略带疑惑地看向他。

定定对视几秒，景栖迟嘴角向上歪歪："谢谢你。"

"过去"是个庞大的存在，人脑有限的存储空间自然装不下所有。可此时景栖迟无比确定，无论以后发生什么，无论过去多久，他都会记得这个清晨。

在某个如常的春日清晨，教务处老师在校门口检查仪容仪表，不远处有三两学生逗闹着值日，身边来来往往一张张或疲惫或明朗的面孔。一个穿校服的姑娘就这样执拗地站到他面前，对着写满整整一页的笔记本磕磕巴巴念出那些她根本不认识的人名队名，阳光照在她脸上，连睫毛都清晰得一根根好似可以数过来，她的身体笔直，语气严肃，而她的表情专注得像即便世界末日来临都不为所动。

这样一个一定会历久弥新的清晨。

陈欢尔语文不好，所以他不知道她找了多久又费了怎样一番功夫才整合出这一篇工工整整的长篇总结，他唯一知道的是她的意图。

她想说路还很长，这不算什么。

尽管找这么多资料一定会发现，那些人因为如此伤病职业生涯的最后其实都不太圆满。

"应该的。"欢尔笑着收起本子，"走吧。"

她很高兴，有点儿得意也有些欣慰，因为景栖迟太久都没这样笑过。

这一天班里访客不断，校队的人几乎全来一遍，大家言语间小心翼翼地避开关于训练和选拔，言辞大同小异：安心养伤，养好了再一起玩儿。

其余大部分时间里景栖迟都在沉默，要么看书，要么做题，要么抄宋丛笔记。晚饭时欢尔和宋丛陪他到校门口，景爸开车将人接走。

一天又一天，景栖迟恢复的速度很快，卸去拐杖和护具，似乎也慢慢适应了不跑不跳的日子。天气转热时景爸调去外省消防队，和景妈开启了夫妻异地生活，宋丛便自觉担起"司机"职责，首要任务是给珍视的山地车安一后座，每日三人两车一起上下学。景栖迟不再抗拒学习，可成绩依然在垫底行列。他经常发呆，尤其体育课，拿本书坐在看台上，心思却全然不在此处。

是不甘吧。欢尔想，即便所有人、所有迹象都在说不可能，可这一点一滴的康复却又无形中给予了他希望，这该死的不负责任的希望。

春天进入尾声，所有人都在希望中等待阳光似火的夏天到来。然而没有任何预兆，宋妈出事了。

宋丛自课间接完电话就不见人影，待晚上回家欢尔才从母亲口中得知缘由：下午进来一个急诊病人，家属等了许久不见医生，就和科里的实习护士吵了起来，宋丛母亲护犊心切，说了几句"有更严重的患者""医生马上来"之类的话，大概态度不够好惹恼了对方，男家属一脚从身后踹过去，宋妈头部磕到床沿，当场就陷入了昏迷。

"颅内出血，情况不乐观。"陈妈摘下围裙，"你自己吃饭啊，我得过去看看。"

若母亲说不乐观，那就是很不好。

欢尔叫住人："宋丛呢？"

陈妈着急出门，说："手术结束就没见人，你打电话问问。"

从下午到现在打了十通电话，一律被挂断。

欢尔抄起钥匙下楼，一鼓作气跑到宋家，没人。她转而去隔壁单元，只有景栖迟自己在家。听罢他鞋没蹬好就往外跑："去医院。"

他们不是没见过刁蛮家属，从小到大听过的医闹事件五花八门，万没想有天真落到身边人头上。

重症室门外，两位母亲一左一右守在宋爸身边，时而沉默，时而交谈，说话声音很小。欢尔和景栖迟远远站在楼梯口望过去，都没有上前。此时作为无法贡献任何帮助的子女，不添乱就是最大的帮忙。他们的首要任务是找到宋丛。

不在家，不在医院，那只有一个地方。

春末夏初，基地里的野花们纷纷探出头，在草丛间树根下开启新一季野蛮生长。宋丛正坐在围栏前，双手抱膝看着不知哪一朵花。

欢尔与景栖迟走过去，在他跟前席地而坐，陪他一同沉默。

春景，春夜，春风，这样的好光阴似一种奢侈。

心里的声音说，对不起，你没有权利享受。

185

宋丛是蒙的，可他又觉得自己极为清醒。他甚至清醒到试图去理解对立面——家人生病却许久不见医生，偏偏护士长还急赤白脸只会拖延，换谁都会生气吧。可宋丛发现自己理解不了，只要想一想，宋丛就恨不得撕了那人，不，要以同样的方式对待他，只有这样，他和他的家人才知道健健康康一个大活人被推上手术台一直昏迷是什么滋味。

母亲做错了什么要被这样对待？就因为一时着急顶撞了几句？就因为没有低声下气耐心说明？

可凭什么，她没日没夜地干，为那些不相干的人劳心劳神，她忙到连自己的家、自己的儿子都顾不上还要对人低声下气。

他将头埋到膝间，对伙伴们淡淡说一句："我现在啊，不知道为什么要学医了。"

从小耳濡目染，他以父母为傲，以院里的叔叔阿姨为荣，对那座翻新又扩建、常年有消毒水味道的大楼有感情。治病救人于他不是责任，是信仰——崇尚的、仰慕的、想要倾尽一生去追寻的信仰。可现在信仰成为一种虚无缥缈的存在，穿上那身白大褂又能怎么样？等着某天被愚昧无知的人们暴力审判？

景栖迟拍拍他肩膀，说不出任何安慰的话。

这场事故打击的不仅是这个家庭，它同时摧毁了宋丛一直以来的决心。

"去楼上看看吧，躲不是办法。"欢尔起身，向宋丛伸出手。见他没接，干脆抓住他手腕，大力将人拉起来。

她一直都知道，和灾祸玩捉迷藏，必输无疑。

夜深了，欢尔与景栖迟同母亲们回去，宋家父子留守医院。陈妈告诉女儿术后二十四小时是关键时期，极有可能出现二次出血的情况，必须提高警惕。

欢尔问："这件事要怎么解决？"

"院办还在做信息采集，那头说自己一时心急，咬定自己没用力，总归得等你郝姨醒了再说。"

"妈，"欢尔看着母亲，"做医生太难了。"

加班、压力、二十四小时待命、个人时间被压缩得少之又少，这些都不算什么。最难的是医生是不被理解的，治病救人是使命，好像松懈一刻就是玩忽职守，稍稍忽略哪里就被认定德不配位，明明生在和平年代，没有枪林弹雨，可他们分明就走在看不见摸不着的雷区里，要怎么做才能让大家明白他们并非圣贤，也有寻常世间随处可见的窝火与烦闷？

他们就是普通人啊，两只眼睛一个鼻子一张嘴，长着一样的脾肺肾，有荷尔蒙也有多巴胺，会被家里逼着相亲也会因评职称心急火燎，领一份工资做该做的事，这个群体怎就被硬生生地架了上去下都下不来？

欢尔有很多疑问，因为宋妈，长久以来得不到解答的疑问如山洪喷涌而出。

"也别太悲观。"陈妈看出女儿心思耐心开导，"医患关系本就复杂。这不你林阿姨最近一直操持建医调室，理想情况是会有仲裁委和律师过来做驻办调解员，事情在向好的方向发展。"

原来副院长身兼如此重任。

欢尔自言自语："郝姨会醒吧？"

"当然，"陈妈摸摸女儿的头，"欢尔，你得相信老天不会辜负善良人。"

欢尔笑："又来了。"

学的都是唯物主义，践行唯心却一套一套的。

"嘿，肉都送嘴边了还嫌弃。"钱医生投来不屑的眼神，"你妈传授的都是宝贵的人生经验，好好嚼，多消化，比你们老师讲的那些题有用多了。"

第二天，第三天，第一周，宋妈陷入了一场漫长的沉睡。身体指标没有任何异常波动，像是睡着都不愿给自己这些同事添麻烦似的。宋丛开始了晚到早走的校园生活，偶尔有同学问起，欢尔和景栖迟通通替答他家里有事。宋丛将自己掩饰得很好，仍专注认真，老师交代的班级工作一丝不苟，有人来请教题目悉心解答，方方面面看不出任何消沉。直到事件上了当地报纸头条，这篇声情并茂谴责暴力就医的文章一经发出，有人立刻对上了号。天河就这么大，父母辈关系网交错，认出宋丛并不难。

品学兼优的年级第一遇到这种事，大家给予的尽是同情。同情只在暗处，大张旗鼓说出来就变成了可怜。

某日课间操结束，久未联系的祁琪突然出现在三人面前。她抓住宋丛胳膊张口就问："你还好？"

宋丛倒有些诧异，点了点头。

他本以为祁琪也是背地里表达同情的那一个。

"我才知道。"祁琪站到他身边，一边走一边扬头看人，"阿姨怎么样？"

"还没醒。"宋丛答。

沉默着走了几步，祁琪问："我方便去看看吗？在你家时，阿姨挺照顾我的。"

他想起来了，母亲是曾惦记过这位爱吃橙子的女同学。

蓦地一阵难受，宋丛苦笑："方便，但是等醒了再说吧。"

欢尔见到祁琪仍有些不得劲儿，她到现在都不知道对方为什么突然冷淡，于是快走两步，说："我去厕所啊，先走了。"

"我也去。"景栖迟跟上。

"咱俩又不一个厕所……"

"欢尔，"祁琪叫人，顿了顿说道，"你这次考得很好，恭喜你。"

期中年级大榜张贴在宣传栏上，找到她要从前往后看二百四十人。

"哦哦，"欢尔答一句，"你也是，再接再厉。"

祁琪稳定在文科班年级前二十。

他们走后，祁琪一直随宋丛走到理科楼楼下。直到对方用眼神表达疑惑，她才冷静而真诚地说道："我爸是律所合伙人，如果需要打官司，他那边有好多不错的律师。"

宋丛的拒绝被她的下一句卡到喉咙里，祁琪说："宋丛，你可以麻烦我。"

我不用你懂，哪怕只是站在同学立场，我也愿帮你渡过难

189

关。

"谢谢。"

祁琪的心因这声"谢谢"雀跃了一整天。上次这样还是她考出班级第一，不是老师夸奖也并非父母称赞，只因有个同学说"我发现你跟宋丛很配啊，一文一理学霸组合"。然而她只是非常偶然地发挥超常，下一次考试来得太快以至于这些话都没在实验楼激起浪花，更不会穿越行政楼和花园传到宋丛的耳朵里。她拼命努力只是为了再考一次第一，因为那样才会被看到，这些话才会自然而然被传开，而之于宋丛，哪怕只是轻轻提醒一句自己的存在，祁琪都觉得值得。

宋妈于两周后苏醒。好消息是脱离了危险期，颅内压基本稳定；坏消息是伤及神经系统，右腿丧失了运动功能。

单瘫，她……站不起来了。

这是三院最精英的医生团队给出的诊断结果，自己人出了事，他们已经竭尽所能。

宋丛知道后哭了一夜。从黑夜到白天，他在空无一人的家里哭到没知觉。他告诉自己这是好结果，至少母亲思维清楚，只是日后行动不便而已，可他仍忍不住哭，那可是走路都比别人快不少，被急诊室大夫们打趣为脚下有风的人啊。更为重要的是，她才刚刚走过人生的前半程。

一下推搡，一处磕撞，神经就是这么脆弱敏感的存在。

到再也哭不出一滴泪，宋丛做了一个决定。

天蒙蒙亮时父亲归家。平日大事小情都是母亲操持，从三餐吃食到大件添置，从逢年过节走亲戚的伴手礼到谁家孩子结婚随多少份子钱，母亲强干有主见做事雷厉风行，这也使得骨科老宋成为院里远近闻名的"省心主儿"。这两周父亲肉眼可见地消瘦下去，主心骨没了，突如其来的变故几乎压垮了这个只会在专业上劳心费神的中年人。

"我妈怎么样？"

宋丛知道父亲昨晚去医院是与母亲说明情况。中国父母总有个通病，他们羞于在子女面前展示脆弱、表达哀痛，所以他没有一同前往。他希望母亲能放肆地表达情绪，骂人也好，哭泣也罢，毫无顾忌地发泄出隐藏在心里的愤怒和不甘。

换谁都会如此，他不愿母亲成为那个隐忍的例外。

"接受起来还是……"宋爸摇摇头，"打了镇静剂睡的。晚点儿你再过去吧。"

"爸。"宋丛看着父亲，"我想转到实验中学。"

下决定几乎没用到思考时间，因为这是还未成年的他眼下唯一能做的。无须说理由——实验中学就在医院对面，回家只要几步路。无论生理照料还是心理安抚，母亲都需要最亲近的人陪在身边。

宋爸眼圈顿时红了："儿子，你不用这样。"

"对我来说真没所谓。"宋丛眼神坚定，"我不想做让自己后悔的事。"

"可你妈……你妈会更难受。"

宋丛眨了两下干涩的眼睛："该考的学校我一样能考上。爸，你们相信我。"

父亲最终同意，并且告诉他两件事——"如果真走到打官司那一步，可能会再上新闻，要有个准备"；"院里决定让你妈转到后勤，随时能过去，林阿姨从中帮了不少忙"。

这是一场成人间的谈话，宋家爸爸用这样的方式认可了儿子成为大人。

景栖迟和欢尔随后知道消息。作为朋友，除了拍拍肩膀说句"我支持你"，其他都显多余。"三剑客"变成"二人行"，宋丛离开得悄无声息。直到下次月考年级第一换了人，大家这才在惊诧中察觉旧人已不在。

优等生转走的话题很快被遗忘，就像春去夏来，人生总有新鲜事。

高考期间学校被征用为考场，趁假期欢尔同母亲去看宋妈。路上陈妈说案件已进入公诉阶段，下个月开庭，故意伤害罪板上钉钉，剩下就是判多久的问题。

欢尔问："他们没来道歉？"

"来了啊。"陈妈一副瞧不上的语气，"你郝姨还没复工，也不知道哪儿打听到的，跑到你宋叔办公室哭天抹泪喊自己上有老下有小，不知情的以为把人怎么的了。"

"后来呢？"

"你宋叔不同意和解，叫保安把人轰出去了。别看我这师哥平时窝囊萝卜似的，大事上坚定着呢。还哭还闹，凭什么觉得道个歉赔点儿钱就能安然度日，他一冲动把人后半生都毁了，道歉是基本诚意，不代表可以逃脱法律制裁。"陈妈越说越气，"谁家还没个老小，早知今日何必当初。"

"是，做人不能太善良。"

"不对，欢尔。"陈妈听罢立刻否定，"做人要善良，可也不能一味容忍退让。自己心里一定要有一条不能被侵犯的底线。"

母女俩走到宋家单元楼口，陈妈在嘴上比个"嘘"的手势。

"我知道。"欢尔总觉得母亲拿自己当小孩儿，心下不满，"我又不傻。"

宋妈人还算精神，似乎也平静地接受了这场事故，浅浅淡淡地描述着生活的不便和对儿子的歉疚。宋丛又是洗水果又是倒茶，面容无异，可一夜长大又怎会显示在脸上。

"这一遭可把师哥吓坏了。"陈妈笑吟吟地说道，"上次见他印堂发黑还是念书那会儿，我们专业男生少，练拔罐时管你上届下届全拉来走罐，一晚上少说得来个十次八次。师哥年龄大，老大哥得做表率嘛，他说往后十年都忘不了被我们一帮人按着上罐的场景。"

宋妈笑了，笑得直拍沙发："老宋还有这一出呢？"

"嫂子你可别把我卖了。那时候就是没相机，要不非得拍下来我裱成框挂你家客厅。"

欢尔早就发现母亲有种超能力，再难聊的天，再郁闷的心情，她说两句便可轻松化解。她是真正将"多大点儿事"践行得彻彻底底的人。

大人们聊得开心，宋丛示意欢尔去自己房间。本以为同住一个院，做不做同学无所谓，可事实上自他转学两人就没再见过。她知道宋丛忙，尤其在刚开始阶段，宋妈的吃喝拉撒加上复健活动，一举一动身边都离不开人。她和景栖迟也商量过要不要来看望，最后一致决定按兵不动——若需帮忙宋丛一定会发来求救信号，既然没有，说明他只是日程排得太满了。

"你现在还不上晚自习？"

宋丛用好学生的特权停掉了晚课，每天学校家里两点一线，个中辛酸没有人能感同身受。

"还没。"男生双手插兜靠在窗边，"再看吧。"

欢尔拾起床上实验中学的校服，在手里摆弄一番又放回原处，问他：医学院的事想明白没？

还有一年，整整一年。

"跟他们坦白了。"宋丛朝门外扬扬下巴，"分两派。"

"那肯定宋叔是支持派喽。"

宋丛看着她，摇摇头说："我爸不同意，我妈支持。"

义无反顾的，恰恰是因这身白大褂而被血淋淋地伤害过的人。

欢尔有些诧异："郝姨怎么说？"

"就，总得有人去做，哪怕结果未知。"宋丛说道，不知是宋妈的教导，还是他本人的体会。

"薛定谔的医学院。"欢尔总结。

"正解。"宋丛笑。

不确定是心里的迷宫。我们既然没有登天的本领可俯瞰知晓路径，唯一的办法便是走走看。尽管这迷宫诡计多端变幻莫测，它绝不会告诉你，走出这一步是否身后高墙平地起，再无退路。

再次回到学校，楼下高三年级教室还呈考场状态，桌斗朝前，行列排布整齐划一。那场被称作命运分水岭的大考过后，这里像进入了静止时空，只有墙上电子钟跳跃的数字提醒着结束是新的开始。

不知怎的，这天格外安静。下课后没有陡然升起喧嚣，自习少了许多窃窃私语，连教室后面的饮水机都配合似的不再咕嘟冒泡怒刷存在感。杜漫剪掉长发，桌上又多了几本练习册，一天用掉一支水笔芯。她手上的黑蓝印记更重，如胎记自肉里长出，再也抹不掉。

晚饭时廖心妍来找欢尔，偷偷摸摸地说奥班数学老师暑假会在家里开个小班，专攻考点难点，问她和景栖迟要不要一起去。

学校不许老师私下开班，这消息显然不能外泄。

"今年就两周假，集中补一补没坏处。"廖心妍怕被别人发现似的以写代说告知老师的名字，"他很厉害的，押题特准。"

欢尔有些心动，可问过费用后立刻打消念头，十来天的班竟要大几千。

"太贵了！"她没忍住说出口。

廖心妍笑她："土老帽儿，现在都这行情。"

她知这句绝不是嘲笑。廖心妍能将这机密信息分享出来，显然自己在对方亲近的信任名单上。于是坦言告知："我肯定不去，晚上我问问景栖迟。"

景栖迟知道后第一句话是："你去不去？"

"你当我老家有矿？"

"那我也不去。"他点点她后背，"别自作多情。我爸回来，放假我想跟他待两天。"

转眼景爸调走已两个月。据说那地方紧靠大山条件艰苦，回家一趟中途还要转次火车，景爸自打走还没回来过。

"哎，你还不能骑车吗？"

提起这茬儿欢尔就恼火。宋丛转走后她就成了"专职司机"，上下学后座上带个一米八还多的健壮青年，当她得知景栖迟体重后发现相当于驮了快三袋大米，三袋大米什么概念？上顿下顿不间断都够吃小一年，这，这岂不是每天带着口粮搬家？

又气又没辙，不驮就成了嫌弃朋友的负心汉。

景栖迟看着她吃力的小肩膀暗笑，说她："你揍我时不挺有劲儿的。"

"景栖迟，三十年河东三十年河西听过没？"

"别威胁人。我贫贱不能移，威武不能屈。"

"你也就剩又贫又贱。"

"好好说话骂什么人。"

晚风鼓起校服，汗珠落了又起。柏油路、交通灯、广告牌，它们都知道在这样的夏夜，有谁又住进谁的心里。

Chapter 10

如果树会说话

陈欢尔给自己定了一份暑假计划。早晨八点准时开始学习，中途两小时吃饭加午休，晚上十点上床睡觉。然而首日一觉醒来已是大中午。她气呼呼找母亲问罪："为什么不叫我？"

"我叫了啊，你没听见。"陈妈的反驳无懈可击。

"能不能挥起你的小鞭子抽打抽打我！"

"那不行，国家不提倡体罚。"陈妈乐呵呵劝慰，"行了，假期休息为主，跟上学一样放假还有什么意义？"

她有时真怀疑自己这妈是不是被施了魔法，反学习魔法。

陈妈又道："明天去农场采摘呀？"

"不去。"欢尔哼哼唧唧，"年轻人就是没吃过苦，有钱非得到山沟里……"

"栖迟和宋丛可全去，哎哟，那我赶紧跟他们说一声。"

"非得干点儿农活儿也不错，是吧妈。"听得小伙伴也不学习，欢尔嬉皮笑脸，"不去显得我多不合群。"

暑期计划还没开始就宣告终结。

隔天一行人浩浩荡荡自家属院出发。看着伙伴们都是一家三口，欢尔格外想念父亲。想着想着又有些后悔，上次见面只顾纠结写不完的作业、好友不理自己、因为没穿校服被付主任训一通，为自己那些不值一提的小事伤春悲秋以致都没好好和父亲说几句话。好不容易回来一趟的人走时自己都没抱抱他，此刻她恨不得敲两下脑袋，猪头，早干吗去了。

追悔莫及总对应一声叹息。好像除了用力地、默默地叹一口气，再无其他可表达心境。

采摘园在郊区，属本市最大度假村的一部分。占地面积广，作物种类多，旁边餐厅、住宿、烧烤区等配套设施齐全。宋妈坐轮椅，和众人打趣只有自己独享 VIP 待遇。欢尔打心里佩服她，不是人人都能心平气和地接受灾祸，消解本身已足够了不起，而自此仍对生活保持热情和向往，这简直是一种超能力。

和母亲所拥有的不太一样的可仍让人心驰神往的超能力。

宋氏夫妇去鱼塘垂钓，宋丛被赶来采摘队列。欢尔用剪刀取一串葡萄，他便拿篮子在下面接，两人配合默契，嘻嘻哈哈聊着天。宋丛告诉她实验中学比天中有趣多了，英语老师会在课上放原声电影，有人画了教导主任的巨幅漫画贴到宣传栏，知道他学习好考试时小抄纸由四面八方朝他桌上扔。

欢尔大惊："你帮他们作弊?"

"我也得知道哪张是谁扔的啊。"宋丛笑，"都匿名信函。"

"老师是不是都不管你?"

"嗯,不大管。"

天中第一转去实验中学相当于神仙下凡,烧香供拜还差不多。欢尔感慨:"我要是没花择校费,现在就是你校友了。"

世事难料,生活的玩笑总捉摸不定。

"不重要。"宋丛用对方听不见的声音回了一句。

景栖迟提串葡萄过来说:"陈欢尔你尝尝,这品种巨水灵巨甜。"说罢直接摘下两颗不由分说塞进欢尔嘴里,手掌捂住她嘴,"是不是,甜不甜?"

强烈的酸涩感占据口腔,整排牙跟着瑟瑟发抖。"甜你大爷。"欢尔支吾着去掰他手,谁料这小子加剧力气成心使坏,太酸了,酸到只能咽下去。

欢尔被酸出泪花,气不打一处来反手一个擒拿,陈妈在远处大喊:"不许欺负人!"

欺负人? 我要打人了我。

欢尔一万个不服:"他给我下药!"

景栖迟哀声求饶:"我吃那颗真特别甜,真的真的,凭咱俩情谊我不会骗你对吧。"

陈妈见状就要往这边来:"小心栖迟胳膊,下手别没轻没重。"

刚走两步被景妈拽住:"你过去干吗,让他们玩儿呗。"

"那欢尔跟她爸练得……"

"咸吃萝卜淡操心。"景妈望着孩子们笑,"没事儿,脱臼让老宋就地给接上,这不都现成的。"

欢尔从背后压住景栖迟双臂，声音恨恨："你就是故意的！三天不打上房揭瓦！"

景爸提篮子从两人身后慢悠悠走过，景栖迟见到救星一般，叫人："爸，爸，你儿子危在旦夕。"

"呵，正愁没地方回收呢。"景爸摸着脸，"臭小子，酸得我牙都倒了。"

采摘结束，一行人在度假村餐厅共进晚餐。宋爸将夫妻二人齐力钓上来的鲜鲫鱼递给服务生，难得做主一次："两条清蒸，两条红烧。"

"清蒸的少放点儿姜。"欢尔插嘴。

听得这话景栖迟又高兴了，揉着她脑袋示好："孩子长大了，贴心了。"

"滚蛋。"刚要还手被母亲厉声喝住："陈欢尔！"

欢尔只得老老实实坐稳，小声念叨："你咋不认个干儿子。"

小辈们聊考试、聊各自学校里的八卦，大人们说工作、说周医生家的周游和院里大家看着长大的珊珊暑假一同回国俩人到底有没有戏。那是多好的一天啊。葡萄饱满圆滑，油桃红彤鲜亮，桑葚姹紫嫣红，亲手采摘的水果塞满后备箱，钓上来的鲫鱼不服输般活蹦乱跳。每个人都在笑，喜眉笑眼一如这八月傍晚仍骄傲的艳阳，炽热着绵延着仿佛永远不会结束。

开学后高三年级搬至主楼一二层——比之从前可花更短时间去操场、去食堂，学校以此显示分秒必争的态度。班里进来四位新同学，两名来自外校，两名复读生，他们没有做自我介绍，融入与否比之成绩无关紧要。第一次月考陈欢尔班级名次后退四名，她看着成绩单上自己前面那几个不认识的名字忽然理解了那句老师常说的话：千军万马过独木桥，有人爬上去就一定有人被挤下来。

这是一场没有退路的竞争，她不得不参加。

景栖迟状况更差，放榜那天他告诉欢尔，根本不知道怎么学。

天中进度快，至此已无多少新知识输入，课堂大半时间都是老师带着复习。除去基础相对扎实的数学勉强跟得上，其他皆一团糟，加之前段时间手术停学又耽误不少工夫，一来二去让他像只无头苍蝇，科科碰壁，题题无解。

宋妈还在康复期，宋丛自然分身乏术。欢尔想想，告诉他："今天开始你放学直接跟我回家，补一小时再回去。"

她算不上优等生，唯一担心的是无授人以渔的资本。

"我完全没概念要从哪儿开始。"景栖迟极少有气馁的时候，可现在他失落至极，"况且也不想耽误你。"

"没事，咱俩就互相耽误先把这辈子凑合过去。"

景栖迟的瞳孔里落入一张真诚的、笑吟吟的脸。可陈欢尔，你知道一辈子有多长？

迟疑片刻，他默不作声点点头。

——你问的是前半句，我答的是后半句。

其实欢尔也不知道怎么教。她只能学宋丛的方法，随便拿一科试卷，遇到错题就开始讲，讲到他不懂的地方回去翻课本，知识点从头至尾捋一遍。原定一小时说着说着就快两小时，直到陈妈敲门两人才匆匆收尾。人走了再开始写作业，一写就到后半夜。她没有宋丛的天赋，讲得慢自己写得也慢，睡眠不足白天上课打瞌睡，几次都被老师怒然唤醒。欢尔自己不觉得有什么，倒是景栖迟备觉愧疚。

他想说算了，可又怕伤到欢尔自尊，犹犹豫豫终是没开口。

高三运动会改为远足拉练，一为全员强身健体，二能省下来一天时间。从学校至近郊森林公园，往返三十公里。这距离对陈欢尔属小意思，许是轻敌，许是近期休息不足，抵达公园后她竟吐得肠胃皆空。连老徐都诧异班里最能跑的小姑娘怎被这半途路程生生打垮。景栖迟一咬牙告诉她："以后别补了，效率太低。"

他太了解她，若实话说怕她身体扛不住，绝对会被否决。

"你嫌我效率低？"欢尔怒目而视。

"我自己能搞定。"景栖迟摆摆手，"实在不行找个家教。"

他一直抗拒家教。父母皆为工薪阶层，从前踢球就给家里带来不少负担，从装备到培训，父母给他的都是最好的；现在路断了不踢了，他委实不愿再让他们有额外开销。

况且补了会不会好，景栖迟心里没底。

"我能给你补干吗找家教？"

欢尔没有等到回答。景栖迟电话响起，他背对她接起，之后一路快跑头也不回地离开。

她有种极其极其不好的预感，因为这场景和当初宋丛一模一样。

欢尔那天的记忆是很多棵树。粗壮的树干，摇晃的叶子，森林公园里明媚的绿遮住湛蓝的天。再然后她听到，景爸牺牲了，因一场突如其来的森林大火，他被永远地留在那片异地树林中。

大自然多残忍啊，野花败了又开，草木黄了又绿，河水结冰又融化，它有重生的特权，却也自私地占有着重生的特权。

它夺走一条生命，丝毫不顾虑背后为之撕心裂肺的一个家庭。

母亲当夜没有回来。她告诉欢尔，人多，先别来了。

近凌晨时宋丛发来消息："我看到栖迟了，很不好，明天替他请假吧。"

他不会好的。

无端制造意外的生活不会知道，肆意开玩笑的命运不会知道，无理取闹的罪魁祸首大自然也不会知道，一个人走，会带走另一个人。

这个夜，许多人无眠。

第二天课间欢尔去了趟老徐办公室，说："我给景栖迟请几天假，他家里有事。"

老徐没太在意："让他自己给我打电话，或者他家长。"

"徐老师，"欢尔鼻头一酸，"景栖迟爸爸……牺牲了。"

她只是想到，景栖迟无法打电话，家里也不会有人打电话，请假和他所经历的比起来都不算一件值得挂心的事啊。

老徐表情庄重："什么时候?"

"昨天上午。"没人知道确切时间，只是在昨天上午找到了遗体。那时她甚至还替他打掩护说景栖迟跟别的班先回学校了。

仅仅一天。

"好了别哭了。"老徐叹气，"这小子今年不好挨啊。"

先是职业梦碎，再到亲人离世，老天爷像随机抽到一个人可劲儿发泄怒火，手无缚鸡之力的人们只能生生受下这种炼狱般的折磨。

若是不谙世事的孩童也就罢了，因记忆不够牢固，痛苦便也没有那么持久。可他们不是啊，漫长人生的第一个过渡期，少年郎正飞快驰骋在奔赴成年的路上，情感最为丰富热烈，认知无时无刻不在疯狂累积，对广阔未来的期冀无限大，他们会记得这时自己所经历的一切，而这一切将会如刺青渗进每一寸皮肤纹理，鲜明、疼痛、深刻。

欢尔眼泪落得更凶。

老徐站起来拍拍她后背以示安慰："天有不测风云，人有旦夕祸福，作为朋友，现在最重要的是陪伴对方挺过难关。调整一下，回去上课吧。"

这天欢尔过得很恍惚，连杜漫都看出异样问了她几次是不是不舒服。她没办法形容自己的感受，只是一遍遍回想夏天时在葡萄园景爸摸着脸对他们笑。那样好的一个长辈，那样气宇轩昂的一个人，老天怎会舍得他离开这个世界。

欢尔问杜漫："你住校平时想不想家？"

"还好。"杜漫迟疑一下，"我家离得不远。爸妈平常挺辛苦的，住校是不想再让他们因为我劳累。"

一家三口，哪怕只周末才能团聚，可那也是完完整整一家人。

欢尔碎碎念："咱们都好幸福啊。"

"嗯。"杜漫回一句，将她面前的单词本翻几页，"快看吧，一会儿上课要考。"

站于食物链顶端的自诩高级物种的人类不过是茫茫宇宙中一只只蚂蚁，脆弱、渺小，命运最残忍的行为不是击倒我们，而是它根本不曾给我们站上擂台的资格。

再次见到景栖迟是一周后。

久无声息的他发来信息："来一下基地。"

欢尔英语作文写到一半，当下扔了笔和母亲打个招呼就往楼下跑。这就叫度日如年吧，她知道单位给景爸办了追悼会，知道景栖迟奶奶因受不住压力身体抱恙所以他才一直不在家，知道景妈已经恢复工作，虽然母亲说你林阿姨是在麻痹自己在硬抗，她都知道，可一句都不敢问。问了只会徒增悲伤，她能做的就是每天看无数遍手机，暗暗决定若自己被需要一定第一时间出现。

她终于见到他。雪松树前颓然的身影，像黑暗中的幽灵轻而易举融于这夜色。欢尔未调整呼吸便急急跑上前，她听到一句自言自语："如果树会说话就好了。"

如果树会说话，我不要道歉，也不会质问，我只想知道那个战士在生命最后一刻是什么样子。

这样简单的事，成了谜。

"栖迟。"欢尔叫他一声，几乎落泪。

景栖迟抬眸，未发一言慢慢坐到地上。

他看树影，看夜幕，看医院大楼或明或暗的窗。欢尔只顾看他，追着他的视线试图读懂这些最普通的事物于他的意义。

"我给你讲个笑话。"景栖迟忽然开口，未等听者表达意愿便自顾继续，"我无意中看了我妈的手机，那天晚上其实不该我爸值班，可你知道他为什么换岗吗？"

欢尔不知他何意，摇头。

"要不要猜猜？"景栖迟明明是笑着问的，可那笑眼在流泪。

他抹抹眼睛："他是为了我。因为第二天下午约了地方体校的教练见面，人家说想多了解一点儿我的情况，看看有没有可能转过去继续踢球。"

景栖迟哭得很克制，他只是一下一下抹眼泪，几乎没有声音。

所以景爸才与同事换了班，所以他才第一时间就冲进山林里，所以他才被那场森林大火永远吞噬。

一切巧合得不像话。

欢尔轻轻拍他后背："那是意外啊，那不怪你。"

"他知道我不甘心，知道我还想踢球，他一直在替我打听替我争取……欢尔我明白我不该这么想，可其实真的不该是他，走

206

的人不应该……本不应该是我爸……"

声音越来越小，到最后只剩抽泣。

景家的破碎也许成全了另一个家庭的完满，欢尔不知该用何种心态去看待这个事实。

世间之所以没有绝对公正，只因已发生的事无法再被更改，而我们能做的无非是用弥补去探寻一种相对平衡——比如伤害宋妈的家伙被判刑两年半，再比如景爸被追封为烈士，成为很多人心里勇敢顽强的楷模。即便只是相对，可人间也已用最大诚意展示了温暖，这是一种无法撼动的秩序，更是一种饱含真挚的慰藉。

"不怪你。"面对陷入自责泥沼里的伙伴，欢尔迫切地想拉他一把，可她发现自己根本使不出力。她只能不断重复"不怪你，一点儿都不怪你"。

末了，景栖迟擦干眼泪，直愣愣地仰起头去看一旁的大楼："有好多次，我都想从那儿跳下去。我想见他，想跟他道歉。"

他视线对着的是医院天台。

欢尔猛地捧起他的脸，四目相对，一字一句告诉他："想都不要想。"

不对，不能，不可以。

景栖迟笑了，红着眼睛拍拍她的手："你先回去吧，我自己待一会儿。"

欢尔只得离开。他有很多要和父亲说的话，他需要不被打扰的时间。

走基地穿回家属院，她特意绕到景家楼下。客厅灯亮着，那灯光如此苍白、憔悴。转而回自己家，每上一层，接连两层感应灯都会亮。某种感觉越来越强烈，像一只拳头从里向外顶住心脏薄膜，用力鼓动。至家门口，整颗心终是被生生顶透，身体发出轰一声巨响，她转身飞奔下楼。

——基地空无一人。她一口气跑上医院天台，门是锁死的，使劲撼动两下绝无打开可能。陈欢尔开始疯狂寻找，医院、家属院、附属小学，这片区域就这么大，人能去哪儿？

电话始终无人接听，脑袋里一直缠绕着爆破的回声，她要被震碎了。

她沿着主干道一路跑一路找，冥冥中像有指引，她在曾发生搏斗的工地处看到景栖迟。

他大字型躺在马路中间，一动不动。

陈欢尔冲过去，跑得太猛几次要直扎到地上，大脑一片空白。

没有血，没有受伤，地上那双眼睛空洞无底。

她疯一般将人薅起来，连拖带拽拉至路边，全然不管，一巴掌甩上去："景栖迟你要干什么！你给我精神点儿！"

他想死。

可他又不知死是不是正确选择。

于是他选择把自己交给上天，若车停住便是苟活，若车轧过去便是本该如此。

最无可能的就是，在这样的深夜，在这片无人经过的废墟，他被救下。

陈欢尔揉他脸，摇他肩膀，抓他头发，可面前的人如一具行尸走肉，怎么都唤不醒。

她气急败坏地一拳打到他脸上："说话！"

这下很重，重到景栖迟没站稳退后了一步。他缓缓抬起头，开口是乞求的语气："欢尔你打我吧。我多希望有人打我、骂我、折磨我，可大家都说没关系、不怪我、会好的。怎么才能好？究竟怎么才能好？"

忽明忽暗的路灯下，一辆私家车疾驰而过，空气中只留下引擎的轰鸣声。

"景栖迟，我还你一个笑话。"

欢尔冷静些，松开拳头。

"我早产，出生的时候脑袋里还有颗瘤。那时医疗条件有限，我又生在四水，手术不太成功，医院下'通牒'说活不了。当然，这些是我爸后来告诉我的。他说所有人都放弃了，爷爷奶奶、家里亲戚、医院的大夫，甚至全无办法的他自己。那时候他俩还年轻，再生一个也没问题。但我妈不，她觉得把我带到这世上却都没让我看看这世界，这事不对。

"她满世界问，专业搭点儿边的同学、同事问个遍，自己没日没夜找资料看病历，给国外的儿科专家寄材料写邮件，可能她感动世界，也可能我命大，后来转到北京的医院二次手术，算成功，我活了下来。我爸不是爱好摄影吗？要不是他当时拍那些照片，我都不知道原来我人生的最初那么艰难——全在医院，从保温箱到病房，出院再复查，复查发现异常再住院，我差不多拿了一手最烂最差的牌。

"刚上小学那会儿，我有次跟同学闹着玩儿不知怎么晕了过去，去医院也没查出原因，反正可能有点儿后遗症吧，身体一直病恹恹的。我爸从那时起开始教我打拳，就怕随便被人一推我又倒下。跑步、打沙袋，在我家，锻炼是天大的事。后来县里有了拳馆就系统训练，我不是得过'四水之花'吗，当时才艺就是我爸上台配合我练了一套拳。你们觉得厉害，但对我爸妈而言，这些都是在救我的命，谁也不知道以后，万一呢。

"我叫陈欢尔。你再念念这名字，是不是有点儿奇怪？因为那时候住院医生都是"三床患儿""五床患儿"这么叫，我妈听到这俩字就一激灵，总觉得是在叫我。她说既然赶上也没办法，只能尽力把坏的变成好的。他俩希望我快快乐乐在欢声笑语中长大，干脆改了两个字将名字送给我。

"所以景栖迟，我瞧不起任何拿生命当儿戏的行为。有人那么努力只为争取一丝活着的希望，凭什么健健康康的人就能随意挥霍自己的生命？我不能保证一切都会过去，假如我没活下来，事情是过去了，可我爸妈会想一辈子。我只是知道，什么都不做一定不会过去，你对叔叔的愧疚、对阿姨的亏欠、你自己心里那道坎，你越不去面对，它们越不会让你好过。"

秋风清，秋月明。落叶聚还散，寒鸦栖复惊。

十月深夜，相对而立的两人呼吸此起彼伏。

210

这是一番很长很真切的话——陈欢尔从未对他说过这么多话，可每个字景栖迟都听进去了。他终于知道她为什么总撒谎说自己身体好，也幡然醒悟她为何不愿提及那身拳脚功夫的由来。

这个夜晚，她对他讲的是从未告诉过任何人，也不打算告诉任何人的故事。

因为故事悲情又冗长，贯穿她的过去、现在甚至未来。血管青肿一点儿丽娜阿姨就暴跳如雷，那是父母家人直至今日都在提心吊胆，无伤大雅的小病小灾于他们则如临大敌。能活下来是个奇迹，能看看这世界是命运的馈赠，可奇迹和馈赠有时限吗？谁都不知道，也不可能知道。

景栖迟明白从前陈欢尔为什么只字不提——她是这个悲情故事的主人公，所以她不敢讲，说了就是在给老天爷提醒，而她太想被忘记。

别记起我，别惦念我，别看到我，就让我这一生都平庸地生活吧。

可他却也再清楚不过为什么此时此刻欢尔会说——他陷进去了，已然到自救根本无法起到任何作用的程度，所以他决定放弃，一了百了，随着心里那些无处安放的愧疚与无法消解的歉意一同消失在这世界上。或许，或许只有这样他才能再见到父亲，日思夜念却只剩一抹影子的那个人，他真的很想他。

树影婆娑，晚风牵动叶子沙沙作响。

"我……"喉咙干裂，景栖迟发出一个声音，眼圈不觉又红了。

男儿有泪不轻弹，他双手盖住眼睛，告诉自己这是最后一次。

最后一次哭，最后一次内疚，最后一次犯傻。

欢尔上前从侧面抱住他，头轻轻贴在他肩膀上，单手拍拍男生后背。

话已说尽，能做的全部都做了，至于日后，那是景栖迟自己的功课。

许久，她放开，转而拉住对方手腕："回去吧。明天早晨我在院门口等你。"

一左一右，她拽着他，他心甘情愿被拉着，两人沉默着脚踩月光回家。

分开之前，景栖迟问："你身体……现在还有没有事？"

欢尔看着他，眼神如月光皎洁："你没事，我就没事。"

第二天一早，景栖迟准时出现在家属院门口。校服干干净净，自行车倒肉眼可见铺了一层灰尘。他双眼微肿，昨夜的哭泣诚实地转化为明显体征。嘴角泛起一层胡楂儿，邋邋遢遢过去一周来不及清理，他也一向不怎么在意外表。至于脸……

欢尔骑上车率先开路，走了一段才道歉："昨天没忍住，用力过猛。"

竟然把脸打肿了，而且怎么就光顾右脸下手，若一边一拳总不至弄得这么狼狈。

"得谢谢你。"景栖迟目视前方，"我真心的。"

如果前几日是丧父之痛，那昨日半夜归家看到等在客厅独自发呆的母亲就是满满当当的自责。母亲没有询问他晚归缘由，她只指指阳台上晾着的校服——"明天医院有事我得早出门，要是不干拿吹风机吹吹。"

好似母子连心，他并没有告诉她自己已经准备好了，可她就是知道。

而后母亲关了客厅灯，说："早点儿睡。"

景栖迟在黑暗中回答："妈，还有我呢。"

他差点儿，就差那么一点点就弄丢了自己。这么多天只顾自己的歉意，却一次都不曾想过去分担母亲的悲痛。明明他们在承担同样分量的失去，是自己的父亲却也是她的爱人。他险些加剧这场悲剧，他无比庆幸自己没继续错下去。

能做的太有限了。

哭过痛过也嘶吼喊叫过。浑浑噩噩这些天，辗转反侧的这些夜晚过去，景栖迟发现除了去做让他们骄傲的儿子以外，他没有任何办法。

在法律上，他甚至都不算具有完全民事行为能力的成年人。

早自习下课，景栖迟被老徐叫进办公室。直到第一节英语课过半他才回来，欢尔回头偷瞄，他桌上摊开的是物理课本，而这课本一摊就是很多天。

一切看上去都很正常，他吃饭、回家、仍不出间操——每次教室里重新热闹，景栖迟都不会抬头，心无旁骛的样子像生生换了一个人。大家不知道他出了什么事，只有后排几个关系好的男生打趣高三真是屠宰场，连天不怕地不怕的景栖迟都开始学习了。

那时是十月底，距离那场人生大考还剩半年多一点儿时间。

逢周末欢尔都去景家写作业。早晨八点钟到，景栖迟已经在看书，晚上十点多回家他仍在看。中途会问些问题，欢尔自然知无不言。偶尔宋丛会来，逮住机会便给两人讲些复杂题目，归结几处要点。宋妈重新去医院上班，工作上有诸多不适，宋丛没有太多时间分给朋友。

有天晚上景妈来家里串门，欢尔扒着门缝偷听。景妈说："栖迟估计知道他爸为什么调班了，受刺激似的每天学到后半夜。"

陈妈忧心道："这么下去身体吃得消吗?"

景妈叹气，说："也不听劝，也劝不住。昨天给他收拾房间，垃圾桶里纸巾都带血，问了才知道没受伤是鼻血，除了以前跟人踢球，这小子哪流过鼻血啊。"

人人都说景栖迟受了刺激，只有陈欢尔明白，他在逼自己赎罪。

欠下的，想补上。仅此而已。

到期末考，景栖迟追到班级下游，数学单科成绩达到年级上游。

分数和排名都是欢尔挤进讲台看完成绩单告诉他的，当事人只点头表示知道了，好似还未到达终点，他对路途所遇风景全无兴致。

寒假欢尔父亲回来，一家三口回四水老家过年。除夕夜欢尔同两位伙伴群语音聊天，她和宋丛就春晚节目你一言我一语说得正"嗨"，一直未言语的景栖迟忽然来一句："高锰酸钾不是氯酸钾分解氧气的催化剂？"

群里一时安静，问话者继续："不是？"

宋丛直接笑出来："今天这日子，有点儿娱乐精神行吗？"

"我在看。"景栖迟也笑，"那近景魔术不错。"

景妈声音传来："不错什么，都是托儿。你看电视就看电视，看书就看书，聊天就聊天，怎么还一心三用？"

欢尔暗笑两声，这才答："不是，高锰酸钾分解产生二氧化锰，二氧化锰才是催化剂。"

"这样啊。"景栖迟提笔记下，却成心捣乱。"老宋这对吗？别有人误导群众。"

"你有种。"欢尔气哼哼。

宋丛大笑："陈老师给的是标准答案，你别逗她了。"

新年钟声敲响。

成年大门刚刚开启，每个人都已在负重前行。这片刻欢愉似攀爬的石壁上开出的花，脆弱又珍贵，可赶路者不能停下，只能在心里暗自道一声有缘再会。

开学后第一次月考，景栖迟的理综成绩跃升至班级前列，总分已大有起色。与此同时，桌上的书换成英语书，每天早自习会看到他雷打不动默写英文单词。

景妈说他整个寒假没日没夜只看化学，做完整整三本辅导书。

进入全面复习阶段，上课变成做题讲题循环。他几乎不再听课，科任老师发火便乖乖听着，转头又去看自己的书。他很少说话，很少看操场，也很少完成作业。有几次在老徐课上做数学题，老徐也只是提醒般敲敲桌子，未批评也未制止。景栖迟后来告诉欢尔，这是他和老徐达成的协议。

"要补的东西太多，只能一门一门攻。"他自己有套计划，按部就班执行，倔劲儿上来谁也管不了。说这话时语气既无气馁也无焦虑，好似天气预报播音员般不带任何情感色彩陈述事实。

变故会改变一个人。那些从天而降的灾祸，或许让一颗原本真善美的心灵充斥焦躁不满，继而与所有人抗衡与全世界为敌；又或许它们被读取成五分动力五分执着，最终演变为成熟的催化剂，塑造出一个全新的坚韧稳重的灵魂。所幸，景栖迟是后者。

懂感恩会珍惜的人才会变成后者。

那天他问的题目欢尔已经解答不出了。大概过半小时，他将所有步骤列在草稿纸上，推过来："应该是这样。"

公式算法清清楚楚，答案带着解题者的思考跃然纸上。

陈欢尔有种被碾轧的挫败感。

她不会承认男生在理科上更有天赋，可她必须承认景栖迟学东西比自己快很多。

当然不是宋丛那般智力超群走一看十，景栖迟会研究例题会分析思路，他更多表现在一点就透融会贯通上。又或许心里压着一口气，过去十几年的劲儿一股脑儿用出来，他比任何时候都更具力量。

这天景妈夜班，晚自习回家后景栖迟直接跟来蹭宵夜。陈妈速速端两碗馄饨上桌，单手托腮坐一旁笑眯眯瞅俩高三生狼吞虎咽："慢点儿吃，不差这一会儿。"

"差。"欢尔用筷子点点对面的男生，"妈你不知道，他一天天打鸡血似的。"

陈妈笑："栖迟这么下去考个医学院也不错。"

欢尔附和："对，去你们科给你打下手。"

"我们科怎么了？"钱医生大大不满，"今年来轮转的小伙子一个比一个好，比你省心多了。愚昧，偏见。"

"看见我妈没？"欢尔敲敲一旁闷头吃饭人的碗，"不是亲儿子使劲儿往火坑里推。"

见景栖迟难得一笑，陈妈顿觉心疼，语气也跟着柔和许多："从前你妈总担心你不学习，这回努力了可劲儿学她还是担心。我们念医学院那会儿她住我楼上，好家伙，听说师妹里有老乡，大家长似的恨不得热水都给我打来。这下真成了家长反倒不知道怎么当了。"

"阿姨，"景栖迟放下碗，"我妈还没缓过来，你费心多照顾。"

Chapter 11

朝夕又朝夕

　　"臭小子，还客气上了。"陈妈抬手拢一把他脑袋，"我跟我师姐这关系轮不到你搭言。"顿顿又道："栖迟，你得相信你妈是个有承受力能扛事儿的人，她不像你想象中那么脆弱。凡事多与她沟通，你越闷着不说她才越放不下心。"

　　"是。"景栖迟点头。

　　陈妈又问："这么学有没有目标？"

　　这下他不作声，转而用筷子指指对面的姑娘。

　　欢尔当下反击："做梦。"

　　他虽次次进步，可欢尔现在总成绩已经在年级前段。

　　"再考两次吧。"他回答，全无玩笑的神态。

　　他的表情、语气、措辞莫名刺激到欢尔，她忽然觉得自己要更努力些，否则日后会跟不上他的脚步。

　　景栖迟一定不止于此。

饭后两人一同回房间学习。欢尔是趴在桌上写睡着的，一觉醒来已凌晨两点。身上披一张绒毯，旁边摆着写了一半的数学题、手机和书包，人不在。

心"咯噔"一下。家里漆黑一片，母亲已经睡熟。客厅、厨房、厕所找个遍，她鞋都没换，抄起钥匙跑出家门。

夜阴冷得似医院太平间。院里只有三两户灯还亮着，四下无人，全无线索。

她顺楼道出去往医院方向跑，刚踏上院内大路，耳边传来声音："欢尔。"

原地站定，她远远看见景栖迟拿本书正朝这边来。

一瞬间如释重负。可紧接着无名怒火袭来，她迎着人走两步质问："你出门为什么不说一声？"

寂静的夜里，声音显得格外突兀。

景栖迟一愣，晃晃手里的东西："就回家找本参考书，我拿阿姨钥匙了，看你睡着就……"

"那你怎么不直接回去！"欢尔疾声厉色数落，"收拾好东西直接走，带上手机知不知道！"

"我忘了……"

他是真忘了。写到一半卡壳记起以前做过类似题型，这才赶忙去找想着回来继续。景栖迟打量她的装扮，头发是初醒的乱糟糟，一身校服，脚下踩着拖鞋，当时心下一软："对不起。"

他知道她是怕自己再犯傻。

可陈欢尔，我不会了。

欢尔余怒未消，双手紧紧攥住裤线："我一睁眼看你不在，你知道我……我……"

景栖迟一把拽过人按到自己怀里："对不起。"

一个安慰性质的、不算拥抱的拥抱。

陈欢尔头抵在他心口，隔着校服听到一下一下心跳声。来自青春期异性的、蓬勃有力的心跳。

后怕的感觉仍在，与这节奏交织在一起，让一切美好得不真实。像儿时睡前被筑起的童话梦，生怕醒了丢掉最爱的王子公主。

欢尔身体仍是紧绷状态，她小声说道："以后出门必须报备。"

"是。"

"打电话发短信留纸条都可以。"

"好。"

"景栖迟，"她逐渐松弛下来，"我吓坏了。"

"我答应你。"男生放开她，捏捏她鼻子，"我不会了。"

欢尔这才彻底放心，拿过他手里的书："什么题啊？"

"上去再说。"景栖迟扶住她肩膀让她做个原地转身，"天凉。"

如果失去是赌注，那陈欢尔在一开场就会选择认输。

她赌不起。

朝夕又朝夕，日子每天都在重复。背不完的诗句、单词、方程式，写不完的试卷、作业、练习题。偶尔自习课抬头看看，那

220

一张张埋头苦读的脸陌生得要命。头痛欲裂时欢尔有过摔笔不干直接放弃的念头，花花世界奈何逮着一根独木桥祸害，可转头瞄一眼景栖迟又立刻打消邪念，他都能撑自己为什么不能？

支持和鼓励是相互的，较劲和不服同样。

睡觉时间稳定在十二点，偶尔几次写过头还有幸观览到了日出。倒计时牌挂起，百日誓师大会召开，教室里的咖啡香越来越厚重，一度觉得望不到尽头的终点也隐约浮现。家长们说坚持就是胜利，老师们说守得云开见月明，当事人们捧着热乎乎的光阴时而信心满满，时而无所适从。

四月初的二模考试，景栖迟比欢尔高一个名次，年级一百零七。

一次月考，一次一模，完全印证了他所说的再考两次。

五班内部只是小小震惊。谁都发现自打上学期末景栖迟成了学习机器，闷不吭声和所有老师对着干，分数也一路飞涨，他早就不是原来的体育特长生了。倒是年级范围内一阵骚动，没有人看到八百到五百再到二百的循序渐进，也没人看到他桌斗里那沓厚厚的草稿纸和一把用完的水笔芯，他是名不见经传的异军突起。

景栖迟在即将毕业时一跃成为天中大神。

大神总带有很多故事。低年级的学生们对着大榜名字恍然大悟，这不是体育老师挂嘴边的带天中勇夺足球赛季军的队长吗？更有趣的版本是，他和原来年级第一是如胶似漆的好哥们，对方转学他化悲痛为力量一路开挂。

班里后门开始出现观摩人群。勇敢的小姑娘会红着脸喊"学长加油"，羞涩一些的会趁人不在往桌上放饮料、巧克力。对此景栖迟大多一笑置之，吃的全部分给欢尔和杜漫，一副皈依佛门不惹红尘事的模样。倒是廖心妍偷摸和欢尔抱怨："真是一届比一届敢干。"

她好像也没有表白意愿。有时欢尔觉得她很像景妈，吾家有子初长成，话里话外一股慈爱劲儿。

当然欢尔也不敢问，特殊时期扰乱军心是大忌。

回家路上欢尔笑嘻嘻说起这些传闻，配以来自灵魂深处的感慨："我真是棵幸运草，羡慕你们三生有幸遇到我。"

景栖迟不理她："老宋要去北大医学院，你想好没？"

宋丛一直稳定，他当然有实力去最高学府。

欢尔摇头："反正到时候一别两宽，你俩不要太想我。"

"陈欢尔，你和我都再使点儿劲。"

"还不够？"

她基本稳定在百名，且不说天河本地就有重点院校，这成绩只要不失常妥妥能上个好一本。

"不够。"景栖迟沉思片刻，"再多考十分。"

"为什么是十分？"

"别管，记住就行。"

因为我还能多考十分，因为我知道自己要什么。

关于大考那两日，陈欢尔只记得雨。

　　父亲特意请假陪伴，早晨便由他开车载两位考生与两位母亲一同去考场。穿金黄外衣的交警出现在每一个十字路口，隔着朦胧的车窗，欢尔看不清他们的脸。她跟景栖迟说："你说个关于雨的诗句吧。"他背的是"南朝四百八十寺"。陈妈听罢搭茬儿，这也没有雨啊。大家一通笑，欢尔偷摸拽景栖迟校服——看见没，我就随我妈语文才那么差。第二天雨势更大，车窗上的雨刷器疯狂摆动做机械运动，欢尔说会不会考动能定理，他答你回忆一下功的计算公式。紧张，紧张到每一个细节都变成考点，像老天给出的隐藏线索，谁发现谁就可抢占先机。

　　疾风骤雨，滂沱大雨，牛毛细雨，赶赴归来的考场路上是雨，答题中听到敲打窗棂的是雨，最后落笔时明明天晴可心里好似还在淅沥沥下雨。一场绵延的、不忍给告别画上句点的雨。

　　之后是睡觉，睡得昏天黑地；看电视，看得昼夜颠倒；打包书卷，摞起来快一人高。成绩出来那天既无惊喜也无意外，陈欢尔和绝大多数考生一样，只是稳妥地给了三年苦读一个交代。

　　报考志愿填得很远，回家需坐一天火车。父母倒无意见，陈妈乐观预测大学毕业前这条线路高铁肯定通上了，陈爸则打趣各自为营这下真正对影成三人。其实也犹豫过要不要干脆在家门口念，同等级的高校本地考生在录取分数上有绝对优势；又或许去首都，宋丛到时一定在——出分当日就传遍家属院，他从不会让人失望，且往返交通更便利。迟疑过后还是作罢，她想去更远的地方瞧瞧，听听轮渡看看长江，感受一下歌里潮湿松软的土地和琐碎事。再者来人世一遭，大多数情况下都是被选择，终于手握一张反选令牌，不用多可惜。

倒是景栖迟自考完就悄无声息，景妈说他每天把自己关房间里对着电脑瞎研究，不知在偷摸鼓捣什么。有次欢尔去家里找他，桌上乱糟糟摊一堆 HTML、CSS 这些看封皮都被劝退的工具书，人穿着大裤衩在键盘上敲敲打打，屏幕密密麻麻尽是符号单词。欢尔问做什么，他头都不回卖关子答再等几天。这一等就等到分数出来，欢尔知他高自己不少，问起学校又是遮遮掩掩，她趁人不备抢过志愿表也只看得"北京"二字便被夺走，景栖迟说句"别瞎看"，像被大仙明示天机不可泄露似的展示于人就录不上。

欢尔回四水老家休养生息。爷爷在院里种下几棵樱桃树苗，瘦弱的根茎紧紧扒着土地，像来做客的远房亲戚般怕生又拘谨。他说："等我大孙女大学毕业就能结果了。"欢尔傻乐，在老人的世界里时间总像被调快了似的，一转眼秋收，一转眼冬至，一转眼又一年，一转眼孩童长成大人。她还未开启的大学生活在他们眼里不过一棵树由种下到结出果实，一转眼的工夫，快得很。

古人云近朱者赤近墨者黑，同老一辈待久了，欢尔发觉自己也变得平和温顺，所以当母亲打电话告知通知书到了但专业被调剂到药学时她也没太大波澜，她不像宋丛早早做好了人生规划，既来之则安之，医药医药，总归还是没逃出这个大圈，像悟空给三藏画的圆，出不去便在里面自娱自乐吧。

她与母亲打趣："这下好了，你治不好的疑难杂症全丢过来，陈医师让你一粒病除。"

"你啊,"陈妈在那头笑,"你就乐呵几天吧,学起来有得愁。"

欢尔急着挂电话:"不说了,我得赶紧告诉我爸。"

"等会儿,"陈妈叫住人,"栖迟和你一个学校,以后互相照顾,我跟林阿姨都放心。"

这下欢尔蒙了:"他怎么……"

景栖迟是要去北京的。不对,他还有额外加分,手握这样一个分数,完全可以选择更好的地方啊。

"嗯,他通知书上午到的,你林阿姨可算踏实了。"陈妈碎碎念,"多奇怪,一个学校一个地点还分着送,我当时琢磨啊,人家都到了你没有,肯定没戏了,这要真家门口念还得伺候你四年……"

"妈,"欢尔打断,"你早就知道他跟我念同一所?"

"知道啊。"陈妈不以为意。

"你怎么没说?"

"我有什么可说的,你们都商量好了。"陈妈语音带笑,而后急急挂断,"我有电话进来,你自己告诉你爸啊。"

商量好?完全没这回事。

一定是景栖迟这样告诉她们,而她自以为他要去北京所以一直未曾过问。

欢尔想了整整一个下午。有个念头如种子落到心里,生根发芽,最终成藤蔓绕得她又痒又躁,不得安宁。到晚上忍不住给景栖迟打去电话,对方接起她却又语塞,沉默让藤蔓更加疯狂,缠得整颗心缩紧，缩到没了退路。

"学校的事？"景栖迟主动问。

"嗯。"

"阿姨说的？"

"是。"

"你什么时候回来？"

"开学前。"

那头笑："太久了。"

欢尔握紧电话："景栖迟，你为什么要跟我念同一所？"

奶奶遛弯儿前没关好水龙头，她清晰地听到水珠砸到瓷砖池的声音。

"滴答，滴答"。

只有这个声音。

良久，那头传来一句带着笑音的反问："你说为什么？"

很显然，他想继续说下去，欢尔甚至听到接下来开头的音节，可她鬼使神差地打断："不要说。别说。"

那头安静下来，她知道景栖迟在等解释。

"因为……"欢尔心跳加速，手心莫名出汗，"因为不清楚，都不清楚。"

她说完直接按下结束通话键。

而他没有再打来。

两天后景栖迟发消息问她谢师宴去不去。廖心妍早在群里

226

通知过时间地点，还小窗跟欢尔说让她一定来。欢尔于是回复"去"，那头又发来一条："那回头一起过去吧。"

中规中矩的对话，看不出情绪的一问一答，那通即将触线的电话连同那个心事满满的下午似乎被当事人遗忘，又好像那本就是臆想出来的情景，压根儿没有在现实中发生过。

谢师宴来了三十几人，有人去旅游，有人出国探亲，还有人一门心思准备复读。有些喜悦是没办法分享的，强行分享就成了居高临下的炫耀。

主角老徐一身轻便运动装出席，不知因为这届学生硕果累累还是要重新带压力减半的高一年级，酒过三巡他竟开始吐槽："我知道你们私下叫我余承泽，好家伙双人旁都给我去了。我天天释放人性光辉你们能考好？"

大家拍桌子敲碗，一阵哄堂大笑。

"我常说这是你们人生中最重要的三年，其实不是，或者说大概率不会是最重要的。"老徐呷一口酒，"你们的人生还很长，我只希望等你们像我这个年纪回头再去看，哦，那是一段值得的也对得起自己的时光，这就够了。"

人都是多面体，也许千多个日日夜夜过去才会看到某人的另一面。并非所有隐藏都是虚伪，出于职责、道义抑或更远的追求，谁说得清呢。

老徐来酒必接，铁了心似的陪大家乐呵，一轮喝下去脸通红一片。几个男生送他先行离开，人刚走包厢里吵闹声更甚。同学们开始互换座位说曾经发生的一些小事，抑或抱头碰杯讲述离别，也送去祝福。杜漫从另一桌过来拱拱欢尔，欢尔便挪挪屁股腾出半张椅子。她挤着坐下，食指绕杯沿转圈："你……是不是不知道我和你们住一个院？"

欢尔讶异地看着她摇摇头。

"我家也在三院家属院，大门拐进去最靠边那栋。"杜漫笑了笑，"勉强算，我也是三院家属。"

"你怎么才说啊。"欢尔有些气馁，"周末一起回去多好。"

"我和你，和宋丛、景栖迟，和你们不大一样。"杜漫声音低了些，"急诊口进去边上有个小卖店知道吧？那是我妈盘的。我爸本来在厂子里开大车，去年工厂黄了，我妈就托关系让他去开急救车，临时工。"

欢尔听罢小声回一句："有什么不一样，你还双职工家属呢。"

她这才发现杜漫的瞳孔呈现出一种颇有异域风情的深棕色，眉毛睫毛都很密，鼻梁上的黑框眼镜遮住女生本来浓烈可人的容貌。

"就……"杜漫牵牵嘴角，"不太好意思吧。"

欢尔拱拱她："以后你爸妈可是货真价实的家属了。"

杜漫即将去首医大就读，她已将执念变为现实。

"欢尔，"女生这时有些动情，"有次我拉肚子你去医务室给我买药，回来时是不是摔了一跤？"

这等囧事陈欢尔怎会承认："不可能，我练过下盘的。"

她早忘记给杜漫买药这茬儿。

"反正我当时就想，毕业后一定要好好谢谢你。"杜漫记得那是乍暖还寒时节，校园里的冰还没全化，她那同桌气喘吁吁举着药回来时校服裤子膝盖处泥水一片。

"为什么非等毕业后？"

杜漫歪头笑笑："我告诉自己不要交新朋友，有了朋友就会有诉说的欲望，我耽误不起。"

她的目光真诚坦荡，似乎一早就对选择的结果心知肚明。欢尔无权也不想去质疑这选择的对错，只觉自己还是太主观了。这同桌在她眼里就是个埋头苦读毫无乐趣的"书呆子"，全然不曾料想对方也有丰富的内心世界，又以多大的毅力硬生生让自己变成看上去的模样。

不够了解都是借口，不想了解才是根源。

两人正说话时身后传来一阵骚动，一个嘹亮的声音压住所有笑声清清楚楚传来：

"景栖迟，我喜欢你。超级喜欢你。"

廖心妍站在椅子上，用酒瓶做麦克风，以一种英勇就义的姿态完成了这场告白。

景栖迟刚放进嘴里一块水煮鱼，这下结结实实被呛住，猛地开始咳嗽。欢尔顺手抽张纸巾按到他脸上，他在全班目光中涨红脸咳得停不下来。

男生们起哄："你忍着点儿，班长表白呢。"

廖心妍喝了不少酒，脸一直红到脖子根，此时晃晃悠悠站在椅子上，两个女生各站一侧护着唯恐人摔倒在地。

而当事人还在继续，难以分辨是糊涂还是清醒。"你们都听到了，我喜欢他。"

包厢里再次掀起一阵狂热的呼号。

她的表白对象终于止住咳嗽，慢悠悠转过身，一时间连空气都安静下来。

心急者开始催促："景栖迟别装傻，正面回答。"

"你俩要成就是咱们班第一对哎。"

"说啊，yes or no。"

大家又一阵笑。

景栖迟也笑，借着这片笑声对廖心妍说道："班长，你还是男生见得太少。"

委婉的、聪慧的、留足面子的拒绝。

气氛有瞬间凝结。

可马上有知趣男生出来打圆场："我也是，我是女生见得太少。"

"你见得少？你家里片儿摞成山了吧？"

"放屁。"

"怪不得要去师范，另有所图啊。"

"爷凭本事考的！"

热闹重新罩住这片空间。廖心妍被身旁女生拽下椅子，捂脸出了包厢。

杜漫这时偷偷告诉欢尔："班长好像看了景栖迟的志愿表才去的北京，谁知道他改了志愿。"

这时景栖迟踹一脚欢尔椅子："走不走？"

"现在？"

"我在这儿她怎么回来。"

杜漫抱抱欢尔："走吧。以后常联系。"

直到出了餐厅欢尔也不知道自己走得对不对。平心而论，廖心妍与她关系不错，这一走倒像站了敌军阵营，不忠不义。

华灯初上，街头喧嚣，夏夜从不寂寥。两人并排骑着车，不疾不徐。

欢尔开口："宋丛这些天跟你在一块儿吗？都没消息。"

"嗯。"男生答，"我俩一起弄个了东西。"

"是什么？"

"过段时间告诉你吧，还不成熟。"

欢尔点头，又问："其他呢？你都干吗了？"

"踢球打游戏。"

"膝盖不疼？"

"还好。"

除此之外好像也没什么可说的。拒绝廖心妍不能说，改志愿不能说，关于学校更不能说，每一条都事关两人中间那条线，迈过去不知还退不退得回。

而景栖迟，似乎也不打算说。

陈欢尔又回四水过上恬淡安逸的假期生活。上午跟爷爷奶奶鼓捣院里的花花草草，下午雷打不动去拳馆练习，晚上读书串门看电视，醒来又是新的一天。结庐在人境，而无车马喧，不需要

231

背陶渊明了才逐渐理解诗中深意，闲云野鹤又何尝不是一种志向。

老人迷信又爱扎堆，奶奶听得某村子有位可识人知命的大仙，特意带她去算了一卦。白胡子老头儿眯着眼睛打量她一番说："书中自有黄金屋，这丫头学迹绵延会是个读书人。另大难已过万事通畅。姻缘自小定，额满鼻高而头圆，乃旺夫之相。"奶奶高高兴兴给了"劳苦费"，欢尔却嗤之以鼻："您进门就跟人说我考上大学了，可不就是读书人。还什么姻缘，街坊小孩儿都从小一起玩，谁还没个青梅竹马。大仙可真会推理。"

老太太唬她："十里八庄都说算得准，别瞎说，你得信命。"

"冲这说法，我往后啥都不干等天上掉金子呗。"

"人家说了呀，小时候大难已过。"奶奶深信不疑，"你就是命好。"

莫名其妙，刚打算闲散人生就被断定学海无涯，终于养硬翅膀要对抗大千世界的风雨，却被预报脑袋上边一片乌云没有，全是晴天。

人家拿大女主剧本的还得经历点儿挫折呢。

"欸，小时候你老追着的程家小子是不是也在南方念大学？"老太太自言自语，"哎哟人家都毕业了吧。"

哪又蹦出来的程家小子，这老太太恨不得逮个人就收来做孙女婿。

欢尔大叫："我跟姓程的不熟！"

她在一个酷暑天接到祁琪打来的电话。名字在屏幕上闪烁时欢尔有片刻迟疑，太久了，久到轮转一个四季，久到她都快忘记彼此曾多么要好，久到，她想以后谁提起祁琪她最多会说句"我认识"。以这样的心情按下接通键。无关紧要的寒暄过去，她听到那头电视机传出你侬我侬的对话声，祁琪说"这个穆念慈长得好像你"。欢尔听着声音关掉空调，非自然冷风吹得头皮发麻。祁琪又说："我去北京，以后见面应该挺不容易的吧。"

她不知道祁琪考去哪里——文科班再无亲近同学，那栋楼里发生的任何事欢尔都没再关注过，可她想祁琪一定不会差。

"我知道廖心妍表白的事情了，"祁琪自顾说着，"刚知道。"

欢尔不语。

若真要追溯，好像就因廖心妍的闯入她们才逐渐生疏。可那根本构不成一个逻辑完善的理由啊，所以陈欢尔才不懂，她的不解随时间减淡了，却并没有消失。

祁琪说："因为我，我们之间有个天大的误会。我真心向你道歉。"

"误会？"

"是，误会。"

电视机里唱起主题曲，房间内温度回升。

祁琪挂断前的最后一句："你给我点儿时间，我想想怎么告诉你。"

误会可以被消解，错误可以被原谅，歉意可以被接受，可因此滋生的罅隙、丢掉的时光、挫败的心情，这些要怎么弥补？

只怪曾经太好，放手不舍，回去又太难。

回家属院当天，宋丛和景栖迟齐齐上门，两人神神秘秘把她按到电脑前，开机，点击浏览器，敲出网址，回车下去一个从未见过的页面映入眼帘。

左上角显示主题——笔记联盟。

"这什么？"欢尔一头雾水。

"我俩在干的事儿。"景栖迟说着掏出一个信封，"你的那份。"

里面是一张百元纸钞。

宋丛解释："我俩弄了个网站，栖迟的主意，就是把应届毕业生的笔记公开售卖。现在流量不大，但成交率挺高。"

怪不得。图片都是笔记照片，旁边标注"商品"简易说明和所有人曾就读中学及录取院校，中考一类高考一类，这俩人可真能赚快钱。

欢尔捏住那张百元大钞，问："我的卖了？"

这出她可一点儿不知情。

"丽娜阿姨说本来也要卖废品，我俩就从你那一捆书里把笔记、错题本还有打印的摘抄本都挑出来了。"宋丛观察她的表情，"生气啦？本来想给你个惊喜……"

"所以……"欢尔皱眉，"我那么多只卖了一百？"

"差不多了，"景栖迟摸摸鼻子，"老宋也才卖五百。"

他明明就是想笑。

宋丛这几年学上得省笔省纸，那几科笔记摞起来都没她单门错题本厚。读书读书被碾轧，熬到毕业还被扎扎实实捅一刀。

欢尔扭过头气嘟嘟看起网页。当然不似门户网站花样层出不穷，但胜在功能性强。图片规格整齐划一，文字内容清晰显著，配色设计也颇有些去繁就简的味道。"天中奥班""保送"和各种名校字样接连出现，极大满足并刺激着目标受众的期待，广撒网勤捞鱼，这俩悄无声息一夏天可真没少折腾。

"你看到的这些基本都栖迟弄的。"宋丛拿过鼠标演示，"这里，点这个'联系'发信息就会到我们的管理员邮箱，可以直接出价也能提问。唯一就少个线上支付功能，时间太紧了，来不及做得太复杂。"

欢尔问他："这些资源都哪儿来的？"

"我找付主任还有我们实验中学教导主任帮的忙。"宋丛指指屏幕，"不光这些学生笔记，客源也基本都是他们带来的。他们往教师群里发，老师再往家长群里转，一来二去问的人就多了。"

男主内男主外，兄弟搭把手，干活儿有奔头。

欢尔暗想，怪不得不带我，多自己一个还真没地儿安插。

她瞄着景栖迟："之后这摊儿怎么办？"

宋丛一下笑了："他啊，他野心大着呢。"

"做不好变成天河本地学习资料的置换和交易平台，由中高考延展到其他类型的考试。"景栖迟神色如常，丝毫看不出玩笑或说大话的意味，"做好了就是全国性知识交流社区，由学习到生活方方面面，可以按省市区域划分，也可以按类型动机区分，大概就这个意思。"

"有没有?"宋丛朝欢尔比个眼神。

"确实。"欢尔看着景栖迟,重重点了点头。

那时的她还不曾察觉,在全面智能年代还未到来的这一年,景栖迟已然显现出超越同龄人甚至大多数人的互联网思维。

"票买了吗?"景栖迟忽然来一句。

"还没。"

"我一起买吧。"他说完端起笔记本径直坐她床上,一番查找后又问,"你想早晨出发还是早晨到?"

"出发吧。"

"好。"

很正常,他的问话、表情、反应全部正常,可就是哪里不对。自景爸出事,景栖迟确实变化很大,话少了,也不再贱兮兮有事没事逗闹,听景妈说有时回家还能吃到他煮的方便面,家长都说他懂事了成熟了。因为这样才觉得不对?

但陈欢尔早就适应了这样的他,绝不是这里出错。

就好像,隔了一层,她和景栖迟没那么亲近了。

奇怪的是她又确信,在某种触不到的更深的层面,彼此之间没有变化。

Chapter 12

一座桥的距离

新生报到当日才知景栖迟所在的计算机学院在主校区，而医药两院则被分在河对岸紧挨大学附属医院的分校区——带着"家里养不动你自己靠本事活吧"的殷切希望，见一面得穿过大半校园不说，还要过一座桥。

此时负责迎新的学姐止步桥头，朝他们笑笑："其实应该药院直系学长学姐带你们来的，估计以为人都收齐他们就收摊儿了。我第一次到这边，后面宿舍什么的也不熟，你们可以吧？"

景栖迟道谢，欢尔连连点头："可以的，麻烦了。"

晚上八点，迎新已近尾声。

"那加油啦。"学姐摆摆手离开。

人刚走，欢尔叹息："怪不得调剂。"

景栖迟拖着两个大行李箱上桥，没什么特别语气："来都来了。"

多像去哪里旅游，明明累得抽搐面对最后一个景点还是一咬牙一跺脚，来都来了。

念书这事可没有售后，保修包换管退，不存在的。

陈欢尔最后进宿舍。门一推开，三双眼睛齐齐看过来，打头的景栖迟被盯得发毛，卸下双肩包放箱子上往里一推："先走了。"

走两步折回，放一桶方便面在包上："你吃吧，我不饿。"

姑娘们迎上来刚聊几句，景栖迟又回来了。这次他敲敲仍敞开的宿舍门，脚在门外，从兜里掏出个东西扔给欢尔："我号码发你了。"

旁边一位栗色头发姑娘正从上铺下来："电话卡呀，够细心的。"

欢尔闪出半个身子朝楼道望，人已经走远。

室友们各做一番自我介绍快速熟络，全员到齐，接着按年龄大小排起宿舍排行。老大董慧欣来自某高考大省，复读一年远道而来；老二邱里和欢尔情况类似，都被调剂至此但对方立志要换专业；欢尔最小排老末；而栗色头发的叫黄璐，本地人，以生日早欢尔一个月险胜成为三姐。

黄璐床铺与欢尔头对头，收拾间隙问道："那大帅哥，男朋友？"

欢尔对这称呼足足反应两秒才笑着摇头："不是，朋友。"

"男闺蜜不恋爱，不是同志就障碍。"

"他啊，都不。"

黄璐来了兴致："试过？"

238

欢尔也不扭捏："看还不行？非得试过都说好？"

景栖迟和宋丛当她面什么七荤八素的话都敢讲，陈欢尔早就日积月累刀枪不入见招拆招本领长进不少。

"妹子你很有前途啊。"黄璐笑嘻嘻地做个点赞的手势。

慧欣长途奔波，收拾完很快睡下；邱里与相熟伙伴相约去逛夜间校园，迎新当日宿舍通宵开放自不必担心晚归；黄璐打小在这片区域长大，从家过来开车不过二十分钟，学校熟得像后花园，自然无多大兴致，于是曲着腿趴床上与欢尔有一句没一句聊天。对方属开朗爽快性格，说话口无遮拦，两小时过去祖宗八辈都被两人交流个底儿掉。有时交朋友纯靠眼缘，在那个晚上陈欢尔几乎可以断定这位大大咧咧不拘小节的姑娘会是她异乡四年最珍贵的伙伴，之一。

加上"之一"是因为有景栖迟。

隔日开始军训，这时欢尔才明白为什么黄璐说咱们班至少有一半人打定主意换专业——学院规模属"nano"等级，注意不是"mini"，距离百人左右的迷你院都还有大段赶超距离。存在感极低，莫说其他人，连同住一片山头的医学院盟友都深表震惊：原来药院是独立的呀！那眼神完全是"小老弟出息了都敢分家自立门户了呢"。但小有小的好，没几天全院学生都认个脸熟，进食堂就像刘姥姥和李姥姥一起到了大观园，人群中一眼就能认出彼此，姥姥们凑一起总能自得其乐。

陈欢尔就在这种情况下脱颖而出，被选为列队检阅标兵——他们被并入医学院方阵，可总不能俩标兵全从大家大户出，欺负人似的。打从第一天起教官就盯上了她，身板直体能好动作规范，一看就练过。

标兵须走在方阵最前，正步腿抬高，甩头不掉帽，越临近检阅日教官加练越多。医学院代表是个高她半头的男生，步子大走路快，俩人都练到绝望了节奏还是不一致。烈日当头，军训服又闷又厚，走几步就满头大汗，陈欢尔越发觉得自己那腿踢得堪比机器人老爸毅力非凡。

这天方阵休息而标兵仍苦练时，景栖迟穿过大半操场跑过来。他在一旁干站一会儿，待欢尔结束，径直将手里东西往她兜里一塞："悠着点儿，走了。"

没什么表情，一贯的语气，从来到走全程不足五分钟。

旁边的医学院男生瞄着他背影："哎，这不那谁吗?"

那谁?

方阵里一阵窃窃私语，欢尔在几道打量目光中坐到黄璐身边："什么情况?"

"你不知道啊。"黄璐"啧啧"两声，掏出手机递过来，"计院小景呀，计算机学院，不是那个妓院。"

屏幕上是一段景栖迟玩花式足球的视频。大概拍摄于某日训练结束，他穿迷彩裤白 T 恤行军鞋，上衣系在腰间，黑白相间的足球黏在身上一般从脚到胳膊再到胸口，挺胸球弹起颈后接住，围观人群传出叫好鼓掌声。主角似被惊到赶紧将球落脚，颠两下轻快地踢给周围其他男生。视频里的人最后笑着用手去挡镜头，拍摄者配以激动的画外音——"我们院球赛有指望了，大家认准计院小景，计算机学院，别想歪了。"

视频很短，可陈欢尔看得五味杂陈，她有太久没看过景栖迟碰球了。

就像他膝盖里那几颗钉子，不碰不沾便也安稳，只是此生就要嵌着钉子生活。但他忘不掉，偏要再疼一次拿出来。足球之于他牵连的太多，梦想、父母、儿时到少年所有时光，重新开始是皮开肉绽摧心剖肝。

忍着疼，无非是想给自己一个交代。

"热爱"这个词多有力量，只有疼过的人才知道。

欢尔盯着暗下去的屏幕，有些懊恼暑假听得他重新踢球自己那么冷淡。景栖迟若无其事说出来时，该多期待一句鼓励。

"我同学发给我的，这视频大院群都传遍了。"黄璐碰碰欢尔，"你俩到底真好假好？"

欢尔将手机递回去，咧嘴假笑一下。

从开学到现在就发过一条信息，景栖迟问还需不需要添置东西，她回不用。至于其他，好像也没什么必须沟通的。她有宿舍姐妹，他也成了响当当的计院小景，各有各的生活未尝不好。

欢尔看着手里的防晒霜莫名感慨，按小景以往脾气送来的会是降暑冲剂，防晒霜这东西只有姑娘提点才会送吧。

他一向女生缘不错。

景栖迟刚回到队列，一旁正往脸上脖子上拼命糊防晒霜的男生挑眉："送出去了？"

这位肤白貌美大长腿的男生住景栖迟下铺，名叫邱阳。是全宿舍——不，大概是全男生楼唯一一个拖三个行李箱来报到的新生。别人见面送家乡特产，邱阳送的是防晒霜——那个小号登机箱里满满当当的都是洗漱护肤品。

景栖迟望向医药院方队，"嗯"一声。

"女朋友？"邱阳合上盖子，戴好军帽，又将军训服拉链一直拉到头，严严实实盖住脖子。

"不是。"景栖迟未挪视线，"还不是。"

"出息，眼珠子都要瞪出来了。"邱阳心领神会一笑，"你必须建立起危机意识，林子大了有的是胆大的鸟，长点儿心吧。"

若非那一口大碴子味，谁能猜到这位精致讲究的仁兄骨子里住着东北大汉的灵魂。

景栖迟这才慢悠悠瞧他一眼："我心里有数。"

这是句逞强的话，也是男生间为了不失颜面故意宣告的话。事实上他常常会想起"不清楚，都不清楚"这七个字，升学宴回家的路上想，独自改代码的深夜想，许久没有她的消息拿起手机又放下的时候也在想。想多了便开始怀疑是不是陈欢尔是对的，或许自己将某些情感与另外一些混为了一谈，只因它出现的时机太过凑巧。

在最黯然、最孤独，也最为不堪一击的时间里，那些情感开出了花。

景栖迟不敢贸然行动，因为万一错了——自己识别错了，那对他和陈欢尔都将是一种重创，对过去的日子，对他们所共同经历的一切都显得太随意了。

所以他打算等等看，在离她最近的地方听听心会怎么说。

军训结束后大学生活才正式开启。社团招新，黄璐经层层选拔进了校学生会，名曰开疆拓土广结善缘，翻译过来就是多认识点儿人好找男朋友。欢尔看了一圈决定去武术社，出行前父母百般叮咛务必坚持锻炼，武术社有专门活动室，场地大器械全，相当于找个免费拳馆，何乐而不为。至于学习，大一多为基础课，进度不快难度也不算高，少量大课要去本部，其余专业课皆在院内，再也没有试卷作业的压力，生活一下有了自由的味道。

对，自由。

宿舍夜谈会可以开到凌晨三点，晚饭能去食堂也能去校外撸串，穿漂亮衣服染喜欢的发色，哪怕看《金瓶梅》也堂堂正正。

欢尔有时会想，那些努力的日夜可真值。它们的存在和这份自由仿佛是一种等价交换，而它们也是唯一的无可取代的交换砝码。

国庆将至，黄璐热情邀约："跟我走吗？姐带你好好玩玩。"

欢尔摇头："我回家。"

黄金周一票难求，她早早抢下自己和景栖迟两人的车票。

"才几天你还回去？"黄璐惊讶，"至于吗，这么念家。"

欢尔笑："我晚回来两天，跟导员请假了。其他课点名你帮我说一下。"

"没问题。"黄璐应下，转而坏笑，"我猜小景也晚归，你俩……"

欢尔捂她嘴叫停："别瞎猜。"

必须回去和一定晚归，都出于相同理由。

没买到卧铺，欢尔和景栖迟轻装上阵踏上归途。硬座车厢人满为患，近一半都是与他们同龄的年轻面孔。对面座位是三位结伴的邻校学生，闲聊过各自校园生活之后有人提议打扑克。四多一，大家热热闹闹讨论继而自创出一种五人打法，一边打一边改进规则，说说笑笑不亦乐乎。直至晌午三人到站下车，欢尔与景栖迟同他们告别，未留联系方式，只说着有缘再会。

小孩子涉世未深，对转学半年又走的同桌也会哭一通鼻子颇具仪式感地留下一页同学录，然后抱紧对方说我才不会忘记你；长大以后的人们再也不会这样做，一次活动，一段共事，一场酒局，一程相伴，陌生人之间的关联总在发生又总在结束，就像大病小灾过后身体里自发而成的免疫抗体，经历多了自然变得习以为常。

至于改变的节点，回头想想，那其实只是模糊而绵延的一个轮廓。

对面换成一家三口，襁褓中婴儿睡得熟，周围旅客知趣地连说话声都变得很轻。景栖迟去餐车买来盒饭，两人凑在窄小的桌板上快速吃完，欢尔告诉他："我现在特别想吃郝姨卤的肘子。"

宋妈是烧菜能手，封神之作便是那道卤猪肘。趁热还不行，必须得晾凉切成薄片，加入少量酱油麻油香醋调味，蒜末撒匀，再配一碗自行蘸取的秘制辣椒油，外皮筋道肥瘦有致，前调是卤味五香后调为汁料混合，一口下去只想感叹小猪要全身都是肘子该多好。

从前聚餐首选便是宋家，陈爸在部队练就一副好酒量，每每回来父亲们见缝插针也要扎堆喝上两场。国际大事、热点新闻、家属院和孩子们，大人们总有聊不完的天，有时也会因观点不一争个面红耳赤，最后却又总会被母亲们教训"急什么急"，然后碰杯和解纷纷赞叹"嫂子做饭真绝了"。卤猪肘是父亲们最爱的下酒菜，好像有它的餐桌上任何棱角都变得圆润，而如今一切记忆都变得活色生香愈发鲜明动人。

景栖迟将吃剩的餐盒放进垃圾袋，淡淡笑一下："我妈把郝姨的食谱都记本上了，还是做不出来。"

"哈哈，我妈也是。"欢尔乐了，"她俩就是欠缺天分。"

两人笑一通又陷入沉默。宋妈出事后就极少下厨，灶台太高，老房子煤气改造是个大工程，加之宋家父子担心她行动不便身体吃不消，他们便在餐厅置一张矮桌摆上电磁炉，偶尔她能在这里做些简单餐食。宋丛说之所以这么做是不愿让母亲有心理负担——她仍可劳动，她仍是家中不可或缺的一员，她需要这样明确肯定的认可。

只是，只是从前的人和从前的日子都再也回不来了。

午后太阳照得人昏昏欲睡，欢尔吃饱喝足在这种异常安静的氛围下不知不觉闭上眼睛。

她明明记得头是顶住窗棂的，可一觉醒来天已擦黑，自己正靠在景栖迟肩上，身上披着他的牛仔服。

欢尔坐正揉揉眼睛："还没到？"

"快了。"男生抬手捶捶肩膀，"还一个小时吧。"

"你在干吗？"

他将打横的手机向这侧转转，里面正放着足球比赛。

毫无新意。

欢尔看向窗外，因为刚睡醒不由打个喷嚏，问："马上就到四水了吧？"

"车从东边走，"景栖迟将掉落在自己膝上的外套随手一拽盖到她身上，"不过四水。"

说完这话，他忽然提到廖心妍，说："班长找男朋友了。"

欢尔大惊："这么快！"

要知开学到现在满打满算才一个月。

"说一个系的。"景栖迟关掉视频，调到相册递来手机，"下午给我发的照片。"

是廖心妍和一个穿蓝色队服的男生的自拍，男生揽着她，两人笑到见牙唔见眼，背景是足球场。

景栖迟此时评价："暴发户，穿切尔西。"

欢尔"扑哧"一声笑出来，你管人家穿什么队服，再说现在是关注这个的时候吗？

她将图片对向他："班长什么套路？让你悔断肠？"

"不知道，没问。但是……"景栖迟收起手机，"你早就知道是吧？廖心妍，我。"

欢尔一愣，心虚地点点头。

"所以你也没告诉我，还给她帮不少忙？"

景栖迟说这话时带着好笑的口吻，仿佛陈欢尔做了一件天大的蠢事。对面乘客怀里的宝宝开始哭闹，这动静成功吸引他的注意，可他很快转回来继续盯着她，目光并无攻击性，但显然不听到解释不会罢休。

从收到照片至现在，也着实憋了几个小时。

欢尔只得坦言相告："班长是当秘密跟我说的，怎么可能告诉别人。再说我没出卖你呀，就是问你喜好啊假期在哪里做什么之类的，我实话实说。"

"这还不叫出卖？"

"等下。"欢尔终于转过弯来，"也就是说，她告诉你自己有男朋友的同时还把过去的心路历程全讲了？"

景栖迟歪歪嘴角："嗯，差不多。"

心妍这是一等一奇女子啊。表白被拒反手就找个差不多的然后大事小事捋一遍以表达落雪无痕？

欢尔开始真心佩服她。最冒进的方法却也是最通透的表达，不是所有人都有把一件事说清的勇气。

比如自己就不行。

她瞄一眼再次戴上耳机专心看球赛的景栖迟，他也不行。

宋家爸妈趁假期进京游玩，所以见到宋丛已是黄金周最后一天。三人在欢尔家相聚，各自说些学校的新鲜事，宋丛提到军训后首都帮这些人聚过一次，局由祁琪张罗，杜漫改戴隐形眼镜后大家差点儿没认出来，还有廖心妍带一名高大男生一同出现。

"听说是北体的。"宋丛不知原委同伙伴分享，"班长特逗，来之前还特意发消息说行百里者半九十，让我们不许瞎起哄。"

欢尔瞧着景栖迟嘿嘿乐，随后告诉宋丛："大事已成，心妍脱单了。"

宋丛疑惑："你大老远怎么消息比我都灵通？"

欢尔刚要和盘托出，眼见景栖迟瞪人不敢太过猖狂，憋住笑话里有话提示："有内线，还行还行。"

宋丛疑问加倍："内线？"

欢尔使眼色使到吐血，都在明面上摆着，聪明人怎么就这码事上傻得堪忧。

话题被来电打断，宋爸说修水管的工人来了，在小区门口找不到单元。宋丛当即起身："我去接一下，放心吧。"

平白生出的意外让每个人都或多或少或快或慢变得不一样—— 一向省心的人渐渐变成家务主力，本就早熟的男孩在时间的打磨下早已成为真正的男子汉。

"快去吧。"欢尔挥手赶人。

宋妈行动不便，这是宋丛的分内事。

"明天我得走，"宋丛临走前面带愧疚，"院里让我做个演讲，导员没给假。"

他们都记得，明天是景爸周年忌日。

"没事，你忙你的。我也走了，回去跟我妈吃饭。"景栖迟跟着起身，到门口又看向欢尔，"车票订单号发给我，我的得改时间。"

欢尔摆手："本来就买的后天。我请假了，后天下午一起走。"

她说完便关上门，景栖迟眼里的惊讶、宋丛目光中的复杂她通通未留意。

隔日晚上陈妈下班回来，母女二人买些水果一同前往景家。忌日礼是亲属事她们不便出席，也只有当这疲惫的一天过去才有机会表达心意。

景妈一袭黑衣红着眼眶开门，见师妹又开始落泪，泪如珠线顺着脸颊往下淌，那场事故遗留下来的悲伤亦如这眼泪绵延持久。有时想想老天可真自以为是，他自认公平给世人都分配了想想就心痛的事，殊不知痛有亿万种无数种。身体上的痛可注一针吗啡，分手的痛可用新人抵御，可丧失至亲至爱呢？丈夫、父亲、儿子，失去他的他们又要用多久才能从这痛苦中走出来。

抛出问题的老天不会给答案，这世间没有答案。

欢尔听母亲说，景爸走后不到一周景妈就复工了，在医院她一滴眼泪没掉过。同事、领导连打扫卫生的阿姨见面都忍不住安慰几句，那安慰就是穿到心上的箭啊，可她一次都没哭过。她也有一种超能力，能将自己变成故事之外的人，能把刻骨铭心的痛隔离到一方小小空间里不受任何侵扰，能迅速站起来康复愈合继而用一己之力让生活回归到正轨。

这是难以想象的坚强所赐予的超能力。

景栖迟躲去阳台，欢尔跟过去，静静带上门。

玻璃后是一位悲恸中的母亲和抱紧她的好友，大人们也需要属于自己的空间。

景栖迟淡淡说道："我以前总怪我妈忙，可她为我、为这个家付出太多了，对吧。"

他其实不需要回答。

付出是个极其抽象的词。它不似速度、距离、面积，可以轻易用数字与单位组合计算。一碗面、一句话、一个眼神是付出；夜里进房间轻手轻脚盖上被踹到地上的被子是付出；离家之前把行李箱边边角角都塞满爱吃的零食是付出；一言不合争吵隔日却仍会照常起个大早在厨房开炉点火是付出。这些要怎么衡量？不，惦记着去衡量这些的人该有多无知多残忍。

如果这不是寻常父母的常规标准，欢尔想，那我们大概前一世用尽善良才换来这一世的他们。

景栖迟说："我偶尔会做梦，树变得很高很大，就像乐高搭起的玩具城，树下有一片红房子。"

欢尔问："没有人？"

"人都在房子里。"他望着窗外，"你看，喜怒哀乐其实我们都不知道。"

对面单元亮灯的房间，有人在埋头苦读，有人正颠勺做饭，还有的只是灯发出暖黄或炽白的光。

欢尔拉他的胳膊让他看向自己："其实我也很想他。不像你那么经常，但景栖迟，我也很想他。"

总会见面的邻家叔叔，父母尊敬挚爱的朋友，共同度过许多美好时光的长辈，即便过去一年我也常常惋惜，他就那么无畏无惧地离开了。

景栖迟，你不是一个人。

你和林阿姨都不是，我们在你们身边。

景栖迟定定看着她，许久，嗓音颤抖着说出一句话："谢谢你，欢尔。"

他没有哭，他早就告诉过自己，不能再掉眼泪了。

都市夜空久违地出现了几颗星星，不知那是不是景爸和他的同事们也在思念地上的人。

两人靠在阳台窗前看夜空，各自在心里和星星们说话。

返校后医药分部旧楼翻新工程完毕，从十一月下旬起，原来在主校区进行的公共课逐渐迁回至本院授课，一座桥彻底分隔出两个地界。

院里学生们都很高兴，从前去上课无论乘校车还是骑自行车，路上交通都要打出至少半小时提前量。下午也就算了，赶上早晨第一节课真让人叫苦不迭。倒是黄璐哀叹连连——她刚与经管院一男生稍有进度，可找到男友又怎样，这不是妥妥的异地苦恋。

欢尔将消息告诉景栖迟——以往去主校上课他们大多一起吃饭，一般地点会选在位置正中的食堂，每周固定能见上两次。最为重要的是，那样的见面是有理由的——顺便，赶上了一起吃个饭。她不清楚现在这样的关系是否适合毫无理由的见面。

好像向前一步就会变得不一样，但是谁都没有这样做，如同站在桥两岸的人互相观望，看对方，也看河里映出的那个自己。

景栖迟回"知道了"，紧接着一句嘱咐："下周降温，冷就赶紧去办空调卡。"

陈欢尔的确不喜欢这里的冬天。

确切地说，从冬天开始透露出抵达信号时，她的心情就开始低落。天河的冬是烈阳照耀冰雪，是炙热的、刚毅的，是"我欲与君相知而长命无绝衰"；而这里却只剩阴冷，天低云压顶，可无雨又无雪，整日整日带着"此恨绵绵无绝期"的消沉怅然。

两枚"学霸"日常泡图书馆，黄璐课余时间大多去学生会，欢尔嫌冷常待在宿舍。她不大适应没有暖气的环境，于是在群里发消息提议充空调卡，这个月用度多自己会多承担一些。大家皆回复说同意，然而到晚上说起分摊后的大约开销，没想到引来了董慧欣的不满。先是批评了一通学校制度："本部学生能选宿舍等级，凭什么医药院问都不问就分了。"黄璐嘻嘻哈哈打岔："小家小户就这么点儿地方，你都不知道文学院多羡慕咱们。"董慧欣不作置评，却在洗漱回来直接关掉空调，说："也不至于那么冷吧，多穿点儿不就行了。"欢尔见邱里与黄璐都没反应，也不想与她正面冲突，默默披件羽绒服窝床上看书。临睡前实在冻得难受，径直下床找遥控器把空调打开，还未爬上床又听老大阴阳怪气地抱怨："这么用可不得一直充，摊多少都没个数。"

话未挑明，可字里行间就是陈欢尔占便宜了。她气得想立即回嘴，这时黄璐从对面轻轻拍拍她枕头，欢尔只得将一股火压在心里。

越想越睡不着，于是给景栖迟发消息："你们空调卡充了多少钱？"

总要有个比较对象才能确认自己是否真到了骄奢淫逸的程度。

景栖迟秒回："我们宿舍没空调。"

欢尔敲字："那你怎么……"

敲一半又逐字删除，她恍然明白对方之所以知道有空调卡，大概率也是因为自己需要才来提醒。

进来一条新消息，他问："怎么了？"

欢尔打字飞快说明缘由，字里行间尽是赌气。钱多钱少她其实无所谓，她气的是对方这股计较劲儿。同一屋檐下，衣食住行各个方面都难逃交集，怎么就因这几十块空调费过不去？

她告诉景栖迟："明天我就列个单子，功率时长这么简单的物理题我就不信算不出来。"

等上一会儿，消息再次进来："找校园卡那次是你们老大吧？她看上去不是特别计较的人。问清楚是不是有其他误会，别冲动。"

是有那么一次，从食堂吃完饭出来欢尔发现校园卡不见了，她刚充完钱而卡又没有密码，当时三人分头行动一路往回寻，最后被景栖迟在打饭窗口找到。那天慧欣下节在本院有选修，可她说人多力量大耽误一下不要紧，直到听说卡找回了才急匆匆往回赶。这样看来对方的确不是斤斤计较的性格。

欢尔叹气，人心难琢磨。

她拿起手机又读一遍最后一句，景栖迟的确不一样了，从前动不动打架的他也会劝人不要冲动心平气和解除误会，她还以为他的变化只是表象，是外因驱使的暂时结果，现在看来并非如此。

他的是非观与价值观都在变化，他在学习以一种更为宽厚的态度去看待他人、看待这个世界，或许，也正这样看待自己所经历的那些苦痛。

欢尔还是沉不住气，隔日从网上找到宿舍型号的空调说明书，对照功率计算出耗电量又匹配夜间时长和单度电费，规规矩矩列出一张开销表。

不明不白的委屈，干吗要受。

只是这冬天，真够惹人厌。

晚上邱里先回来，自拿到这张表就开始笑，笑够了道："你有困难我添一点儿就好了嘛，这么大张旗鼓不是成心让人家下不来台。"

邱里家境最好，电脑手机全是最新款，洗漱用品一水儿顶级品牌，据黄璐说她平日换着背那几个包都够买辆车，她们常打趣说她一定有个养狮子的沙特爸爸。

欢尔不服："我就是生气，一个宿舍住着有必要因为这几分钱争来争去？"

邱里放下怀里抱着的一摞金融专业书说："欢尔，你真以为我跟璐儿不知道老大就是想趁机省点儿？冬天冷宿舍四个人三个受不了，只要开空调这钱就得大家摊，除非谁开得了这个口跟慧欣说不用她掏，那不明摆着伤她自尊吗？慧欣说不冷无非是想少用点儿，自己也少出点儿，她又不能强制不开，这么明显的事你看不出？"

奈何陈欢尔真就没看出，她净惦记怎么算数据了。

邱里娓娓继续："慧欣情况不像我们，她贫困生没申上，就加了一个社团，平时勤工俭学。你仔细想想，平时咱们一起吃饭，她打过几个好菜没有？这一学期她买过几件衣服？上次班里去KTV是不是就她没去？"

欢尔被问得哑口无言，仿佛自己变成了这场闹剧的始作俑者。

邱里所提到的，尽数是日常中的细节，她完完全全忽略了。

她以为老大只是一心扑在学习上无暇理会其他，却从未想过去了解这份心无旁骛的背后有着怎样的为难与酸楚。

她们已经成人，变成了家庭压力的承担者，变成了需三思考量的社会动物，变成了拥有自尊也用尽力量去守护自尊的独立个体。

欢尔久久沉默着。

邱里拍拍她肩膀，继而自顾将那张纸搓成一团："能帮就帮一把，你说是不是？"

"嗯。"欢尔朝她点点头，不觉有些哀怨，"你们怎么就知道呢。"

这张纸如若递出去，不仅会破坏一段关系，她真的会伤害到一个人。

"我妈做生意嘛，我又单亲，小时候去别人家做客她特别爱带上我，毕竟好打苦情牌，去之前总会提前嘱咐一些话。"邱里将纸团扔进垃圾桶，一边换睡衣一边说道，"可能见人见得多吧，熟能生巧。"

眼瞅欢尔神色转变她赶紧叫停："你可甭同情我，我吃穿不愁生活幸福，而且我跟我妈关系相当好。她那时候刚起步，难，我完全理解。"

富二代也总带些标签，比如高高在上，比如同理心差，比如花天酒地坐享其成。可邱里身上完全没有这些特质，她上进、勤奋、心胸开阔，除了大手大脚偶尔展露不识人间疾苦的劲儿有点儿找打，总体来说，她是一个非常讨喜的富二代。

"璐儿呢，是跟我不一样。她天生情商高人间交际花，你可得跟她多学着点儿。"邱里笑起来，"不过欢尔，我真觉得你运气特别好。一逃课老师就不点名，随便出去吃个饭都能抽到免单券，还有前天，那真是大风刮到脚边一百块钱。你察觉不到的那些璐儿正好能在近处提点，今天也一样，恰好就是我先回来，你说你这运气。"

欢尔"咪咪"地笑："没办法，好运来了挡都挡不住。"

邱里故作嫌弃瞪她一眼说："这事就算过去了。之后要么跟我们去图书馆，要么空调费你再多掏点儿，谁让你懒。"

"好！"欢尔一口应下，"不提了，放心！"

小风波就这样无声无息消散。欢尔开始同她们泡图书馆，步伐一致自然再无事端。其实细节一直都在，只是欠缺那份留意。

她发现邱里总会多打一个菜，吃到一半却又嚷嚷打多了你们赶紧帮我吃点儿别浪费，而黄璐则常从学生会带回兼职消息，回宿舍朝慧欣一通撒娇"我这周要回家老大你行行好替我去嘛"。大家只是在能力范围内多做一点儿，继而用这一星半点儿守护着那个女孩骄傲而宝贵的自尊。

有些距离是自出生起就定下的。怨天尤人抑或自怨自艾全无法改变，拼命跑了追了也会发现面前淌着一条河，过不去就是过不去。绝望的人会放弃，止步于此在岸边谋一份营生，自此安度晚年；而那些不甘的人则沿河岸继续跑，这条路会很累很辛苦，甚至荒草丛生到令人质疑：我是不是应该回头。

这条河有很多名字，成就、财富、地位、阶级，很多很多。

但这条河上一定有座桥。

这岸的人能过去，对岸的人会过来。

曲终过尽，回首烟波。

其实只隔一座桥的距离。

春末夏初，一年一度的新生足球赛如约而至。

药院人少，七凑八凑拉出十一人，最终以一球未进的全败战绩欢快告别赛场。本院淘汰后欢尔兴致缺缺，倒是隔壁宿舍一帮姑娘知她认识景栖迟，非要组团去观摩传说中的"计院小景"。

欢尔本不愿去，可耐不住黄璐苦口婆心讲道理——小景又送防晒又跟你一起回家，大家都知道你们是老同学关系好，举手之劳不帮，你非要把清高写脸上让人背后乱猜？多影响团结。

欢尔倒没琢磨这一层，不想去一是因为球赛在本部过去太远，二是认识多久她就看景栖迟踢了多久的球，亲友团太多以至于真亲友去了都抢不到最佳视角，她和宋丛早就习惯放假陪练比赛退守。黄璐的话她听懂了，现如今得因为我们是朋友可也只是朋友而带人去看他比赛，出席变成一场自证。

那日是场留学生院对计算机院的重量级比赛，围观者众多，还未开赛矿泉水瓶的敲打声已震耳欲聋。前者是蝉联数届冠军的传统强队，队员们体格壮路子野，且打法不按套路，候选储备充足，一上来便以压倒之势猛攻计院后防，速战速决意图再明显不过。景栖迟是首发，没有戴队长袖标，尽管跑动不少可欢尔几次注意到他叉腰低头，和从前呼喊扬臂积极指挥的他大相径庭。以前欢尔看不出好坏，还问过当事人，你进球又不是最多为什么都说你踢得好，景栖迟当时阴着脸吼她："我是组织中场啊大姐，我前边有人。"这次她好像隐约看出些门道，计院小景确实大半在中间地带活动。

上半场快结束时计院已被攻得溃不成军，拼命防守球门还是被破了两次。周围加油声间断的空当儿欢尔忍不住站起来，想都没想朝场内大喊："景栖迟你干他们啊，怕什么！"

她看到景栖迟望向场边找人，可比赛激烈他没有定位到自己。而后场边传来一群男生吼叫："小景干他们！""加油加油！""计院最强，天下无双！"

景栖迟在左边路跑动，争抢下逼出一个界外球。他走到场边将球举过头顶，这时才清清楚楚找到站在看台上的陈欢尔。

谁都没有注意到，计院小景在笑。

他向队友抛出球，而后快速接回，盘带过程中逐渐找回感觉，单刀切入敌后贡献上半场最具威胁的一次射门，球击到门框弹出，上半场比赛结束。

队员们垂头丧气退回场边，作为技术指导的体院学长先是鼓励一通，而后分析局势："上半场太被动了，这么下去不行。打'4231'吧，大林顶到最前，陈锋、小陶、栖迟做中场接应，后卫仍要注意防守。"他抬头看看对面的留学生队，很快收回视线，"拿到球尽量往左边找，栖迟一对一绰绰有余。只要他们不换人，专攻左路这事儿有戏。"

话说完他揉揉景栖迟脑袋："能顶住吧？人家女粉丝都说了，干他们。"

士气低落的队员们这才轻松一些，有人打趣："小景你粉丝够猛的啊。"

"不是。"景栖迟不由自主朝欢尔方向望一眼，"我朋友。"

"你这朋友可真敢说。"队友笑出来，"人家留学生院汉语杠杠的，估计比咱们听得都清楚。"

哎呀这傻蛋，景栖迟听得此话忽而有些担心——赛后第一件事必须去捞人，真有故意找碴儿的家伙，陈欢尔再能打也未必应付得来。

下半场开始，计院做出战术调整，景栖迟接球后成功晃过两人，一脚长传稳稳送至单前锋脚下，大林以最舒适的位置成功踢出一记世界波，全场沸腾。反击没有停止，计院开出高位角球，景栖迟迅速起跳争点成功，头球再次破门。比分扳平，留学生院的外聘教练在场边用英文大喊"九号，注意九号"——那是景栖迟的球衣号码，他变为对手的重点看防对象。

因这一波闪电快攻，下半场开局十分钟比赛已异常激烈。黄璐拉拉欢尔衣角："他们怎么回事，专盯小景一个人搞。"

连外行都看出来了，场上的景栖迟并不好过。

虽然这从侧面证明他脚下功夫了得实力不容小觑，可欢尔的注意力全放在他的伤处上——光看跑步姿势好像并无大碍，可几次被人拽倒，那些人恶意犯规都被裁判发了黄牌警示，欢尔想，景栖迟一定很难受，她只要将目光落在那赤裸的膝盖上就会觉得不好受。

"我去买点儿东西。"欢尔告诉黄璐，同时提上包。

"别呀。"黄璐拽住人，眼神暗自抛向自己另一侧的隔壁宿舍女生，"你走了她们怎么办？还等你牵线介绍呢。结束了我和你一起去。"

"放心吧，能赶回来。"欢尔迅速弯腰离开。

她要去的地方是校门口体育用品商店。直线距离不远，步行却要绕过大半个球场。欢尔一路小跑抵达目的地，进门后直奔柜台跟售货员说："您好，我想买一套足球护具，膝盖受伤之后用的。"

对方问一句她答一句，货架上商品众多，最后在售货员推荐下选了一种，直到付完款也不知买的对不对。

拿上东西就往回奔，至球场外围听见一阵直抵云霄的欢呼，有人在喊"景栖迟牛",像极了某年天中操场发出的声音。

黄璐此时打来电话,语气中透着掩盖不住的激动:"你回来了吗?小景简直就是大神,加时赛进了一个球,留学生院那帮人都傻了!"

欢尔由小跑改为快走,景栖迟是带领天中校队取得史上最佳成绩的队长,他是三番五次被教练球探青睐的好苗子,若非那些总是暗中作梗的伤病,现在的他也许在另一个地方展现着另外一种耀眼。对于黄璐所描述的情景,欢尔并不意外。

她甚至在想,不吊打他们已经算脚下留情了。

"欢尔?"黄璐唤人,"现在散场了,你实在赶不回来我就让她们先回去喽?"

"我在出口。"欢尔逆着人潮往里走,她已经看到黄璐了,于是扬手挥挥,喊:"璐儿,这边。"

景栖迟在同一时间注意到站在场边的她,与队友们打个招呼跑过来,从背后拍拍欢尔肩膀:"你中间干吗去了?"

他知道她在看台上的位置,可后来再去看,那里一直空着。

"我……"欢尔刚要说话,黄璐带人从一侧过来,还未走近便笑嘻嘻花样夸赞:"小景你可以啊,真人不露相逆风翻大盘,我都想把你当吉祥物供着了。"

黄璐常伴欢尔左右,三人也一起吃过几次饭,景栖迟与她还算相熟。他拱拱欢尔语意带笑:"她是不是想要我签名?"

"得了你。"欢尔也笑,随后指着隔壁宿舍四位姑娘开始介绍,"这是……"

景栖迟与她们一一问好，陈欢尔身边这点儿人终于认清。

闲聊间隙，球队几名成员走近。计院刚刚结束一场硬仗，成功晋级下一轮，加之最后时刻颇具戏剧性的反超让所有人都沉浸在兴奋中，一伙男男女女迅速展开热聊。大林手舞足蹈向一群不懂球的姑娘们普及战术转变，在崇拜有加的目光中越讲越大声，最后干脆提议："我们要去聚餐，一起来呗？"

景栖迟暗自朝欢尔摇摇头，那眼神分明在说和尚庙出来的就这样，别介意。他拿过大林身上自己的装备包取出一瓶运动饮料，欢尔顺手将里面的运动鞋拿出来放到地上—— 一直以来的流程，她比任何人都清楚。

景栖迟喝完水坐地上开始换鞋，鞋带系完，欢尔适时伸出右手，掌心向上，景栖迟看都不看握上去撑住起身，过程流畅无比一气呵成。

大家还在聊天，这个隐秘又默契的小动作只有黄璐看到了。而人精的基本素养便是看破不说破，所以她默默转过头未发一言。

两只手早已松开，好似欢尔只是习惯性在那时给一把力，景栖迟也只是习惯了借力起身。

说话声仍热闹，景栖迟整理随身包时忽然一阵起哄，他扬起头，视线里出现一张不算陌生的脸。

叫什么没记住，只知道那姑娘来自法学院，是校新闻社的记者。赛前训练那段时间常来球场，景栖迟被队长推出去做过一次采访。后来对方曾两次提议一同吃饭，皆被他婉拒——大概能猜到姑娘的心意，既然自己没那意思当然要及时叫停。

大林话里有话催促："赶紧的，你女粉丝来了。"

他们都知道这位三天两头出现在训练场的法学院女生是景栖迟的爱慕者，继而自作主张把她当成半场时大声喊话的"女粉丝"。

"不是。"景栖迟换完鞋站起来，"刚才不是……"

队里人只当他不好意思才坚决不承认，大家笑着打趣："知道知道，已经成朋友了呗。"转而又面向法学院女生，"姑娘，刚才喊得挺猛啊！"

女生确实全程在喊加油，这会儿嗓子眼儿还干得冒烟。听得景栖迟把自己当朋友寰时心花怒放，于是大大方方认下这句赞赏："栖迟比赛我义不容辞。"

"哦，栖迟。"男生们拉长音暧昧地重复这个称呼，自动过滤掉景栖迟的否认，"你俩进度够快的，航母速度。"

在场人齐齐笑起来。

景栖迟去看欢尔，短暂对视后她从包里拿出一个纸袋默不作声塞进他的装备包，又自顾替他把拉链拉好，这才说道："小票在里面，不合适去换。"

"什么？"景栖迟疑惑。

队长在这时揽过他肩膀说："走啊，那就一起去吃饭呗。小景，可得好好谢谢你这女粉丝。"

队长指的是法学院女生。

黄璐见欢尔有点儿强颜欢笑的意思，当即挽起伙伴说："我俩一会儿有事。"随后又周全地照顾到隔壁宿舍同来的姑娘们，"快去，咱们药院和计院的友谊之桥靠你们搭啦。"

"走了。"欢尔朝景栖迟摆摆手。

"欢尔。"景栖迟要去追被队友们按住脖子薅回来，"甭想溜啊，今天这顿没你不行。"

他看着她的背影消失在球场出口，心里忽然特别堵。

饭局结束，景栖迟在大家的簇拥下送法学院女生回宿舍。

"今天，"他在路上告诉对方，"队里人误会了，他们说喊得很大声的是我朋友。哦，你见过，刚才站我身边那个。"

这是他同意送她回去的最主要原因，景栖迟只想说清事实。

"哦。"女生顿时有些失落，"你们认识很久？"

"嗯。"

"但……"女生停下来，"就只是朋友？"

景栖迟跟着停下，有些犹豫要怎样回答这个问题。

如果一定要给他们此刻的关系下个定义，他和陈欢尔的确只是朋友。尽管他已经开始考虑要如何结束这种关系了。

因为他愈加强烈地感知到，只有陈欢尔能打破困住自己的一个又一个僵局，她是他生命里无法被取代的存在。

身旁走过一对对并肩牵手的情侣，连晚风都透着微甜。法学院女生喝了些酒，面前男生沉默地站在原处，路灯下有他们亲密无间的影子，一切都刚刚好。她忽然有个大胆的想法，并且在下一秒将想法付诸实践——

她拉住景栖迟的胳膊，借力踮起脚尖，几乎，她的鼻尖甚至蹭到他的脸。

可景栖迟躲开了。

迅速地、决绝地、没有任何回旋余地地扭开头，躲过了她主动献出的亲吻。

接着他向一侧迈出半步拉开距离，景栖迟说："我有喜欢的人。"

酒精壮胆，女生忽然执拗起来："但你现在没有女朋友。"

景栖迟略过问题，将随身包向上提提："我先回去了。"

"喂，"她不服输地拉住他，"你知不知道我叫什么名字？"

他们互留的联系方式只有电话，每次打过去景栖迟都会以同样一句开头——"你好哪位。"

她只是想知道答案。

"抱歉。"景栖迟说完摇了摇头。

只有邱阳在宿舍，听到开门动静扭过一张敷着面膜的脸。

他将面膜取下揉成团，用剩余精华一边擦脖子一边说道："他们几个去网吧刷夜了，你去不去？"

"不去。"景栖迟放下包呈大字型瘫倒在邱阳床上，未等对方发出抱怨又"腾"地一下坐起，火急火燎去翻装备包，他终于看到欢尔送的东西——一副护具。

"你能不能洗干净再往我床上坐？住下铺欠你们的。"邱阳是不吐不快的性格，说出来痛快了也就忘了。正如此刻他不计上秒之嫌乐颠颠搬着笔记本坐到景栖迟身边，"你这小破网站我看了，我的意见是卖了吧。"

他口中的小破网站正是景栖迟去年夏天建立的笔记联盟。交易热潮过去，景栖迟对网站进行改版加入了论坛功能，首要工作就是让宋丛出了一篇干货满满的学习方法论。文章经由天河各校教导主任们的传播点击率飙升，宋丛以实名账号解问答疑，折腾一圈下来注册用户大涨，直接带动起整个论坛的活跃度。他们将目标用户定位于天河中学生群体，仍主打功能性，寒假期间景栖迟研究了一些同质网站，再度改版紧随热潮加入了出国板块，引入大型赛事志愿者招聘、国际组织小观察员等信息型链接，目前的笔记联盟已变成综合性交互平台。

虽刚迈出第一步，景栖迟已深感力不从心——宋丛学业任务重，任头脑再聪明也难以分出更多精力给另一摊事儿；自己这边眼下还好，但越往后专业课及需要深入学习的理论越多，这是不得不去考虑的事实。所以上月天河一所独立教育机构负责人通过后台发来想要购买的意愿，景栖迟动了念头。

至于为什么听邱阳的意见——他也是不久前才知道，全院最不像本专业学生的邱阳是计算机竞赛出身，虽然中途退出，虽然当事人从未提起过这茬儿，但邱阳的确不是绣花枕头，每天鼓捣脸搞穿搭都能拿奖学金的家伙一定有两把刷子。

"一是精力，这点你肯定想到了不然不会问我。"邱阳将屏幕转向他，"二是服务器扩容，做是能做，以后你自己掏钱？三是安全性，这个主题还有这个插件，我查了下都存在安全隐患，维护工程量很大。最后最重要的，这网站主盈利点在哪儿？就论坛这几个置顶广告？你要不想一直做公益就趁着有人收赶紧出手，虽然我完全理解自己辛辛苦苦做出来的东西到别人那儿不一定变成什么样儿，但兄弟，旧的不去新的不来……"

"行，明天我就联系卖了。"景栖迟迅速作答。

这反应倒让邱阳意外，他合起笔记本说："以为你多剪不断理还乱呢，亏我还打算苦口婆心劝你一番。"

"谢啦。"景栖迟郑重拍拍室友肩膀。其实邱阳的话他都听进去了，字字在理，跟自己的想法也差不多。有时问意见无非就是要个肯定。

关于那点儿费尽心力建起来却要拱手让人的犹豫——景栖迟看着纸袋里的东西，他现在真没心思纠结。

在比赛中途，一场所有人都只关注胜负的激烈比赛的中途，陈欢尔独自离开去买了一套护具给他。

她从未问过，甚至并不清楚现在的他到底还需不需要，大概陈欢尔记得的只是手术那时宋爸提过以后踢球要戴护具。

景栖迟觉得心里有什么东西正在一点点沉淀。

"别坐我床，脏不脏。"邱阳见事情解决一把将人推开，"洗澡去。"

景栖迟呆呆站了一会儿，重新拉把椅子坐到他面前："邱阳，有另外一件事我也需要你给意见。"

"哦？"

"你知道，我有个朋友叫陈欢尔吧？"

隔壁宿舍两名姑娘聚餐归来直接到欢尔处报到，一进门便开始嚷嚷："欢尔欢尔，重磅消息！"

"你们喝假酒了？"黄璐从上铺探出头，"她蹲厕所呢。"

一名女生做个深呼吸说："璐儿，我们见证了一个名场面……"

"哎呀，"另一女生急急抢断说明，"就是小景跟法学院那姑娘亲上了！"

黄璐一下坐起，不由朝卫生间的方向看了一眼，然后顺着栏杆从上铺下来，比个"嘘"的手势，声音压低："你们看见了？"

姑娘们这才意识到房间里还有戴着耳机正在学习的其他人，以为黄璐是在提醒这一出，先是歉意地做个"sorry"的口型，接着用很小的声音告诉她："如假包换。我俩最后一拨走的，正好撞见，还是法学院那女生主动的。"

"然后呢？"

"谁好意思盯着看，我俩赶紧闪了。"说话的女生故作遗憾拍拍胸口，"小景就这么脱单了。"

"行了，别八卦人家的事了。"黄璐笑，顺势转移话题，"你们自己的事解决明白没？别出去四个再给我原封不动送回来四个。"

女生们嘻嘻哈哈打趣："璐儿，你这生意都做成产业链了。"

卫生间传来冲水声，黄璐将人往外推："去去去，回你们自己老巢去，没战绩别过来。"

欢尔从卫生间出来宿舍已重新恢复安静。慧欣在图书馆工作未归，邱里戴着耳机像尊如来盘腿在床上苦读，黄璐提着睡裙往卫生间冲："憋死我了，厕所一霸啊你。"

她见状笑笑，坐到书桌前接着看书。

翻过去几页，手机进来消息："我上桥了，过十分钟下来一趟吧。"

是景栖迟。

欢尔将电话扣在桌上，去阳台摘下晾干的衣服，洗完澡整理一通衣橱，之后抱书爬上床。

慧欣踩着闭寝时间回来，一进门就拽欢尔被子："小景是不是来找你啦？我坐校车回来好像看见他了，正飞速往回骑呢。"

欢尔跳过问题，只说："你今天怎么这么晚？"

"来了一批新书，刚整理完。"慧欣拍拍床栏，"以后你俩可别光顾聊天忘了时间，这点儿都不知道他赶不赶得回去。"

"嗯。"欢尔答一声，又道，"老大，手机帮我拿一下。"

慧欣将电话递上来，捶捶酸痛的肩膀："唉，好累。"

熄灯时间到，楼道里的声音由强减弱，像一首钢琴曲的最终章停止于一片安静。

慧欣发出轻微的鼾声，邱里先是说："我得给她录下来。"而后又道，"算了，都累。我如果打呼你们也不许录。"

转专业的通知已经下来了，她最近正集中精力准备六月末的考试。

"不录不录。"黄璐轻笑，"又不差这一回。"

邱里没有回答，很快传来了熟睡后均匀的呼吸声。

黄璐这时问欢尔："刚才……你在厕所听到了吗？"

呼吸声夹杂着时有时无的鼾声，它们砸在夜里犹如潮涨又落，快而无痕。

"嗯。"欢尔老实作答。

正因为听到了，所以她第一次故意没有回复景栖迟的消息。

所以她没有下楼，所以他才会来了又走。

"唉，"黄璐叹气，"我不想让你知道是因为……"

"我明白。"

每天都在一起，无数场交心的夜聊，加之黄璐本身就是察言观色的高手，她当然能懂自己的心事——虽然一次都没有承认过。

"其实我早就听说法学院那女生在追小景，她挺高调，但也确实漂亮。"黄璐顿了顿，"嗐，学生会什么八卦都有。"

"哦。"

"你跟小景就真没想过？"

有过那么一回，潦潦草草的一通电话，几近触线的一次试探。

如果今天也算——她不知道他因何想要见面，只是听得隔壁宿舍女生说那些话，直觉上认定景栖迟一定要解释些什么，那就是有两次。

两次都无疾而终。

喜欢应该是纯粹的。像化学里的提纯，一层层过滤掉所有杂质，最终得到毫无沾染的实验样本。

可他们之间做不成提纯。景栖迟的喜欢里包含太多感谢与依赖，最难的日子是她把他拉起来，拖着拽着一步步往前走，因为身边再无第二个人，因为被需要所以被喜欢；而欢尔的喜欢里包含着重到几乎压垮她的责任，醒来不见人就心跳加速，电话打不通便心急如麻，盯着他、看着他寸步不离，唯恐他放弃，唯恐他出意外，那是沉甸甸的但凡想想都后怕的责任。

怪只怪这份感情太复杂。陈欢尔对自己不清楚，对他不清楚，甚至她想景栖迟对自己也不清楚。

不能再试了。

一起成长的情感太珍贵，珍贵到再试就会有失去的风险。欢尔不敢，而现在和景栖迟的关系恰恰说明他也不敢。

那就各自向前吧。

有人正爱慕他喜欢着他，景栖迟有尝试的权利；未来有一天她也会遇到自己的真命天子，长长久久幸福快乐。而他们仍会是三院家属院共同走出来的战友，是对方有困难一定竭力而为的要好朋友，是交付过真心并能云淡风轻看待过往的成年男女。

欢尔想，这是自己和景栖迟未挑明的共识。

"大概，也想过。"

黄璐已经睡了，没有人回应她的答案。

从这天开始，欢尔几乎没有主动联系过景栖迟。对于这晚的事，欢尔隔日告诉他自己不舒服早早睡了，未提及其他，而景栖迟也没有追问。倒也不算刻意疏远，电话会接，信息会回，专业课开始后欢尔极少去主校，若非提前约好偶遇概率微乎其微。她只当他和宋丛一样，在很远的地方有自己的喜乐，越好的异性朋友越要恪守彼此之间因年龄增长而愈发清晰的那条线。偶尔会听得消息，他被选为院里球队队长，和某个女生走得很近，一张蓬头垢面的生活照被室友传到校园网引发一片爱慕。对此欢尔大概率会笑笑，攒到假期成为与宋丛见面时三人叙旧的谈资。

春过春又来，雁去雁飞还，她踏遍城里的老字号小吃店，学完高数开始做有机化学实验，成绩名列前茅被归为"学霸"一党，送走转去金融专业梦想成真的邱里又迎来新的室友，也最终开始适应这个城市的轮渡交通和阴冷无雪的漫长冬天。

平淡日常并无大风大浪，随着长大，随着成熟，人对自我的依赖程度会远远高于他人。帮忙成了人情债，有了泾渭分明的一码算一码，每个人都恪守着借还守恒定律，不敢多帮也不敢少给。成人世界的帷幕缓缓拉开，舞台上的人们笨拙而惶恐地学习着迈出步伐，规则太多进度太快，有时忘了别人，有时也忘了自己。

非要说有什么大事，那就是——陈欢尔恋爱了。

Chapter 13

只有时间知道

认识田驰时他身边有个柳叶弯眉的俏丽女伴。

那是在高校武术社团邀请赛的决赛，陈欢尔拿到散打类第二名。指导老师和社团主席对此历史性突破都极满意，她本不觉自己技术多好，纯属是被逼而来的，一场一场打到决赛信心愈发充足，而后因体格弱势惜败，一方面心有不服，另一方面也着实遗憾。

决赛场地在本校，体育场满座，欢尔难得刷次存在感，院里兄弟姐妹更是喊得嗓子沙哑。颁奖典礼结束，欢尔将奖牌摘下握在手里，长时间紧绷的神经突然松弛下来让她有些恍惚，直至坐上观众席心跳仍没有恢复正常频率。

黄璐以家属姿态出席，这下又是捶肩又是揉背："知道你会打，不知道你这么能打。以前有什么对不住的多担待。"

欢尔一下笑出来："我建议你写份检查。"

黄璐配合表演俯首称臣："小的知错，小的改。"

"乖。"欢尔揉揉她脑袋。黄璐"嘿"一声，说"你当玩儿狗呢"，顺势握住她手腕，随即发觉异常，问："你心跳怎么还这么快？"

欢尔不介意地摆摆手："吓的。我杏仁核都吓裂了。"

田驰就这样出现在视野里，在她们后一排笑着接一句："吓裂是好事呀。"

黄璐叫了声"学长"，然后问他："你怎么过来了？"

"给孙教授送资料，听说他来看比武了。"他扬扬手里的文件，"我站那边半天没找到人，看到你在，想说过来问问你。"

从学院到学生会，从同学到老师，黄璐的交际网广到令人惊讶。

"孙教授啊……"黄璐伸长脖子像扫描仪一样定位一圈，最后指向左侧看台，"他刚才坐那边，包还在，估计临时出去了。"

田驰看过去："行，我等他回来再过去。"

"哦，学长，这是我们班陈欢尔，我俩一个宿舍。"黄璐见缝插针介绍说："欢尔，这是临床的田驰学长和女……"她吐吐舌头，话说半句。

一直安静陪伴的女伴这才笑笑："我们在门口看到颁奖啦。恭喜你。"

"谢谢。"欢尔礼貌回应。

黄璐想到什么一般拉拉欢尔："刚才还没说完。我是想告诉你别紧张，其实本大神早已经预判到结果了。我昨晚梦到火车进隧道，'嗖'一下，就跟你最后踢那脚一样，又准又利索，直中要害。"

"璐儿，"欢尔憋住笑，"最近科大那位那方面表现是不是……"

黄璐的恋爱小魔爪已经伸向外校。

"哪方面?"当事人不解。

欢尔瞧着有外人，只得捏捏黄璐胳膊说:"你去看看弗洛伊德吧。"

"什么?"

此时田驰从后面接一句:"弗洛伊德的《梦的解析》。"

哟，同道中人。

他的女伴柔声细语发问:"你们说的什么呀?"

"没。"田驰似笑非笑地转移话题:"孙教授怎么还不回来?"

欢尔这才开始打量他，戴眼镜，皮肤很白，就像母亲手下那些来轮转的学生，斯斯文文无任何攻击性。

是因此才觉得眼熟?

黄璐忽而问道:"学长你也是天河的吧?"

"也?"

"老乡。"她指指欢尔，随后又道，"哎，你不说你们那儿就一个高中特牛吗? 那你俩会不会……"

"天中?"欢尔与田驰互看对方，异口同声，接着一起笑出来。

第二次碰到是在实验楼，欢尔说"真巧"，田驰却说:"我专程等你的，留个联系方式吧，毕竟院里只有我和你是天河人。"欢尔不知道最后这两句怎么就构成因果关系，可还是允许通讯录里多出一个人。欢尔给他的备注是——田驰，老乡。

第三次对方发来约饭信息，田驰说："学校旁边新开了家粤菜馆，顺便叫上黄璐吧，正好有点儿学生会的事情要和她商量。"欢尔疑惑他为什么不直接联系黄璐，又或者按对方的说法，这餐饭自己根本不必要出席。可她还是回复"好"，璐儿绯闻男友众多，她猜田驰是为了避嫌。

第四次是校园电影节，他发来一串放映名单，然后问道："你们宿舍要不要一起来看？想看哪一场我提前把位置留出来。"黄璐告诉欢尔田驰是学生会外联部部长，虽然是往回拉钱的香饽饽，但回馈福利也有限，人家这是都留给你了。

其实那时欢尔已经感觉到了。

接下来是第五次、第六次、第七次……记不清第几次碰面，田驰说："有个朋友排演的话剧首映，正好多张票，你愿意来吗？"

他开始郑重其事地发出单独邀请。

他的女伴再没出现。至此谁都看出来了，田驰在追求陈欢尔。

缓缓地、循序渐进地展开着一场追求。

欢尔陷入犹豫。优秀的高年级学长，曾是校友，共同语言不少，体贴温柔凡事以她为先，聊天见面多了，说不心动是假的。

只是毫无经验的她对恋爱抱有太多美好的幻想，她想谈一次直至终老的恋爱。

此生只与一人共悲喜，这样的爱情。

陈欢尔承认自己胆怯，她不敢轻举妄动。

所以给田驰的回复是——我看看时间再告诉你。

话剧首映这天发生两件事。

一是临近中午景栖迟久违地来电："你一会儿有事吗？没有的话一起吃饭吧。"

未等欢尔作答，他继续："宋叔来了。"

"宋叔？"欢尔一头雾水，全然未听母亲说起宋丛爸爸要来呀。

"我妈也没说。这帮人这是憋着搞突击检查呢。"

"宋叔跟你联系了？"

"嗯。他说刚到，在中医大那边。"景栖迟问，"去吗？"

"当然！"欢尔一口应下。

那头轻笑："你在哪儿？"

"图书馆。"

"过二十分钟下楼，我去找你一起走。"

欢尔忙阻拦："挺远的你别过来了。"然而这句没有送出去，电话已经挂断。

他们在中医大旁边的小馆子里见到宋叔，谈不上久别重逢，毕竟每年放假回去三家聚餐仍是保留项目。宋叔是过来做培训交流的，吃住都在中医大，为期十天。

欢尔听罢忙问："那郝姨……"

自宋妈复工，从家门口至出单元楼，甚至去医院的必经之路基地出入口都被宋家父子搭好坡面，家中自不必说，日常用品全在她触手可及的低处，卫生间也安置好可提供撑力的特殊扶手。理论上宋妈完全可以照顾自己。

可理论就像鱼骨，生活里总充满被称为特殊状况的刺。

"宋丛周末回来。"宋爸笑呵呵说道，"工作日你们俩的妈妈早认领了，我还没走恨不得行李先搬来，姐儿三个背着我安排得明明白白。"

一脉血缘的亲属不在身边，相识甚久的左邻右舍可不就成了亲人。

欢尔和景栖迟听得嘿嘿乐。

"情况越来越好了。"宋爸在自己身上比画，"左边还是不能自主动作，但复健师上周说了，再坚持坚持，依靠单侧拐杖步行这都完全有可能。"

直至今日宋妈仍在做复健理疗，平日自己练习，周末风雨无阻去复健中心。这一刻的好消息就是对她所有辛苦的最好回报。

"郝姨吃了仙丹吧。"景栖迟的脸上展现出一种极为少见的顽皮，"我现在想起做康复训练那会儿脑袋都发麻，宋叔你快看看，我现在是不是手抖。"

"手抖是吧?"宋爸从包里拿出两部包装全新的手机，"那只能让欢尔替你收了。"

"哇!"欢尔眼睛都亮了，一把将两部全揽到自己这边，"给我们的?"

"是。"宋爸笑，"你周叔，哦，就栖迟的主刀医生还记得吧？他们一大家子人一起去美国玩儿，我们说去一趟给你们仨小的带点儿什么，周游推荐的。"

"绝了！宋叔你们绝了！"欢尔一手拿一部左看右看，与此同时极力躲避着对面景栖迟的"争抢"。

"陈欢尔你够了啊！"

"你手抖用不了。"

"用不了我摆着看！你管我！"隔着一张餐桌，景栖迟抓不到，干脆起来绕到她身后两人一通攻防拉锯。

一旁宋爸笑得合不拢嘴："都多大了还闹，快坐下。"

纷争停止，景栖迟终于拿到新手机。他站在欢尔身后，一边向宋爸展示脖子一边抱怨："宋叔你看红了没？这丫头给了我一下。"

"我看看。"欢尔坐着，一把将人拉到自己的高度并挪开他的手，估计刚才胳膊肘撞到了，侧面脖子的确通红一片。

如同从前误伤他那样，欢尔象征性揉两下他脖子又安抚似的拍拍："好啦，我没注意。"

"坐，栖迟。"宋爸招呼人，"吃饭。"

他们开始聊些别的，比如宋丛上一条朋友圈出现某个女生的背影，问他是谁这家伙却守口如瓶死活不透露；比如来之前没打招呼是陈妈的主意，她说万一这俩哪个推托，让宋爸直接杀到学校一探虚实；再比如周叔这趟去美国的最主要原因是去给周游打助攻，儿子不急老子急，效果显著，好事将成。欢尔与宋爸说得热闹，景栖迟却颇有些心不在焉。

直到与宋爸分别，两人同回学校的路上他才告诉欢尔："你以后注意点儿，别总动手动脚。"

听上去随意，实则打过几遍腹稿，措辞又反复修正才出来这么一句。

"娇滴滴。"欢尔笑他，"打疼你啦？"

"我不是说这个。"景栖迟气不打一处来，上手乱揉一通她脑袋，"跟别人尤其男的不能瞎揉，傻蛋。"

欢尔这才明白他意有所指，一下笑出来："你又不是别人。"

不是别人，所以也不会是被列入考虑范围的异性、男人。

这是坦率的，不经意的，甚至没有思考，脱口而出的一句话。

也正因如此，景栖迟忽然有种挫败感——

好像他与陈欢尔兜了一圈，而今又重回原点。

可是，他已经不想再回原点了。

那个收到护具向邱阳求助的晚上，邱阳说："我不懂为什么你把感谢、依赖、需要，等等，这些情感与喜欢并列为子集，喜欢完全可以是它们的母集啊。景栖迟你要不是脑子进水，我不相信你连自己怎么想的都不知道。"

邱阳其实只说了这些，可就这么几句话一下点醒了他。

就像清理电脑桌面，将那些再也用不到的旧文档齐齐选中然后不带任何留恋地一同丢进回收站，"唰"一声眼前变得明朗。

他知道自己怎么想的，一直都知道。只是身体里总有另一个声音在质疑那些想法的准确性，久而久之连自己都不那么确信了。

只可惜，那个晚上他没能将这些全部说出来。

景栖迟知道欢尔没有早睡——他早就到了女生宿舍楼下，之所以让她晚十分钟下来是因想说的太多一时有些慌乱。发完消息后他清清楚楚看到欢尔出现在阳台上，她只是没有回复自己的消息而已。

那天回去寝室已经关闭，邱阳在里他在外，两人双面夹击费了九牛二虎之力才磨得宿管给开了门。安静下来的楼道里，景栖迟告诉邱阳人没下来，邱阳说："慢慢来，你也要给她留点儿时间。"

他确实在这么做。

疏远到靠近有一万种方法，可他们本来就很近，景栖迟想不出能让彼此更近一步的方法。

除了等，除了让陈欢尔意识到他一直在她身边。

可事实证明，这样好像不行。

话剧首映这天发生的第二件事，是欢尔非常意外地接到了祁琪的来电。

高中毕业后她们恢复联系，可大多是节假日问候或生日祝福，大部分是祁琪主动。偶尔说起首都帮几人聚会欢尔才会多聊几句——"嗯，杜漫给我发你们吃饭的照片了，还是人多热闹。"欢尔想过变成这样的原因，祁琪念文学系，学校离得远，专业又不同，分开久了共同话题自然变得少之又少。可随之又觉得不对，比如和杜漫坐两年同桌都没交流过几次，反倒毕业后越来越亲，到现在互相取笑逗表情包都能乐呵一晚上，放假回去更是逛街、吃饭、看电影一条龙，小姐妹间能做的一样不少。后来欢尔琢磨明白了，自己和杜漫之间没有任何避讳，而她和祁琪隔的那一层正是对过去、对少年时代突然生疏的避而不谈。

黄璐说过一个概念叫"阶段性朋友"，即便某一时期好到能穿同一条裤子，日后照样会成为安安静静躺在通讯录里的名字。这是普遍现象，可以类比达尔文进化论。

稍有不同的是，前者是一种双向选择的彼此淘汰。

电话在傍晚打来，欢尔正要取电话卡换到新手机上，险些就没接到。

祁琪先问她在做什么，下午打过两遍都是关机。

"我和景栖迟出去吃饭，回来赶上下雨又堵车，折腾好半天才到学校。"欢尔说道，"手机自动关机了，才充上电。"

她也说不清为什么要解释这么一长串，大概就是不想让祁琪觉得自己故意不接她电话。

"那我不如打给栖迟了。"祁琪说完短暂停顿，"我好像都没有栖迟的电话号码。"

欢尔随口问道："要我发给你吗？"

"不用。"那头笑一下，"以后有需要再说吧。"

"好。"

祁琪又说："上周和廖心妍一起吃饭，她换了个男朋友。"

奇怪，她们以前可不熟，更算不上好。

"新男友是职业队的，球踢得更好。"

欢尔知晓这件事，廖心妍给她发过一张两人脸贴脸的合照，还大咧咧评论比景栖迟技术好多了。青春期深刻喜欢过的男孩儿成了一种启蒙，模糊地勾勒出自己关于爱人的幻想，之后引导着逐渐成熟的女孩儿去发现、去追寻所向往的爱情的模样。廖心妍不是在找替代品，时至今日她可能已想不起景栖迟的更多细节，她只是借助他、借助那场并不完美的表白寻找到一个特质，一个吸引且会一直吸引自己的特质。

欢尔越发不解祁琪来电的目的，一通久违的电话一定不只为扯东扯西唠家常。

"琪，"她仍习惯这样叫她，"你是不是有事情要和我讲？"

电话那头一阵沉默，接着重新接入："我和宋丛，决定在一起试试看。欢尔我才知道，宋丛以前心里那个人，是你。"

似被注射了一针肾上腺素，药效在须臾之间发作，心跳与血液流速加快，大脑瞬间闪回，过去的一切都有了解释。

"不过都过去了，"祁琪说，"对吧？"

欢尔不知该作何反应。

"我只是觉得你应该知道，不管是宋丛对你，又或者是我和他的现在，还是……还是我误会你让你伤心难过的理由。"祁琪声音打颤，"对不起啊欢尔。"

通话陡然结束。

如对面男生宿舍不知何故发出的喧闹，未等定位到发声者，一切已归于平静。欢尔揣摩着祁琪此刻的心情和最后的语调，想她应该是哭了。

手指停留在发送消息界面，退出；找出宋丛号码，再退出。着实没什么好说的。

她既不需要解释也无须做出解释。向过去讨说法是最愚蠢的举动。

"哎，"打扮结束正要出门的黄璐敲敲她桌子，"你还没和学长联系？话剧是今晚吧？"

开场还有十分钟，田驰大概已到达现场。

他没有说要来接她，也没有追问到底要不要去，就好像他仍在等她的答复。

"有花堪折直须折，多想无益。"黄璐对着全身镜整理妆容，如同太后娘娘那般伸出手，"香水。"

欢尔起身去她桌上随手抄一瓶递过去，问："又约会？"

黄璐刚要喷，发现手里这瓶是浓香型，扭着屁股走回去重新换瓶茉莉清香的，这才心满意足地点头说："这个更重要。"

她有一套自己的理论。好像从不谈情说爱，又似时刻都在谈情说爱。

香水味飘远，夜雨滴滴答答撞上窗棱。

欢尔心情很奇妙，有种轻舟已过万重山的感慨。

在过去了如此之久的今天，当事人才明白在四个人形影不离的青春期里，曾发生过一场谁都不曾说出口的全员单恋。

线索有迹可循，不过各方掩饰得太好。景栖迟用亦真亦假的玩笑，祁琪用暗自执着的妒忌，宋丛用默默无闻的关照，而欢尔，她利用了自己的糊涂。

为什么他承认喜欢其他人时会觉得怪？为什么仗义帮忙爱慕他的女生时会觉得怪？那瓶没送出的运动饮料，那些替他整理的笔记要点，那种知道他故意不好好考试时的苦涩心情，那段只要他说话耳朵就会竖起来的上学放学路，陈欢尔任由自己糊涂，不过是不愿承认罢了。

因为做他的朋友也很好，可以毫不掩饰地关心他、帮助他、惦记他，直到今天所有这些都已过去，他们一直都很好。

稀里糊涂开始又稀里糊涂结束的一段少女情愫。

是，都过去了。

她决定打给田驰。

她听到演员在说着铿锵的台词，她听到有人抱怨说"没素质接电话不会出去"，她听到越来越急促的呼吸，她甚至听到淅淅沥沥的雨声。

电话一直没有挂断，田驰不说话，她也不说，只有很多杂音交替着由听筒传过来。

不知过了多久，田驰说："下来吧，天凉多穿点儿。"

当陈欢尔见到人的瞬间，心一下软了。

夹克几乎湿透，里面衬衫紧贴住身体；白色运动鞋侧边一层泥水，鞋面沾着草叶；刘海被抚至脑后，发丝结成缕，柔软地趴在头上；眼镜拿在手里。主人摸遍全身在找擦拭工具，又怕错过什么似的眯眼看着楼里进出的女生。

雨还在下，薄薄一层，如梦如幻。

欢尔走过去，举着伞撑到田驰头顶，叹气道："你可以结束了再过来。"

"等不了了。"田驰笑，没有镜片遮挡的眼睛明亮生动。

雨丝落到伞上没有一丝声音，伞下的人心跳乱了节拍。

田驰说："我的杏仁核也要爆了。"

欢尔"扑哧"一下笑出来："你们在学神经元?"

"不是。高中时看过一本书叫《神经心理学》，那时候准备知识竞赛，去图书馆借完来来回回翻了很多遍，里面东西记得清楚。"

欢尔止住笑，定定地看着他问："书，是不是没还?"

"你怎么知道?"田驰挠挠头，"那本书不知道为什么没贴码，都毕业了我才想起来……"

是他。知识竞赛时站在台上，那个准确率奇高的高二学长。

是他拿走了书，此时此刻站在面前的这个他。

所以他才会答对问题，知道杏仁核，了解弗洛伊德的《梦的解析》。

竟然，真的，原来是他啊!

千百个念头最终汇聚成一个，陈欢尔带着颤音发问："不然，我们谈恋爱吧?"

湿漉漉的拥抱将她环住，衣服是湿的，皮肤是湿的，连声音都是湿的，田驰说："终于。"

其实那天什么都不太好，错过一出话剧，赶上一场冷雨，接

286

到一通情绪复杂的电话，可田驰的出现让一切都变好了。他像上帝派来的人，带着命运的旨意将她从忽起忽落的缥缈云端一把拉下，陈欢尔稳稳进入他向她敞开的另一个世界。

崭新的，明净的，有无限可能的世界。

晚上黄璐回来，欢尔迫不及待凑上去羞答答地描述了经过。黄璐先是“哇哦”一声，接着开启碎碎念：“闷声干大事啊陈欢尔。我走之前你还蔫黄瓜一样，这一回来都成黄瓜精了。不行，这等重要时刻我必须发个朋友圈纪念一下。”

“你别……”欢尔不好意思，上手就要抢她手机。

“嘿！”黄璐忽然叫一声，“有人更按捺不住。”

她将手机屏幕对准欢尔，声音嗲嗲地复述第一条朋友圈内容：“女朋友，请多多关照。”

欢尔只顾嘿嘿傻乐，心里化开一抹甜蜜浓浆。

“爱情让人愚笨，”黄璐“啧啧”着摇头，“连田驰都走起文艺男青年路线了，我看看有没有人骂他。”

“骂他干吗呀。”欢尔噘嘴。

“你看你看，果然有。”黄璐笑嘻嘻地分享起朋友圈评论，底下一条接一条，除了“恭喜恭喜”，除了问“啥时候带出来见见”，也有损友留言——“关照你等于关爱智障，哪家姑娘这么倒霉”。

田驰特意回了这条——“我家姑娘”，后面跟三个感叹号。

若非借着交际花的手机，欢尔是看不到这些的。她好像外来者突然闯入另一个人的生活，而后惊奇地发现自己已经出现在那条生活轨迹里。

飘飘欲仙哪。

"哎哟哟。"黄璐瞧着好友得意的小模样不由笑起来，她是真为欢尔高兴。心情一嗨，一条朋友圈发出去——"普天同庆，我小姐妹脱单啦。"

宿舍其他人回来，黄璐放下手机推着欢尔主动"招供"。大家你一句我一句，又是八卦过程又是互相打趣，这一聊就快到熄灯时间。各自手忙脚乱洗漱就寝，刚一关灯，欢尔手机狂振，她在室友们"一日不见如隔三秋"的玩笑声中去走廊接电话。

黄璐这才来得及看自己手机，很多点赞，几条问是谁的留言里她只回复了邱里的。邱里发一串眼冒红心的表情外加一句"让欢尔请客"，鲜少在朋友圈冒泡的慧欣抢先回她，"欢尔正卿卿我我呢，等着吧你"。

"老大，"黄璐从床上探出头，"你说邱里现在是不是特想回来？"

慧欣哈哈大笑："肯定啊，明天就得从本部跑过来。"

两人正说着，黄璐手机进来一条私信消息："什么时候的事？"

她着实忘记了自己的好友名单里还有景栖迟。

搬回本院上课后只有留在校学生会的她常往本部跑，好像有次替欢尔送东西怕找不到人就加上了，可加上后一次话都没说过。

再好的异性只要和闺蜜沾边，黄璐碰都不会碰。

这叫讲究。

她犹豫一下回过去："就刚刚。"

自己发的是条对所有人可见的朋友圈，至于景栖迟怎么知道——

黄璐装作不经意地问慧欣："你有小景微信吗？体育部那边人想联系他们院队。"

"好像有，之前他加过我说万一找不到欢尔……哦，这儿呢。"慧欣说道，"我推给你啊。"

"好。"

这就说得通了。

景栖迟的下一条："是什么人？"

黄璐回复："医学院学长，叫田驰。"

"怎么样的人？"

怎么样……黄璐与田驰也只是点头之交，谈不上了解。她想了想，给出自己所能感受到的评价："办事很周全，很成熟。"手指停一下，又打上一句："应该可以照顾到欢尔。"

她太知道明明与当事人那么熟的景栖迟为什么辗转跑来问自己。

欢尔身边的亲密伙伴全加了好友，刚得知消息立刻发来私信，这样三个每一个都直切重点的问题，还能是为什么。

黄璐轻轻叹气，发去一个问题："你怎么不说呢。"

等了很久，久到欢尔打完电话蹑手蹑脚关好门爬上床，景栖迟回复："也想说，可又不知道怎么说，也不知道以后还有没有机会说。"

有那么一瞬间，黄璐特别想把手机递到欢尔面前。

可她看到从走廊回来正窝在被子里抱着电话傻笑的欢尔。

黄璐放弃了，扬手拍拍两人中间的床栏说："快睡。"

谁也不知道谁才是对的人，只有时间知道。

从回学校到睡觉前，景栖迟一直在忙活同一件事。

是与欢尔去超市避雨时受到的启发——收银台上摆了两个屏幕，除非刻意潜入监控死角，否则室内状况一览无余。留郝姨自己在家每个人都不放心，那装上摄像头会不会好点儿？

回校大致查过几个型号，景栖迟先给宋爸打去电话，想法一说那头立刻同意："好好好，没想到现在家里也能安摄像头，我还真怕你们俩的妈妈突然被叫走留你郝姨一个人在家呢。"

"跟郝姨商量一下？"

"商量什么，这事我做主！"宋爸一副大包大揽的语气，"栖迟你懂这些，赶紧看看，越快越好。"

话虽这么说，可景栖迟还没研究完几款产品的性价比，宋爸电话又再次打来，说："你郝姨同意了，让我谢谢你。就说嘛，这事她不能持否定意见。"

景栖迟嘿嘿乐："您不是能做主吗？还问。"

"我不是尊重人家嘛，随口一提。"

景栖迟又跟母亲说了声，林院长听罢难得夸奖："小兔崽子懂事了，知道帮人分忧了。明天欢尔她妈临时排了台手术，我去外地开会也不定几点回来，我俩正犯愁呢。那东西好买不好买？难

290

装吗？"

"好买，"景栖迟又问道，"今天你们在吧？往高处放得你跟林阿姨在家。"

"在，没特殊情况的话。"

景栖迟笑起来，这句真真从小听到大。

好买还是说早了，问遍几家同城网店当日都送不到。也是，那时已经下午五点半了。

好在陈妈难得准点儿下班，出医院直奔商场。不巧的是选中的那款型号断货，两人又是语音又是视频，最终买下另一款价位稍高的产品。

陈妈与他订下秘密协议："你宋叔问起来就照两倍价格报，咱这辛苦费他还想跑？"

"啊，"景栖迟故作遗憾，"我想报三倍呢，加上我妈，按人头算。"

"你妈那份算我的。"陈妈笑，"你俩不在家，她可没少来我这儿蹭饭，吃一份还得带一份。"

"我就说她胖了，她还嘴硬不承认。"

"你啊，放一百个心，你妈滋润着呢。"

比起母亲同事、邻家阿姨，欢尔妈妈更像一位大朋友。她随性豁达却也细心体贴，玩笑话信手拈来，所给予的安慰又润物细无声。景栖迟喜欢与她聊天，有时甚至觉得什么都可以同她讲，包括自己对欢尔那些无处安放的情感。

没说是觉得为时过早，毛头小子哪配谈地久天长。

291

之后就是指导她们安装，视频开着，景妈转述，陈妈实操，宋妈在一旁出谋划策。母亲们都不太玩得转电子产品，三人又在那头说说笑笑，一部手机下好软件搞定再来另一部，一番折腾就到了夜里。

并非不想，而是景栖迟尚未来得及去想其他事。

就在这几个小时里，陈欢尔多了一位男朋友。

认识多久，在怎样的情况下相遇，中间又经历过什么，欢尔为什么选择他，喜欢他哪一点，所有关于这场恋爱的前情景栖迟通通不知。他与陈欢尔，在同一所学校，宿舍只隔三公里，彼此的生活却在不知不觉间硬生生岔开了。

多荒唐。

景栖迟只觉得荒唐。

隔天下午课后，欢尔直接找来计算机院教学楼。景栖迟当时正与邱阳看一个数据库优化案例，两人各守一台电脑，早就约定好谁后解出来谁请客。接完电话他直接飞奔下楼，全然顾不得上一秒还盘旋在脑子里的算法公式。

欢尔只身前来，穿一条过膝碎花连衣裙，上面搭件毛茸茸的白色开衫毛衣，长发盘在头顶，脸上化了淡妆。先对他笑笑，然后问："你在忙？"

"还好。"景栖迟看着她，有点儿陌生，有点儿挪不开视线。

陈欢尔早就不是脸没洗干净就敢往门外跑赶着与他们上学的傻姑娘了。她站在他面前，亭亭玉立，楚楚动人，她变成一道风景线惹得路过的男生们都要多看两眼。第一次，景栖迟深刻地意识到她在变化。

"要不要一起吃饭?"欢尔歪歪头，"介绍个人给你认识。"

第一次，他发觉自己正在嫉妒。

景栖迟承认曾对祁琪有好感，想让她看自己，想和她多说几句话，想让她开心，可那仅仅是好感而已。他不会因为对方和其他男生走在一起心生愤怒，他甚至没有想过他们之间的未来会如何如何。

欢尔说："邱里吵着让我请客，正好今天璐儿也在这边，如果你有空就大家一起，免得新朋友一个个见你们招架不住。"

她将那个人形容为，"新朋友"。

"我听黄璐说了。"景栖迟尽量表现得像一位"老朋友"，"昨晚是吧?"

"哎呀。"欢尔羞涩却乖巧地点点头。

心里又酸又堵，可还能怎么样?

说他不适合你，说陈欢尔你也看看我，说我们试试行不行?

他没有权利去置评那位新朋友，他更无立场将她推入一场错乱，打碎她刚刚萌生的爱情幻想。

此时此刻景栖迟可以做的只是将那份嫉妒推远，然后……他也不清楚然后。

"你来吗?"欢尔踮起脚又落下，笑吟吟地看着他。

邱阳的电话救了他一命，不用开免提就能听到那头兴奋的叫声——"景栖迟你请客吧。我跟你说啊就是笛卡尔积的坑，那个

on 条件……"

"我请。"景栖迟对着听筒说道,"马上上来。"

"那你先忙,"欢尔闻声眨眨眼,略带遗憾的语气,"改天好了。"

景栖迟收起电话,总觉得还要说些什么。他于是重复那些早知道答案的问题:"学长吗?"

"嗯。"

"医学院的?"

"对呀。"欢尔活泼地笑笑,"你知道我今天还在跟他说,实习可别回老家,尤其到三院那等于自寻绝路。"

她已经想到以后。

"净瞎说。"景栖迟扯出一个苦笑,"哪有上赶着劝退的。"

"你上去吧。"欢尔看看时间,"我得走啦,去晚了新朋友害羞。"

"去吧。"景栖迟原地未动。

欢尔挥手说"拜拜",刚转过身又退回来,神色认真:"栖迟,你是不是最近有烦心事?"

景栖迟怔怔:"没。"

"你看着……不大开心呀。"欢尔盯着他,"有事说话啊。"

"知道。"景栖迟抬起手,本想揉脑袋手一落掐到她脸上,"跟黄璐学学化妆,丑死了。"

"管我。"欢尔打掉他的手,"又不给你看。"

她转身离开,没有再回头看他。

黄璐有很多七七八八的理论，比如恋爱是一场拉低德智提高体美的幸福劳作。和田驰在一起的时间里，陈欢尔以身作则证实了此条理论的合理性。劳作那步还未实践；重视打扮也开始化妆，体美素质大幅进步，陈欢尔成为小小药院学弟学妹眼中的漂亮学姐；诞生不少重色轻友的英勇事迹，德行一度备受宿舍姐妹鄙视；至于智力，本人倒不觉降低，但恋爱后的第一学期奖学金由二等降至三等。

即便如此也不过对着成绩单傻笑，塞翁失马焉知非福。

逃课去看首映电影，复习时惦记着结束后去吃什么，偌大图书馆两只眼睛全贴在他身上哪有第三只去看课本，手好看，牙好看，睫毛好看，连凶巴巴瞪人的样子也好看。情人眼里不止出西施，还会出现吴彦祖、柏原崇、汤姆·克鲁斯。

打电话时没来由想笑，收到礼物时不自觉想哭，亲吻时忘乎所以想要地久天长，陈欢尔爱得坦荡赤诚，爱得热泪盈眶。

她不知道男朋友应该是什么样子，可她想田驰就是世界上最棒的男朋友。她出现在他所有的社交网络，她被介绍给他的每一位朋友，她的生日、鞋码、口味甚至生理期他都记得清清楚楚，他们几乎不曾吵过架，因为还没开始田驰就让步了，自始至终他都照顾着她的情绪。

暑假聚于天河，欢尔带田驰去参加伙伴们半年一度的相会。杜漫与母亲去外地旅游，在电话里大肆抱怨："你就是故意挑我不在家的时候！亏我都准备好三千问了！"

欢尔逗她："你个母胎单身能问出什么大道理。"

"问他血糖血脂血压，问他心率，问他遗传病史。"杜漫不服，"我一医疗工作者还能问不出异常？"

"漫漫，你这样特别像我妈。"

"陈欢尔！"杜漫狂呼，"你老实说是不是怕我问出来精子活跃度不高？"

"又不给你用！"欢尔一下脸通红，这学医的真是什么都敢说。

"是是是，不给我用。"杜漫笑得上气不接下气，冷静后又安慰，"不高也不要紧嘛，有产出就行。现代医学有的是办法，再说您这种情况也不是个例……"

"滚蛋。"欢尔挂断前重申，"人家身体好得很！"

聚会当日宋丛和祁琪结伴而来，廖心妍带着职业队男友，只有景栖迟单身赴约。欢尔向众人介绍田驰，大家互换姓名、学校、专业等基本信息后便开始点餐，没有人叽叽喳喳八卦"牵手了吗""接吻了吗""怎么表白的"这些小儿科问题，他们都长大了，拥有爱情不再属于石破天惊的新鲜事，出双入对也变成了水到渠成的自然规律。

席间欢尔提起杜漫，略带遗憾地告诉田驰："她要在人就齐了。"

祁琪这时说道："上次一起吃饭我才知道你俩关系那么好，在天中我都不认识她。"

"她俩念书时也一般。"景栖迟一边吃一边接话，"杜漫跟我们住一个院。"

"她要搬家了。"宋丛漫不经心补一句，见欢尔诧异，温和地笑笑说："等着吧，旅游回来就该告诉你了。"

欢尔下意识先去看景栖迟，正巧对方也看过来，两人一同转头朝向宋丛方向，接着异口同声问："你怎么知道？"

宋丛见怪不怪："杜漫想考我们学校研究生，聊天时她说的。"

欢尔与景栖迟再次对视，她笑一下，他抿抿嘴，谁都没有再往下问。

那是一种被时间养成的默契——杜漫竟与宋丛聊这些，可祁琪在场呀，别说了别说了。

"你们仨行了啊。"廖心妍拍桌子抗议，"又搞小团体，当我们空气人？"

"好啦，他们仨情比金坚你又不是不知道。"祁琪打圆场，怕冷落了第一次参加饭局的田驰于是问道："学长，听说你也天中毕业？"

"是。"田驰点头，"比你们大一届。"

"我就瞧你特别面熟，在哪儿见过似的。"祁琪看着欢尔说："学长像不像……"

欢尔赶忙岔开话题："琪，你打算考研吗？"

老实讲她很怕祁琪想起来那年的知识竞赛，因为那样一定会记得当时田驰是有位女朋友的。虽然后来问过田驰他也坦言"短暂交往过一段"，但眼下这种场合提起他该多尴尬啊。陈年旧事过去就过去了，守护秘密不是义务，可那却是一种尊重。

"我没想法。"祁琪歪头靠到宋丛肩上，"家里有一个学霸足够了。"

大家一阵"哎哟哎哟"哄笑。

祁琪抓起手边瓶盖朝景栖迟扔过去："你笑什么，就不能有点儿出息带回来一个？"

当事人迅速回嘴："好像你这位是带回来的。"

他越发吊儿郎当，活得洒脱自我，什么都不太关心，什么都不太在乎。

欢尔拉着田驰提议："要不我们把璐儿介绍给他吧？"

她不清楚景栖迟交往过多少人，甚至不知道那其中是否有一段真正的恋爱。这一年多极少碰面，偶尔发消息也是在有必须要说的事情时，比如"你回家车票买了吗"，比如"同乡会去不去"，比如"生日快乐今年什么愿望说来听听"。他们都在长大，又或者从最开始认识就不是无话不谈的年龄，他们只是被过往经历捆绑在一起共同度过了一段时光。

景栖迟做个打住的动作："外供转内销？拉倒。"

他们说起各自专业，说起就业前景，说起增长迅猛的房价，说起家属院前面那片终于开始动工的商业基地。曾经被父母带去吃饭插不上嘴的话题就这样轻而易举出现在这张饭桌上，没有先兆却也不显突兀，就像无法界定他从何时开始变成大人，而意识到之后便也心平气和地接受了这个事实。

那时距离毕业还有一年。

若没有黄璐偶然间说的一句话，日子好像会一直这样。

大四开学第一天晚上，刚约会完回宿舍的黄璐见到欢尔稍有吃惊："你在啊，我以为你去看电影了。"

"嗯？"

"我刚才从电影院出来看见你家田驰了呀，也没准儿是和他兄弟……"

半小时前通过电话对方说在图书馆复习，而他室友刚刚发布了联机游戏的朋友圈。

欢尔提着外套就往外跑，黄璐迟疑一瞬跟了上去。

其实从听到消息那一刻已有不好预感——整个假期田驰都有些心不在焉，问及缘由都是马上毕业实习压力大。他成绩虽算不上拔尖儿但也绝不至于实习困难，再者学校口碑摆着，他又有大大小小的社团活动加持，欢尔着实不理解所谓压力能有几成。千万别小瞧了直觉，很多情况下直觉只是对细密的异常的集中反馈。

所以一路上陈欢尔做的都是在找理由，找一个让自己信服的理由。

比如黄璐看错了人，比如是和新认识的朋友，比如有无法拒绝的情况不得不来。

偌大的电影院，十个厅皆是放映中的状态。欢尔一言不发买好两张票，推开一厅的门就要往里冲。黄璐大力将人拽出，用恨铁不成钢的语气："你半天就想出来这主意？一间一间找？"

欢尔不说话。她完全不知道应该怎么找，甚至有那么一刻她在想自己这样做对不对。

是否太小题大做，是否太轻薄了两人之间的信任。

"我就问你一句话，"黄璐口吻缓和了些，"万一出现不该出现的情况，受不受得住？"

脑子很乱，各种念头交织成一团，细细碎碎堵在心口。万一，万一万一，一定要受得住吧。

欢尔对朋友点点头。

"那你听我的。"黄璐说完拉她到洗手间过道处，用自己电话打给田驰。

一遍两遍三遍，全未接通。她发去一条信息："欢尔从床上摔下来了，我们先去医院，速回电。"

等待时间被无限拉长。

黄璐手机开始振动，与此同时厅外走廊出来一个打电话的人。

欢尔要冲过去，再次被拉住，直到那人重新进入放映厅，黄璐拽着她偷摸尾随。

巨幕上的画面静止，环绕立体声消失，人群变为一个个没有意义的符号，明暗交错间，欢尔看到那个正在被找寻的人，以及依偎在他肩头的柳叶弯眉的女孩儿。

陈妈接到过一个病例，下体遭遇重击可能会导致无法生育的年轻女子，住院期间正室追到病房破口大骂"第三者不得好死，打你只是让你长个教训"。

很多人围观，站在道德制高点的一方怒气冲冲气焰嚣张，做错事的一方拖着病体俯首认罪。

那个男人自始至终没有出现，仿佛他是这场闹剧的局外人。

现实世界永远比社会新闻残酷百倍，那时陈欢尔同母亲感慨："得蠢成什么样的男人外边找人还会被发现？"

陈妈回答："要么躲着藏着大意了，要么就是太自信，自信到可以随意践踏两人之间的信任。"

电影院影厅外，欢尔看着对面那个再熟悉不过的身影，田驰，你是后者对吧。

因为我相信你，你知道自己说什么做什么我都愿意相信，我们之间因为这种相信出错了，对吗？

不讽刺吗？不好笑吗？不恶心吗？

站在他身后的人欢尔见过，最最开始就见过，是散打比赛时和他一起来的人。

她甚至都不敢深想，交往近两年，这两年到底过的什么日子。

是有多迫不及待，开学第一日就要约会。

黄璐轻轻揽过欢尔肩膀，用力抓了两下试图让人不要抖得那么厉害，然毫无用处。事已至此，黄璐扬扬下巴："学长，解释一下吧。"

他不会解释的。

欢尔了解他，若有误会在厅里他就会拉住她一口气说完，他绝不会等到现在。

"对不起。"田驰低下头，"欢尔，对不起。"

再没什么可说。

欢尔将手中的票搓成一团扔到他脸上。"你们可以看完。"

她尽力了。教养告诉她不许骂人，身体告诉她现在动手会打伤人，她什么都不能做，什么都不敢做。

她拉着黄璐跑出电影院，一口气跑到马路上，像个罪行累累的逃兵。

安全了，强忍的眼泪一股脑儿落下来。头疼，眼睛疼，心口疼，陈欢尔变成了一个彻彻底底的疼痛体，不碰不摸却哪里都疼，二十几年从未这么疼，疼得想乱叫想捶墙，疼得要窒息了。

生气，因为疼痛而对自己生气。为什么一点儿都没发现，为什么像个傻子被人骗来骗去，为什么要付出真心，为什么会去想和他的将来，为什么要跑要逃，明明你才是受伤的应该理直气壮的那个人啊。

"窝囊废，你又没错哭什么哭。"黄璐一边数落一边掏出纸巾替她擦泪，"上手揍他啊，揍残了大不了咱们赔，你赔不起还有我呢。"

欢尔一头扎到她怀里，眼泪簌簌而下："我觉得好丢人啊。"

为自己的全无察觉，为自己的愚蠢大意，陈欢尔觉得丢人。

"跟你有什么关系，田驰他就不是什么好鸟。"黄璐拍她后背安慰，"之前我只觉得他会来事人老成，还琢磨方方面面能照顾你补你短板，拉倒吧，我也是瞎了眼。"

欢尔想到发生过的点点滴滴，眼泪落得更凶。

"能看清一个人也是好事儿，对吧?"黄璐捧起她的脸，"陈欢尔，说对。"

"是……对……"欢尔哭得上气不接下气，她感觉自己把这一辈子的心都伤完了。

"行了行了，你且得哭几天呢，这才刚开始。"黄璐一副过来人的口气，起身拉她手腕，"先回去吧。"

"别，我不……不想……"因为哭得太猛，欢尔说不出一句完整的话。她吭吭哧哧半晌才表达出意思——女生宿舍人多口杂，我不想让别人知道。

这副狼狈样子回去大家免不了问这问那，她全然未做好应对的准备。

黄璐懂了，翻翻小包又看看空手无一物的失恋者："要不跟我回家？"

好友与父母同住，欢尔拼命摇头。

"那咋办？"黄璐有意逗趣，"咱俩也没开房条件呀。"

得找个人带身份证过来。

再丢人现眼都不怕被知道的，出任何事都能一起扛的，这样一个人。

欢尔掏出电话，用残存的理智发出一条消息——"栖迟，我遇到事情了，你带上身份证快来。"

十分钟后，景栖迟慌慌张张出现在两人面前。之后事情的走向略微有些奇怪，深夜将至，一个男人带两个女人要开一间房，偏偏俩姑娘一个号啕大哭一个笑靥如花，酒店前台带着无限猜想目送他们进入电梯。

黄璐最先开口："简单来说，田驰被我们'捉奸'电影院，人赃并获。"

景栖迟低声骂了一句。

这厢欢尔听到又开始哭，意志控制不了泪腺，眼泪根本不听使唤。

"没救了你，学功夫光打人不打狗？"景栖迟一边数落一边将胳膊递过去，欢尔顺势拽着他袖口擦泪擦鼻涕。

"怎么回事？"景栖迟一边揉她脑袋一边问黄璐。

黄璐事无巨细地讲述一通，从她们自宿舍出发到电影院两方对峙的全过程。

景栖迟静静听着，最后低声骂一句："孙子。"

房门打开，景栖迟直接把人推进洗手间，水龙头打开抓住她的手强制洗脸："我早就看他不顺眼，就你喜欢得死去活来，这下长教训了吧……"

欢尔听到这些马后炮突然气不打一处来，梗着脖子与他大吵："你现在说有什么用，时光能倒流还是让我当什么都没发生，已经这样了我能怎么办！你告诉我怎么办！"

"怎么办还用别人教！"景栖迟阴着一张脸，口气冷到底，"你跑回来哭哭啼啼算什么，日子不过了？"

"我难受！凭什么我连难受的权利都没有？"

此刻的她像一只战斗力满格的斗鸡，怒目而视，满脸凶狠，对方再说一句，只一句她就会上去撕咬。

陈欢尔是个窝里横。

她知道这样坏透了，可景栖迟和所有人都不一样。她甘心被他说被他教训，也不怕把最狼狈的一面暴露给他看，软弱、窝囊、无能，卸下所有防御和伪装的这一面，连自己都不耻不愿面对的这一面。

这就是他们之间更深的那层连接。

不用常见面，不用频繁联系，亦不用让别人知道我们关系很好，是即便对方丑态毕露也能全盘接受，是任何言语事件都无法阻挡对一方的认知，是吵不散斩不断烧不化的异常坚固的连接。

彼此都懂却也都不会提及的这层连接。

景栖迟摇摇头示意自己不再说话，拽过一旁的毛巾扔到她脸上。

黄璐靠在洗手间门口听两人吵了一通，这时揉揉发胀的耳膜说："我去买点儿酒吧，她这状况不喝大消停不了。"

景栖迟将自己钱包扔给她："麻烦了。"

黄璐接过，看一眼欢尔，叹气离开。

欢尔可以听到他们的说话声，可声音就像轰隆隆闪过的滚雷稍纵即逝。就是控制不住自己，她没有办法将自己从那些与田驰的过往中抽离出来。

一会儿是湿漉漉的怀抱，他说"终于"；一会是初见当日那女生坐在他身边；一会儿是某个再平常不过的课后，挽着他胳膊去食堂；一会儿又是电影院他挡在那女生面前说"对不起"。

他说对不起。

思绪停住的瞬间，欢尔发觉自己坐在床尾，房间里只开着一盏台灯，景栖迟自茶几上拿起一瓶矿泉水扭开瓶盖递到她面前。

她没有接，眼泪大滴大滴往下落："栖迟，我想回家。"

泪水模糊视线，她恍然看到父母围坐在餐桌前，再去看，那张桌上还有亲切的正在笑着的叔叔阿姨们，还有宋丛和景栖迟。

那里是她的家。

孤独舐舐伤口的小兽最依赖的温柔乡。

景栖迟放下水蹲到她面前，手抬起来轻轻拭掉了她的眼泪："好了，我在。"

欢尔俯下身张开双臂抱住他。

鼻子很堵，所以她闻不到景栖迟身上的味道。可她能感受到他身体散发的热度——是家的感觉，是可以肆意展露脆弱的平静港湾。

"我也不想难受，我也不知道怎么就变成这样。"欢尔的情绪在寂静中逐渐平复，"我气他们可我更生自己的气，早发现我一脚踹了他，什么玩意儿啊，真不值啊。"

欢尔絮絮叨叨说了很多，景栖迟想推开她可又觉得对失恋的人这样做太残忍，意思意思试了几次，奈何对方抱得太紧，最后忍无可忍道出实话："你把手撒开，我腿麻了。"

欢尔这才放开手，破涕为笑。

景栖迟单手撑住床沿站起来，踩着脚一瘸一拐走两步，见她脸上挂泪嘴角却又弯着，哼笑一声："你失恋，凭啥花我的钱？"

黄璐这时提着两大袋啤酒零食推门而入，本已做好劝架准备，面前这幅岁月静好的场景倒让她有些始料不及。景栖迟接过她手里的东西放到茶几上，黄璐又递去钱包："消停了？"

景栖迟点头，一本正经问她："小票呢？"

"你休想。"欢尔在一旁揉揉哭得干涩的眼睛，"没有报销这码事。"

黄璐不禁笑出来。前一刻吵得天翻地覆，后一刻却又和好如初，不用道歉亦不用原谅，这俩活宝终于要开始走阳关大道了。

三人围成一圈坐好，黄璐晃晃手机说道："姐姐关系用尽问一圈人总算清楚了。田驰追你之前有意追那学姐，结果快要好时遇到你了，田驰应该是直接跟她摊牌了。学姐受刺激出国一年，回来后俩人又慢慢恢复联系，现在呢，倒也没说好，但也就隔层窗户纸的事儿。"

"她知道我？"欢尔情绪稳定不少，理智也被找回来。

"肯定啊，那田驰朋友圈还晒着你照片呢。就陷进去了呗，情不知所起一往而深。"黄璐暗暗瞄一眼景栖迟，"可不是每个人都能远远看着真心祝福的。"

鼻头又开始发酸，欢尔赶紧大口灌酒。错误的场合错误的时机，原本以为恰好的一切原来都是错误。

"还有个事儿，"黄璐看看两人，"这事儿有待考证，但我个人觉得八九不离十。那学姐家里条件不错，叔叔开私人医院的。医院背景呢，可能你俩不知道啊，本地人都明白是什么规格，'大富大贵'们的康复基地吧。田驰也快毕业了，嗯。"

不用讲得更清楚，陈欢尔除了刚才智商短暂离线，其余情况一点就透。

景栖迟哼一声："倒也挺有规划。"

黄璐耸耸肩："这世上利己主义者可不在少数。"

所以他只会说对不起，也许在他看来今天所发生的不过是种解脱。

他早已决定要怎么选。

欢尔忽然觉得没那么痛了，一场恋爱认清一个人，不算亏。可她还是难过，为那个付出全部真心珍视他的自己，为那个幻想着执他之手共白头的自己，为过去那个天真烂漫以为爱情只是爱情的自己。

"喝吧，喝完好睡觉。"景栖迟与两人分别碰碰杯，一口干下。

她错误的爱情在这个秋夜彻底结束了。

树对了有片
红房子

小格 著 下

时代文艺出版社
SHIDAI WENYI CHUBANSHE

Chapter 14

红绿灯

失恋的痛是越想越痛。

为了让自己走出来，陈欢尔选择与慧欣整日泡在图书馆里借课业消愁。黄璐说对了，大哭一场只是开端，每排书柜、每张桌子、每对相邻而坐的情侣都惹得她落泪。感时花溅泪，一不留神视线就模糊，偷偷摸摸擦掉再重新扎回题海。

怎就落得这般结局，她想不明白。

某日闭馆后回宿舍的路上，慧欣挽着她胳膊问："毕业后怎么打算？"

"找工作吧。"和大多数人一样，就业结婚生子，找个还算合适的人把这一生过完。

想到这里，鼻头又一酸。

慧欣这时停下来，双手拉住她的手："欢尔，你有没有考虑过读研？"

"我？"

开学初导员确实发过一张前三年专业课综合成绩的排名表，陈欢尔排在第五，只不过召集开会那天正逢她发高烧，稀里糊涂在电话里听完一番有资格参加推免的话就睡了。一是压根没琢磨过继续深造，别人全国各地跑参加夏令营的时候她只惦记把手头的实验做完期末考个好成绩；二是自这次开学就陷在失恋的阴霾里，她正全力对抗自己的敏感多思，对周边发生的一切全无兴致。

"嗯，"慧欣郑重地点头，"你专业成绩很好，英语又不差。上学期咱们一起做那个细胞分解项目也是加分项，如果你有这方面考虑……"

欢尔红着眼眶打量面前的姑娘："老大，你今天怎么了？"

"我……"慧欣苦笑一下，"不读了。"

那是刚入学就立下的志愿，慧欣常年宿舍教室图书馆食堂四点一线，炎炎盛夏，阴冷寒冬，说一日不曾懈怠也不为过。努力的回报是成绩全院第一，奖学金拿到手软。

导员说她的绩点是近五年最高的。

或者说，如果药院只有一个推免资格，那一定是董慧欣。

"为什么？"欢尔不解。

"我弟今年高三，成绩很好。"慧欣拍拍胸脯，"当姐姐的嘛，总要出份力。"

欢尔懂了，可疑问并未消除："保本校研究生是免学费的呀。"

"除去学费还有时间，任何事都有机会成本。"慧欣重新迈开脚步，"你知道我有多羡慕你们吗？邱里前几天跟我说没想好去美国还是去澳洲，璐儿呢玩着玩着就能毕业，再不济家里也能帮衬，还有你欢尔，你轻轻松松的可过得多充实，还趁机谈了个恋爱……"

"别说了。"一提这茬儿欢尔又要哭。

慧欣揽过她肩膀："好啦，为那么个货色多不值当。你有我委屈？老天给了我念书的天赋，但没给念书的命。"

毕业的十字路口，有人嬉笑而来根本不着急过线，有人却被命运的交通灯推着不得不走，一刻都不敢停留。

校园刚刚泛起秋意，间歇被吹落的一片绿黄相间的叶子，带着被淘汰者特有的凄凉，静静躺在草丛里仰望枝头茂盛。

慧欣默默叹一句："我现在才知道，读书是这世界上最幸福的事。"

做最幸福的事是不是能成为最幸福的人？

欢尔自言自语："我倒也可以继续读。"

老天馈赠她一双好父母，从小到大未曾感受过生计压力；再者最近这段时间她着实低迷，就像深海里迷失航向的一条小船，漂漂荡荡归去无依，学术也许会成为那盏带她靠岸的指路灯。

"我退出会多一个保研名额。"慧欣笑笑，"你考虑清楚的话，回去我帮你理理材料。"

"帮我？"

"就当回馈这三年的照顾吧。"慧欣默默低下头，"欢尔，其实你做的、你们做的我都知道，只是我……我没得选，我现在也没有能力感谢你们。等以后吧，以后我一点点还。"

家里老人常说吃亏是福，这句老套过时甚至有些懦弱的话陈欢尔现在懂了。吃亏亦像一场化学实验，失败则提取经验从头来过，可若成功将会反应出难以计量的善意因子，这份善意无可估量，而它最大的价值是告诉实验者，你做了一件对的事。

因为慧欣的退出陈欢尔顺利补位递上材料，没有赶上第一次面试和全校免推的英文考试，材料交上去三天直接参加专业笔试和全院答辩，正常发挥，当天就收到确认通知。

也就是说，她至少可以选择本校。

欢尔去见了导师丁和平，一位文献遍布国内外期刊的科研大牛，入学之初就听过他的讲座，光是这场会面就让她心潮澎湃许久。那天下午聊了很多，包括学科分支、未来研究方向、行业发展趋势以及有待开展的项目，陈欢尔第一次觉得自己苦读那些分析化学、微生物学、医药统计学有着比换取一份漂亮成绩单更重要的意义，也许她真的可以用它们为这世界做些什么。

不，不用那么大。只为如母亲一样的医疗工作者就好，她可以为他们铸造一把利剑，在与疑难杂症抗争的路上助他们一臂之力。

从准备材料到报名到录取，一切顺利得超乎想象，乡下"大仙"说对了，大难已过，只剩命好。

她不打算考虑其他。一来本校排名尚可，院系小的优势是自由度高，从资源配备到研究课题皆予以最大开放度；二来丁教授虽性格有些古怪但专业精湛，入他师门也算梦想成真。至于内因，有人力争上游事事皆求最好最佳，很遗憾陈欢尔不是这样的人。她试过上进心爆棚去追赶那些永远在自己前面的强者，可她渐渐明白世人性格千千万，有人欲乘风破浪上凌云九霄，也有人诗情画意安守一方恬淡，无从评价优劣，各有追求罢了。她喜欢这个学校，喜欢这座城市，现在连阴冷的冬天也喜欢，在这里能有个小小空间做一番研究她满心欢喜，极尽期盼。

好消息先发在陈家群里，很快母亲回来一条语音——"你变成咱家学历最高的了，不要骄傲。我上手术，回头细说。"

欢尔刚要回复便收到第二条——"你爸这几天忙着演习，我先替他恭喜你，红包跟他要。"

得，这对事业咖，个顶个地忙。

紧接着的通知对象是慧欣，虽已放弃继续深造，但她仍保留空闲时间去图书馆的习惯，欢尔想那许是对方表达留恋与不舍的一种方式。电话打过去，那头丝毫不惊讶，面对欢尔的连连感谢慧欣倒有些不好意思："你本来绩点就够，我根本没做什么。"

"不，"欢尔否认，"你做的太重要了。"

是慧欣让她看到另一种可能性，而接下来这条路，陈欢尔知道那会全然改变自己的人生。

至于第三位联络人——

还未按下通话键，景栖迟电话先打进来："恭喜啊陈硕。"

欢尔诧异："你怎么知道？"

她才刚刚收到通知。

"你妈进手术室前跟护士长说了，恰好护士长又碰到我妈。"

景栖迟笑，"丽娜阿姨连台，今晚你有的等了。"

在三院片区，好事坏事传遍都是一眨眼工夫。

"我现在觉得特别不真实。"欢尔同他讲心事，"这次开学之后就像坐上火箭，什么都很快，丢得快，来得也快，想停却停不下来。"

这一个多月，她再没见过田驰。

"丢的就别管了。至于来的……"景栖迟嗓子发痒，他捂住听筒咳嗽两声，继续道，"厚积薄发听过没有？那是你一直努力的回报。"

没有响当当的专业成绩打底，任陈欢尔有通天本事也拿不到这一席名额。

"再说，"景栖迟声音闷闷的，"你运气向来很好。"

"是吗？"欢尔想了想，不禁同意起这种说法，"是。"听他一直断断续续咳嗽，本要回宿舍的她转身上桥，问："你在哪儿？"

景栖迟在主校区图书馆门口等来陈欢尔，一袭黑色长袖连衣裙衬得人肤白娴静，只不过手里提着的东西着实有些格格不入。

她先递过左手的小白塑料袋，一盒感冒冲剂、一瓶止咳糖浆，嘱咐"回去就喝"，接着又递来右手的大红塑料袋，景栖迟一打开，足足十个硕大滚圆的雪花梨。

"这……"他掂着重量一时语塞，"得有六斤吧……"

"八斤半。"欢尔不甚在意，"我全挑个儿大的。"

景栖迟有点儿蒙。

314

一个看上去漂亮温婉的姑娘拎着八斤半的梨穿越两个校区站在自己面前,此情此景应该做何反应?

欢尔倒像不期待反馈,转到他身后拉开双肩包拉链开始往里装。"这种雪花梨就我们校区水果店卖,你一天吃俩,吃五天,润肺止咳……"塞到一半自己也傻了,"你包怎么这么小。"

整整八斤半的梨啊,那得是个筐才能塞进去。

"别……别塞了。"景栖迟感觉肩膀负重一阵一阵,扭头看看用力拽拉链的人,"我电脑在里边。"

"哦。"欢尔捡出三个放他手里,又把药和糖浆填缝装进去,这才大功告成,拍拍包,"好了。"

她站回他面前,见景栖迟怀抱婴儿似的捧着三个梨,"噗"一声笑出来。

"还笑。"梨大王嗓子不适又开始咳,咳完立即数落,"你就不能少买点儿?钱多?"

"这真挺贵的呢,大老远过来一趟心意得尽到。"欢尔指指他怀里,"要不你吃一个。"

"我刚吃完饭。"景栖迟低头瞧瞧那快一斤一个的个头儿,"咱俩分一个吧。"

欢尔还在乐,当即脱口而出:"两个人不能分梨。"

不能,分离。

"算了,"欢尔笑着从他怀里拿一个出来,"我送你回去好了。"

转身的瞬间,田驰出现在视线里。

不，不只是他。

欢尔顺着田驰的视线看到正从图书馆门口出来的人，台阶很长，她低头走着暂未注意到这边。

"欢尔。"田驰叫她名字，与此同时上前一步。

而欢尔下意识后退，踉跄一下，后背直接撞进景栖迟怀里。

她扭头看他，不安与焦虑齐齐写在脸上。

田驰说："最近都没看到你，在忙什么？"

他竟然在寒暄。

周遭尽是往来的学生，欢尔恪守理智狠狠瞪他一眼，抬步就要走。

还是晚了，台阶上的人下来了。如同宣告主权一般挽上田驰的胳膊，对欢尔说："嗨。"

应该气血冲头才对，应该大骂一声"垃圾全给你"，可陈欢尔发现自己除去气愤竟然还有一丝隐隐的难受。

弱爆了。

"走吧。"景栖迟拱拱呆若木鸡的人。

欢尔点头，擦过他们身边。

走出两步，她听到女声问："她怎么在这儿？"

我怎么就不能在这儿。

如一把火扔到汽油罐上，陈欢尔的怒气"轰"一声燃起。她咬紧下唇就要冲过去，却被景栖迟一个箭步挡在前面，他说："你们等会儿。"

一米开外的两个人停下转身。

"我们家陈欢尔愿意在哪儿在哪儿。"景栖迟眯起眼睛,"不想看滚蛋。"

田驰明显一愣,接着伸出手直指他鼻尖:"嘴巴放干净。"

"我说,滚,蛋。"景栖迟一字一顿,他想拉起欢尔走,奈何一手一梨根本腾不出手来。于是干脆将一只咬在嘴里,腾出左手牵起欢尔的右手,拽着她快速离开是非之地。

走出一段实在忍不住要咳,他这才停下,放开她的手,梨一离嘴眼泪差点儿咳出来。

欢尔拍他胸口:"让你出头。"

"你说你买这破玩意儿,"景栖迟气急败坏地用两只梨夹住她脸,"碍不碍事,占不占地方。"

欢尔整张脸被夹得变形,放大招挠他痒痒:"疼!"

景栖迟止住,又将梨咬在嘴里,腾出一只手替她理理头发。

"搞不好有农药。"欢尔任他摆弄,看着人傻笑。

"吃都吃了。"景栖迟干脆咬一口,又润又甜。梨汁顺着嘴角淌下来,欢尔扬手替他擦擦。

"你记不记得我刚转学那会儿,"欢尔目不转睛地看着他,"有人说我和宋丛的闲话,当时也是你站出来。"她稍作停顿,又说:"栖迟,不管之前还是刚才,其实我自己都可以解决,你也不可能一直在我身边。"

景栖迟咽下嘴里的东西,喉结动了动:"为什么不能?"

欢尔愣住,一时没有理解这个问题。

他定定地看着她，低声重复："为什么不能？"

四目相对，陈欢尔败下阵来。她低下头："我现在……没办法考虑这个问题。"

她刚刚经历一场失恋，眼下不是对的时间。

景栖迟沉默。

欢尔重新抬起头："这个时候，不管我做出怎样的决定那都对你不公平，对我也是。"

不是那通欲言又止的电话，不是新生足球赛后各自胡乱的猜测，他们之间的第三次试探是一场堂堂正正的对话。一个人给出提议，另一人诚实作答，毫无躲闪，彼此了然。时间让他们学会正视内心，也在一个又一个发生结束的斡旋中加固着彼此之间的信任——此刻的你一定可以理解当下这个坦诚的我，对吧。

"那就等过了这个时候。"景栖迟靠近她耳边，声音有些沙哑，"等你有答案的时候。"

国庆假期的第二天，宋丛与祁琪来了，两人各背个背包，颇有来穷游的架势。景栖迟最近在准备创业大赛，他是主力走不开，抵达当日便由欢尔做东宴请远道而来的客人们。

吃饭时倒还开心，他们说起这一趟的游玩行程，约好挑一日去逛逛校园，欢尔介绍了几家觉得不错的餐厅和咖啡馆。两人奔波一整天都显露出疲态，八点不到饭局结束，欢尔见宋丛订的民宿就在附近，于是提议送他们过去再回学校。

三人提前抵达住宿地，说说笑笑等上一会儿房东还没到，宋丛打电话过去，那头先是抱歉然后告知路上堵车要迟到一阵子。过二十分钟再打，对方说已经到十字路口快了快了。这一等又是一刻钟，第三通电话里房东说在停车马上到。

此时祁琪的不悦已经全写在脸上，她低声抱怨一句："我早就说订酒店。"

民宿需要交接钥匙，等不来房东进不去门。

"再等等吧。"宋丛没有说更多。

"我们过来也是。"祁琪同欢尔耳语，"飞机直飞又快又方便，他非要坐高铁，这一路又是孩子哭又是有人吵架，好几个小时一点儿没睡成。"

欢尔赶忙打圆场："黄金周嘛，你们能买到高铁票就不错了。我跟栖迟之前回家还坐过硬座，屁股都散架了。"

"机票也能买到啊……"

祁琪正说着，一个穿运动服的年轻男子一路小跑而来，还没到跟前就开始致歉："哥们儿真对不住，路上堵车，我绕一程又赶上事故封路，实在抱歉。"

未等宋丛开口，祁琪忙催人："快走吧，太累了。"

"好好。"房东见住客是一对儿，一边带路一边说道，"我回头送你们两张电影票，当赔礼了。"

小区虽有些年份了但环境还算雅致，从入口走五分钟抵达目标单元，民宿在七层。一室一厅，房子不大但显然重装过，家具装饰物皆崭新。房东简单介绍一番家电使用说明及退住流程便离开了，临走前又一番鞠躬致歉。

祁琪戴隐形眼镜，一天下来眼睛干涩无比，与二人打个招呼进到洗手间。这番等待谁都看得出她心情欠佳，宋丛放下背包朝欢尔苦涩一笑："行了，我送你下去吧。"

"不用，我地盘。"欢尔朝他挥挥手，"走啦，回头电话。"

这时洗手间传来声音："宋丛你快过来，你看这都什么啊。"

"怎么了？"宋丛说着就往里边走，欢尔迟疑一下跟上去。

"你看这洗发水沐浴露，都什么乱七八糟的。"祁琪站在洗手台前随手一指，"标签都手写的，谁敢用啊。"

那些盛满乳白液体的瓶瓶罐罐显然是分装瓶，上面用胶带贴着种类标签。

宋丛揉揉眉心："先凑合一晚，用不惯明天出去买吧。"

"我说坐飞机你非要订火车票，提议住酒店你不同意，我要带个行李箱你又坚持轻装上阵。"祁琪将憋屈了整晚的怒火一股脑儿撒出来，"等这么久连洗个澡都洗不舒服，如果这样有必要出来玩吗？"

"打住，"宋丛做个停止手势，"我现在去买，行吗？"

这番话在祁琪听来就是在说自己无理取闹，她一下提高音量："我在说你从来都没有考虑过我的意见！"

"我们可不可以先解决现在的问题。"宋丛压着一股火，"洗发水沐浴露，你还要什么？护发素？还有吗？"

"我要？"祁琪气急，一把打翻那些瓶子，"请问我的要求很高吗？"

玻璃分装瓶滚落在地，交织着乳液碎成一摊。

欢尔尴尬地站在门口，见两人越吵越凶忙从中调停："我去买吧，反正楼下就是商场。你俩都累一天了赶快休息，出来玩干吗闹别扭呀。"

祁琪双手抱胸，将头转到另一侧。

宋丛铁青着脸将欢尔往门外推："我跟你下去。"

欢尔回头看看沉默的祁琪，小声补一句："琪，我先走啦。"

"路上注意安全。"女生提醒一句，眼眶红红。

一直到楼下，宋丛都未发一言。

欢尔忍不住拱拱他："你俩这是怎么了？"

一瓶洗发水引发一场大吵，换谁旁观都一头雾水。作为两人多年的朋友，欢尔隐隐察觉到某些隐藏在他们之间的"雷点"，可她说不清那具体是些什么。

宋丛做了个深呼吸，欲言又止。

见他不愿说欢尔也不再追问，她转而劝慰："出来玩就开开心心的，各让一步，又不是什么两军交战生死攸关的大事。"

宋丛仍不说话，两人肩并肩走到小区外。

左边是商场，右边是地铁站。

欢尔正要左转，被宋丛拉住，他问："你应该了解我，对吧？"

欢尔点头。十四岁相识到现在，想都不用想的问题。

"你大概也……了解祁琪，对吧？"

欢尔稍稍犹豫，再次点头。

那些隐藏的误解早已不存在，只是分离太久，她不确定祁琪发生了多少自己看不到的变化。

宋丛像看出她心思，淡淡补一句："祁琪没什么变化。"

欢尔不解："怎么突然问这些?"

宋丛淡淡摇头，转换话题："刚刚听你跟房东讲方言，欢尔，你现在真成了这里人。"

保研消息一早就告知了，宋丛本就是八年制医科生，更久的分离已成定局。

欢尔笑说："最早是四水人，后来是天河人，现在又成了这里人，我这一生注定浮草飘零居无定所。"

宋丛这才显露出笑意，问："和学长一刀两断再无瓜葛了?"

"哪壶不开提哪壶。"欢尔白他一眼。

宋丛慢悠悠说道："断干净最好，我可听说你差点儿一蹶不振。"

"景栖迟这个大嘴巴。"

"你别嘟囔，向我汇报是他义务。"

欢尔皱眉："你俩之间有多少我不知道的灰色交易?"

"嗯，确实有点儿。"宋丛朝地铁站扬扬下巴，"快回去吧。"

"洗发水护发素沐浴露身体乳，再买一盒面膜。"欢尔嘱咐，"记住了?"

宋丛点头，笑着挥挥手。

是，他这脑袋什么记不住。

从商场出来，宋丛漫无目的地沿路向前走，他只是不愿立刻回去。

初次到访的城市连风都有些陌生，干燥温热地扑打在脸上。

他想到欢尔的问题——

你俩之间有多少我不知道的灰色交易？

确切来讲，是从景栖迟改志愿开始。

大考结束的那个夏天，宋丛认真考虑过表白，从交上最后一科试卷一直想到出成绩又想到填完志愿。还未想好，应该是某个阴雷阵阵的下午，景栖迟说："我改了志愿表，我必须得在陈欢尔身边。"

他们那会儿大概正在做"笔记联盟"的网站测试，总之景栖迟就在他面前这样平平淡淡说了一句。

其实这句话说完宋丛就懂了，一起上下学的那个姑娘，自己喜欢，景栖迟也喜欢。

可他还是问了句为什么。

"不为什么。陈欢尔守过我，换我守她一轮。"

这是景栖迟的回答。宋丛想自己懂了，可身在其中这家伙还未必懂。他的决定，他修改的那张志愿表关系到从今往后所有未知的命运，他是将认定的守护与这未知的命运画上等号。

宋丛当下做出选择，他选择让秘密留在心里。

他没有景栖迟勇敢，四年大学生活甚至关乎未来前途的学校说改就改；他也绝不会与他反目，母亲得以去后勤部全凭景妈上下联络，景家对他们有情有恩。

宋丛只是先于同龄人学会了用成人思维考虑问题，懂得什么能做什么不能做。

那时他告诉景栖迟，欢尔要受欺负我拿你是问。

再后来陈欢尔有了男朋友，很突然，田驰没有预兆就凭空出现了。宋丛不懂，自己这兄弟追到那么远，怎就半路被人截胡？某个假期两人喝酒，景栖迟喝得五迷三道说出心里话："我不确定她怎么想，所以我一直不敢。"

变尴尬怎么办？做不成朋友怎么办？从前的关系回不去怎么办？一条一条全是顾虑，宋丛理解，只因曾经的他也是如此。

那一步看似容易，实则是搭上了自己做一场豪赌。

坦白讲这算不上什么交易，只是宋丛在十八岁做出的一个选择。

正如此时此刻他站在绿灯前，祁琪打来电话，或者走，或者回去。

铃声响过四遍，宋丛接起，那头传来带着哭腔的声音："你去哪儿了？怎么还不回来？"

"回来了。"宋丛抬头看一眼绿灯，转身往回走。

欢尔刚出地铁口便接到景栖迟电话，他问："在哪儿？"

"在……"她一抬头看到他手握电话的背影，与此同时警笛声传来，急促的声音由远及近，接着一辆红色消防车飞驰着从视线里一闪而过。

景栖迟呆呆地站在原地，只有视线一直跟随那辆车到看不见的远处。

"栖迟。"欢尔对着电话叫一声。

没有应答，他背对她，手机就在耳边。

欢尔收起电话走过去，从后面拍拍他的肩膀："栖迟。"

"嗯？哦，你到了。"景栖迟这才按下挂断键，有些迷茫地朝四周看看，"从哪个口出来的？刚到吗？今天这里好多人我还在找呢……"

从前他有心事会大肆沉默，怎么问怎么逗都是一脸恹恹；现在不知怎的竟反过来，好像要说很多无关紧要的话才能填满身体里那个窟窿。

伪装莫名其妙变成了人生必修课。

可是景栖迟，在我面前明明没有必要啊。欢尔只是看着他，心就蓦地疼了一下。

她不由自主踮起脚，就像环抱住一只巨大的玩具熊那般轻轻抱住面前的人："好啦，不要想了。"

即便她知道景栖迟不可能不想，无论过去多久，他会一直一直想。

想那一天，想那个人。

景栖迟的下巴蹭到她脖颈，胡楂有点儿扎人。可她分担不了他的悲伤，修补不了他的记忆，弥补不了他的遗憾，这个拥抱是此时此刻她唯一可以给他的东西。欢尔揉揉他脑袋："景栖迟，你是不是又长个儿了。"

她放开手，朝他笑了笑。

"可能吧。"景栖迟牵牵嘴角，神色中却有掩饰不住的黯然："今年回不去了。"

"景叔宽宏大量才不会记恨你。"欢尔歪歪脑袋,"也奇怪哎,爸妈都肚里能撑船,你说你这有仇必报的毛病随了谁?"

球场上最明显,人家绊他一脚他恨不得追满全场铲回来。

"我哪有。"男生嘴硬,双手插兜向前开路,"把他们安置好了?"

欢尔想到这出一个头两个大:"别提了。刚到住的地方就大吵一通,也不知道和好没。"

"因为什么?"

"因为……"她摇头,"我也说不清。"

"怪不得老宋奇奇怪怪的。"景栖迟皱眉,"他刚才给我发消息说你出发了,还约明晚一起吃饭。你我他,没有祁琪。"

欢尔一激灵:"不会是鸿门宴吧!"

"回去学学语文吧,还研究生。"景栖迟点她脑门儿,"祁琪请咱俩才叫鸿门宴。"

欢尔"切"一声,静静走上一段又问:"你没有考研打算?"

大学的最后一年,身边学习的人突然多了起来,仿佛这时大家才后知后觉地找到了未来方向。

"没有。"答话干脆利落。

"那之后什么计划?"

景栖迟反问:"你有什么计划?"

欢尔白他一眼:"我又不着急想。"

他这下倒笑了:"那光我着急有什么用。"

真真假假,欢尔分不清这家伙是没心没肺还是暧昧高手。

她决定不理他。

"你的计划对我……"景栖迟话说一半，看她。

欢尔的眼神里有什么呢？

好像，似乎，或许有那么一点儿期待。

既然如此——

景栖迟摸摸鼻子，话锋一转："有很大的参考价值。"

欢尔别过头，"哼"了一声。

失落吗陈欢尔？景栖迟瞄着她抿抿嘴，失落就对了。

熄灯前半小时，欢尔意外地接到田驰的信息："有东西给你，我在楼下等。"

电影院之后第一次联系。

她盯着消息看上一会儿，而后抓起椅背上的外套穿在身上，没有照镜子直接下楼。

赴约是因心态已调整好，不会哭不会打人，符合与前任的见面标准。

女生宿舍楼下老地方，田驰独自前来。如同过去很多个他送她回来两人依依惜别的夜晚，田驰扬起手的同时笑了笑。

欢尔一言不发走过去，脸上没有任何表情。

绝非故意，这一天下来足够疲惫，在不相干的人面前她懒得再去做表情管理。

田驰递上一本《神经心理学》，语气在欢尔听来有些讨好："这本书应该还给你。我听说了，恭喜你保研。"

就像还未拿到压岁钱的孩童，规规矩矩极尽礼貌，事实上大人不会因为表现好就多给，亦不会因为吵闹就少给。孩童不懂既定事实，总以为态度会影响决断。

欢尔接过，等他往下说。

她只是觉得，一句"对不起"构不成整件事的说明。

正值归寝时间，院里认识的女生路过朝这边看，欢尔挤出笑脸朝她们挥挥手。

分手没必要大张旗鼓贴告示，此情此景大概被当成了情侣缠绵。

田驰停顿一刻："你留校，以后免不了……"

欢尔未听完转身就走。

他根本不想解释，直至今天，陈欢尔只想要句实话的今天，他也未曾想过解释。

"欢尔。"田驰追上来挡在前面，站定后却又开始沉默。

她眯起眼睛打量他："以后免不了见面是吧，然后呢?"

"我没有别的意思。"田驰伸手想要拉她，胳膊抬起又缓缓落下。

"我也没有别的意思。"欢尔将外套紧了紧，顺势成抱胸姿态，"只是一个请求。"

田驰看着她："你说。"

"请你，请你们以后见我躲开走。"欢尔迎上他的目光，声音没有半分波澜，"因为看着恶心。"

话说完她绕开他直接上楼。

书是新的，那塑封包装像在极力证明自己的存在价值——我代表各不相欠。

回到宿舍欢尔直接将东西扔进抽屉，书本无辜，哪怕捐赠也算造福大众。

她脱下外套，去卫生间洗漱。

正刷牙的工夫，外面传来黄璐的骂声："田驰这孙子。"

欢尔举着牙刷出去，正在床上慵懒敷面膜的黄璐一蹬腿坐起来，手机递到她面前："你自己看。"

就在刚刚田驰发了一条文字朋友圈："很想陪你走完全程，现在却只能说祝你幸福。"

黄璐扯下面膜开骂："我算是知道什么叫'表里表气'了，他是被甩了还是和平分手啊就敢这么发？自己什么样心里没数吗？现在委屈巴巴开始全世界卖惨？我要晒渣男了啊陈欢尔。"

"别。"欢尔止住，手机放回床上，"别费那口舌，删了他吧。"

"你咽得下这口气？你俩合照他可都没删，卖什么深情人设。你看不出来他这给自己铺后路呢？"

怎么看不出。做出的行为只是为了将动机合理化，田驰的动机就差写在脸上了。

"我不想再跟他有瓜葛。"

大闹一场免不得要带出一个被插足、被同情、被指指点点的前女友，陈欢尔不愿站上风口浪尖任人评说。

黄璐将手机一甩躺倒在床:"憋气。"

欢尔继续回卫生间洗漱,出来第一件事是清除掉所有关于那人的联系方式。

曾经相看两不厌海誓又山盟的情侣,一朝分开便形同陌路老死不相往来。

因为分得不愉快,太惨烈,毫无留恋。

她不是个例,只是恰好赶上一场这样的终结。

隔日宋丛没有出现,下午发来消息说自己有些感冒浑身无力,饭局于是被顺延到第三日。

学校门口最火爆的大盘鸡店,欢尔左等右等受尽老板催促和排队大军白眼,景栖迟与宋丛才姗姗来迟。要命的是,她刚欲畅谈等人的艰辛,景栖迟竟与正排队的几个女生聊了起来,姑娘们哪还有刚才的抱怨劲儿,眉飞色舞亲热交谈的样子惹得欢尔头皮发麻。

"花蝴蝶。"陈欢尔撇嘴嘟囔一句。

宋丛笑道:"他熬了俩通宵都快被项目逼疯了,让他尽情飞会儿。"

"你们怎么碰一起了?"

"就碰上了呗。"宋丛一语带过,因为感冒鼻音嗡嗡的。

欢尔招呼服务生要一杯热水,又问:"琪呢?"

未等宋丛回答,景栖迟说着"饿死了",大咧咧坐到两人中间,拿起筷子开始大快朵颐。头发乱糟糟扑在头皮上,因为熬夜双眼生出许多红血丝，衣服更不知几日没换，近身一股烟味，后脖颈露出里面 T 恤标签。欢尔上手拽那标签："你是正面穿脏了翻过来穿？"

当事人半转过头瞧一眼，从塞满饭的嘴巴里挤出三个字："没注意。"

欢尔与宋丛说起专业上的事，医药学科有交叉，宋丛又在最高学府，吸纳的尽是前沿理论和最新观点，从毕业论文到研究课题，两人聊得不亦乐乎。欢尔羡慕他，也知道自己永远不会成为他。努力决定高度，天赋则会突破高度。曾经这份天赋的表现是功课好成绩优，现在则化为宽广的眼界、发散的思维和卓越的抱负。他热爱医学，纯粹而执着，无论做研究还是去一线，他注定不凡。

被形容为温室花朵顺风顺水长大的"九零"一代终也都成长为大好青年，他们即将被推入社会洪流，磨刀霍霍，梦想灼灼。

景栖迟最先放下碗筷，嘴里嚼着东西一边看手机一边往外跑："我先走了，你俩结账吧。"

难得一见，吊儿郎当的人也开始专心做事。

欢尔叹气，捡起被匆匆离开的人碰到地上的筷子说："他到底在做什么？"

"具体我也不清楚。"宋丛摇头，"好像是人工智能在医疗上的应用，白天问我一堆病理图像、病灶检测的问题，这项目有不少跨学科的东西，挺难的。"

人长大了，心还在家属院那方小小天地，到底谁也没离开这个大圈子。

两人正吃着饭，刚走的人又折回来，身边跟着脸色难看到极点的另一个人。

景栖迟略微尴尬地敲敲桌子："那什么，祁琪来了。"

欢尔与宋丛一个回头一个抬头，紧接着两人同时站起来。

欢尔起身只因敏锐地察觉到祁琪表情并不好，而宋丛脸上呈现的是实打实的疑惑："你怎么来了？不是说好结束我去接你？"

祁琪眼光轻扫过餐桌："吃完了吗？"

宋丛欲开口被欢尔抢先一步打断："吃完了。你们出去吧，我结账。"

"别，我来。"景栖迟虽这样说，却推着欢尔一起走向收银台。

祁琪不再说话，扭头就走，宋丛与伙伴们交换一个眼神快步追上。

待他们出了餐厅，景栖迟深吸一口气："好像情况不妙。"

"废话。"欢尔不知前因后果，压低声音问他，"你叫琪来的？"

"怎么可能，八百年没联系过。"景栖迟头也不抬地结账。

也对，高三那年他只顾读书几乎与所有人断交，毕业后分隔两地，假期才难得聚一次，加之宋丛与祁琪确定关系，景栖迟避嫌都来不及。

他接着问道："咱们仨吃饭，还有谁知道？"

"璐儿，杜漫……"

"杜漫?"

欢尔点头："我俩正好今天聊天嘛，我就随口说一句晚上咱们一起吃大盘鸡。"

"破案了。"景栖迟收起钱包，"走吧，是祸躲不过。"

餐厅出去连接学校出入口之一，这一侧超市、美甲店和各类美食店应有尽有，常年学生络绎不绝，对面一墙之隔则对着学校附小，只留一条步行通道，此时宋丛正与祁琪在马路对面相对而站，欢尔和景栖迟还未过去便听到一阵不大不小的争吵声。

"要不是朋友家亲戚想考首医大我联系杜漫，我都不知道你在这儿。"祁琪压着一股火看向面前的人，"人家还以为我们在一起吃饭，多可笑，现在需要向别人打探才知道我男朋友在什么地方、在做什么，对吗宋丛?"

欢尔走近想要解释，被景栖迟一把拉住，他默不作声摇摇头。

"回去再说。"宋丛揉揉眉心，语气软下来，"回去说好不好?"

"我和朋友有局，你说身体不舒服不想去，可以。"祁琪全然没有退让打算，问题接连而出，"可你自己跑来这里吃饭? 再说你和他俩吃饭有什么不能告诉我的? 我是外人吗? 你们三个的圈子容不下别人是吗?"

"我和你说过了，你们又要喝酒又要唱歌我觉得吵才不想去。"宋丛不觉有些愠怒，"没有谁把你当外人，我就是过来了找他们一起吃个饭而已，就这样。"

"为什么不告诉我?"

"有必要……我们之间有必要每时每刻向对方汇报吗?"

祁琪眼圈红了:"你觉得我在监视你? 我让你有负担?"

"我不是那个意思。"宋丛双手按住她肩膀,"冷静一点儿,我们回去说好不好?"

"我朋友问我为什么你都来了却不出现,宋丛我很想把你介绍给他们,可你呢? 你的生活里有我吗? 你想要融进我的生活吗?"祁琪的眼泪落下来,可她全然没有心思理会,她执着地问着那个问题,"你想吗?"

归校路过的学生们纷纷侧目,大家经过时不约而同绕开一段距离,宋丛见状挪一步挡到祁琪外侧隔绝住那些目光,与此同时暗暗叹一口气。

欢尔欲动,再次被景栖迟拉住,他拽着她的手腕往校园里走:"别掺和了,他们又不是五岁小孩儿。"

欢尔倒退着走几步转过身问:"他俩到底怎么了?"

出来三天,大吵两次,这绝不是正常情侣的状态。

"老宋说……"景栖迟顿了顿,"他达不到祁琪的要求。"

"要求?"

"各种各样的。"景栖迟看看她,"你应该知道,祁琪……她不是我们这样长大的。"

欢尔忽然想到那年去参加生日会的情景,祁琪的家有上下两层,光客厅就比得上家属院一间屋的面积。房顶很高,水晶灯闪闪发亮,墙壁上尽是裱框的书法字画,尽管她看了印章署名也不知创作者究竟为何方神圣。被祁琪称作"阿姨"的人很少说话却一直在忙，时而洗水果时而做饭时而收拾他们制造的遍地垃圾，只是那时的陈欢尔还不够成熟，她知道"阿姨"对祁琪家来说是一份职业，可却未能参透这份职业背后透露出怎样的物质甚至阶级差异。

时至今日，景栖迟的话让她蓦然明了，机票也好，酒店也好，贴着手写标签纸的洗发水分装瓶也好，对家属院长大的孩子无足轻重的事对祁琪来说或许真的是人生第一次经历。

更或许如此种种造就了祁琪的陪伴型人格——某一方面的丰裕引发另一方面的短缺，祁琪需要陪伴，也甘愿陪伴对方，欢尔还记得那几年连体婴般的日子，连上厕所她都要挽着自己的胳膊。

"是，我知道。"欢尔回头望一眼，争吵的情侣已不见踪影。

少年时代穿一样的校服去同一个食堂写一样的作业，太多太多的一样让他们意识不到彼此之间天差地别的成长环境所造就的那些"不一样"，就像祁琪总会先拐一个路口回家——因为她的家在市中心房价最高的别墅区啊，十五六岁的少年们哪会注意到这些。

"所以，"景栖迟自言自语，"宋丛怎么可能不清楚。"

毋庸置疑，宋丛本就是他们当中最聪明的那个。

欢尔轻轻"唉"一声。

她想想又问："咱俩能做点儿什么吗？"

作为宋丛最好的朋友。

"郝姨出事那年，"景栖迟摸摸脖子，"咱们怎么做的?"

那时是大人们之间的纷争，轮不到他们，他们也没有能力去提供帮助，只在宋丛转学后某一日三人聚在基地，欢尔言辞恳切地告诉伙伴"如果有什么是我们可以做的，一定一定要说出来"。景栖迟补充，"我俩没说笑"。只有这些而已，因为不知道可以做些什么，只能等对方提出请求进而全力以赴。

欢尔一下懂了他的意思，只是想到这些忽而冒出一股没来由的难过："栖迟，我真心希望宋丛好好的。"

景栖迟揉揉她脑袋："我也一样啊。"

他们不是在维系友情，一起长大的情谊根本用不着费尽心力维护，即便相隔千里，即便山高路远，即便年轮更迭每个人都在变化，有些存放在内心深处的情感却历久弥新生生不息。

多幸运，我这一生遇到你，你们。

陈欢尔在一个月后才知道田驰曾遭遇暴力威胁。

她以过来人身份去社团做赛前指导，休息间隙和新生们聊到为什么参加武术社，医学院两名男生嘻嘻哈哈道："为了反击啊，免得和田驰学长一样莫名其妙被揍一顿只能认栽。"

她问清经过：一个月前，二食堂旁边小路，两名戴口罩的男生出手，后来田驰被认识的学姐送去校医院。保卫科没找到人，因为不知怎么，监控那个时间段恰好黑屏。

哪有那么多恰好。

欢尔压着火去找黄璐，就在她与宋丛景栖迟吃饭那天黄璐很晚回宿舍，中间还接了导员电话，关键词就是"田驰""二食堂""校医院"。

黄璐当时给出的论断是，多行不义必自毙。

太天真了，世上若有那么多恶有恶报，何来仇恨犯罪率高居不下。

黄璐倒不遮掩，痛快承认："我约的田驰，你小伙伴出的手，根本没怎么样。就让他删了关于你的朋友圈，再瞎说全网见呗。监控被景栖迟黑了，查不到。我还天降仙女好心好意送他去医院了呢，多精湛的排布。"

欢尔气得直跺脚："再怎么样也不能打人啊，你们不想毕业了!"

万一被查到记处分，宋丛属外校人士另当别论，本校这俩闯祸精就彻底完了。

"那孙子就气头上才敢找保安，你看他事后还敢追究？真想全校知道他那些烂事啊。"

"你们竟然打人，你们……"

"打人这事你熟啊。"黄璐满不在乎，笑得花枝乱颤。

欢尔狠狠瞪她一眼。大二时有次和外校联谊，黄璐中途打来电话说有个男生动手动脚眼神不对。待欢尔赶到 KTV 接人，那男生正尾随黄璐出来，黄璐一个不留神被他拽住就要强吻。陈欢尔火冒三丈，偶像剧看多了把犯罪行为当霸道总裁的华丽出场，当下脱了外套罩住他眼睛，拉进男厕所一顿胖揍。据说对方后来清醒过来发觉自己在男厕，处处宣扬黄璐名花有强主护，也再未找来。

揍人这事儿陈欢尔确实熟，可特殊场合另当别论，以暴制暴一点儿不高级。

"行了。"黄璐恢复正色，"你看不得别人找我麻烦，我更忍不了渣男骑你头上作威作福。这事从牵头到实践都是我的主意，你可别找小景。"

"不说我倒忘了。"陈欢尔握紧拳头，直奔计算机院。

打听到景栖迟的位置并不困难，对于女生来找这件事路人见怪不怪，在欢尔看来那眼神明明带着"哎哟又一个送上门"的唏嘘同情。实验室最后一排靠窗，六个男生对着四台屏幕正在激烈讨论。景栖迟站在中间，还是那件衣服，还是那个乱蓬蓬的脑袋，圆框眼镜卡到鼻梁，说着她根本听不懂的词汇。他什么时候近视的？欢尔站在门口满脑子都是这个问题，好像从未见他戴过眼镜。

也是，同校多年几乎没踏进过计算机学院，他在这里发生什么她一概不知。

像夜间电视机信号，本以为连续剧会一直播放，可下一秒人物故事通通消失，取而代之的是一段画面静止的空白期。

她和景栖迟之间，出现了空白期。

"找你的。"有男生看到欢尔，毫无意外地拍拍景栖迟肩膀。

他这才抬起头，准确地说因为眼镜角度他的姿势近似鼻孔朝天的仰头，看清人后呆滞地问一句："你怎么来了？"

那状态，完全没从屏幕中跳出来。

"吃饭。"欢尔答一句。

坐在屏幕前的邱阳此时一边敲字一边赶人:"你去吧,回来给我们带一口。什么都行。"

"这块儿不对。"景栖迟没有要离开的意思,手指着屏幕发表见解。

"滚蛋。哥要饿死了。"邱阳飞快地敲打键盘,突然手下停住看向门口,视线相交欢尔说声"嗨"。

她见过邱阳两次或三次,陈欢尔自认公平公正绝无院系鄙视链,可邱阳的打扮明明就写着艺术院,再不济也是新传院,远观近看都不是计院的糙老爷们儿。

"哦,嗨。"邱阳眼睛和声音都颇为呆滞,抬头与她打招呼更近似一种条件反射,人仍然浮游在密集的数据海洋里。

那张脸哪还有精心护理的痕迹,归功于傍晚仍火热发散能量的太阳,欢尔清晰地捕捉到几粒硕大的粉刺。

景栖迟又看一会儿屏幕,这才推推眼镜慢悠悠走过来:"你带钱没?"

欢尔作答:"有。"

"小景什么时候开始吃软饭了。"站着的一名男生坐到另一台电脑跟前,笑嘻嘻开玩笑。

"得了吧,我养她还差不多。"景栖迟说着走到门口,大步开路:"走。"

气氛明明是轻松的,可欢尔却备觉压抑。难得邂逅的邱阳也好,全程没有说话像是要扎进显示器的另一名男生也好,包括今天衣服没穿反却明显穿倒了的景栖迟——正面图案去到后背而脖颈紧紧卡在喉结下，这间屋里的人从眼神到动作无一不专注，她能感受到那股紧绷的状态，仿佛箭在弦上一触即发。

楼道外欢尔停下，拖拖他衣角："几岁了衣服都不会穿。"

"嗯？"景栖迟皱眉低头看看，这才后知后觉"啊"一声。

他摘下眼镜递给欢尔，就地开始脱衣服。衣服撩起露出大半截腰，长期运动的人腰腹肌肉条条分明，欢尔瞄一眼快速扭过头，想想又转回来上手拽住他里面的Ｔ恤盖住肉，嘴里嘟囔一句："你最近是有多忙。"

楼道里有相熟同学经过打招呼："小景你们项目做完了？"

"快了。"景栖迟双臂伸进袖子里，顺势把衣服往头上一套，"不快也不行，月底就提交了。"

"我可听说对面跟你们有点儿撞题。"

对面自然是指几街区相隔的竞争院校。

你说我呆我说你浪，两校相爱相杀的情史——哦不，竞争史——足以写个大部头。

"撞呗。"景栖迟哼一声，"没在怕的。"

"可以啊，加油。"打招呼的男生这才看到欢尔，嬉笑着挑挑眉，"怪不得又约会去。"

景栖迟笑："我被约。"

欢尔正替他拉平潦草卷着的衣服后摆，听得这等屁话手直接伸进去，狠狠掐下他腰肉。

"哎！"景栖迟不由扭动一下，这一回头正对上欢尔极其不友好的一张脸，女生二话不说抬步就走。

奈何他这位看热闹不嫌事大的同学还在说笑："这姑娘哪个院的？以前没见过啊……"

"坏菜。"景栖迟匆匆留下一句，快步追上去。

打招呼的男生不觉有点儿蒙——计院当红大宝贝小景啥时候对女孩儿这么上心过？经过实验室门口他探进头问："邱阳，刚那姑娘你认识吗？"

邱阳正薅着头发想方案，以十倍慢速抬起脑袋："哪个？"

"景栖迟。"

"哦，从良了。"邱阳再次将视线缓缓挪回屏幕，盯住那行怎么写怎么错的代码，搓搓手指自我安慰："不急不急，啥事都有希望。"

出了学院大楼景栖迟凑到欢尔身边说："他们说着玩儿的，不是，我说着玩儿的。"

"别把我算进你那约会名单里。"欢尔斜他一眼，"人多，挤。"

这反应倒让景栖迟放下心来，他甚至有一丝隐秘的窃喜。

感情是世间最微妙的存在，他们看似在原路返回——重新介入彼此生活，成为对方最依赖、最信任的存在，可又必须掺杂进一些别的什么才能让这份情感不那么"纯粹"。落差感、醋意、嫉妒都是杂质，或许陈欢尔现在还意识不到，可每日与化学分子打交道的人对杂质最为敏感，总有一天她会明白。

"人是有点儿多。"景栖迟看着她笑，"但竞争力一般。"

若非走投无路，他也不会兵行险招——杂质剂量需严格把控，多一点儿少一点儿结果大相径庭。

追女孩儿景栖迟着实无经验，可追陈欢尔他无师自通。

手机振动，景栖迟看到号码说句"我导师"，朝欢尔点下头，而后转过身接起。欢尔等在一旁，听到他说"现在主要还是模型训练，邱阳带他们在做优化""计划书模板用的是去年我们参赛那份，主要改动是环境分析和市场定位""好，那我一会儿把初版路演资料给您发过去"，他低着头，右脚一下一下有节奏蹭着路面——紧张、压力大、有心事时特有的小动作。大概是右膝盖动过手术之后形成的习惯，既像康复训练残留在身体里的反射，又似乎只有这样才能让自己缓和下来。

欢尔望着他，来时的气愤也好，预备好的质问也罢，这一刻全都变得无关紧要了。

放下电话，景栖迟靠近："说吧，找我到底什么事？"

"吃饭。"

男生眯眼看她："算了，我想想吧。"

校外川菜馆，两人二菜，顺便点好打包餐食。他手机一直进消息，扒两口饭看一眼，有时迅速敲几字回过去，有时盯着屏幕看半晌，再犹犹豫豫回复一条，吃饭变成机械运动，眼神发直，沉默不语，欢尔甚至觉得他都不知道自己在吃什么。这状态比之高三追成绩那时有过之而无不及，他一直在打破自己的极限。

多幸运，没走上自暴自弃那条路，按时长大成为这样的青年。

趁手机安静的工夫，欢尔忍不住问道："你这个项目到底是什么啊？"

虽然宋丛提过，可那远远超出了她的理解范畴。

"简单来说是一个人工智能平台。"景栖迟放下电话，"你去过放射科吧？放疗无非就是拍 CT，三百张四百张，然后医生一张张看，再去标记瘤体位置。万一放疗射线靶向位置或者穿透路径有偏差，就会伤害正常器官，所以画靶这事儿耗时又耗精力。"

"嗯。"欢尔点头，三院放射科主任叫什么她忘了，可她记得是个头顶地中海的严肃小老头儿，吃饭超级快。

"你是不是想到刘主任了？"景栖迟将额前头发撩上去模仿刘主任的样貌，"老刘头儿。"

"哈，对。"欢尔笑起来。

"所以平台的作用就是代替人工去做靶区勾画，把刘主任他们解放出来。"景栖迟双手比划，"集成大量拍过的影像和数据做成库，当然延展的话应该把医生经验也引进融到这个数据库里，之后基于算法输出……"见欢尔露出不解，景栖迟转变说法，"这样讲吧，以后把 CT 导入就能自动勾划出靶区，省时省力，我们做的就是这样一个平台搭建。"

欢尔懂了，尽管景栖迟跳过最难亦是术业专攻的部分，可这一刻坐在这里的她不但懂了他的项目，更懂了项目背后他那炽热滚烫的理想。

还能是什么呢？从小看着那些人查房、手术、坐诊，有的熬白了头发，有的落下一身病，有的错过父母、子女人生中很多重要时刻。你问他们累吗？是人都会累，可累倒了、累趴下心里还是惦记那个要出手术方案的患者，景栖迟要做的，他所期望的，无非就是让这些人少累一点儿。

家属院出来的孩子变成有用的大人，这就是他们的理想。

"挺难的，对吧？"其实欢尔知道一定很难。

她忽然发现他越来越像宋丛，讲话条理清晰，行事妥当稳重，一朝认准目标便会全力以赴。

"难。"景栖迟没有否认，"未知的事儿，未来的事儿，哪个不难。"

不，不是。宋丛向来只做有把握的事，他有一条自己设下的界限，越界、越线从不会出现在他的人生里；而景栖迟是站在旷野中找方向，在河流里摸石头，万象与华彩皆为路上风景，他就是要生生踏出一条路。

回校路上，景栖迟悠然开口："如果你是为田驰那事儿来，是我干的。"

这是他能想到的唯一会让陈欢尔找上门的理由。

欢尔早无质问之意，淡淡回一句："你们多幼稚啊，要打人我不会自己去？"

景栖迟扯扯嘴角："还能怎么办？我黑了校园网把他挂出来等着你被'人肉'？"

欢尔无奈，刚往前迈一步被揪住卫衣帽子拽回来。景栖迟指指交通灯："你知道红绿灯差别吗？"

欢尔翻白眼："二十多了被人考交规？"

"绿灯可以不走，可红灯必须要停。"他侧头看她，"到此为止。"

别再管那该死的前男友，别惋惜已经付出的真心，别沉浸于失败的恋情，别害怕迎接新的生活。

到此为止。

交通灯变化，两侧车流骤停。

"景栖迟，你戴眼镜还……"

"还什么？"

"还挺性感的。"

"滚蛋。"

"真的，像那种小白脸。"

"……"

"眼镜一摘，邪魅一笑，扑进富婆怀抱勇猛开炮。"

"……别说了。"

逝去的空白期没办法弥补，一如变心的爱人永远追不回。幸运的是我们手持画笔，赋予这一刻以及那望不到尽头的以后更丰富、更生动的可能。谁也不知下一片叶子何时降落，下一场雨何时到来，下一个恋人何时赶到，下一份爱情何时来敲门。给自己一些期待、一点儿希望、一幅愿景，这或许才是平凡人们最应该做的选择。

Chapter 15

副　本

从七月得知进入复赛到十一月公布获奖名单再至今日奖金正式拿到手，景栖迟的心情轨迹完整划过一条抛物线。而期末考试完全结束的现在，他的心情值彻底变成负数。

邱阳知道他在想什么，但能给出的却只有安慰："知足吧，证书奖杯都有了，钱也是白给，咱也算得偿所愿。"

"你知足？"景栖迟反问。

"我……"邱阳语塞，默默摇摇头。

怎么可能知足，代码是一行行敲出来的，模型是验算又验算搞出来的，数据是找完老师找院长又联系校医院跑了不知多少次才拿到的，熬过数不清的通宵，吃过市面上所有口味的桶装方便面，因为意见不合团队几人险些大打出手，负责商业计划的经管院队友退出又被劝回来，别人邱阳不知道，可他和景栖迟要的绝不是分到手的这几千块钱奖金。

他们想让项目落地，变成有骨有肉能真正被投入使用的产品。

即便邱阳心知肚明也愿意承认，他们目前拿出来的东西九牛一毛都够不上。

可铆足力气干只因认定创业大赛是个机会，是项目能被看到、这个点子能走进更多人视野的机会，然而事实真应了那句话——谁认真谁输。

等啊等啊，没等来任何后续，只是个比赛而已，比完万事大吉尘埃落定。

景栖迟这时问话："你为什么想做？"

邱阳沉默片刻，才说："你知道我最后悔的是什么吗？高中搞计算机竞赛，每天疯了似的编程做题，我受不住压力退出了。后悔，想起来就后悔，但凡那时候坚持一把，现在……至少现在不会跟你一个寝室住着。"

"确实。"景栖迟笑了笑。

"但后悔没用啊，屁用没有。"邱阳说下去，"所以我想做成一件事，从头到尾完完整整做成一件事。上下铺住着我也不怕你笑话，我总觉得自己能成，就像当初你提要把人工智能应用在医疗影像上，我一听就觉得这事有戏，我可以，非常确定。"

景栖迟闷头不语。

"栖迟我说真的，"邱阳拍拍他肩膀，"也许现在没有这样的大环境，往后十年，不，也许就三五年，这东西一定能大放异彩。人工智能取代不了人但一定能帮助人，你的思路绝对符合最前沿的潮流。"

"我没琢磨那么多,"景栖迟抿抿嘴,"我就想为身边人做点儿事,能力范围内让他们轻松一点儿。"

"殊途同归吧。"邱阳叹气。

目的不一致,可他们想做这件事的心愿绝无差别。

两人各自沉默一阵,邱阳再次开口:"我现在心里空落落的。"

"是。"景栖迟点头,一下又笑了,"春招见呗?"

因为做项目,他们完美错过了刚刚过去的秋招——邱阳倒是海投一堆也拿到了几个录取通知,可公司与岗位皆不是心仪之选。景栖迟更甚,面试一个没参加。

都说有得必有失,可这两位难兄难弟可谓竹篮打水一场空。

"可惜。"邱阳抚摸着面前厚厚一叠装订成册的项目计划书,打开抽屉将它们塞了进去。

毕业号角已经吹响,曾经幻想的未来近在咫尺,现实容不得任何人造次。

因欢尔已进入导师实验室帮忙,这年寒假两人晚了一周回家。

高铁票售罄,罕见的雨雪天致近期航班被频繁取消,再迟又将赶上春运大潮,欢尔于是自作主张买下两张软卧火车票。

类似这样的小事她现在不会再与景栖迟商量,一来她太知道什么在对方眼里重于泰山什么又不值一提,二来创业大赛的后续她已经听说,景栖迟虽明面上没表现出闷闷不乐,可心里一定烦闷得够呛。

　　车厢内共四张铺位。两人进去时下铺已来了一个中年男子，三十多岁的模样，黑色羊毛衫领口露出一截白衬衫，灰色西裤黑皮鞋，小桌板上放着一台笔记本电脑，声音外放，像是正在开一场视频会议。见他们进来，男子先是点点头，随后说道："不好意思，我忘记带耳机了，我这边马上结束。"

　　"没关系。"欢尔摆手，随后将随身包放置在另一侧下铺，用眼神示意景栖迟住自己上面。

　　景栖迟点头，先把两人行李箱塞到床位下面，又将双肩包扔上二层，这才挨着欢尔坐下来给她看手机消息——景妈在问几点到。

　　欢尔直接拿过他电话回复："明早六点。我俩打车回家，不用接。"消息发完又将电话递到他面前。

　　两人全程没有讲话，车厢内只有笔记本里传出的声音："总之目前实验室筹备情况就是这样，总部决策明年挂牌，基本板上钉钉。社交、游戏、内容、平台，你们几个队长一人领一块，在现有团队和人员的基础上给一份各自认领部分的具体执行方案。"

　　"好。"对面的男人对电脑说道，"我先下了，车里信号不好。具体明天见面说吧。"

　　合上屏幕，他再次道歉："不好意思。"

　　从会议内容到言行举止，欢尔和景栖迟都看出来了，这大哥妥妥一商业精英。

　　"真没事儿。"欢尔笑了笑，又问："您到哪儿?"

"哦，北京。你俩呢？"

"天河。"

"寒假回家吧？"男人与他们聊天，"哪个学校的？"

欢尔报出校名，对面人笑着称赞："高才生啊。"

男人顺势说起几年前去过他们学校的经历，老校门、广八路、山上的仙狐传说，谈话轻松愉快。

偶尔陈欢尔也能察觉到自己的变化——比如从前面对初见者她腼腆羞涩不善言辞，而今却能与火车上恰逢同路的陌生人侃侃而谈相谈甚欢。时间总是如此奇妙，它接连不断赋予着人们后知后觉的惊喜与感悟。

男人电话响，他看看屏幕起身，说："我儿子。麻烦你们帮我看下东西。"

欢尔答好。

待人出去关好门才碰碰景栖迟说："这大哥真讲究。"

景栖迟正懒懒靠在车厢板上看招聘广告，头也不抬说道："没准儿人家不想暴露隐私。"

倒也是。欢尔早就注意到他床上放着的行李包，和富二代邱里的小挎包一样的商标。

景栖迟直起身："饿不饿？我去买点儿饭？"

欢尔看一眼时间站起来："我去吧。我想顺便买点儿零食。"

"那行。"景栖迟头一歪倒在她铺位上，"你别买凉的，吃了又胃疼。"

欢尔刚走不久，车厢门再次被打开，这次进来的是一张生面孔。

景栖迟以为是对面上铺的乘客，未做多想，朝对方点点头。

可是很快他就察觉到不对劲儿了，那人一声不吭进来又不言不语离开，第二次进来时鬼鬼祟祟朝身后望，接着一手提起对面铺位上的行李包，一手去够电脑。

景栖迟心跳加速，他背对着那人拨出陈欢尔的电话，与此同时坐起来："哥，李哥说让你等等他，他这就回来。"

也许声音有点儿抖，也许没有，景栖迟不知道。

那人停下手里的动作，转过身目不转睛地盯着他。

是一个年轻男人，目测与自己同龄。

"您是李哥同事吧？"景栖迟故作镇定，电话那头陈欢尔"喂"了一声。

他将手机举到耳边，只用余光瞄着车厢里的动静，说："哦，帮我带个'one on one'。"

那人没有走，也许在观察，也许在想对策。

景栖迟拿开电话说："李哥说人来了等一下，他要跟你说实验室方案。"

根本没有什么李哥。

他只想拖住对方，他想陈欢尔一定明白那句暗语。

时间仿若静止。

"是的，谢谢。"那人说出自进门以来的第一句话。

听不出口音，听不出情绪。

景栖迟看到他将电脑装进手提包。

不能再说话了，心已经提到嗓子眼儿，多说一句就会暴露。

怎么办？

行动快过脑子，景栖迟快他一步堵住门口，锁死车厢门。

前面的假装功亏一篑，他知道自己暴露了。

那人看着他，眼神变得凶狠："让开。"

几乎同时，外面传来欢尔的声音："买好了，one on one。"

有什么在眼前一闪而过，景栖迟扭开门锁重重跌落到一旁，两名乘警冲进来制住犯罪分子，地上躺着一把刀尖正对着自己的弹簧刀。

呵，结束了。

欢尔面色苍白地将他从地上拉起来，又是揉脸又是拉胳膊："伤到没有？"

"没。"景栖迟还在虚惊中，看着那人被乘警押送出门，这才深吸一口气。

住同一车厢的大哥匆匆赶来，见状满脸诧异问道："怎么回事？"

"您是？"另一名乘警问他道。

"这是我的东西。"大哥拍拍口袋掏出车票和身份证，"下铺。"

乘警检查过证件递还给他，接着指指欢尔："我们巡查时碰到这小姑娘，她说你们车厢肯定出事了。现在看……"乘警扫过被扔在地上的行李包，"应该是您行李遭到抢劫，这两位学生见义勇为。"

过道上尽是围观乘客，乘警高声呼喊："大家都回去吧，一定注意看好自己的随身物品。"说罢拍拍景栖迟肩膀说："小伙子不错，有勇有谋。你先休息休息，一会儿我们同事过来跟你做个笔录。这帮小偷强盗，一到过年就急得跳脚。"

车厢里重归安静，欢尔不放心地上上下下打量了当事人一番，忽地"哎呀"一声。

景栖迟被她的声音吓一激灵，睁大眼睛问她："咋啦？"

"你受伤了！"

"啊？"他没有任何痛感，看完膝盖看腹部，又看看两侧胳膊，最后摸摸自己的脸，"哪儿？"

欢尔点他额头："这儿有个包。"

是，跌倒瞬间似乎脑袋撞上了铺位爬梯。

"本来就缺根弦，"欢尔惨淡地摇摇头，"完了完了。"

对面铺位大哥送乘警归来，进门便是道谢："今天多亏你们。丢点儿钱也就算了，我那电脑里资料太多了，真丢了后果不堪设想。"

景栖迟笑笑："应该的。"

"我叫姜森。"对方伸出手。

他一把握住："景栖迟。"

"谁能想到撞上这样的事。"姜森坐回对面问话，"没受伤吧？"

欢尔笑嘻嘻揉景栖迟脑袋："我们家大帅哥破相了。"

"破相也是精神小伙儿。你们……"姜森笑着比画，"怎么知道的？"

"我俩有暗号。"欢尔与景栖迟对视一眼。

从未沟通过的一句暗语，高中时代形成的某种默契，"one on one"。

欢尔自听到就开始往回跑，没有犹豫亦没有深思熟虑，那更近似于一种直觉驱动——不会平白无故说这三个单词，景栖迟一定遇到麻烦了。

她的确幸运，中途遇到乘警，而他们毫无质疑就跟上了她，更用宝贵的经验在紧闭的门口示意——稳住，切勿打草惊蛇。

任何一个环节出错，都不是现在这般结局。

姜森瞧着他们感叹一句："真好。"

餐车关闭时间，三人拿出各自备好的"干粮"齐齐摊在小桌上，你一言我一语开启了这顿普通却又不普通的晚餐。欢尔刷着朋友圈问景栖迟："这什么意思？"

邱阳半小时前发布状态："Ctrl+Y。"

景栖迟嘴里鼓囊着："Python快捷键，选定行删除。"

姜森这时抬起头："你懂python？"

"嗯，"景栖迟不甚在意地答道，"我学计算机的。"

欢尔给邱阳点个赞，收起手机："护肤达人这意思是忘了创业大赛项目重新开始呗？"

"被伤得不轻。"景栖迟笑了笑。

说者无意听者有心，姜森搓搓手："能和我具体说说你们做的什么项目吗？"

得到一个机会通常是什么感觉?

梅花香自苦寒来,壮志凌云终有时,功夫不负有心人。

可对景栖迟来说只有一个字——快。

太快了,快到来不及反应,比超光速还要快。

毕竟这机会也不是靠"通常"拿到的。

在火车上结识一位大哥,意料之外帮到他一点儿小忙,机缘巧合下说起耿耿于怀的项目,然后对方问——"要不要来我们这儿看看?"

从那座窗明几净矗立在 CBD 的大楼里出来,景栖迟才后知后觉,自己刚刚参加完一场面试。

他什么都没准备,穿的是牛仔裤帆布鞋,兜里只有手机和百来块零钱,连到北京的车票都是早晨现买的。

姜森那句"看看"被他自动理解为也许有个什么散活儿可以趁假期做做赚点儿零花钱,甚至到了楼下他还缺根筋似的感叹一句——"这儿租一间挺贵的吧?"

一间?呵,半栋楼都是人家的。

姜森也不说,就带他转,先去展厅再到办公区,每张办公桌上至少一竖一横两面屏幕,有人穿西装,也有人短袖外面套件棉马甲,放眼望去机器比人多——当然机器人也算机器。

走廊尽头是休息区,这里坐着一个看上去比姜森大些的中年男人,面前摆着咖啡,见他们过来放下手机说:"小景是吧?你勇斗悍匪的事迹我们都听说了。"

拿一把弹簧刀去火车上偷电脑的……悍匪？

"逗你呢。"姜森在一旁笑，然后问，"喝什么？"

"水就行。"景栖迟当时想的是，自己是来接活儿的，别让人家破费。

他们开始与他聊天，几岁了家在哪儿怎么过来的……那架势就像抽中黄金大奖的幸运观众接受主持人采访，正经中又带一丝俏皮。而后话题转入他的学校、专业、做过的课题与项目，当然重点落在呕心沥血快半年的智能靶向专题上。他们问："你的数据图像甄选标准是什么？如何处理人为标注的差异性？""文本数据有没有做过反垃圾算法研究？""目前模型是基于什么考虑，实验结果如何？""系统构建上你自己觉得哪里可以改进？"所有问题，一个接一个全部击中痛点。

即便有指导老师，即便啃过记不清多少的外文文献，即便有本院、医学院乃至电信院师哥师姐答疑解惑，即便不吃不喝不睡每天扎在机房实验室，这也不是他、不是他们这支团队可以做成的事。

景栖迟比谁都知道。

"我……"他摇摇头，"我解答不了你们的问题。"

知识、智识、能力，这些通通加起来的上限也不足以让他解答出对方轻而易举抛出的任何一个问题。

一股巨大且不断膨胀的失落感油然而生。

"栖迟，"姜森拍拍他肩膀，"很正常。因为你想做或者说才开始接触的事儿，你可能还意识不到，这是一项技术，是新的产业，是人类需要去攻克的未知领域。"

"并且，"另一人这时说道，"我们也在做，当然进度肯定快多了。"

景栖迟蹙眉打量他们。

"可以吧？"姜森朝同事挑挑眉，"半路上捡的。"

"挺好，学历欠点儿火候。"那人笑起来，"进你组你自己去跟人事说。"

被人看不起学历，也算人生第一次了。

哦不，宋丛除外，他只能勉强算人。

姜森拍拍膝盖站起来说："正式认识一下，我老板，龚乃亮博士。"见景栖迟露出蒙样儿，不解气地按住他后脑勺，"叫龚博。"

"龚……龚博。"菜鸟傻里傻气学舌。

龚乃亮抄起手机："剩下的你们说吧，说完赶紧过来开会。"

"那什么，"姜森挠挠头，"该说的也都说了，回头简历给我一份，你这情况我还得跟人事打招呼。"

景栖迟一下缓过神："这里……什么地方？"

"门口标识没看见？"姜森撇撇嘴，"环岛的人工智能实验室。"

"环岛科技"，校招时队伍排最长的企方，薪资口碑俱佳的红火大厂。

景栖迟还有问题："我情况怎么了？"

"倒也不是大事，"姜森摆摆手，"琢磨让你进我这边医疗 AI 组，但这个组正式员工都得是硕博，你嘛……"

人家说得没错，被扔到这地方，学历的确欠点儿火候。

见对方要走，景栖迟赶忙提出最后一个问题："其实我还有个同学，是住我下铺的兄弟……"

姜森没有再开绿灯，用他自己的话说："例只能破一次，多了坏规矩。"但他的确是个高效的人——邱阳第二天给 HR 发简历，第三天跟母亲坐火车从东北老家赶来面试，娘儿俩故宫天坛长城玩儿上一圈，邱家妈妈自个儿走了，邱阳以实习生身份进入姜森下面的另一后台开发组。

此时的景栖迟已经开始进行入职培训，姜森，又或者说这份意外所得的工作机会没有留给他任何喘息时间，实验室里没有福字，看不到灯笼，品不出一丝年味儿，屏幕、键盘、数据、测算，这里像与世隔绝的一座孤岛，岛上的人们抱紧成团，只有走出去的理想一下一下闪着光。

那是光荣而炽热的理想。

来不及找房子，这几天一直住在公司旁边一所快捷酒店。邱阳本应年后入职，两人一合计趁年前得赶紧把安身之地搞定，便一起住下来操持租房的事。本应是年根儿底下最悠然自在的时候，他俩却早出晚归各自忙得似陀螺。其间景妈、欢尔、宋丛都打来过电话，全都说不上两句就挂断——培训资料还没研究透，同事交代的任务也尚未完成，景栖迟被压力与干劲儿双双顶着，他知道亲近的人们一定能理解。

腊月二十九，邱阳签好租房合同，晚上八点的火车回老家。

358

电脑还在跑程序，景栖迟只够时间将他送到酒店楼下。等车的工夫他问邱阳："我签了，你实习，委屈不？"

上下铺三年半，一起吃一起玩儿，连选修课几乎都重样，对邱阳他一向直来直去。

事实是，邱阳成绩比他好，又是系里出名的技术控，讲道理两人此时应该调换一下才是应该。

"委屈啊，工资差老大一截。"邱阳说完就笑了，"要不以后房租你多交点儿？"

"拉倒。"

"说真的，一点儿也不。"邱阳望着面前穿行的车流，又抬头环顾起这座磅礴的城市，"运气这东西真挺玄的。其实我运气挺好，错过校招还能靠你介绍白得一个面试机会，至于你……"他摸着下巴打量，"除了天上掉馅饼我真想不出别的。"

景栖迟"哼"一声说："哥们儿不差好吧。"

"你是不差，但也不到让人家破格录取的地步吧。"邱阳"啧啧"两声，"你扪心自问是不是祖坟冒青烟了？"

车到了，邱阳道句"年后见"，一步跨进去，景栖迟朝起步的车辆挥挥手。

是，就像随机匹配到一个副本，游戏"bug"，"boss"睡了，还未出手就已通关。

怎么搞的？

从楼下回房间这一路，景栖迟一直在琢磨这个问题，由今日往前推一直推到寒假回家那天，房门打开时他突然有了些眉目。

欢尔。

若不是她晚归一周，若不是她买了那节车厢的票，若不是她大大咧咧与人聊天，他们根本遇不到也绝不会认识姜森。而若不是她突然问起邱阳发的那条朋友圈，姜森更不会知道自己的专业以及心心念念的项目。

所有的巧合更像是陈欢尔在不自知的情况下分出了一部分运气到他身上，他变成了她的幸运共同体。

而欢尔一直以来的这运气加成，景栖迟想，或许真是欢尔拿命换来的。

她遭受过降生时那一通厄运，来势汹汹猛烈至极，一不小心世界上可能就没有陈欢尔这个人了。而她挺了过来，自此之后的一切都顺风顺水如履平地，陈欢尔变成了所有人眼里一直被眷顾的那个。

可除了她自己，没有人知道她是用怎样的顽强与坚韧，怎样一种执着的生命力去对抗那样的惨烈而无厘头的开始，她没有一刻停止过对抗。

还有很多事情要做，但此刻的景栖迟迫切想要听听她的声音。

只一句也好。

电话拨出去，那头很快接起："你到底回不回来？"

省却所有不必要的问候，语气甚至有点儿不耐烦。

可景栖迟——他知道自己从心底都在笑。

怎么可能不高兴，陈欢尔在盼着他回家呢。

"明天。"景栖迟在全力压制内心的喜悦，"要晚上。"

"大年三十晚上？"欢尔嘀咕，"啥破公司啊。"

她又道："我们明天下午回四水，我妈初四值班回来。那只能年后见了。"

初四到放假结束，满打满算四天时间。

如果说入职之前仅有过的那么一丝犹豫，那就是很长一段时间里他与欢尔都将分隔两地——也没有刻意去想，只是这念头自然而然就落到脑海里。而做出决定的原因也极为简单——职位很好，机会难得，只有先自立才能给她更好的以后。

景栖迟想到了以后，很远很远的以后。

站在未来的分岔口，他必须选一个副本打。

"年后……"

"栖迟，我接个杜漫电话。见面说。"欢尔急匆匆挂断。

其实他想问年后要不要来京一趟，逛也好，玩儿也好，因为四天时间实在太短了。

放下手机，景栖迟重新坐到电脑前。

在这个新年将至万家团聚的夜晚，他蓦地升起一股强烈的别离情绪。

大年初三这天，宋丛收到祁琪发来的消息，只有六个字——"下午见一面吧"。

盯着盯着手机屏幕暗下去，他敲了一下，锁屏画面是两只正在看着对方的小猫仔。

这张是祁琪换的，宋丛有点儿想不起从前用的是什么图了。

大概是系统自带的，他对这些一向不太上心。

"好。"宋丛回过去。

两人约在天中旁边的一家甜品店，祁琪选的地方。宋丛先到，点了一壶茉莉花茶，又见橱窗里的乳酪蛋糕小巧可爱，于是指了指说："再要一块这个吧。"

"好的，您先坐。"服务生礼貌和善。

祁琪迟到一刻钟，牛仔裤运动鞋，上身是件蓬松的短款羽绒服，雪白的颜色极适合北方的冬天。她朝他挥挥手，而后径直坐到他面前。

"等很久？"祁琪拉开羽绒服拉链，搓搓手。

"还好。"宋丛没有问晚到缘由，环顾四周，"这里变了好多。"

一晃长大，他没有再回过天中。

"是，以前这儿是奶茶店嘛。"祁琪指指窗外，"高二元旦演出结束你们在这里庆祝，你、欢尔、栖迟、心妍，还有挺多我不认识的同学，我就站在那里。"

宋丛顺着她手指的方向看过去，隔一条单行路，对面正是天中操场。他记得演出这件事，可细节已经忘了，于是问她："那次你来了吗？"

"没进来。"祁琪目光仍落在窗外，像是想起当初酸楚又别扭的心情，没有继续说下去。

那时的宋丛当然不会注意到她有没有出现。

服务员送上餐点，笑着说："两位慢用。"

宋丛边倒茶边朝蛋糕挑挑眉："尝尝？"

"嗯。"祁琪拿起餐具吃上一口，蛋糕很甜，她却蓦地有些想哭。

乳酪蛋糕是她最喜欢的甜点。

过去两年，她拉着他几乎吃过京城所有的网红甜品店，有时也不知道自己是在找蛋糕还是只想和他做些情侣们都会做的事。

"宋丛，"祁琪叫了他一声，眼泪直接落下来，她没有抬头，就着泪水又吃了一口蛋糕，"你喜欢过我的吧？"

从来，一次都没有确认过这个问题。

最开始她只是频繁联系他，先是借同学聚会，后来变成单独吃饭，穿两个城区去那所人人向往的高校蹭课，偶尔发过去他喜欢的音乐电影，偶尔也发冷笑话，又一次约去游乐场时宋丛说："其实我有个惦念的人。"

他聪明绝顶，他当然知道她在做什么。

那时是大一下学期伊始，祁琪告诉他没关系，比赛嘛必须讲一个公平公正。

她依旧围着他打转，没什么新意，也没有过遮掩。祁琪没有精诚所至金石为开的念头，宋丛比她见过的任何人都好，她喜欢他，喜欢在他身边晃悠，若真有一天他说"对不起""不行"，那是缘分未到，她不会有一句抱怨。

后来有一天他们去看一个摄影展，中途祁琪去卫生间，出来时听到有人在与宋丛说话："这姑娘这大双眼皮，一看就是割的。"

她止住脚步，没有再往前走。

然后她听到宋丛的声音："管得着吗，我乐意。"

应该是熟人吧，因为他是笑着说出的这句话。

那一刻她的心比任何时候跳得都剧烈，宋丛说"我乐意"。

至于后半程看过什么，祁琪已经一点儿印象都没有了。

从展馆出来，她问宋丛："我是不是赢了？"

赢了你心里的那个人。

宋丛看着她，然后说："嗯，你赢了。"

在那个天气晴朗的上午，他牵着她的手送她回了学校。

"别哭了。"宋丛抽两张纸巾递过去，叹气，"我喜不喜欢你，还需要说吗？"

不用，祁琪知道在过去或者说这一刻仍然流动的时间里，她一直被喜欢着。

他会在暴雨天陪着她走街串巷做社会调查作业，也会连熬几个大夜帮她找需要的文献完善论文。宋丛是低调性格，有时拿他手机发条无厘头的朋友圈他也只是笑笑，不会阻止更不会删，因为他知她外表骄傲却内心柔软，也知她争强好胜却时常暗自卑微，宋丛一直绞尽脑汁给予她安全感并试图弥补那些错过的岁月，所有这些祁琪都知道。

只是，只是他们在太多方面无法达成一致。

"好了不哭了。"宋丛双手相扣抵在下巴上，许久说道，"不用为难，我听你的。"

其实已经有感觉了。

心有灵犀这个词最适合恋人，因为真挚地交出过自己，也想尽办法去了解过对方，在无从遮掩的两人世界里，一丝一毫的变化都被彼此敏锐地感知着。

暴露出来的越来越多的差异，这些差异所带来的筋疲力尽的争吵，这些争吵带来的无解命题和给一段关系造成的伤害，身在其中的人们怎会不清楚。

宋丛甚至知道祁琪已经开始准备雅思考试，只是她没有说，他也没有问而已。

两个人的未来是世上最简单的数学题，我的加上你的才叫两个人的。

"我……"祁琪揉揉眼睛，摇头，"让我再想想吧。"

来之前已经考虑清楚了，怎样说、怎样做、怎样在分岔路口前道别，每一个细节都在脑海里演练过。可是面前那块小小的乳酪蛋糕让她陷入犹豫——宋丛的心一直清澈透亮，她舍不得与他分开。

茶已经凉了，宋丛起身拉过她的手："走吧，我送你回去。"

手心很热。

祁琪随他出门，笑了笑问道："明天你们仨聚吗？"

宋丛说过景栖迟入职的事，也提到欢尔今晚从老家回来。

"我们仨算什么聚，随便去谁家聊聊天。"宋丛问，"你过来吗？"

来之前刚同母亲去拜访过一位金牌申请师，已经约好对方明天帮忙修改动机信。

"我就不去了。"祁琪淡淡回一句。

宋丛点头，仍然没有追问。

两人路过天中正门，祁琪望过去，校园还是老样子，甬道平坦，松柏常青。她忽然想起在这里发生的一幕一幕，记忆不够连贯可却异常丰满。她问宋丛："为什么那时没有和欢尔说呢？"

就像确认他喜欢的就是欢尔一样，事实上她从未求证过到底是不是欢尔。

从展览馆回到学校的那个下午，或许胜负欲作祟，或许好奇心使然，祁琪开始复盘宋丛所说的那个人到底是谁。他课很满，闲暇时间要么打篮球要么踢足球，从未见与哪个女生关系亲近。如果不是大学阶段认识的人，是转去实验中学那时的同学吗？可既然惦念，总归会想知道她的近况常常联系吧，宋丛的通讯名单里没有这样一个姑娘。再往前追溯就是他们共同生活过的天中，围在他身边的似乎只有做班长的廖心妍，但心妍……心妍明明醉翁之意不在酒。

祁琪思来想去，蓦地发现自己忘了一个人。

欢尔啊，为什么不能是每天与他一起上下学熟到不能更熟的欢尔？

答案浮出水面，祁琪心中涌起一股交织着落寞、庆幸又紧张的复杂情绪。

所以她在那个傍晚给昔日最好的朋友打去一通电话，她想表达并且知道欢尔一定能领会自己的本意是——无论在青春期里发生过什么，所有那些都已经变为过去时。

"就是……时机吧。"宋丛朝空荡荡的操场望望，随即收回视线，"即便再选一次我也不会说，现在看，我真感谢自己没有说出来。"

他当然不会知道祁琪早已告知欢尔。

他们都长大了，也拥有了成年人之间守口如瓶的默契。

这份默契守的是一条线。

祁琪点头不作置评，两人齐步慢走，将静悄悄的天中留在身后。

隔日一早，家属院传出一件大事——周医生家的周游和秀贤医生家的珊珊在美国登记结婚了。

之所以叫大事而不是喜事——这对胆大包天的新人先斩后奏，一通非常规操作将身在国内的这些家长们打了个措手不及。

消息由宋丛带来，周医生夫妇得知消息一大早去亲家那里赔罪，临走之前骨科老宋被委以重任代岗值班。

欢尔到家属院时间晚，只闻其名不识其人，景栖迟与宋丛可是打小儿跟在大孩子后面玩儿，两人挤眉弄眼好一通又是"哇"又是"绝了"。

对这俩人来说，结婚这事就像走一通电子流，有审核程序的。

景栖迟嘿嘿乐："周叔平时恨铁不成钢，巴不得给周游哥按那儿，这下慌了吧。"

"可不，"宋丛绘声绘色地描述，"早晨六点半给我爸打的电话，估计看见留言直接吓醒了。听说周游哥之前是让寄出生证之类的，周叔还以为又是更新绿卡要用，问都没问。珊珊姐也半个字没说，一看就有计划有策略蓄谋已久。"

家长们慌乱不难理解，他们生在新旧交替的年代，婚姻不再是父母之命媒妁之言，却也一定会有先接触而后家庭会面最终拿下一纸证书的婚嫁过程。而"八零""九零"这两代被新世界推着长大，到了可以自行负起责任的年纪，婚姻也变成众多决定中的一个——深爱着的恋人们想更靠近彼此一些，繁文缛节根本不被列入考虑范围。

"周叔那气性不可能放过他俩。"景栖迟朝欢尔挑挑眉，"夏天，最晚夏天你就能见到真人，周叔薅也得把他们薅回来办婚礼。"

欢尔不由感叹一句："太酷了。"

手机振动声响起，三人电话一模一样又都无手机壳，此时整整齐齐摆在桌上。离桌子最近的欢尔不知是谁的，于是随手戳中其中一台，她本想断定是谁有消息就递给当事人，可屏幕亮起时她清清楚楚看到那条信息——

"宋丛，我们还是分开吧。"

不用过大脑就知发件人是谁。

欢尔怔了怔，她没有及时交出手机，转而问宋丛："你和祁琪出问题了？"

宋丛何等聪明，他看着欢尔问："我的？"

"嗯。"

"没关系。"宋丛从伙伴凝重的表情里读到结果，他苦笑一下，"意料之中。"

景栖迟不知起因，先看宋丛又去瞧欢尔："怎么了？"

欢尔不语。

"给我吧，我回一下。"宋丛接过电话甚至都没有看消息，他神色平静地告诉他们："我和祁琪，到此为止了。"

其实宋丛并没有想好该如何回复这条信息，可他知道祁琪一定在等自己答复，拖延久了对两人都无益处，于是敲下一行字——"我尊重你的决定。"

发送。

他抬起头，见面前伙伴们正目不转睛盯着自己，于是扬手晃晃电话："和平分手，没吵架没拉黑，想问就问。"

欢尔与栖迟对视一眼，两人默契地保持了沉默状态。

好像也没什么要问的。

惊讶归惊讶，担心也自然有，可过往的蛛丝马迹拼凑起来，这场分手顿时变得合情合理。

如果喜欢不足以让一个人去为了另一个人改变自己，喜欢自然就变成了一场空欢喜。世上哪有那么多与生俱来的契合，还不是我变一点儿、你变一点儿，我们互相找到你舒适我也安心的节奏。而宋丛与祁琪，他们都太关注在这段关系里两人是否势均力敌，以至于忽略了对方，极力去追求我要赶上你的理由，久而久之纯真热烈的喜欢也被身心俱累的疲倦淹没了。

宋丛很想做些什么以示自己可以心平气和地接受这个结局，可他很快发现无论做什么都像一种掩饰——比如他开始抖腿，他问他们晚上吃什么，他还去冰箱里找到一瓶养乐多而后一边喝一边回到沙发上，面对欢尔的打量笑着说道："挺好喝的。"

"好喝是吧？都过期好几天了。"欢尔冷不丁冒出一句。

这里是她家，她当然一清二楚。

宋丛败下阵来，他想不出更能表达自己无所谓的方式。

"我先回去了。"宋丛抓起外套就要走。

"别啊。"景栖迟赶忙阻拦，"郝姨又不在家你回去干吗？"

宋丛绝不会做出格的事，只是在万家喜乐的春节档分了手，有人陪着总好过独自消化。

欢尔此时如同威严凛正的法官慢慢起身，这种大眼瞪小眼拿不定主意的场合当然得她这个智多星出马。再说对抗失恋，她有实战经验。

"那什么，宋丛，"欢尔轻咳一声，"我俩请你烫个头吧。"

"哈？"当事人以为自己听错了。

"对，请你烫头。"欢尔一边穿羽绒服一边推他往外走，"你又没舅舅，一颗脑袋想怎么弄怎么弄。"

景栖迟一下乐了。老话说正月理发"思旧"，这丫头连这不靠谱儿的旧说法都套上了。

其实哪有那些杂七杂八，他们不过想带他做点儿什么分散注意力而已。

景栖迟跟在他们身后佯装不满抱怨："你请就请，带我干吗？"

"连烫带染挺贵的呢。"欢尔睨他一眼,"见者有份。"

宋丛知他们心意,暗自笑笑没有说话。

因为这种感受并不陌生,它时常带着温度和力量出现在每一个迷茫而惘然的瞬间——有朋友可真好啊。

为表诚意,欢尔带他们去到市中心一家连锁美发的总部。二层商品楼,底下一层做头发,左侧是直通到底的两排,放眼望去有二十几个座位,而其他区域为方便结伴而来的客人们被做成三百六十度环绕镜,像麦田里堆放的稻子一摊一摊;二层是美容护肤专区,穿着粉色工作服的姑娘正带客人沿旋转楼梯上去,彬彬有礼笑容可掬。

俩糙汉子哪见过此等架势,景栖迟小声问欢尔:"你怎么知道这地方?"

"琪……"欢尔刚要说,瞥见前面的宋丛便直接凑到他耳边,"祁琪以前带我来过。"

景栖迟张张嘴,她俩一起玩儿可要追溯到几年前了,而那时他们甚至都没有剃个头也在"美容美发"范围里的概念。

"不过这里也重新装修了。"欢尔环顾四周,"失算失算。"

宋丛已经被热情的接待小哥招呼着要去洗头发,转过身问他俩:"嘀咕什么呢?"

景栖迟假装叹气:"商量写卖身契请你烫头。"

店里顾客不多,宋丛被带去洗头的工夫一名工作人员过来询问喝点儿什么,欢尔要了两杯鲜榨橙汁,而后与景栖迟坐在沙发一角静等。他们说起身边同学的近况，慧欣被广州一家医药公司录取，年后启程；邱里拿到美国一所商校的金融学录取通知，但还在等其他结果；黄璐准备投身互联网行业，正全力准备春招；而晚一年毕业的杜漫已经开始做考研准备，据说累到头秃。至于廖心妍……

欢尔手机响，她看过消息朝景栖迟咧咧嘴："说曹操曹操到。"

"嗯？"

欢尔收起电话，下意识转头朝宋丛方向望望，嘴里说道："心妍。"

她完全没有留意过来送橙汁的姑娘正定定看着自己。

托盘被放到茶几上，穿粉色工作服的姑娘一把拉住她的手："天哪，真没想到在这儿见到你。"

欢尔抬头与她四目相对，随即抽出手朝对方笑笑："你认错人了。"

景栖迟这时问道："你刚才说什么？"

"哦，心妍，"欢尔点点手机，"发消息问他们是不是分手了。"

"她怎么知道？"

"说正好给琪打电话问他们几号返校，琪哭得不行。"欢尔叹气，"你觉得他俩还有戏吗？"

景栖迟刚要开口，却见送橙汁的姑娘一直站着没动，于是试着询问道："是……先交费？"

他只能想到这个理由，毕竟第一回来此等高档场所。

欢尔跟着瞧过去，总觉得她看自己的眼神……不太对。

倒似有几分怨气似的。

姑娘沉着脸说句"慢用"，转身离开。

奇怪。

景栖迟继续刚才的话题："老宋那脾气自尊心比天高，祁琪好多方面又是大小姐性子，你觉得呢？不过班长还挺有眼力见儿，知道来你这儿打听……"

班长。欢尔听到这两个字突然心里一震。

因为电光火石间她想起当初班长选举时自己投给廖心妍的理由。

"坏菜！"欢尔一拍脑门儿。

她没有找到四水的廖心妍，店里小哥告诉她小廖刚才是下来接客人的，这会儿应该在忙，欢尔只得讪讪回到座位。

"怎么了？"景栖迟不明所以。

"刚才那个是我初中同学，也叫廖心妍。"欢尔倍觉懊恼，"她一定以为我认出她了，偏偏我来了句认错人，而且咱们说的……唉，我是她也会觉得不舒服。"

变化太大了，欢尔对她的印象还停留在十二三岁穿着宽大校服梳厚厚齐刘海的样子，今日的小廖姑娘与那时判若两人。那句"心妍"叫出来她该多高兴啊！久未联系的老同学一眼认出自己，况且还是位早早搬离去大城市生活的老同学。欢尔能理解对方离开时的失落和怨气，因为好像自己的话、自己的反应划出了一道鲜明的鸿沟——今天我们的关系是服务人员与顾客，仅此而已。

要多气人有多气人。

"别想了，去给老宋宽宽心。"景栖迟拍拍她肩膀，"我去个洗手间。"

欢尔心不在焉地点了点头，拖着步子去到宋丛身边。

景栖迟去卫生间门口打个转，远远瞧见欢尔与宋丛在聊天，转身上了楼。

与楼下开放式空间不同，这里通道两侧被分隔成数间独立美容室，每个门口都有悬挂布帘遮挡。等待区只有两张沙发，对面一张桌上摆放着"服务台"标识，座位上无人。

景栖迟刚刚站定，小廖姑娘单臂搭着毛巾从标有"工作间"的房间里出来，见了他稍稍一愣，而后十分专业地问道："您有预约吗?"

"我和欢尔一起来的。"景栖迟省去其他自我介绍，"你忙吗?"

小廖姑娘的手还在门把手上，她稍作迟疑带紧房门，走过来说："还好。"

"欢尔刚才想上来，但楼下同事说你有客人她怕打扰你。"景栖迟抿抿嘴，"我们恰好在说另外一个叫心妍的朋友，她一时没有认出你，绝对无其他意思。"

极为简短的解释，可小廖姑娘懂了。

她垂下眼睛说："也正常，好多年没见，大家变化都大。"

"欢尔总提起在四水的日子，那段时间对她很重要。"景栖迟

374

笑了笑，"她说你肯定生气了。"

"怎么会，"小廖姑娘脸一红，"我没生气，就是……我以为她不愿搭理我们这些老同学。"

"心妍。"一名穿工作服的中年女性唤着人从走廊过来，见到景栖迟先是礼貌地笑笑，而后问道，"客人吗？"

"哦，不……"小廖姑娘欲开口被景栖迟打断，他指指她，"对，朋友认识心妍，我来咨询一下。"

"你客人啊。"中年女性点点头，接过她手里的毛巾，"那你接待，我先过去。"

人一走，景栖迟抢先问道："你们这儿都做什么？我看看给我妈弄一套。"

小廖姑娘迟疑着从接待台抽屉里拿出服务单，有些茫然地看着他。

景栖迟扫了一眼又放下，说："不到五十岁，那种能让她觉得变好看有益身心的，你觉得做什么好？"

服务单上的名词全是汉字，可拼在一起他有一半不认识。

小廖姑娘挑选了几种做简单介绍，当听到"一般阿姨都喜欢做这个"的时候景栖迟眼睛一亮："就它了！"

"这项目现在充十次免一次，挺合适的。"

"行。"景栖迟点点头，"俩阿姨，办两张卡吧。"

"有欢尔妈妈一张吧？"小廖姑娘早就看出来了，偷摸上来做这一番解释，又主动给自己贡献业绩，其中关系绝不仅是"一起来的"那么简单。

"对，"景栖迟也不否认，"她俩还能搭伴儿过来。"

"你是欢尔的……"小廖姑娘笑起来，"男朋友？老公？"

景栖迟心中乐开花，表面却大咧咧摆手："嗐，早晚的事儿。"

创业大赛那点儿奖金请宋丛烫个头再请俩妈美个容也就差不多了，他头一回有钱全花在刀刃上的感觉。

美妙。

经过造型师长达三个多小时的精心打理，宋丛由旧时代板板正正的男学生摇身一变成了顶一脑袋栗色卷毛的时尚小伙儿。

景栖迟像摸儿子那样顺顺他的新毛，发出情同老父亲的感慨："真精神。"

"别碰，"欢尔打掉他的手，"碰的都是人民币。"

其实宋丛也觉得好笑，安慰失恋的人请吃饭请喝酒请蹦迪也就罢了，被请烫头他大概是天底下头一出。

情绪的确需要发泄的出口，可不一定是歇斯底里地发泄，要好的朋友们陪在身边随便做些什么，心里也会莫名晴朗许多。

他们离开时小廖姑娘急匆匆追出来，沾满精油的双手像即将开台的医生那样举着，她叫住欢尔问："你现在在做什么？"

"还在念书。"欢尔看着她，神色带些歉意，"心妍，我刚才……"

打听三次都被告知小廖在忙，她已决定将道歉的话留在心里。

"挺好的，你本来学习就好。"小廖姑娘又去看景栖迟，见他

376

轻轻摇头，淡淡笑了笑，"欢尔，结婚的时候叫我吧。"

这话倒让欢尔一惊，结婚？现在见面流行这么问候？

店里传来声音："心妍快上来，客人等着呢。"

"来了！"小廖姑娘洪亮地回一声，边往里走边回头说："一定记得叫我啊！"

三人肩并肩往前走几步，欢尔越想越诡异："她是不是把我当成别的要结婚的陈欢尔了？合着今天碟中谍？"

"可能吗？就你这名字。"宋丛瞄一眼景栖迟，"有人暗度陈仓倒说不定。"

他那点儿小动作欢尔没看见，宋丛却悉数读取。

不用想都能猜到怎么回事。

景栖迟赶忙打断："到时候就叫呗，多个人多份份子钱。"

"呵，"欢尔翻个白眼，"好像钱能落你裤兜似的。"

"还真能。"景栖迟扭过头小声嘀咕一句，没忍住笑了。

Chapter 16

月　亮

中学时代写作文喜欢堆砌辞藻，仿佛多写一个成语就能被慧眼识珠的阅卷老师捕捉到然后多加上零点五分。陈欢尔最爱用的是"岁月如梭"，哪怕写议论文也要见缝插针把这四个字填进去，这优美且朗朗上口的四个字。

那时不懂，而后不再需要写命题作文的某一天她突然就懂了。可能无意中翻看小时候的照片，可能樱花正茂的四月清晨去食堂的路上，也可能偶然发现母亲大衣上沾着一根白头发。反正在那样一天，突然就如顿悟般体会到这四字的深意——

岁月如梭。

对欢尔来说，这一刻出现在毕业典礼上。

她哭了，宿舍的姑娘们哭了，系里好几名男生也泪珠闪闪。不知谁起的头，明明上台领毕业证还个个笑得心花怒放，突然一下大家却接连不断开始掉眼泪。那种感受不是读到某个伤感的句子，亦不是看电影随着主人公心绪万千，非要形容的话，是毕业这件事扣动扳机，准确击中了所有人心里关于这四年柔软的一处。

对大部分人来说，这一天意味着学生生涯结束，他们被正式抛向有序运转的社会，从此歧路山川自负前程。

慧欣当晚就回了广州，散伙饭都没来得及吃。在有限相聚的时间里，欢尔知道带她的师傅很好、经常加班、公司福利不错，以及因为不懂粤语遇到不少阻碍。药院人少，大家的去向基本都能了解个大概，只是这一晚似乎还没有人意识到从前的同学关系也许在不久后会转变为有利益互通的合作伙伴抑或甲乙双方——"未来"是为数不多可以与"永远"匹配的词，它永远都是未知数。

黄璐已将行李搬回家，晚上便与欢尔挤在一张床上。宿舍仍有门禁，可直到凌晨两点楼道里依然喧嚣，有人哭有人笑，阿姨没有上来制止，楼上的学妹们亦未来叨扰，似乎局外人们都理解这是一场最后的狂欢。两人浅浅淡淡说着话，窗帘没有拉，月光缓缓淌进共同生活四年的小小空间。

"好快啊。"黄璐平躺着，眼睛看向触手可及的屋顶，"一转眼就各奔东西了。"

欢尔翻个身面向好友："我还记得刚报到那天你从床上下来和我说话，穿条低腰牛仔短裤，放眼望去全是白花花的腿。我就想这姐们儿身材真好。"

"哈哈，"黄璐笑出来，"你知道我那时想什么吗？"

"难不成跟我一见如故？"

黄璐笑嘻嘻摇头："我想小景不错，又高又帅，只要你俩没关系我就能放手一搏。"

"好意思！"欢尔瞪人，"原来你注意力都不在我身上。"

黄璐也转过身，单臂压着头："欢尔，小景真不错。"

"我知道。"

"他和田驰那孙子不一样，小景绝对不会为了其他什么抛下你，因为你在他心里就和他自己一样。"黄璐语气真挚，"不是所有事都像发核心期刊论文，要实验对了、有结果了、数据理论全齐活儿、检查好几遍才敢去投，你明白我意思？"

欢尔"嗯"一声。

"你俩现在什么情况？"

什么情况呢？经常发消息，周末会打一通比较长的电话，他说工作，她会聊聊论文以及导师要求做的事儿，偶尔也提一提身边的朋友。没有人点破更进一步，又好像他们都在借助这样的机会更进一步。

长久以来维持的关系要转变为另外一种，其实他们都意识到了其中的变化。

只是……只是相隔那么远，谁都勾勒不出以后的样子。

因为太重要，任何一种轻举妄动都显得草率。

"欢尔，"黄璐没有等来答复，于是静静抛出一个问题，"你喜欢小景吗？"

许久，久到月光都淡了，欢尔点了点头。

黄璐已经倦得闭起眼睛，似乎感觉到枕头上传来的轻微动静，含糊着说一句："那就好。"

那就好吗？

欢尔趴在床上看着窗外的月光，她也不知道算不算好。

一刻钟或者半小时，迷迷糊糊中手机振动一下，她睁开一只眼睛去看消息，是景栖迟问："睡了吗？"

欢尔瞬间清醒，就像被什么引着似的，她蹑手蹑脚爬下床走到窗前，隔着三层楼，她看到月光下站着一个人。

戴棒球帽，穿白色 T 恤，斜挎一个行李包。

欢尔想叫人，可夜已经深了，整座校园都已进入梦乡。

她只得发去两个字："抬头。"

景栖迟收到消息的同时看过来，他挥挥手，而后指指手机。

欢尔目不转睛看着他敲字，她不清楚明明应该在封闭培训连白天的毕业典礼都没有参加的人怎会出现在眼前。

下一条消息："窗户关上，进蚊子。"

欢尔一下笑了，半个身子探出去朝他摇头。

她趴在窗台上看他打字，也借机看他的样子。T 恤很大，即便罩在男生宽大的骨架上也显得晃荡，双脚自然分开，短裤下露出一截肌肉发达的小腿。其实景栖迟有点儿罗圈腿，好像长期踢球的人多多少少都有此特征，可是他随景爸自小就是高个儿，加之五官长开整张脸越发英俊，也算应了那句话——瑕不掩瑜。

至于这块顽石什么时候变成璞玉的，欢尔又讲不清。

很快消息进来："姜头儿放我提前出来一天，北京暴雨，航班

381

晚了三个小时。明天晚上走。"

欢尔还未来得及回，他又发来一条修正："今天。"

现在是凌晨三点，可不就是今天晚上。

欢尔回过去："你住哪里？"

"旁边酒店吧。但估计今晚开房的多。"

这家伙，居无定所还有心情开玩笑。

夜太安静，静到欢尔不知该说些什么。她将发热的电话握在手里，隔着三层楼定定望着他。景栖迟向上推推帽檐，又似看不清人，于是干脆将帽檐转到脑后，呆呆看着她笑。

这个晚上有世间最温柔的月亮。

他再次低下头，而后欢尔的手机进来一条消息："我回来，就是想和你拍张毕业照。"

因为不想错过每一个重要时刻，你的，我们的。

欢尔鼻子一酸。不是什么高深莫测的试探，更不是什么海枯石烂的承诺，她说不上自己拼命止住的眼泪是因高兴还是感动，景栖迟站在那里沉默地发来这样一行字，她看着就很想哭。

想一想，整整一学期没有见过面，其实他们从来没有分开过这么久。

又或许，还会更久。

欢尔将手臂伸出窗外，有节奏地在墙上拍了三下——

没问题。

也可以理解为——我知道。

景栖迟笑了，扬起脸做出口型："明天见。"

他重新将帽子戴正，一步步倒退着朝远处走。

欢尔忽然想起见他的第一面，那个偶然撞到她的男孩子，在这个月色朗朗的晚上再一次无声地撞到她心上。

隔日一早，欢尔八点钟自然醒。在床上平躺发了一会儿呆，昨晚的画面反复在脑海里盘旋，似梦非梦。黄璐还在身边睡着，不知想到了什么好事嘴角微微上扬，衬得那张俏丽的脸多了几分娇憨。房间有些乱，光秃秃三张木板床上遗留着室友们没有带走的杂物，有脸盆，有书，也有找不到伙伴的单只拖鞋。夏天过去，这里将迎来一批新的面孔，欢尔不知四年前搬出这间宿舍的某位学姐是否也如此刻的她一般曾在某一个早晨深情地凝视过这片小小空间，谈不上难过或悲凉，只有些感慨罢了。

她悄悄下床收拾一番，终是没有找到那只丢失的拖鞋。想了想将眼前这只也丢进垃圾袋，毕业何尝不是一场断舍离。

洗了澡换上干净衣服，顺手将写字台上的书籍和日用品装进行李箱。研究生楼在另一栋，与医学院共用，辅导员早早通知让她先搬去某一间暂住——这学期除了写论文就是在帮导师做项目，组里缺人手，她暂时还不能离校。

手机振动一下，许是声音吵到了黄璐，欢尔一边拿起电话一边问道："醒啦？"

"陈欢尔你知道你睡觉打把势吗？"黄璐坐在床上揉肩膀，"这一晚上把我练了够呛。"

消息来自景栖迟："中午一起吃饭吧。"

欢尔笑着回过去一个"好"，转而告诉好友："栖迟来了，昨晚到的。"

"昨晚？昨晚你不是和我……"黄璐迅速跳下床，嘿嘿一乐，"时间管理大师啊，睡着我还跟别人谈情说爱。"

"哪有。"欢尔不由羞涩，"他晚上就走，回来拍毕业照。"

琢磨了一下，又发去一条消息："璐儿和我一起。"

陈欢尔才不是见色忘友的人。

"拍照还不赶紧。"黄璐将她往椅子上一按，迅速从随身包里掏出鼓囊囊的化妆包，自己还蓬头垢面却帮欢尔打扮起来，"今天必须给你画个惊艳全场的大妆！"

欢尔没躲闪，任由她在自己脸上扑水又打粉。过会儿手机又进来一条消息，某人极不情愿地回复道："行吧，那我叫邱阳也一起。"

四人在食堂简单吃过便紧锣密鼓沿路开拍。景栖迟晚上八点的飞机赴京；邱阳因等转正手续偷得几日空闲，可他已约好骑友们做一场福建沿海骑行，同样晚上的火车离开；至于黄璐，用她自己的话说，职场人是不配拥有长假期的，明早九点不打卡全勤奖就没了。社会生活并非如书中写的那般徐徐展开，当你开始了解五险一金的意思，人生便已被切换到另一阶段。

欢尔最喜欢的一张照片是一排人在操场球门下——拍照时恰好遇到同级大林几人与学弟们踢着玩，大家都不知景栖迟回校，球踢一半跑来兴奋地聊起天。有男生提议拍张搞怪集体照，众人便摆起 WIFI 信号状，邱阳蹲在最前，黄璐半蹲占据第二格，而后几人火速依次排开，大林眼见自己高度不够干脆搬来场边移动水箱踩着边缘站上去，大家一边开玩笑说"不讲究"一边朝还未站位的欢尔与景栖迟嘿嘿乐。

"非得这么玩儿，"景栖迟笑着蹲下去拍拍右肩，"欢尔上来。"

阳光很好，气氛很好，什么都很好，欢尔笑眯眯问句："你行吗？"换来男生皱眉："这时候不行也得行。"话音刚落景栖迟单手揽住她膝盖起身，欢尔平平稳稳升起一大截，视线顿时开阔。大林仰望着开始叫唤："还说我不讲究，你们看看谁玩赖！"

不远处替他们拍照的球队学弟扬起手："看这里，一、二、三。"

欢尔抬手比"耶"。

一张张喜笑颜开的青春面孔被记录在镜头里。

大家即刻散开跑去看照片，欢尔拍拍景栖迟肩膀示意要下来却感觉他抱得更紧，与此同时听到他唤人："黄璐！"

正拿相机的黄璐看过来，瞬间理解他的意图，镜头对准两人："欢尔别动。"

这才是属于他们两个人的毕业照。

欢尔被放下来，似笑非笑地盯着他。

景栖迟被看得不好意思，拉过她手腕朝人群走："这下知道了吧？我还行。"

黄璐手持相机，看看双人照又往前翻一张到集体照，暗自笑道："嘿，一堆电灯泡，个顶个地亮。"

一通拍照四人都口干舌燥，欢尔提议去咖啡馆休息，当然主要原因是担心稍后赶飞机第二天还要复工的人吃不消。谁料大林将景栖迟回校的消息泄露出去，刚坐不久，呼啦啦陆续赶来了三拨球队的人，这个说两句那个聊一会儿，一下就到了傍晚。景栖迟实在忍不住直接将最后一拨兄弟推到门外："回头电话联系，我真着急走。"大家这才放人，像从前比完赛那样又是揉脸又是搓头，嘴里还在抱怨："回来也不提前打招呼，一起吃个饭多好。"

从院队到校队，四年下来大大小小比赛几十场，若时间允许，景栖迟何尝不想跟他们喝顿大酒聊聊那些过去的荣耀或遗憾。

只是现在的他没有这样的时间。

怕再回去又撞见熟人，他径直拐进咖啡馆一旁的小路给欢尔发消息："出来一下。"

消息发出去不到五分钟，陈欢尔准确站到他跟前——她甚至没有问坐标。

"怎么？"欢尔笑，"粉丝太多呗？"

景栖迟侧头咧咧嘴，收起笑容重新看向她："我马上得走，来不及了。"

短暂迟疑，欢尔默默点头："是，不能误机。"

也许是一闪而过蹙眉的微表情，也许是声音里透出的低沉与失落，也许是纤细手腕处绑着的那一条红绳，也许是 V 领 T 恤下一抹若隐若现的锁骨。也许是夏风，也许是微尘，也许是唇齿间仍残留的咖啡味，也许是无声胜有声的秒表跳动节奏——

总之在这一刻，景栖迟心慌了。

没来由地，心跳骤然加速。

他向前一步，捧起欢尔的脸看着她的眼睛，没有得到应许的答复，径直吻上她的额头。

"以后，"景栖迟将人拥在怀里，完完全全圈住她的身体，"你好好念书，其余的我来想办法。"

已经很清楚了，关于欢尔怎么想，自己又怎么想。

也已经准备好了，不管当下怎么样，未来又将如何。

欢尔的眼泪沾上他脖颈的皮肤。

温乎乎的。

告白有千百种方法，除了喜欢和爱，还有一种叫你是我从今以后的所有期待。

"栖迟。"欢尔小心地流泪，却也说不出别的话。她只是很想叫叫他的名字——在即将分别的前一刻，在这样一个绕来绕去终于愿意正视自己也鼓起勇气去拥抱对方的夏日傍晚。

栖迟，栖迟。

"好了不哭了。"景栖迟放开人，目光纯粹而温柔，"记不记得大一国庆节我们一起回家，只买到硬座票？"

欢尔不知他为何提起这件事，"嗯"了一声。

"你在火车上睡着了，那时我想到一个场景……"景栖迟抿抿嘴，"和现在一模一样。"

"啊？"欢尔闪着泪花双手不觉拽住他衣角。

景栖迟先是将她的手揽到自己腰后，而后用拇指蹭蹭那张满是泪痕的脸，点了点头说："也是夏天，有点儿闷。你或者我，总之一个人要走，我们站在一条小路上，我说'陈欢尔你傻吧，我们怎么会分开'。"

我们不会分开的，绝不会。

欢尔扬起脸："那个时候为什么不告诉我？"

身旁有三两学生笑语吟吟经过，夏天从来都是爽朗的季节。

周围重新安静，她再次听到景栖迟的声音——

"可能那时的我太自信了。我没想过你会和别人在一起这件事，一次都没有，从来都没有。"

景栖迟走得很急——咖啡馆门前的大路上拦了辆出租车，对邱阳和黄璐挥挥手，而后捏捏欢尔的脸说"回家见"。一天一夜，折腾到黑眼圈都出来了，到北京住处怕是又要到深夜。

三人重新坐回咖啡馆，黄璐看到欢尔眼圈红红，一下猜到："小景说了？"

欢尔默不作声点点头。

桌上还有他喝剩一半的美式。

"说什……"邱阳蹦出两个字，忽然大彻大悟"噢"一声，"还是没沉住气，他啊，本打算过年时去你家正式表白来着。"

黄璐摸着下巴眯起眼睛："你咋知道？"

"我俩天天吃住一起，上班隔两排桌子，还一个老板……"

邱阳见她眼神越发不对，一下回过神，"老子是直的！比桌子角都直！"

黄璐"噗"一声笑。

欢尔这下也乐了，小心地摸摸咖啡桌桌角："邱阳，这个九十度弯。"

邱阳气哼哼往靠椅背上一仰。

"好啦。"黄璐笑着把他拉起来，好声好气问道，"为什么非等过年？"

"忙啊，忙死。"邱阳正色道，"实验室预备明年春天正式挂牌，姜头儿跟上头立下军令状在此之前一定将项目落地打响第一炮，所以到年前正是紧张时候，没人敢松。我们自然语言处理还勉强，人也稍微多点儿，栖迟他们医疗 AI 是公司力推的项目，人手紧任务重，而且组里全是大牛，他压力贼大。"

黄璐一知半解，问："你们搞这东西，挺高端是吧？"

"高端不高端的……"邱阳轻轻叩两下桌子，神情严肃，"反正以后一定能改变点儿什么。"

"以我所学服务我之大家，尽我所能铺垫后人基石"，这是龚博给实验室里所有工程师的寄语。

欢尔静静听着，心里悄然翻起一股波浪。就在十分钟前她还有点儿怪他，即便只是那么微不足道的一点点——话说一半人急匆匆走了，别说拥抱，连句像样的恋人间的道别都没有，这让她觉得景栖迟还将自己放在从前朋友的位置上。可邱阳的话让她蓦地有些自责，一天一夜，其实有很多机会告诉他不要那么大压力，尽力而为就好，忘了，只是太高兴所以忘记去想过去半年他肩上扛着怎样一份重量。

她希望，迫切地希望分担他的所有。

"邱阳你说实话，"黄璐看了看欢尔转换话题，"小景跟几个人谈过恋爱？"

邱阳眨眨眼："一个。"

"谁？"

邱阳笑出来："跟我？"见面前两人全无笑意，他有些尴尬地清清嗓子，"刚谈的，就一个。"

黄璐与欢尔对视一下，瞪大眼睛："所以他大学没交过女朋友？"

"没。"邱阳摆手，"什么联谊、吃饭、出去玩儿，要么一帮人一起，要么就是师哥或者系里同学给他挖的坑，虚假繁荣。"

欢尔喃喃自语："我以为他挺有经验的。"

"经验估计多少有点儿，毕竟坑多。"邱阳笑眯眯地看向她，"陈欢尔，他心里就你一个，从头到尾，千真万确。"

"观音菩萨啊！"黄璐惊叹一声揽过欢尔肩膀，"你真捡到宝了。"

"我知道。"欢尔甜甜笑一下。

天知道她有多开心。

夜里十一点，景栖迟发来消息："落地了，放心。"

欢尔抱着手机秒回："怎么这么晚？"

"航空管制。"

紧接着一条："我发现就我自己的时候运气都比较差。"

新宿舍还有陌生的医学院室友，欢尔钻进被子里敲字："怎么会。"

等上一会儿没有答复，被子里太闷，她举起手机探出脑袋透气。

约莫过去一刻钟，消息终于进来："真的会。我身份证丢了。"

这家伙！

欢尔一下坐起，借屏幕微光找到拖鞋，踩着猫步去到楼道里。

她拨去语音，接通后先是一阵嘈杂，景栖迟的声音隐隐传来："行，我先不走。谢谢。"而后才对准话筒一口气说完："别问。我睡着了落地被空乘叫起来出来只去了趟厕所然后开机给你发消息想打车摸钥匙发现身份证没了。"最后跟一声重重叹气："唉！"

欢尔哭笑不得："所以呢？"

"刚在失物招领处登记完。"那头噪声小了些，"估计是掉飞机上了，人家说让先等一会儿，等机舱检查结束看有没有消息。"

欢尔逗他："你嫌身份证上照片不好看？"

景栖迟笑："那肯定没现在好看。"

他已经走出机场大厅，此时的北方夏夜还有些凉，于是下意识嘱咐一句："出来披件衣服。"

欢尔将楼道窗户开大些，温热晚风扑面而来，脸上扎扎的，她笑道："我热得冒泡。"

"其实有好多事情想告诉你。"景栖迟望着停下或离开的车流，忽而想到分开前欢尔的表情，声音不觉低了些，"我们慢慢说吧，好不好？"

太仓促了，一南一北回去又归来，他甚至来不及表达在过去的时光中她是怎样一点点一步步走到自己心里的——

并且最终占据那个无法取代的位置。

欢尔望着夜空中悬挂的月亮，默默笑了笑："好呀，我又不急。"琢磨一下又道，"下午听邱阳说了你们实验室的事儿，别焦虑，也别灰心，我一直是你的坚强后盾，以前是，以后更是。嗯？"

景栖迟闭起眼睛，霎时间心脏薄膜胀开一般，他低声告诉她："我好想你。"

即便，即便才分开，我已经洪水泛滥似的想你。

终于可以这样名正言顺理直气壮地说出来——我真的很想你。

从未有过这样的感觉，像全世界所有的时钟静止，宇宙陷入混沌的边缘，欢尔甚至无法判定自己是否还有脉搏——她只听得到他的告白。

来自一起长大、有很多很多共同回忆的那个男孩儿，亦来自一个经历变故与打击、在岁月的磨砺下越发成熟的男人。

她终于意识到，自己有多爱他。

对，是爱。

很深沉，很冷静，恳切想要共度余生的——

爱。

"栖迟，"欢尔轻唤一声，重拾的心跳"扑通扑通"，"我们……绕了好大一个圈啊。"

"是。"景栖迟睁开眼睛，面前重新浮现午夜的北京机场，"总算绕回来了。"

八月初的周末，宋丛收到祁琪发来的消息："哪天回家？叫上大家聚聚吧。"

他将时间安排发过去，等很久祁琪才回复："知道啦。"

聊天迅速结束。

事实上，这是他们分手之后首次联系。

难受情绪早已平复。宋丛想许是忙碌让一切都加速了——密集的课业结束，入院实习紧接着开始，他也知道祁琪一直专心准备留学事宜，他们就像两架并驾齐驱的列车，互不相扰，各自沿轨道奔驰。

未尝不是一件好事。

临近中午，景栖迟来电问在不在学校，宋丛答在，这家伙当下发号施令："半小时后上次吃饭那个食堂见，带着饭卡。"

大忙人难得一见，蹭饭本领越发精进。

放下手机，宋丛不慌不忙又看了几页书。合起书本时间刚刚好，他抓起车钥匙出门。

待赶到食堂门口，宋丛着实被惊到，自行车没停稳便大步迎上前："欢尔！你怎么来了？"

"吓到没？"欢尔嘿嘿乐。见这俩人有要拥抱的趋势，景栖迟赶忙拉住她的手，"老宋，有点儿眼力见儿。"

"哈？"宋丛发出疑问的当下即刻了然，他伸出食指一一点过两人，"连我都瞒？"

的确没有太多意外。景栖迟的心思他甚至比本人都更早知道，至于欢尔……好像早晚都会有这一天，或早或晚而已。

"想当面告诉你。"欢尔甜甜地笑了笑，"其实没多久，毕业那天……"

"行了行了。"景栖迟倒有些不好意思，急急打断，"吃饭吧，吃饭。"

三人一同进食堂，宋丛问："什么时候到的？"

"昨天。"欢尔打个哈欠，"我从学校直接过来的，待一周就得回去。"

"这么急？"

"我这不一直在跟导师做项目嘛，一周都是软磨硬泡求下来的。"说到这儿欢尔忽然想起来专业问题，"对了，我看你们学校李广益教授刚发了一篇水通道蛋白抗体的论文，他是你们院的导师吧？"

科研大牛，宋丛早有耳闻，于是点点头："对。我去叫过一次他开的讲座，主要做心血管药理和肾脏生理研究的。"

"太厉害了！"欢尔眼睛闪光，问题一连串，"讲座谁都能去吧？最近还开吗？知道什么主题不？"

"哦，我想起来了，他还讲过多靶点药物设计策略。"

"多靶点？具体哪个方向？"

"你俩先消停会儿。"景栖迟朝窗口内举着大勺子正等他们点餐的阿姨鼓鼓嘴说："您见谅。"

阿姨大勺子一挥显现出见多识广的样子："聊你们的，聊明白再吃。"

欢尔一本正经竖起大拇指："好马配好鞍，名校配好阿姨。"

这下连隔几步远的学生们都一同笑起来。

她总能出其不意成为大家的开心果。

三人点好餐找位置坐下，宋丛忽而说道："祁琪今天给我发消息了，说聚聚。"

欢尔与景栖迟对视一眼，看向宋丛："刚才过来的路上琪也问我了。你……知道她要走？"

"嗯。"宋丛苦笑一下，"怎么可能不知道。"

即便祁琪从来没有说过。

欢尔稍作停顿，说："琪下周六的飞机，去英国。栖迟最近都加班，我周六早晨回学校，你……她说既然你也回不去，就不聚了。"

曾经要好的伙伴们四散开来各有生活，早已不是打个电话就能骑上单车出现在对方家门口的那个时候。

宋丛听罢低低"嗯"了一声。在他发去回家日期的时候祁琪已经知道见不成了，可她什么都没有说。如果……如果她告诉他下周六走，宋丛想自己一定争取调班，哪怕工作日晚上赶回去第二天再回来——祁琪不愿他这样勉强。

好像，就好像她无比清楚，在那段已经结束的感情里，他们都为对方勉强过太多次。

"临走确实好多杂七杂八的事儿。"欢尔见宋丛神色黯然有意安慰，"我这大闲人约她还得看档期呢，琪说排了好多局，她还要抽两天去看爷爷奶奶。"

"有机会再见吧。"宋丛笑着扬扬下巴，"快尝尝我们这儿的伙食。"

欢尔顺势夹起一块鱼香茄子放进嘴里，味道溢开便"哇"的一声说："简直是三院食堂的孪生茄子！"

景栖迟替她拧开饮料放到餐盘旁边："我就说你肯定爱吃。"

这种酸甜又交织着一丝辣的味道是他们三个的共同记忆。

"听我爸说食堂换师傅了。"宋丛边吃边道，"从前的大师傅出去开餐馆了，院里医生刷脸打九折。"

景栖迟接话："那咱去吃饭还得带一个才能享受优惠福利。"

"欸，"欢尔捏住他下巴，"就你这花见花开的俊俏小脸，到哪儿不打折。"

"马屁精。"景栖迟话虽如此，可一脸享受表情遮都遮不住。

宋丛嫌弃地挥挥手："你俩啊，吃完麻溜走。"

欢尔"啧啧"两声，语气间透着无尽惋惜："完了，富贵了。"

景栖迟配合她上演凄凉探亲小剧场："不让你进城你非来，这一路风餐露宿终是落得一场空。"

"怪不得别人，你我再打包两顿一走便是。"

宋丛被这俩人逗得笑弯了腰："吃都吃了，还惦记打包呢。"

难得见面，又赶上休闲周末，吃过饭三人就地换到角落位置聊天。宋丛问欢尔住哪里，欢尔指指景栖迟："昨天在他们那儿对付一宿，晚上跟杜漫说好去她宿舍住。"

景栖迟赶忙补充："她住我房间，我跟邱阳住。"

"谁问那么具体。"宋丛挑眉，"怕我回家告密呗？"

欢尔脸一红。

景栖迟倒无所谓的模样："怕你给我们上生理普及课。"见欢尔羞涩随即转换话题："你最近跟杜漫有联系吗？"

"偶尔。"宋丛说道，"她一直想考我们学校的研，今年实习又避不开，压力很大。"

"怪不得。"欢尔听到这里叹气，"前天我俩打电话她一直哭，宋丛你多帮帮她。"

这小妮子自定下考研目标又有恢复高中苦读状态的趋势，朋友圈万年不更新，发条消息过去三天才想起来回，问在哪儿不是图书馆就是自习室。欢尔来之前两人通过一次电话，没聊几句杜漫就哭了。那天她被带教老师当着所有人面狠狠训了一顿——医院不养闲人，做得了做，做不了滚蛋，而原因是她在科室做考研试题未能及时接到同事电话。杜漫在那头哭得上气不接下气："我考研就为让路更宽一点儿，欢尔我真想做个好医生，自打学医我没有一天不这么想。"

鱼与熊掌向来难以兼得，欢尔完全理解她的力不从心。

杜漫闪闪发光的梦想让她选了一条孤独又艰难的路。

"都是同学，能帮的我一定尽力。"接着宋丛又道，"以前我真不知道杜漫是这样的人。"

"怎样的人？"

"就……有点儿轴，认死理。"宋丛回想起两人不算太多的交往，"可能是身边这些人里最能坚持的一个。"

"你后来转走了嘛。"景栖迟说道，"满打满算没做足一年同学，能了解多少？"

"也对。"宋丛点头，"人都是越接触越了解。"

"你们能想到心妍回去考公务员吗？"欢尔双手撑住下巴，"那么好折腾一人。"

换男友频繁到大家记不住名字，追星、旅游、社团活动一个没耽误，毕业照连发两次九图朋友圈，若说这四年谁过得最风生水起，廖心妍当属第一。

欢尔真怕她考上了把天河财政系统闹翻天。

谁料景栖迟和宋丛双双耸肩："不意外。"

"心妍一路班干部当上来，"宋丛掰手指头数，"初中团支书，高中做班长，大学院主席……"

景栖迟顺着往下说："未来'三八红旗手'强干女领导，这条路谁比她适合？"

欢尔被说服了。她恍然有种感觉——廖心妍很早就知道自己要什么，或者需要做什么，这四年更像一种计划之内故意而为的自我放飞。

好似午夜十二点钟声响起，人物各自归位，童话戛然而止。

　　对人生满怀确定的人很少遗憾或懊恼，因为那是自己认真选择的人生。

　　食堂窗口关上又打开，空旷的室内有人在哼唱《爱拼才会赢》。

　　　　一时失志不免怨叹

　　　　一时落魄不免胆寒

　　　　哪怕失去希望

　　　　每日醉茫茫

　　　　无魂有体亲像稻草人

　　　　人生可比是海上的波浪

　　　　有时起有时落

　　　　好运　歹运

　　　　总嘛要照起工来行

　　　　三分天注定

　　　　七分靠打拼

　　　　爱拼才会赢

　　许是福建师傅，闽南语发音字正腔圆。

　　三人静静听到结束，欢尔起身：“走吧，晚了漫漫还要等我。”

　　景栖迟带欢尔，宋丛骑在外侧，明净的天空中突然出现一盏弯弯的月亮。

　　如同高中某个晚自习结束的回家路上，有淡淡的风，有经过的人，也有只彼此才懂的话。

岁月带走了一些忧伤，可又赋予新的烦恼，带来怦然心动的爱情，也留下弥足珍贵的伙伴。

对他们来说，相识至今的八年非三言两语可以描述。

他们唯一确信的是，在未来的一个又一个八年，对方会像那盏月亮，一直出现在自己的生命里。

Chapter 17

栖迟，栖迟

如果让陈欢尔自评迄今为止不算漫长的人生，大概她会选这两个字——追赶。

呱呱落地就开始与死亡赛跑，在意识建立之前就在追赶健康。所幸老天没有太坏，降下灾祸的同时赋予她一双无可比拟的好父母，他们是世界上最棒的爸爸妈妈。他们叫她欢尔，于是带着他们真切虔诚的意愿陈欢尔用斗志与耐力闯过这一关——她跑赢了死亡，并且再不会回头看它一眼。

后来被掷入天河这片洪流中，优秀之人多如牛毛，待解疑问似漫天繁星，她仿佛大象脚下的一只蚂蚁，除了让自己习惯追赶再无其他办法。追赶他人变成偌大自然界里优胜劣汰的被迫选择，卧薪尝胆成王败寇，她铆足劲儿一点点一步步甩开很多人，她终于变成开始闪光的陈欢尔。

大人们常说习惯成自然，现而今陈欢尔已经习惯不停追赶的命运。她自配一副跌打损伤药膏，做不出的实验那就再做一遍，报错了的数据那就再算一遍，写不下去的报告那就看文献捋思路通宵达旦也要干翻它，在学术这座大山面前，其实她也分不清追的是山顶还是自己。唯一可做的就是一直往上爬，正因为不知道，只能带着"我可以"的信念爬上去看看。

她遇到一位好导师，丁和平虽性情有些古怪——比如心情好时可侃侃而谈两小时，心情差则全天谢绝见人；比如他在场时不许组里人穿高跟鞋，因为走路声音会严重阻断他思绪；再比如对报告与论文格式乃至标点符号都持有严格要求，稍有差错立马打回。可欢尔只看得到他凌晨两点回的邮件里一条条直击痛点的修改意见，和业内知名期刊上他那理论前沿数据翔实的学术论文，人人都说丁和平是个怪老头儿，可跟着这样一位导师，陈欢尔如鱼得水。

四月初，欢尔被叫去谈话，丁和平开门见山："有没有考虑过转博士？还在我组里。"

欢尔被问得一蒙，当下反问："这么突然？"

这下丁和平倒笑了："你本身成绩不错，这两年的进步有目共睹。之前跟着做的那个项目论文也快发了，我这里没那些乌烟瘴气的东西，全按贡献率署名，算共同作者。"

欢尔终于缓过神——硕博连读，面前凭空多出一个选择。

有点儿意外却又不那么意外。因是本校学生，保研后就开始进组跟师哥师姐做项目，大四被生生过成研一，入学前课题已经敲定。这样看来她的确快人一截，只不过每天念着实验能否成功，报告是否拿得出手，她从未想过深造这件事。

"我一直认为搞科研的人必须有点儿执念。"丁和平看着她，"欢尔你啊，沉得下心，不浮躁，是棵好苗子。"

这话倒让欢尔惊讶万分，吹毛求疵的老丁头儿竟也不吝啬夸奖？

还是对自己？

她问道："您是领了配额任务？"

"配额没有，但缺人干活儿也是事实。"丁和平无奈地摆摆手，语气忽而有些动容，"学校五月初下正式通知，你是我第一个叫过来的。药理药剂小了说是科研创新，往大了说就是全人类的使命。我希望你认真考虑考虑，毕竟这是一条枯燥孤独的路，也会是你人生的一个十字路口。"

许是被丁和平恳切的言语触动，欢尔重重点了下头："我回去想想。"

"行，就这事儿。"

欢尔道谢，转身走向门口。

开门之前又回过身："您真觉得我适合读博？"

"适合。"丁和平笑，"我这人对领导说过假话，对学生从来没有。"

欢尔也笑："我替您保密。"

这天晚上，陈欢尔在家庭群发起语音邀请。陈爸陈妈很快上线，她便一五一十转述了与丁教授的谈话内容。语毕，那头罕见地静默片刻，而后照例陈爸率先开口："你自己怎么想？"

"我……想读。"欢尔告诉他们。

"你既然决定了，爸妈百分百支持。"陈爸说话向来中气十足，"只有一条，不要太累，不能弄得身体吃不消。"

"嗯。"

"欢尔，"陈妈这时唤人，语气难得严肃，"读博很苦的，甚至它不会像你准备高考，努力了付出了就一定会在某个节点有所收获，考虑清楚了？"

母亲一向理性通透，这正是陈欢尔整个下午都在思考的问题。

少则四五年，多则七八年甚至更久，科研这条路没有捷径却有难以计数的不可控变量。而转博更意味着一旦中途放弃，她连一纸硕士文凭都无法拿到。

欢尔沉默一瞬回答："考虑清楚了。"

她有想做并且一定要去做的事。

"所以还是想读？"

"是。"

"那我们就做你的坚强后盾。"陈妈笑了，在电话那头呼叫丈夫，"陈磊，你们老陈家这回可真光宗耀祖了。"

"嘿，我闺女那还用说。"

父母向来是欢尔最为珍视的骄傲，从小到大，从一而终，此时此刻她终于意识到，也许自己对于他们也是如此，只不过那份骄傲更内敛，却也更深邃。

三人又聊些身边的新鲜事与七七八八的家长里短，通话结束前陈妈忽然提醒："你也赶紧跟栖迟说一下。"

"知道。"欢尔下意识回答。

"挂了吧，早休息。"

语音挂断，她蓦地反应过来——爸妈什么时候，不，他们怎么知道的？

和景栖迟在一起这事他俩达成共识暂时谁都没和家里提，宋丛是自己人自然尊重当事人的意思。倒也不是有顾虑，家属院人多，大家关系又近，他俩一南一北都不在本地，到时父母们免不了被问七问八，周叔家的周游和珊珊姐先例在前，他们都觉得麻烦。

既然早说晚说没差别，不妨先过段清静日子。

至于偷偷摸摸搞地下工作却也算不上。过年那几天出去约会几次，父母问和谁欢尔老实答栖迟，家中二老总表现出见怪不怪的样子，除了嘱咐"早点儿回来"再无一句询问。得空往对方家里跑也全无避讳——当然，接吻是关上门的。

欢尔只能理解为，家长们知道了，可没当回事。

也许和宋丛一样早看出点儿苗头料到会有这一天，也许认为他们还不够成熟今后仍有变数，所以不愿站在第三方立场过多干涉。

没关系，只要她和景栖迟笃定就够了。

欢尔给大忙人发消息："在干吗？"

环岛人工智能实验室月底将正式对外发布成立消息，宣传计划的重点是四个不同维度的纪录短片，景栖迟被选为《热血》单元的主人公。欢尔知道他们本周正在紧锣密鼓拍摄，心不甘情不愿的男主演一定忙得团团转。

果然半小时后收到一张照片——扛着器材的摄影师和正扬手指挥的导演，景栖迟发来语音："说要补一个我那单元的素材，代码写一半被姜头儿叫回来，回去还得继续写。唉。"

语气中尽是心酸无奈。

欢尔笑着回复："谁让景工形象那么好，一不小心拉高群体颜值。"

景栖迟发来一个苦兮兮的心累表情。

接着又是一条语音："五一车票买好了。你都不知道姜森有多资本主义，我请两天假他非要按工时算，就差精确到分钟了。"

"请不下来就算了，我过去。"

"别。我可舍不得你折腾。"

欢尔将这条反反复复播放三遍，心里忽然很堵。

异地时间里，绝大多数情况都是景栖迟南下，频率大概是每月一次。即便他从未说过，欢尔知道一定很累。

高铁五小时，飞机三小时，再由车站机场辗转到学校，待不足四十八小时就要回去，怎么可能不累。

心里堵的原因是，一旦她读博，这样的状况注定会延长。

最少，最少也要四年。

在下午那场认真而漫长的考虑中，欢尔不是没有想到他们的以后。非要说的话，是某一种念头硬生生压过另一种，二选一向

406

来残忍。

欢尔敲下三个字发过去："我等你。"

他已经够累了。

心疼也好，犹豫也罢，她只是做不到将决定说出来。

环岛 AI 实验室成立的消息铺天盖地，同样在这一天，景栖迟如期而至。

下了课欢尔一路小跑冲下楼，在教学楼一层大厅隔着熙攘的人群和大门玻璃，她看到几米开外的他——深色九分裤白 T 恤，一手抓着外套一手插兜，和旁边等待女友下课的男生并无二致。景栖迟经一番定位准确找到她，随即咧嘴笑了。

有时，一定有那样一个瞬间，你会觉得生活将所有的好运都给了你。

慷慨地、无私地，带着生机勃勃的期待。

一如此刻——喜欢的人落在眼底，即便步伐移动得很慢，即便周遭喧嚣吵闹，即便仍隔着一段距离，可就是知道，一定可以安安稳稳走到他身边。

不，欢尔等不了，所以她用跑的——一路说着"借过""抱歉"，她拿出运动会冲刺的劲头飞奔过去，而后不顾周围目光直接跳到他身上："你好棒啊。"

在刚刚过去的课间，她和其他人一样看到了那条覆盖全网的宣传片——七点起床，洗脸刷牙骑单车去公司，在楼下买好咖啡面包带上楼，电脑屏幕上是密密麻麻的代码。午休期间有画外音提问："全组年龄最小，资历也不敌他人，压力大吗?"

"大啊。大到经常睡不着觉，有时半夜起来还会开电脑。"

"那时候在想什么?"

"也没想什么，就尽力把手里的活儿做好。"

"选这一行的原因?"

主人公对着镜头笑笑，反问道："你有没有想为身边人做些什么的时候?"

讨论会眉头紧锁，键盘敲下一行又删掉重写，同事过来他认真与他们对话。华灯初上骑车返回出租屋，外卖、洗澡、头发湿着重新坐到电脑前，单手托腮思考一会儿，主人公忽然盖住镜头："别拍了，我要给女朋友发消息。"

屏幕暗下去，接着推出一行字——致每一个热血的你。

景栖迟的一天被浓缩进两分半钟的视频里。

实在没有太多特别可言，就像偌大城市中每个正在岗位上打拼的年轻人，日出又日落度过平凡、忙碌、波澜不惊的一天。

景栖迟抱着她笑："先下来。"

"不。"欢尔挂在他身上，双手搂得更紧。

"我还得待几天，咱俩总不能不吃不喝晒成标本吧?"

欢尔听罢说句"那倒没必要"，灵活地跳下来稳稳落地。

景栖迟这才眯起眼睛打量她："什么情况?"

身后出教学楼的同学们过来打招呼："欢尔盼到真人啦?"对方又朝景栖迟笑笑："我们都看到你们公司宣传片了，拍得太好了。"

另一人接话："还公然撒狗粮，你可真行。"

景栖迟默默牵过欢尔的手，有点儿不好意思地回应道："我也不知道能剪进去。"

欢尔小鸟依人靠上他肩膀。

"走啦走啦。"同学们见状纷纷故作鄙夷状，"哪有你们这样追着人虐的，线上虐到线下。"

他们都知异地辛苦，不去打扰便是最好的祝福方式。

待周遭清静些，欢尔问道："最后那句怎么过审的？"

景栖迟摇头："我也是今天发布才看到成片。当时跟拍了小一天，拍到最后我都烦了才说要给你发消息。估计姜头儿和龚博都提前看过，他们觉得没问题就没问题呗。"

欢尔嘿嘿乐："可能这样显得员工比较真实。挺好，名花有主省得别人惦记。"

景栖迟单手捏住她脸："哦，敢情看我火了才这么主动。"

欢尔小鸡啄米般连连点头说："我怕把你弄丢了呀。"

景栖迟不由怔了怔，偏过头迅速亲了下她鼓鼓的嘴巴。

"犯规！"欢尔怒目而视。

有人朝这边看过来，她有些羞涩地躲到他身后，小声嘀咕："遇到我同学多那什么啊。"

从小窝里横，熟人面前放飞自我天不怕地不怕，长大也没好多少，陌生环境下向来又乖又窝囊。

景栖迟当然了解她这属性格，暗自笑着重新拉起她的手："走吧，吃饭去。"

就在刚刚，他忽然确信了一件事。

这件事很重要，好像早就有了定论却又一直悬而未决。

亲人离世、梦想破碎、转换方向奋起直追，对景栖迟至关重要的每一个节点，即便是悲伤绝望暗无天日的那些节点，陈欢尔都以陪伴者的身份留在自己身边。因为是从朋友开始，景栖迟偶尔会想是不是在欢尔心里他仍是那个可以互相鼓励需要互相扶持一路走下去的——朋友。

这想法让他困惑失措，也让他慌乱胆怯。

他爱她，是成年男人之于女人，接吻时有强烈生理冲动，加班时会想等工资发了攒着买房，经过幼儿园听到孩童欢笑声暗自憧憬余生这样再好不过，他十分确信自己对欢尔是这样一种爱。

邱阳常逗他，长了一张招小姑娘稀罕的脸，有着一颗被丈母娘首肯的心。

是，那些念想或许不够浪漫，可足够踏实沉稳。

欢尔说，我怕把你弄丢了。

她的神态、语气、肢体动作，所有所有都在传递一个信号——你之于我，一如我之于你。

没有人知道景栖迟现在有多高兴。

两个人去学校旁边的火锅店吃饭，排队许久才入场，席间又遇到计院一帮师兄师姐，大家聊天喝酒交流近况，一餐饭吃上两个小时。从餐厅出来绕学校散步消食，在景栖迟提醒三遍"回去吧不然宿舍要关了"之后，欢尔问："你住哪里？"

他随手指向不远处的酒店："下午就把行李放过去了，别担心。"

欢尔又开始说别的，走出一段见时间真来不及，景栖迟揽过她肩膀朝药院宿舍走："快点儿，再不回去得跟我住了。"

欢尔停下，双手拉住他的手："不能跟你住吗?"

像是撒娇，又像等待请求被允许，她晃了晃他的胳膊。

这一晃差点儿把景栖迟心脏摇出来。

临近午夜，静谧的校园路，热恋中的一对情侣。

他当然明白欢尔的意思。

"能是能。"景栖迟舌头打结，"但……但我……我没准备啊。"

"你定的标间? 不能换?"

这丫头念书念傻了?

景栖迟有些好笑地点她脑门儿："安全措施。"

欢尔不以为意："旁边有二十四小时便利店。"

小景同学一下回过味儿来，傻子明明是自个儿——人家故意拖到现在，计划周全缜密，步骤安排得明明白白。

"哦，难道你指的准备不是物料，是……技巧? 要实在没……"欢尔忽然脸一红低下头，"咱俩可以看视频……先学习一下理论。"

哪儿跟哪儿啊，她本来猜对他所谓的准备却偏偏想多来一出风马牛不相及。

景栖迟侧过脸憋住笑，管理好表情又重新看向她："你说那个不用准备。"

欢尔猛地抬头，面色稍有些惊讶："所以你……"

"想什么呢。"景栖迟抬手刮下她鼻头，语气带些无奈，"我没实战过。"

欢尔"哦"一声，忽而又笑了："那是不是更应该看个片儿准备一下？"

雄性物种的某种野心突然被激起来了。

景栖迟靠近她耳边："你非要看，后果自负。"

借着月光和路灯，他看到她耳朵通红一片。

玲珑乖巧红通通的一只小耳朵，天知道他用怎样的信念战胜自己才没一口咬下去。

"走吧。"景栖迟定定神揽过她朝校外走，"我订的大床房。"

其实欢尔一代父母尚未形成对子女做性教育普及的意识，可家属院长大的孩子在这点上多少能比同龄人坦然淡定些，毕竟在三院食堂饭桌上"包皮环切术并发症"也曾成为学术讨论话题。所以面对便利店收银台前货架上花花绿绿的包装，两人旁若无人拿起又放下，经一番研究才选定一款超薄型产品，欢尔甚至凑到景栖迟耳边小声提醒："看看尺寸，别用着不合适。"

"这一排规格都一样的。"景栖迟不以为意，"不紧就行吧，又不会掉。"

"真有掉进去的。"欢尔一本正经，"我听我妈说过病例，当时没在意以为能排出来，后来差点儿感染，可麻烦了。"

景栖迟笑："那厂家可以开发一套高定服务，走会员制。"

收银小哥见惯买计生用品的顾客，有急匆匆走人的，也有顾左右而言他的，像这种从市场需求聊出商机的，真真头回见。

"多少钱？"

"哦哦，三十二。"收银小哥还没缓过神，一时竟分不清他们买这东西做何用途。

景栖迟付款道谢，揽着欢尔离开。

又一对男女进店，女生站在门口四下张望，男生随手捡一盒放到收银台上生怕被别人看到似的全程一言不发，迅速结账过后两人挽手出门。

这才是正经路数嘛。收银小哥瞧着他们的背影暗自感慨。

景栖迟入住的地方是学校旁边一所公寓式酒店。玄关左侧卫浴一室，空间还算宽敞，右手边是可供简易起火的电磁灶台和洗碗池，头顶橱柜置备餐具。进去是个大开间，一张大床一张单人书桌，衣柜嵌进墙里，落地窗打开有一个半米宽的小阳台。欢尔直奔阳台而去，映入眼帘的是校附属医院。她兴奋地指了指："能看到我宿舍楼哎。"

午夜将过，那里一片静谧。

景栖迟从桌上拿起眼镜戴上，而后走到她身边："每次过来我都住这儿，就是找不准你住哪间。"

欢尔定睛看了看还是摇摇头："我也分不清。"

她不曾从这个角度看过宿舍，窗口都一模一样，的确难分辨。

"反正十一点半熄灯，"景栖迟望着远方，"灯一灭，我就认定你已经睡了。"

欢尔蓦地一阵鼻酸，有感动亦有心动。她把脑袋扎到他心口，忽而明白了自北京辗转南下的每一个晚上他都在想些什么。

也许，也许景栖迟的那份感情远超于她对他的。

"你觉不觉得，"景栖迟宠溺地揉揉她脑袋，"我们住过的房子都是红色的?"短暂沉默后他继续，"以后我想买个这样的红房子，和你长长久久住下去。"

其实来之前，欢尔是有心事的。

她想郑重告诉他自己的决定——栖迟，我打算读博，那意味着未来四年或五年我们会一直分隔两地。

然而这一刻陈欢尔打了退堂鼓，她觉得在这样的节点，在这样什么都刚刚好的午夜，那样的决定说出来太过残忍。

她挣脱他的怀抱，语气轻松回一句："我去洗澡。"

景栖迟看着她蹲下身从自己的行李箱中熟练抽出一件 T 恤，而后脱掉球鞋又脱掉袜子光脚去往浴室，思绪恍然间被带到很久以后，三十岁或四十岁，他也不知道，唯一可以确定的是，一定，一定要把陈欢尔留在身边。

他太清楚自己早就离不开她。

欢尔洗完出来正对上男人的灼灼目光，她赶忙跳上床把自己扔进被子里，嘴里小声催促："你快去洗。"

景栖迟歪嘴笑一下，捏捏她脸走进浴室。

就，很仓促，草草打过浴液又冲干净，当然重点部位还是少不了仔细清理。

用浴巾擦干，景栖迟想了想还是套上了 T 恤和内裤。

即便他知道自己亦知道欢尔都已做好准备，人生又一个第一次将在今晚徐徐展开。

"栖迟，栖迟。"

欢尔叫他的名字，魅惑十足。

第一次，其实不知道应该怎么做，可好像也做对了。

景栖迟扎到她颈窝，哑着嗓子问一句："可以吧？"

"嗯。"欢尔给出答案。

似乎听到有什么破碎的声音。

景栖迟截住落下的泪，他将又咸又涩的液体吃进嘴里，抚着她的头轻声抚慰："好了好了。"

停不下来，眼里是最爱的人，所以彼此都停不下来。

第一次，这是他们青涩却欢愉的第一次。

那种感觉许久不曾退去，如同熬一个大夜看见地平线上初升的一抹朝阳，疲惫，开心，值得。

景栖迟吻上她的额头，笑了，眼睛亮如繁星。

他说："你所有第一次都是我的。"

"嗯？"欢尔筋疲力尽摇了摇头，"初吻不是。"

在她的印象里，那属于前男友。

不需要遮掩，过去也是人生的一部分，她可以做到坦荡。

"也是。"景栖迟语气肯定，"高三，有一次你睡着了。"

不曾对任何人提起，连当事人都不知道。

那一年晚上他在她家写作业，偶遇难题记起家里有辅导书。他想打个招呼却发现欢尔睡了过去，长长的睫毛盖住眼帘，呼吸平稳安逸。他吻了她，嘴对嘴，脸几乎贴上书桌，那是除去星月谁都不知道的彼此的初吻。

后来他独自回家取书，欢尔勃然大怒，她以为他会轻视自己。

不会的，至少因为你我也不会。

不可以说，所以景栖迟从未说过。

自父亲意外离世，很长一段时间里他对地久天长产生质疑。是陈欢尔救了他，不疾不徐，不紧不慢，喜欢在漫长的岁月里延展成为爱，最终一天比一天更深刻。

吃醋过、懊恼过，也在某个失眠的夜里握紧拳头去凿墙——为什么不早一点儿告诉她，为什么看她和别人出双入对还装作无所谓。

好在，那些都过去了。

欢尔后知后觉掐他胳膊："景栖迟！"

"别闹。"景栖迟将人揽进怀里，暗自笑笑，"再闹治你。"

欢尔老实了，骨头已经散架，她可承受不起再被折腾。

过去好一会儿，她推推身旁闭目养神的人："你是不是很早就喜欢我？"

一天辗转景栖迟疲惫不堪，含糊着答一句："对，很早很早。"

欢尔继续问话："很早是什么时候？"

他困到神思模糊，下意识将她搂得更紧："你不用知道。"

"为什么？"

"就是你不用知道。"

景栖迟睡了过去，漫长却充实的一天于他已经结束。

"栖迟，"欢尔抬手去摸他的眉毛，嘴里喃喃，"你会不会怪我？"

也许会牺牲"我们"，可我只能这么选，我有想做的事。

暗夜无声，时间被按下了暂停键。

她以为听不到回答。

许久，久到欢尔眼皮打架抱着他陷入浅眠，她听到对方回应："不会。我不会。"

Chapter 18

我并非无惧

隔日醒来已是正午，欢尔看着身边仍在熟睡的人，心里顿时柔软几分。

在刚刚过去的那个深夜，他们共同完成了一次蜕变仪式。

姿势很好，节奏很好，感受很好，一切都不能更好。

口干舌燥，她套上衣服，光脚去冰箱拿水。欢尔一边喝一边回到床上，掀开被子的一刻她注意到铺在身下的白 T 恤上的一抹红。

血迹已经凝固，小小一团，肯定洗不掉了。

那是一场告别的记号。

景栖迟不知何时已经醒来，他躺在床上拉拉她的手，像知她所想，没有说话。

他迅速亲了下她的嘴，又觉不够，手指穿进长发，舌头探进去。

"喂!"欢尔从他身上挣扎下来,用被子将自己裹成毛毛虫。

景栖迟电话响,接起后将手机夹在耳边,一边穿衣服一边回应:"对,特别巧,我跟欢尔刚进去就撞见师哥他们一大帮人。"

见欢尔看过来,他用口型告知来电人——大林。

"我?我四号回去。"景栖迟说着忽然双眼放光,"小陶也回来了?"

欢尔稍稍凑近些,听到电话那头的声音:"是啊,小陶和陈锋全在。你下午过来呗,今天天好,又好不容易凑这么多人。"

景栖迟抿抿嘴,还是告诉他:"算了,你们玩吧。"

大林、小陶、陈锋,这都是从前计院院队主力,想也知道这帮人在张罗什么。

"别啊。"大林不甘放弃,"那什么你把欢尔电话给我,我给你请假。我非得看看你们家陈欢尔是多不讲理的人。"

景栖迟一脸无辜地将免提打开,立场极为坚定地出卖掉兄弟:"他说的,我没说。"

大林不明所以,在那头继续说:"你现在就把欢尔号码发过来。这么着,电话我让小陶打,就说哥们儿出车祸了人在校医院,这点儿事分分钟给你搞定。"

哟?还有策略布排?

欢尔暗戳戳心生一计,故作漫不经心地喊话:"谁出车祸啦?"

景栖迟憋住笑配合:"哦,大林。"

"校医院是吧?"欢尔故意朝向听筒说,"你就别去了,到那儿也是添乱。我过去,正好有师姐在,联系起来方便。"

这头大林听得一清二楚，蓦地反应过来校医院可不就是本校医药院学生的大本营。

撞枪口上了。

他还不知反被算计，真怕陈欢尔只身前来拉着某师姐满院寻找车祸受伤的林先生，那岂不成了占用公共资源扰乱社会秩序的坏分子。

"栖迟你赶紧拦住她。"大林犯急，"就说我没事儿，皮外伤不严重……"话说一半回过神，"等下，你俩在一起？"

"在。"景栖迟招架不住实话实说，"林子啊我开了免提……"

"你孙子！"大林气得跳脚。

欢尔夺过电话，言语间尽是同学间的关心爱护："车祸伤到哪儿了？医生怎么说？用截肢吗？"

"玩笑，一个趣味十足的小玩笑。"大林谄媚地讨好，"最近怎么样？好长时间没见你了，改天一起吃饭呗。"

欢尔噎他："不了，毕竟我也不怎么通情达理。"

"瞧你说的。"大林还惦记踢球的事，赶紧发出申请，"欢尔啊，栖迟每次过来就待那么一两天，他想陪你，哥几个也不好意思叫他。这回小长假，你大人有大量给放半天风，踢完肯定胳膊是胳膊腿是腿给你完完好好送回去。"

欢尔无奈，她可从头到尾都没拦着呀。

"这小子不出来肯定怕你不高兴。"大林提议，"要不你一起来？小陶也难得回家，晚上我请客，完事儿咱撸串儿去。"

欢尔站在浴室门口看向当事人，这家伙洗脸动作真可谓粗暴简单，水珠溅到化妆镜上，池子周遭皆湿漉漉一片。从前景妈就念叨他洗个漱跟打仗一样，那点儿大咧咧的脾性丝毫未变。

"你们谁给他带双鞋吧。"欢尔说道。

"没问题！"大林忙不迭应下，"栖迟应该跟我一个号吧……"

欢尔答："四十三。"

"行行，我带！"大林惊喜过望，"嫂子……还是弟妹，不说了，晚上喝酒。"

放下电话，欢尔走到洗手池前拆开牙具包装，一边挤牙膏一边说道："你换条短裤。"

景栖迟擦完脸站到她身边："今天很热？"看到旁边自己的手机又笑着问一句，"问候完病号了？"

"我一会儿跟你一起去。"欢尔嘴里沾满泡沫，"场边送水这事可不能老被别人认领。"

景栖迟一下明白了。

拒绝大林不是不想，只因相见的时间太宝贵，他想一分一秒都只留给她。

欢尔"咕噜咕噜"吐一口水，隔着镜子与他对视："好久没看你踢球了，我顺便检查检查技术减退没。"

"怎么可能。"景栖迟从身后揽住她的腰，"我，球场一霸。"

他们都在尝试理解彼此，也许方法有点儿笨拙，也不是多么石破天惊的大举动，可尝试的确是所有开始的起点。

试着那样做吧，试过才知好坏对错。

"臭屁精。"欢尔笑着挣脱，"我要洗澡，快换裤子去。"

景栖迟逗她："你洗澡让我脱裤子，跟前台点号了？"

欢尔霎时间脸上一阵烧，连推带搡将人赶到门外："景栖迟你是狗啊！"

男生笑着带上门，忽而又大喊："坏了，我没鞋！"

"大林给你带！"欢尔在室内高声回应。

门再次被推开，景栖迟单手捂住眼睛蹭到她身边，迅猛而快速地在欢尔脸上亲一口，而后又赶忙退出："我什么都没看见。"

可爱，在此之前陈欢尔从不知道一个男人能可爱到这种程度。

柯基、秋田、吉娃娃、萨摩耶，他竟然比狗都可爱哎。

原本只是一场连裁判都没有踢着玩儿的球赛，围观群众却越来越多。欢尔也在周围的议论声中得知缘由——有人发了一条关于计院小景回校的微博，定位是操场，学生们——当然主要是女生，纷纷赶来观摩毕业学长的庐山真面目。

"你没看见环岛官微发的宣传片？都上热搜了。"

"就那个九号，真人比视频里还帅。"

"学长有女朋友，本人亲口认证，听说也是咱们学校的。"

欢尔听得旁边声音不觉挺起胸脯，然而除了她自己，无人注意到这饱含骄傲与虚荣的小动作。

对，作为男主的女朋友，此时此刻她的确有点儿飘。

景栖迟带球跑过半场，连过三人后起脚打中横梁，圆滚滚的足球弹出边界，主人公颇为懊恼地摇摇头。

"没事，还有角球！"欢尔朝场中大喊。

他看过来，只看着她挥了挥手。

站在场边的陈欢尔一下成为焦点，不用听都知道周围窃窃私语的主题。

她因为景栖迟从足球白痴变为彻头彻尾的女球迷，这时候不出头，留着奇奇怪怪的知识过年？

她当然得宣告主权。

无须大张旗鼓发布"我就是他的女朋友"，聪明的方式是用默契击退有心或无意的跃跃欲试——我们眼中只有彼此，所以别想了。

小陶体力耗尽提前下场，欢尔递瓶水过去，他顺势在她一旁坐下。

队友扔出界外球，大林与其相互倒几脚，随之开出高点，景栖迟一边后退一边判断落点，未等着地凌空抽射，足球带着一股蛮力冲破守门员防线。

"好球！"小陶大喝一声。

场边人群亦发出一阵惊呼，有男生情不自禁双手做喇叭状献出夸赞："牛！"

激动劲儿稍稍过去，小陶克制不住好奇，问欢尔："栖迟为什么没走职业？"

"他没说过？"

小陶摇头："刚入学那会儿大家就看出来了，他只说以前是足球特长生。后来踢高校赛校队点名把他要走还场场首发，体院那帮人什么时候服过外院，我们问他他就说技术不行。但行不行这事谁心里没数。"

那场职业梦是留在少年景栖迟心里的一个窟窿，它所连带出的一切让这个洞深得触不到底。欢尔知道他一直在尝试填满它，用绵延不绝的时间、用越发强大的自己、用付出与给予换得的那一丝心安，那是景栖迟无法向任何人说明的自我和解。

欢尔对小陶笑笑："他现在也做得很好啊。"

"那倒是。"在业内另一知名大厂工作的小陶也笑，"这家伙现在成环岛门面了，我领导说今年校招我们得派全公司最拿得出手的下校园才能扳回一城。"

欢尔扬扬得意："鸡蛋碰石头，别琢磨了。"

"栖迟一时半会儿是动不了了，他在 AI 实验室待下去前途无量。"小陶看着她，"你毕业也赶快北上吧，他啊，盼星星盼月亮。"

欢尔心头一紧。

他有他的理想，她也有自己的执着，两者之间隔着一段很长的距离。

是实实在在的物理距离，一千一百公里。

假期第二天，杜漫请宋丛吃了一餐饭。

是有意为之，为此她先问得他的休假日，而后与同事换了前一晚的夜班才得以空出一天。当然也没费太多工夫——她已是北大医学院的准研究生，不出意外以后依然会在这个圈子里混，成

424

年人都知道多份交情多条路的道理。

甚至，连那位曾冷言训斥让她不想干就滚蛋，好长时间一直给她脸色看的带教老师听到消息都特意来祝贺："边实习边考研的确辛苦，大家理解不到的地方多体谅。"和蔼可亲的样子却让杜漫不由有些失落。

她与宋丛说起这件事，男生不解问道："为什么？"

"我后来想明白之后其实一点儿不怪他，"杜漫坦言，"医院有医院的制度，轮转有轮转的规矩，就算打杂那也是我既然去就应该好好做的。我挤着工作时间看书做题，大家不挑理那是同仁间的照顾，不是义务。"

"所以呢？"

"他如果一直这样我会觉得……哦，不过就是人有些死板。"杜漫用筷子拨弄着碗里的青菜，"可知道我考上态度就……突然就好了。"

宋丛听到这里一下明了："觉得你出来能压他一头？"

杜漫叹气，看着他："名校光环就那么管用？"

宋丛想了想，点头："管得了一时是真的。"

"可管不了一世，对吧？"杜漫再次叹气，"毕业出来还不是要从头开始，你我都懂的道理，他怎么就不明白。"

"人家说不定看得更长远。"宋丛笑笑，"保不准你研究生念完又想读博，一路飞黄腾达成各院争抢的杜专家，到那时候不就用到了？"

杜漫笑着摆手："像你和欢尔？我才没那恒心。"

"欢尔？"宋丛蹙眉，"欢尔要读博？"

"嗯，就本校，硕博连。差不多月底就要申请了。"杜漫没太在意，"她还没告诉景栖迟，估计怕你走漏消息也就没说。"

宋丛不语。

他当然比任何人都清楚，博士，意味着时间。

即便他知道陈欢尔早就不是曾经的吊车尾，需要费尽全力才够得上天中的小城姑娘，这一路她从未停止过追赶的步伐，而正是那坚定扎实的每一步将她送到现今那更高更远的地方。

在燕园的这些年让宋丛越发明白，有人的确自出生起就具备某种强于人的天赋，也许自己也算那其中一个，可更多人是凭借无可摧毁的信念与无与伦比的坚韧推开命运之墙踏出一条血路，如眼前的杜漫，也如他的朋友陈欢尔。

宋丛必定不会阻拦，只是……

"你得相信他们。"杜漫双臂撑在桌上，"景栖迟说实话我接触不多，但欢尔我了解。她是觉得可以才会去做，学业是，感情也是。"

"栖迟应该第一个知道。"

"对，我同意。"杜漫点头，"可他更应该从欢尔嘴里听到。"

宋丛仍忧心未解："早一天知道他就能早做打算，几年时间不是小事。"

杜漫看着他眉头紧锁的模样眨眨眼睛，而后双手抱胸靠上椅背。

"宋丛，"她就这样安然自得坐着唤人，"你知道你最大的问

426

题是什么吗?"

"我?"

"嗯,你。"

"我怎么了?"

杜漫静静打量他一会儿,而后单手托腮,另一只手在空中绕着他画出一个轮廓:"你啊,你要学会天真一点儿。"

宋丛听到了,每一个字都清清楚楚,他皱着眉头抿抿嘴。

"就比如,"杜漫先是环顾小餐馆四周,而后重新看向他,"你不用考虑我的开销选这样的地方,我说请你吃大餐是真心感谢你的帮助,一顿饭不算什么。"杜漫稍作停顿,继续,"你才二十几岁,干吗总着急用四十岁的观点想问题?"

宋丛沉默片刻,低声说道:"习惯了。"

在还不是大人的年纪他就已经习惯了这么做,好像只有想得很多很远,他才能与不知等在何处的意外角力一番。

"是,你是会这样。"杜漫不置可否,静静说下去,"住家属院时我早就听说了你妈妈的事。人这一辈子多少都会遭遇变故,或大或小,可那并不意味着所有事我们都要未雨绸缪想得清清楚楚,提前预判并非都是好的。"

宋丛定定看向她,眼神意味不明。

"你要学会天真一点儿。"杜漫重复刚才的话,迎上他的注视淡淡笑了笑,"走一步看一步也自有它的乐趣啊。"

宋丛扭过头,默不作声。

"生气啦?"杜漫仍在笑。

"没。"宋丛挠挠眉头。从未有人这样,不带任何拐弯抹角地一语中的点出他的心思,他只是头脑有些乱。

极为罕见地有些乱。

杜漫越过餐桌拽拽他的袖口:"小宋,忠言逆耳。"

这称呼让宋丛一下笑出来:"小宋?"

"本来就是小宋啊,"杜漫弯眼如月,"我深刻怀疑你就是被景栖迟叫老了,我爸才管你爸叫老宋。"

听到这话,宋丛问她:"你爸身体怎么样?"

前两年杜母将医院商店转手并举家搬去乡下,宋丛后来从欢尔口中得知杜漫爸爸因持续肩背疼痛做过一次检查,检查结果是心脏不太好不宜从事高负荷工作。离开家属院后他们在朋友介绍下承包了一片果园,在远离天河闹市的地方安心做起养瓜专业户。西瓜味道如何大家还都没尝过,可从杜漫的表现看,至少生活安稳衣食无忧。

"好到不行,他那些瓜比我都宝贝。"杜漫发出邀请,"等欢尔回来你们去我家玩儿吧,有炕有大锅,别的不说,西瓜管饱。"

"炕?"倒也不是没去过乡下,可宋丛真就没见过传说中的烧火炕。

"对啊,我爸自己垒的。"杜漫对此毫不在意,反而满脸自豪,"来吧,带你们到杜家见见世面。"

"行!"宋丛答一声,又牵牵嘴角,"心里自在身体自然就好了。"

"其实我也怕。"杜漫看着他,"可谁没有惧怕的事儿?一天过去觉得今天也还可以，一天又一天，怕着也高兴着，这样活过一生就还算不错。"

"还说我？"宋丛摸摸下巴，饶有兴趣地看着她，"杜漫，天真的人可讲不出这样的话。"

杜漫一愣，随即又咧嘴笑了："所以啊，我也在学习的路上。"

在这餐饭开始之前，他们谁都未曾想过话题会延展到这里。有关朋友，有关家人，也有关那个总是思虑满满试图周全的自己。曾经在同一间教室里，他是老师夸赞同学艳羡事事优异的年级第一，而她是埋头苦读抓住一根改变命运的稻草努力攀爬的沉默女生，他们几乎没有交集。又或者此后许久直至这一刻之前，彼此之间都保持着淡如水的君子之交，对方的存在更近乎于一种被固化的形象，寥寥数笔尽可勾勒。

在宋丛眼中，这一刻杜漫开始变得生动，她所在意的、想要去改变的，她所执着的、努力去维系的，所有所有让他产生了一种相见恨晚却终于了解的庆幸。

而对杜漫来说，那个人终可以从同学被划分到朋友阵营——优秀如太阳的宋丛变为一个普通人，有血有肉有掩饰却也有真心的，这样一个普通人。

学会天真并不容易，所以回校后宋丛还是给欢尔发去一条消息："我听杜漫说你准备读博的事了，还是尽快告诉栖迟吧。"

欢尔收到信息时聚餐还未结束——昨日球赛过后程序员小陶一个电话被上司叫回挽救瘫痪的服务器，大林无奈只得将饭局顺延一晚。久未相聚的弟兄们又是追忆那场本可以打赢留学生院一雪前耻的比赛，又是感叹生活不易加班要命秃头指日可待，一帮人喝得五迷三道时至深夜仍无打道回府的意思，作为家属之一，欢尔只得尽到陪同义务。她并不觉得难挨，因为他们说了很多她并不知道的事，而那些事一件一件都发生在她与景栖迟保持距离互相远观的空白期，她在他们的谈话里以旁观者的身份不紧不慢补齐了关于他的所有。

法学院女生追人追到精疲力竭最终放弃，大二那年他与同学打赌黑了学校服务器差点儿被记处分，以及他在某个冬天破天荒买了一件女式毛衣说是礼物要送人，可最终被大林转手赠与当时女友——欢尔这才知道他曾默默给自己准备过一份生日礼物。

阴差阳错，大林半醉半醒翻出只有自己可见的朋友圈展示了那件毛衣的款式——纯白色的海马毛套头衫，看上去毛茸茸一片，景栖迟的审美向来不错。

欢尔回复宋丛："嗯，我知道。"

知道又能怎么样呢？

此时此刻她看着他就是说不出口，因为景栖迟在餐桌下正紧紧拉住她的手，骨节分明，血管凸起，就好像在说——真好，快熬出来了。

欢尔打来电话这天是个周五，景栖迟留在公司加班。北京刚刚下过一场暴雨，半边天阴云未散，另一边还未落下的太阳张扬地播散最后的热量，光线透过百叶窗投进办公室，留一片忽明忽暗的斑驳。

"我准备读博，"欢尔说，"通知已经下来了。"

景栖迟一时没有听清，因为邱阳和姜森要去吃烤肉，他们正问他要不要一起。

"我还得一会儿。"他朝他们挥挥手，"周一见。"

"弄完赶紧回去休息。"

他听到离自己更近的姜森的声音，再次挥手做出赶人动作，嘴里问道："你刚才说什么？"

隐隐听到了"读博"二字，可他并未将那与欢尔联系起来。

"我转成硕博连读，下学期开始。"欢尔用更清晰的语句告诉他。

电话那头没有一丝声音，没有人说话，没有键盘敲击声，她甚至听不到他的呼吸。

欢尔叫一声："栖迟？"

两秒或三秒的沉寂，他答："我在听。"

办公室最里面靠墙角的位置还留有一人，那是搜索组新来的算法实习生，此时耳朵里插着耳机正目视屏幕思考。景栖迟说"等下"，然后握紧电话从座位上离开。经过实习生所在那一排时忽而被对方叫住："景工，你能不能帮我看下……"

换作以往，他一定会立即过去。

可现在景栖迟只顾往茶水间走，他心不在焉回一句："先放着，或者晚点儿再说。"

"好。"初来乍到的男孩儿点点头，目光追寻他的身影又说一句，"那我先走了。"

回答他的是茶水间传来的关门声。

景栖迟走到窗边，情绪稳了稳，对电话那头说道："已经定了是吧？"

"嗯。导师不用换，课题回头再跟他敲一敲，程序挺简单的。"欢尔顿了顿，"顺利的话差不多四年……"

"为什么现在才告诉我？"从决定到申请再到定下来，景栖迟不清楚具体要多长时间，可他知道那绝不是三两天就可以搞定的。

在此期间，欢尔只字未提。

"上次你来我其实想说的，但是……"欢尔想不出该怎样表达那时的心情，语塞片刻告诉他，"后来就想等通知下来再告诉你，万一转不成也就算了。"

"怎么可能转不成。"景栖迟喃喃自语。欢尔成绩一直名列前茅，加之是本校学生、导师了解、环境又熟悉，通通这些或多或少都会受些照顾，药院比之其他学院本身体量小，报考生源也少，只要她想，只要申请书递上去，陈欢尔没有不被录取的道理。

这理由听上去就像……借口。

"总有个万一。"欢尔说道。

这是实话，虽然十拿九稳，可总归有个万一。欢尔听出他语气里的情绪，也知以通知的姿态告诉对方似乎不那么好，心里顿时生出一丝亏欠："你别生气好不好。"

"我没生气。"景栖迟咬紧下唇，随即又松开，"你说想读我

432

一定会无条件支持你，四年、四十年对我来说没有任何差别。只是欢尔……"他低下头，"你对我连这点儿信心都没有？"

没有第一时间说明，在景栖迟看来这件事远比即将到来的更长久的分离重要许多。

异地是可以被改变的——也许不是当下、不是即刻，可终归那是人为可控的，只要一方下定决心就能够做到。然而欢尔的顾虑，她放在心里不去坦言相告的某些顾虑，他不知道该拿那些怎么办。

"不是。"欢尔鼻头发酸，"栖迟我真的不是。"

只是没有找到合适的时机，只是想等一切落定再告诉他，只是……她只是不忍坦白异地还会更加长久的事实。

异地多难啊，做不到陪你加班，不知道请教问题的实习生的样子，没有办法在最近的地方感受你的喜怒哀乐，对每一个假期视若珍宝，想过去也盼星星盼月亮盼着你过来，就是因为太难太难才说不出口。

景栖迟打开百叶窗，夕阳余晖钻进小小空间，磅礴大气的晚霞绚丽浓烈。

"我有和你捆绑余生的准备。"他看着那片天空说道，"很久以前，久到我都没有意识到那会是一辈子。"

欢尔眼泪一下涌出。

说不清为什么，好像因自己多虑，好像为擦肩而过的那些时光遗憾，又好像想到他此刻在加班的夜晚独自一人留守。

她捂住嘴巴，生怕抽泣声会传递到电话那头。

景栖迟问："在宿舍吗？"

"嗯。"

"楼道里？"

"是。"

"回去吧。"

换作欢尔提问："你还要多久？"

"改个代码，很快。"

"晚上吃什么？"

"外卖吧。或者邱阳带回来。"

"还下雨吗？我看天气预报说北京今天暴雨。"

景栖迟掀开茶水间的百叶窗，室外一片晴明，未等开口，大滴雨珠接连不断砸上玻璃，一串串水痕顺流落下。

计划总赶不上变化，就像谁都猜不到下一秒的天气。

"还在下，雨不大。"他放下窗帘侧身靠墙，"别有顾虑，争取早点儿毕业。我等你。"

"嗯。"欢尔揉揉湿润的眼睛，"快去忙吧，别太累。"

从茶水间出来迎头撞上正要回家的龚乃亮，对方"嘿呦"一声："我以为谁把小岛放这里测试呢，吓我一跳。"

小岛是实验室正在研发的一款生态链人工智能，常被放置于各种场景做交互测试。

景栖迟笑笑："您怎么才回去？"

"刚跟欧洲同事开完会，有时差真是累人。"龚乃亮摘下眼镜揉揉鼻梁，"对了小景，你托我问的药企招聘那个事情有答复了，明年他们研发部门会扩招，985 院校硕士符合准入门槛，你呢，提早把简历……"

"龚博，"景栖迟打断，"先不用了，劳您费心。"

龚乃亮重新戴上眼镜："怎么，不是为你女朋友？"

好像什么都瞒不过这位实验室大老板的眼睛，那眼神没有一丝攻击性却总有洞察世事的智慧，景栖迟有点儿不敢与他对视。

"我女朋友……短时间不会过来。"他低下头，"申上硕博连读了，在本校。"

"这样啊。"龚乃亮点点头，语气带着过来人的宽厚，"是好事，你们学校不错的，任何领域都需要沉下心搞研发的人才。"

"麻烦您了。"

在景栖迟的计划里，欢尔明年毕业自然会遇到就业问题，他希望她来京所以力所能及范围内想帮她一把——做不到给她铺一条鲜花路，只是提前争取一些机会罢了。

这些当然不用告诉她。

"搞科研是一条苦路，作为家属你可得全力支持。"龚乃亮拍拍他肩膀，言辞恳切，"人啊，经常脆弱到不堪一击。经费投进去，实验一次又一次就是不成功，那时候谁都会陷入自我怀疑的怪圈，很可怕。想当初要是没有我家那位生活上悉心照顾工作上事事鼓励，我都不晓得自己能不能坚持到今天。"

"嗯。"景栖迟抿抿嘴，心里很乱，讲不出其他话。

"还不走？"

"有点儿事情没做完。"

"弄完赶紧回家吧，好好过个周末。"龚乃亮揽着他朝实验室门口走，"姜森是我直系师弟，他这人有主见性格硬，做事也雷厉风行，偶尔难免将压力转嫁到你们这些小的身上。要学会自我调节，遇到困难及时反馈，这点他一定可以帮到你们，不要受不住还自己硬扛。"

"知道。"景栖迟一直陪对方走到电梯口，语言间带些歉意，"龚博，我的事……不好意思。"

"嗐，无非打几通电话。"龚乃亮对他笑笑，"军心安定是我之幸嘛。瞧你这样，也是认准一个人了，我为你高兴。早点儿回去吧。"

电梯门缓缓闭合。

景栖迟在原地呆站一会儿，整层办公室灯火通明，只剩他自己。

邱阳应该还在吃饭，所以回住处也是他独自一人。

他忽然很想欢尔，她将自行车蹬得飞快以至于头发被风吹成杂乱一团；她在暖黄的台灯光芒下奋笔疾书，眼神向来坚定好像总知道自己为什么而去做这件事；她穿一条花裙子笑吟吟穿过校园，阳光打在她白皙的脸上，皮肤晶莹到好似一层易碎的薄膜。很想她，每一个场景，每一个时间段，每一个关于她的样子。

可是——景栖迟打开与欢尔聊天的对话框，他却不知道此时此刻应该和她说些什么。

因昨夜加班到凌晨两点，第二天景栖迟醒来已近中午。躺在床上给宋丛发消息问要不要回天河——来京工作后自然而然形成的习惯，一人打算回去总会顺带问问另一个，若时间凑得上车票便一起买了。宋丛先是回复这两天要参加学院组织的医疗下乡普及活动正准备出发，紧接着第二条："等我问问杜漫，她好像说这周要回去。"

景栖迟发去一个"行"，洗漱的工夫宋丛又发来一条："杜漫跑去听专家讲座，别管她了。"

景栖迟一下乐了，快速敲回去："我本来也没想管，是你有意让我管。"

聊天界面一直显示"对方正在输入"，却迟迟没有新消息进来。

百年难遇，这家伙还纠结上了。

邱阳卧室房门紧闭，也难怪，昨天喝到凌晨才回来。景栖迟买好车票，留张字条在餐桌上——我回家了，有事电联。邱阳自听说从实验室筹备阶段起姜森手机便二十四小时振动随时待命，深为触动，一狠心直接来了个原版照抄。毕竟在他心里姜森是比尔·盖茨、贝佐斯一类的存在，是近在眼前的大偶像。他不知道的是，姜森那人天生觉少精力多，喝一样的酒人家早晨八点就开始回邮件了——细胞差异也是门玄学。

去车站的路上收到宋丛回复："都是同学又顺路，照顾一下不是应该的。"

景栖迟赶忙铺台阶："应该，特别应该。"

其实从很早之前他就有这种感觉，比之祁琪，杜漫似乎是更适合宋丛的人。抛去长相性格那些测量匹配度的通用元素，在更深层次的理想抑或追求上，杜漫与宋丛完全一致。也许最初选择这样一个行业的目的不尽相同——欢尔说，杜漫是为争一口气，为了堂堂正正住在家属院，然而这口气毫不懈怠地争了五年以至于她已经离开那片住处却还在追求专业领域的精尖，杜漫与宋丛早已殊途同归——只为做一名好医生，一名救死扶伤可以帮助到更多人的好医生。

景栖迟与宋丛从小相伴一同长大，他了解自己的兄弟，也大概知道什么样的姑娘能陪伴他走完全程。

从前不说，是因为意识到这一点时宋丛身边有祁琪。至于现在为什么不点破——看聪明人装糊涂或真糊涂都乐趣无限啊。

宋丛又来发一条："你和欢尔这几天怎么样？"

聪明人装起糊涂来真的不高明。

景栖迟回过去："欢尔读博你早就知道？"

宋丛什么时候打探过他俩的事？再者以他那就事论事的脾气，要察觉出问题早就一语点破，这般拐弯抹角一定是不好说明的情况。

"我也是听杜漫说的。咱们仨本来你就垫底，别往心里去。"

"我怎么就垫底了？你俩有工资单吗？"

"没劲。网上红一把乡里乡亲全忘了，我手里可有的是黑料。"

"谁还没点儿存货，大不了鱼死网破。"

赶上独生子女一代，从小相伴的哥们儿近乎亲兄弟。不，某种程度上比那还要亲。没有共同赡养的义务亦无家产争夺的牵绊，可以贫可以拌嘴也可以指着对方说你没良心，总而言之试图表达的、极力安慰的所有所有就这样被对方接收到。景栖迟想，也许自己更幸运一点儿，和宋丛吵架的场景还发生在不谙世事的年纪——为一个签名足球冷战几天，自此之后的岁月他们都是对方手里那块铸铁打造的沉甸甸的盾牌，盾牌无声，一如我知道你沉默的心意。

回家后景妈已做好午餐，尽管早已过了饭点儿，尽管景栖迟直埋怨"说了不用等我"，母子俩还是聊着天一起吃完。餐后共同做大扫除，边边角角清扫一通，床单被罩扔进洗衣机又换上新的，各个房间玻璃皆擦拭干净，景妈提议去逛个超市。

两人刚进大卖场，宋爸发来语音消息："晚上有空吗？有空一起吃个饭，几个朋友聚聚。"

消息由景妈手机公放出来，未等景栖迟阻拦她已开始对听筒说话："栖迟回来了，你们先聚，我就不去了。"

"干吗不去。"原本推购物车向前走的景栖迟停下，"妈，你去你的，不用管我。"

宋爸又来一条："人栖迟没准儿也有安排了呢。来吧，六点我接上你一起走。"

"快答应。"景栖迟催促，"宋叔等着呢。"

他着实不愿自己回趟家反成为母亲的羁绊，聚餐、美容、旅游,他希望她的生活是充实快乐的,毕竟大部分时间里他都做不到守在她身边。

"行吧。"景妈带头朝果蔬区走,"去那边,给你备足口粮。"

"我有安排。"

"安排什么?欢尔宋丛都不在。"景妈说完也不看他,继续给宋爸发语音:"行,一会儿见。"

母子俩并肩向前走几步,景栖迟问:"妈,我和欢尔的事你知道?"

其实从未正面向家里交代过他俩的事,当然母亲也没有问过。

"知道。"景妈摆弄着果筐里的哈密瓜,挑两只成色不错的放进购物车里,全程没有表现出惊讶或其他情绪,好像也并无深究的打算。

景栖迟有些好笑:"怎么知道的?"

"你丽娜阿姨问我,我俩一合计就猜到了呗。"景妈睨儿子一眼,"你靠点儿谱,欢尔我可当干闺女看的,她受委屈别怪你没亲妈。"

"这不见外了嘛。"景栖迟嘿嘿乐。

说与不说的确没什么两样,尽管他并不清楚两位母亲在什么场景下用一种怎样的方式聊起这件事,她们不问就是在成全孩子们的自主权利。

"我说真的。"景妈挑完水果转而去挑菜,"欢尔往下还要读博,一晃好几年,这对你们都是挑战。凡事互相理解互相支持,尤其你要做好她的支柱，懂不懂？"

如同拼命追赶只差一步就能登上深夜末班车，一股极堵的情绪直插心底。景栖迟说不清是恼火是负气还是失落，似乎又怪自己慢了那么一点儿，总而言之就是堵。

宋丛知道，杜漫知道，连母亲都早早知道，他成了最后被蒙在鼓里的那个。

景妈像懂他所想，问道："欢尔开始没和你讲？"

景栖迟摇头："昨天才说。"

"那丫头肯定琢磨百分百把握了再告诉你。"景妈看着儿子，"只有拿不准主意的情况才需要商量着来，你见过哪个医院场场手术搞会诊？欢尔既然想做又事关她的学业，你只管支持她的决定就好。"

"我没有不支持，我就是……"景栖迟摆摆手，"算了。"

儿子不说，景妈也不勉强，豆角西红柿各装一袋塞进他怀里："去称重。"

景栖迟乖乖照做。

景妈隔着几步远看着他的背影，忽然觉得那个顽皮的刺头小家伙长大了。真正的男子汉当然会有心事，可她也相信他有化解自己心事的能力。

母子二人回到家属院恰遇宋爸从单元楼里出来，景栖迟打声招呼便把母亲推过去："你们好吃好喝，不用早回来。"

景妈还有一丝犹豫："要不你跟我们一起？"

"多大了还跟小孩儿似的带着。"宋爸笑，"少操点儿心。"

"还是宋叔懂我。"景栖迟问，"郝姨呢？晚上用不用我过去？"

"去宋丛小姨那儿了，甭惦记。"宋爸颇为欣慰地夸赞，"你看看，咱们栖迟早就会关心人了，大小伙子喽。"

"宋叔，我这叫纯爷们儿。"

两位家长一同笑起来。

景栖迟双手提着购物袋朝他们扬扬下巴："妈你快点儿。"

直到目送他们出了家属院，他才慢悠悠往家走。

走几步想起来自己手机还在母亲包里，赶忙回身去追，追到大路见宋爸的车已经开出去，于是止住脚步重新往回走。

这时身后传来声音："栖迟！"

景栖迟一回头见是欢尔母亲，稍稍诧异："您不跟他们吃饭去？"

在他的印象中，但凡聚餐这几位同校中人必定捆绑。

"嗯，我没去。"陈妈朝大路望望，"你妈走了？"

"宋叔他俩刚走。"

陈妈瞧着他手里两个大购物袋，干脆地下命令："你先把东西放回家，然后直接过来。"

"阿姨真不用。"

"我一个人也是做两个人也是做，不差你一口。"陈妈笑了笑，"顺便说说欢尔的事儿。"

景栖迟这才答声"好"。

陈妈来开门时屋内已有炒菜香，她一边催促着"快洗手给我剥点儿蒜"，一边回厨房翻炒锅内土豆丝，酸辣味冲击着嗅觉，回家的感受愈发强烈。

景栖迟进厨房给她打下手，忙活间隙问道："您今天怎么没和他们一起去啊？"

抽油烟机声音很大，他以为陈妈说了自己没听到，于是又问一遍："您怎么不和我妈他们聚餐去？"

"那个……"陈妈犹豫一下，背身告诉他，"都是你宋叔那边的朋友，再说周末我也想歇歇。"

景栖迟只听得要休息的话，未做深想说了句"也是"。

一荤两素很快上桌，陈妈添了饭，筷子递到他跟前："这么一想你都好久没过来吃饭了。"

工作后假期被排布得满满当当，偶尔回天河也是陪母亲，多半如今日，去个超市做场扫除看会儿电视，一天也就过去了。人人都说越长大越不自由，其实只是要承担的责任与要履行的义务在不断增加，而那些都占据着时间。

"的确有阵子了。"景栖迟夹一口菜吃下去，笑着评价道，"还是您做饭的味儿。"

"说我手艺没长进呗？"

他赶忙再夹一口："我用行动证明，保准没剩菜。"

"得了，慢点儿吃。"陈妈起身从冰箱里拿两罐啤酒放到桌上，景栖迟见状乐了，打开与她碰杯，说："谢谢丽娜阿姨款待。"

陈妈笑着放下易拉罐："欢尔刚才给我打电话了，说给你发消息一直没回。她也跟我说了昨天才告诉你要读博的事儿，猜你可能有点儿生气。"

"没。"景栖迟慌忙解释，"下午跟我妈去超市，手机放她包里了，到现在都没拿回来。我没生气，您跟欢尔说下。"

"你回头自己跟她讲吧。"陈妈憋住笑，"哪有年轻人谈恋爱靠家长当中间人的。"

"行，等我妈回来我就跟她说。"

"这件事确实欢尔做得不妥当，应该要第一时间告诉你的。"陈妈问，"欢尔小时候的情况你都知道吧？"

"嗯。"景栖迟点点头，"我知道。"

"她现在的导师，好像姓丁吧，欢尔想进他那个研究新型肿瘤制剂的课题组。"

景栖迟猛地抬头，这些他全然不知。

又或者，他忽略了她一定要读下去的理由。

陈妈看着他，不紧不慢说道："我和你陈叔也是后来才知道她想做的课题。欢尔呢，自己小时候遭过不少罪，现在有能力也有机会去攻克一道亲身遇到过的难关，因此这件事上她表现得比较坚定。退一步讲，就算我们都不支持她肯定还会去做，当然无形中可能忽略了你的感受，栖迟，阿姨这样说你可以理解吧？"

"阿姨，我……"景栖迟喃喃，"我应该早就理解的。"

"哎呀，什么早晚的。"陈妈端起啤酒，"来，喝一个。"

几口啤酒下肚，麦芽味格外清晰。

"我听你妈说你在北京工作也很忙，欢尔一读博聚少离多免不了。"陈妈点点自己，"榜样就在你俩面前呢。当年我跟欢尔她爸结婚赶上部队移防，你陈叔婚假没休完就走了，我们这不也挺好的。"

世间长久的夫妻总少不了包容与支持，陈妈一番话消除掉了他众多额外的担心与惧怕。

景栖迟笑了："陈叔一直是我榜样。"

"嘿，我在这儿坐着你夸他。"

景栖迟咧着嘴角大口吃饭，三下五除二干完一碗，一边添饭一边对陈妈示好："您再不吃我包圆儿了。"

"臭小子，跟念书时一个样儿。"陈妈笑起来。

Chapter 19

于我而言的你

又一个夏天到来时，杜漫终于迎来了伙伴们的到访。

杜家父母都很高兴，听得又是博士的又是在北京做高科技工作的，一早起来便张罗去饭店订个包厢，生怕怠慢了女儿的这些高才生朋友。提议被杜漫拒绝，她告诉二老家常便饭就好，这几位算不得外人。

"那怎么行。"杜父见女儿不上心立刻拿出过来人的姿态教诲，"你自己在外闯荡，爸妈又帮不上你，遇事可不就靠朋友帮衬一把。人家过来咱们就得拿出最大诚意。"

"你爸说的是对的。"杜母附和，"不是还要住一晚，第一顿怎么都要去饭店的。"

"真不用。"杜漫哭笑不得。父母吃过没文化的亏，早年去天河支过早点摊儿、做过家政，后来承包小卖店，又去当司机，他们用勤奋的双手换来还算不错的生活，可内心依旧缺乏某种笃

446

定。所以在他们眼中读书考学比所有事都重要，他们为她创造能力范围内最好的条件，甚至住在三院家属院都因他们觉得那是读书人的地盘，耳濡目染能让她习得一些知识。他们敬重也莫名崇拜腹有诗书的人们，也许……杜漫猜，面对着这些人他们会有那么一点点局促。

好好读书，最初是为他们的心愿，而后是为这个家的颜面，后来才变成为自己——当所有外在因素不会再影响做一件事的决断，这件事才是真正为自己而做。

杜漫早已跳出那个争一口气的怪圈，她理解父母的心情，却也再不会活在妄自菲薄的笼子里。

杜家父母还是试图劝说，她不得已偷偷给欢尔发去消息："赶紧发条语音过来，说你……就说你想吃大锅炖鱼、玉米面饼、西瓜皮馅饺子。"

欢尔此时与伙伴们刚上高速。景栖迟开了家里的车，宋丛坐副驾，她一人独占后排。收到消息赶忙向前探头："你俩谁吃过西瓜皮馅饺子？"

"西瓜皮？"景栖迟优哉游哉把着方向盘，"还包饺子？"

"嗯。"欢尔又看一遍消息，咧着嘴说道，"哎，不会是甜的吧？"

"怎么可能。"宋丛扭过头，"杜漫说的？"

"对啊。"欢尔笑，"让我跟她串通呢，估计她爸妈想请咱吃好的。"

景栖迟故意使坏："行啊，什么龙虾鲍鱼海参，跟她说不嫌多。"

欢尔瞄着宋丛的神态,见他没反应说句"好",举起手机开始发语音:"漫漫啊西瓜皮馅饺子还是算了吧,我们想吃……"

"你别瞎说啊。"宋丛见她真发直接上手顺过手机,"赶紧撤回,杜漫让串通肯定……"

一看收件人,这才知上当。

景栖迟不紧不慢从兜里掏出自己的电话,置顶联系人自然是欢尔,他开始播放那条消息——"漫漫啊西瓜皮馅饺子还是算了吧,我们想吃……"

"你俩几岁了?幼稚!"宋丛将欢尔电话塞回她手里,侧头看窗外。

恶作剧得逞的两人一阵大笑,尤其欢尔,躺倒在后排笑得差点儿打滚。

完全没有事先沟通,她在景栖迟说"海参"时就偷偷换了联系人,而他就是知道自己一定会收到这条"假消息"。

"老宋,"景栖迟逗人,"你说你第一次登门也不知道换身正装。"

宋丛自然没有真生气,颇为识逗地朝后备箱挑挑眉:"你怎么知道我行李里没西装领带?"

"得了,西装领带配大裤衩?"欢尔说笑间不忘回杜漫消息,按对方说的一字不差发去语音。

待她回完收起电话,宋丛瞧着景栖迟开始反击:"还说我。你头回登门是不是就大裤衩?"

"我没……"否定半截景栖迟语塞，第一次去欢尔家还是初三，别说头回登门了，连见未来丈人丈母娘都是穿大裤衩迎接的。

栽了。

"我们性质不一样。"欢尔再次从后排探过脑袋，又捏捏景栖迟耳朵，"对不对？"

"就是。"景栖迟抬手拉住她的手，"老宋你别混淆概念。"

宋丛哼笑："要不我开，你俩边上腻歪去？"

"怎么还吃醋了呢。"景栖迟故作娇嗔拍下他大腿，"好了啦。"

"开车开车。"宋丛颇为嫌弃地大幅度收收腿，转头朝欢尔说一句："也就你受得了他。"

欢尔嬉皮笑脸："求之不得。"

"一对活宝。"宋丛叹气，带熊孩子出游也不过如此吧。

杜漫等在村口，景栖迟按声喇叭她便兴奋地挥起手来。车一停她利落地跳进后座，同时指挥："从这儿拐进去，下面土路稍微有点儿颠。"

"你怎么还出来了？"欢尔嘻嘻哈哈又是抱又是揉她脸，"不用迎，你给宋丛画那地图他早记住了。"

这下杜漫倒惊讶了："地图？"

事实上她只跟他说了沿哪个方向走，遇到连自己都拿不准的便告诉他旁边有个什么商店、遇到什么样的建筑左转，怕说不明白最后还补一句——你们还是跟导航走吧，就是会绕一点儿。

449

显然这一路他们连导航都没打开。

宋丛指指杜漫，话却是对欢尔说的："她在我脑袋里画了张地图。"

"又来!"景栖迟与欢尔齐齐不屑。

杜漫与宋丛对视一眼，赶忙笑着指挥："右转。"

面前出现一条波光粼粼的大河，很宽，水位却不高，水岸相接的地方间歇长着几簇芦苇，乍一望去有些荒凉。杜漫告诉他们听说老早以前还发过洪水，最凶的时候把两岸的村子全淹了。那是他们都未曾经历的事，就像一条汹涌河流的退却，世间事总在辉煌与衰败间流转。

河水分流至杜漫家门前只剩一条都称不上河的小溪流，对岸是别户一排人家的后院，他们刚下车，那里便有个妇人喊话："小漫带朋友来玩儿啦?"

"李婶，"杜漫叫一声，家长里短搭话，"做饭呢?"

"焖豆角炖肉，过来吃啊!"

"不了，"杜漫摆手，"我爸妈买鱼去了，这就回来。"

李婶笑说："朋友来是要做点儿好的，你们玩儿，我进去看看锅。"

景栖迟打量一番周遭，发表结论："杜漫，你们这地方小康村啊。"

家家户户窗户明净，连着杜家在内两层小楼随处可见，虽是土路，可开下来路边几乎没有成堆的垃圾，以马斯洛的理论看这里正急速向金字塔上端攀升。

"先进示范村好不。"杜漫一边开门引着大家往里走一边介绍，"我们这边几乎都是果农，种西瓜的多。像李婶她们那边养鸡养猪的都有，现在都科学种养，回头带你们开开眼，猪崽们的住宿条件比人还好。"

欢尔惊喜："果园呢?"

"后边，这里看不见。"杜漫说着打开空调，又去冰箱里找水，"晚点儿再去，现在进田分分钟烤成饼。"

宋丛见她走来走去忙这忙那，又听她轻松地说起那些好似家长们才会闲聊的话题，心里忽然生出一种异样的感受。

就好像自己正在走近她的生活，朴素、原始、不带有一丝修饰的生活，而这种感觉……还不赖。

又或者可以形容成——好感。

不，他知道，这些在加剧着他的好感。

杜家父母到底没有听女儿的话。他们不仅买回六条鲜鲫鱼，还从饭店打包回全套餐食，冷热荤素皆有，餐盒装满两大塑料袋。老两口规划得一清二楚，中午现开灶还要等，况且孩子们刚来一定要招待好；晚上凉快些起火炖鱼炖得越久汤汁越香；明天返程送客自然要吃顿团圆饺子。杜漫对这套严丝合缝的说辞挑不出一点儿毛病，只得作势威胁宋丛与景栖迟——你俩是主力，得碗里没饭了才能下桌。

"还说别人是主力，你吃得比谁都不少。"杜妈嘴上虽这样指摘，见女儿散着头发就要吃饭，拾起柜子上的橡皮筋站到她身后便开始绑头发。

杜漫坐在桌前嘿嘿乐，任母亲一下下捋过自己的发丝。杜妈手巧，三下两下编成一条麻花辫，完工之后还不落座，绕着屋子四下踅摸。

"找什么？"杜父催促，"快过来吃呀。"

"我找个簪子给她扎一下，"杜妈的目光流转各处，"散下来捂脖子，大夏天的。"

杜父听罢也跟着看四周，最后拾起茶几上的圆珠笔："这不现成的，我都会。"

"你会你来。"

"嘿，还不信。"杜父来劲儿了唤人，"闺女过来，爸这手艺从你小时候练出来的。"

"又拿我当练靶场。"杜漫朝伙伴们挤挤眼，双手却诚实地挪动椅子凑近父亲。

"得了便宜还卖乖。"欢尔朝她乐，"你太幸福了，我小时候我爸给我扎过一回头发，差点儿没把我脑袋薅下来。我当时就发誓宁愿剃度出家也不许他再上手。"

宋丛逗人："幸亏陈叔没坚持，你如果剃度这会儿有人要烧庙了。"

景栖迟知他隐喻自己，手指点着桌子写字："庵，那叫庵。还北大呢。"

"怎么，北大不合你心意咯？"作为校友的杜漫挺身而出，"我们人多，别挑衅。"

景栖迟半截身子往欢尔那边凑，委屈巴巴诉苦："他们欺负

452

我。"

"好啦。"杜父满意地打量一番"作品",转头向妻子炫耀说："活计丢不了。"

"漫漫我看。"欢尔急急叫。

杜漫笑着侧转过身，乌黑的头发在后脑下方盘起一个髻，加之她今天本就穿件碎花布裙，整个人活脱脱变成遥远时代走来的曼妙女子。

欢尔"哇"一声："叔叔您真行！"

"还可以吧。"杜父被夸赞得心情大好，话也跟着多起来，"从前我在服装厂开车，剩下来那些款式过季或者有点儿残次的衣服全堆在一起让工人们挑，这丫头那几年穿的都是我挑回来的，配起来好看着呢。"

"这倒是真的。"杜母笑，"优点也就剩个眼光还行。"

"看您就知道叔叔眼光绝佳。"景栖迟接话。

杜家父母听罢哈哈大笑。

见宋丛一直不说话，杜漫将菜往他面前推推："你吃饭呀。"

"对，快吃。"杜妈闻声问道，"小宋不爱说话是吧？"

"他拘谨。"欢尔偷乐，"阿姨您熟了就知道了。"

"我……"宋丛一时舌头打结，半晌回一句，"阿姨我挺爱说的。"

"都好都好。"杜妈面带微笑看向他，"喜静喜动都好。"

当然会拘谨，因为对欢尔栖迟来说面前二老只是朋友的父母，一双可爱又热情的中年夫妇。但宋丛……他在想对自己来说也许他们会成为其他什么别的。

他暂时不知道，并且这次不打算考虑更多。

他只是很感谢他们带来这样的杜漫，一个在爱与温情中稳稳长大的姑娘，她很倔强，却也无时无刻不在释放一路以来所吸收的善意。

宋丛偷偷打量起她，今天好像格外漂亮。

享受当下，天真一点儿。

杜漫说的。

杜家父母回房午睡，四人齐齐扎进楼上唯一有空调的杜漫的房间。

欲打扑克又怕吵到二老，景栖迟于是提议玩些安静的游戏。可什么游戏安静呢？宋丛想到他刚刚在饭桌上写字的情景，灵机一动："一个人说一个不带声调的拼音，大家轮番写汉字好了。最后赢的收红包，先出局掏十五，中间出十块，最后淘汰的出五块。"

语文最差的欢尔立刻否决："你这不成心整我吗?"

"是整咱俩。"景栖迟瞄瞄对面两人，"天天用电脑的哪比得过写病历的。"

"试试嘛，我现在也经常提笔忘字。"杜漫笑着从书架上拿出一沓 A4 纸，"大不了赢的人晚上买酒，多不退少不补。"

"这行。"欢尔乐了，拱拱景栖迟，"反正你能喝。"

"我先打个样，"宋丛说道，一抬头瞥见书架上人卫版蓝皮

454

书，笑了笑，"就'xue'吧。"说完在纸上写下一个"学"字。

"不用管音调对吧？"欢尔说着写下"雪"。

景栖迟紧随其后写下"血"。

杜漫将早有准备的"薛"落在纸上。

"对，这不挺简单嘛。"宋丛笑着再写一个"靴"。

"洞穴的穴。"欢尔跟上。

越到后期越难，常见字都用遍，景栖迟第一个败下阵来。他摞笔认输："老宋，就你这自创的也配叫游戏？简直是语文考试。"

宋丛嘿嘿乐："回去反思反思你的文字储备。"

毫无悬念，宋丛第一轮碾轧式获胜。

事实上无论谁出题，出的什么音，他就像本新华字典一样，连连往外蹦字。大家都到了弹尽粮绝的程度，他依然能悠闲地转转笔继而写出一个需要查字典才能确认的生僻字。有一轮杜漫故意挑了个比较难的"suo"，欢尔因顺序优势得以与宋丛对决一番，到最后好不容易想出一个"羧基"，却卡壳似的写不出右边部分，怎么看怎么不对。在纸上涂涂画画半天，一摔笔写个"COOH"，说："就这个，这就是羧。"

化学式都搞出来的神奇操作弄得大家哈哈大笑，宋丛边笑边停笔："让你赢一轮吧。"

那表情分明就是"算了算了我让你"，比写出来更气人。

轮到欢尔出题，她诚心使坏，"man"，说完在纸上写了一个"慢"。

景栖迟写"满"，杜漫写"瞒"，宋丛写"蔓"，大家心照不宣全部避过那个字——杜漫的漫。

连同当事人在内。

欢尔退出，景栖迟退出，游戏只剩两名玩家。

杜漫还是没有写。

即便这个音的常见字几乎都被写过了。

即便他们知道也许宋丛有其他准备也许这个字压根不会出现游戏就结束了。

谁都看得出，杜漫已经无字可写。

轮到宋丛——随便一个，他就会赢。

太阳早无正午那般毒辣，空调房里甚至有些凉。

笔夹在宋丛食指与中指之间，而后拇指握住，他在纸上清清楚楚写下一个"漫"。

还没有完，紧挨着那个字，宋丛继续。

他写的是：漫漫。

字迹一如既往工整有力。

"我赢了吧？"宋丛放下笔，对杜漫笑了笑。

漫漫。

女生心里"咯噔"一下。

"赢了。"杜漫感受着自己正在加速的心跳，告诉他。

算是一种试探，半真半假，过程与结果都是。

助攻二人组见这场景，在桌下暗暗击了个掌。宋丛转着笔低头笑，杜漫掩饰一般将写过的纸张收起来，欢尔见两人都无继续的意思，赶忙说道："结果不用算了，宋丛你晚上请大家喝酒。"

那些渐渐浮出水面的心意就留给当事人吧。

"没问题。"宋丛爽快回答。

临近傍晚，杜漫本想带伙伴们去田里转转，恰逢村子里来批发商收瓜，欢尔于是提议晚饭后再说。毕竟对他们来说那片田只是开开眼界新鲜一下的事物，对杜家父母却是实打实的生意，是生计大事，跟过去反倒添乱。

"你们想不想看养鸡场?"杜漫指指前面，"李婶家上千只鸡，特别壮观。"

"我想!"欢尔手举得老高。

景栖迟揉她脑袋:"你们可别想着偷人家鸡弄回去做实验。"

"喊。"医药三人组异口同声，宋丛补刀，"外行。"

景栖迟翻个白眼，这个梯队按属性分他还真就得被隔离出去。

交友不慎啊。

对三个到访者来说，此等规模的养鸡场实属人生第一次参观。大棚之下，规整如超市货架，一排一排，每列分三层尽是"咕咕唧唧"的声音，一眼望不到头。杜漫瞅着他们发直的眼睛，语气里带些小骄傲:"见世面了吧?"

李婶拿她打趣:"还说别人，你头回来也跟他们一个样。"

杜漫自打记事就在天河，若非父母搬到乡下，她也没有机会接触这样的生活。

"来这么久了，习惯成自然。"杜漫笑着答一句。

"也就是你，别的孩子谁愿意搬来农村住。"李婶说道，"你们玩儿，我去那边看看。"

主人一走，欢尔小声问杜漫："咱可以偷个鸡蛋吧？"

一只应该不算什么，大不了回李婶一个西瓜。

杜漫语气带笑："干吗？"

"栖迟，景栖迟！"欢尔朝站得远远的男人挥手，"你过来。"

"吵。"景栖迟站在大棚门口回话。也不算怕吧，他只是万没料想是这般宏伟场景，那些"咕咕唧唧"的声音和尖尖的嘴巴让他浑身起鸡皮疙瘩。

哎，原来鸡皮疙瘩是这么来的。

欢尔上前拉人："你拿个蛋试试。"

"不。不好。"

"试试嘛。"欢尔拽着他胳膊往里走，心里乐到不行。天不怕地不怕的家伙原来短板在这儿。

"老宋救我！"景栖迟哀号。

"加油。"宋丛朝杜漫使个眼色，两人相视一乐，快步挪往另一排。

"你们没良心！"景栖迟的惨叫回荡在大棚里。

拉开一段距离，宋丛停下脚步看着身旁的女生说道："我其实没想到你适应得这么好。"

"你指这里？"

"是。"

她全然没有在意，无论是尚未铺起柏油路的街道，要开车才

458

能抵达的购物商场，还是与伙伴们说起今年瓜价涨了几毛父母特别开心的消息。由乡间搬去高楼林立的城市不难，可回来的确需要勇气。

杜漫稍作沉默："换作早几年，比如高中或者刚上大学那会儿，如果爸妈说要搬过来我可能会有些……那什么。"

宋丛点头："抵触。"

"嗯。"杜漫吸吸鼻子，声音放低，"臭吧？"

"有点儿。"宋丛笑笑，实话实说。

养鸡场，没味道才怪。

杜漫也笑："好在不是那时候。宋丛你知道吗？我爸住院那些天我满脑子只有一个想法，只要他好，我愿意用我所有去换，无论什么。"

宋丛看着她的侧脸，心里在说，我知道。

因为我也有过那样的时刻，无助又彷徨，想要倾尽所有去换一个人的安稳。

杜漫转头看他，隔着镜片，深棕色的眼睛一闪一闪。

"嘿。"她拉拉他衣角，"在想什么？"

那双眼睛在笑。

生活啊，总有种滑稽的浪漫。

在这样一座棚顶很高的养鸡场里，宋丛发觉他喜欢上了一个人。

奋不顾身想要给她幸福的爱情，在这一刻到来了。

景栖迟一手牵着欢尔，一手拿两只鸡蛋回到杜家。

杜妈见状哈哈大笑："正好有小葱，晚上加个菜。"

"阿姨您都不知道多搞笑。"欢尔指指惊恐尚未退去的男生，"一米八多的汉子，到了鸡圈脸都白了。"

"不是怕，我嫌吵。"景栖迟嘴硬。那两只蛋来得着实不易——第一个是欢尔把着自己的手掏的，而第二个是眼一闭心一横全凭感觉弄出来的。

他都说不清自己为什么冒冷汗。

"嚯。"杜妈将鸡蛋打到碗里，诧异又惊喜地瞧瞧他们，"俩双黄！"

杜漫凑过头来看，"哇"一声叫："欢尔啊，你这运气真绝了！"

功臣不在意地摆摆手："小事情，以后跟着我吃香喝辣。"

杜妈瞧着宋丛不言不语，一边用筷子搅蛋一边问话："小宋是不是待不惯？"

"没。"宋丛另有心事，急忙应答，"待得惯，特别好。"

杜妈笑笑："嗐，乡下哪有特别好的。"

宋丛不知如何应对。

"妈。"杜漫看看他，双颊泛红，"别问他了。"

"是。"宋丛急着接话，"妈您别问了。"

气氛瞬间凝结。

杜妈停下打蛋的手，欢尔与栖迟表情呆滞，而杜漫正张大嘴巴看着当事人。

聪明人宋丛说了蠢到不能再蠢的话。

更蠢的是，一时间面对各色打量，他双耳泛红，手足无措。

景栖迟最先笑出来，拍拍傻子一般的伙伴的肩膀："学到了。"

"阿姨对不起。"宋丛手心全是汗，红着脸道歉。

杜妈先是看看一脸娇羞的女儿，了然大半，而后再去看那个"口误"的人，神色异常温和："行啦，你们快去铺桌子准备吃饭。"

"好。"宋丛忙不迭跑开。欢尔与栖迟对视一眼，跟他过去。

大锅前只剩杜家母女。

杜漫问话："我爸呢?"

"还没收完，一会儿回来。"杜妈朝女儿眨眨眼，"他?"

"嗯。"

"女大不中留啊。"杜妈将油下锅，"好好的，听见没?"

"放心。"杜漫在热烟中抱了抱母亲，重复那句话，"放心吧。"

晚餐过后，四人结伴前往瓜田。

近三公里的路，换作平时杜漫一定提议开车过去，可大锅炖鱼太好吃，几个人撑得连站起来都变成负担，步行权当消食。

星月相伴，狗吠作陪，乡间的夜晚总让人心旷神怡。欢尔与杜漫走在中间，景栖迟与宋丛各护一侧，四人打趣说外人看了还以为是帮派约架。走出一段，视野豁然开朗，广袤的瓜田一望无际。景栖迟大呼："原来以前吃的西瓜原产地都在这儿!"

"现在吃的没准儿也是。"杜漫接话，"今天来收的车就是北京来的。你们说逗不逗，搞不好我在学校高价买个瓜就是自家产的。"

欢尔拍拍肚子："只怪你家伙食太好，我连溜缝的地儿都没了。"

"消化消化，一会儿渴了在地里随便摘个吃。"

宋丛此时指指人："正好欢尔表演一个徒手开瓜。"

杜漫眼睛瞪得滚圆："徒手……开瓜?"

"她真行。"宋丛笑，"西瓜、苹果，还有什么来着?"

"梨。"景栖迟漫不经心接一句。

"梨?"宋丛面露疑惑，"我不记得掰过梨啊。"

那是八斤半雪花梨的后续。当日后来在路上遇见邱阳，这家伙瞧景栖迟一手拿一个非要替他"减负"，欢尔辛辛苦苦带来的梨景栖迟自然舍不得给，于是要把嘴里吃过两口的给他。邱阳何等精致，嚷嚷着真小气你都吃了我咋吃。欢尔这时出马，在两个男生的注视下硬生生将梨掰成两半，而后将没有咬过的那半递给目瞪口呆的邱阳。至于结论——邱阳事后语重心长嘱咐景栖迟："你啊，没事儿多练练吧。"

"能都让你知道吗?"景栖迟想到这里，递给宋丛一个傲娇表情。

"又来。"宋丛无奈摇头，一把拉过杜漫的手腕，"快走，看着难受。"

望着伙伴们跑开的背影，欢尔停下脚步："栖迟，我跟你说件事。"

"嗯?"

"下学期……"欢尔不由低下头,"我想申联合培养,以我现在的情况组里回来的师兄说问题不大。可能英国或美国,顺利的话隔年走。"

陈欢尔的路已然被她自己拓宽,并且越发宽广绵长。

这是事实,亦是可以预见的未来。

景栖迟拉过她的手:"看我。"

欢尔扬起头。

"这件事我是不是第一个知道?"

欢尔未曾想过他是这样的反应,点了点头。

读博一遭两人闹了些不愉快,那让欢尔明白即便只是正在考虑的事,她也应该第一时间分享给他——某种程度上,她认为他们是绑定在一起的。

又或者说,她学会了将他计入自己的未来。

"我挺高兴的。"景栖迟歪歪嘴角,右脸颊出现一个好看的弧度。

"还有呢?"

"还有……"他一时想不出别的,见她身后路边长着几簇野花,于是上前一步摘两朵下来,去掉草叶将纯白的小花别进她扎起的丸子头上,一边弄一边说道:"放假我去看你。"

根本算不得一句情话,更像是一种打算。

可这恰恰是待在他身边的感觉,踏实、安心,即便什么都不想不做，他也会安置好一切。

踏实啊，是细水长流的日子里的无限温柔。

欢尔双手环住他的腰："怪我无情吗？"

"怎么会。"景栖迟由她抱着，"关于你的心愿，我能做的我一定全力为你去做，至于那些我做不到的只能靠你自己努力。可不管怎么样，当你觉得撑不住的时候我一定会接住你，记得这点就好。"

"无论什么时候？"

"无论什么时候。"

"栖迟，"欢尔勾住他的脖子，双眸亮如繁星，"你不是在报恩吧？"

很早之前她就想问这句话，可又觉得说出来太过夸张，仿佛她对他的感情始终不信任。

她只是想知道那里面还夹杂着多少过去的残余。

景栖迟看着她，轻轻叹了口气。

"算了，我就是……"欢尔试图放开手。

可紧接着，景栖迟一把将她拉进怀里。

"我对你，"他一字一顿，"从没有过报恩的心态。"

欢尔听到他的心跳声，就像十八岁那年他第一次抱她。

"这也是我花了很长时间才弄懂的一件事。"景栖迟轻轻说着，"以前我总说欠你一次下回还，可欠了多少，到底有没有还上我一点儿都不记得。所以欢尔，欠和还对我来说根本不重要。可能潜意识里我只是希望能和你多一些关联，长长久久地把你留在我身边。"

景栖迟双手捧起她的脸:"我这么说,你懂不懂?"

"嗯。"欢尔忽觉自己那些小心思太过无趣,试图解释,"我其实没有……"

想要说的话被景栖迟的吻封住。

无须解释,对方全部都知道。

她闭起眼睛,踮起脚,彻底沉迷在这个柔软的乡间夏夜里。

四个人回到杜家已是凌晨两点。

欢尔与杜漫住一间。两人开了空调,盖起棉被,舒舒服服地脸对脸躺下。

"他俩可要受罪了。"杜漫笑着说道。客房里只备了一台落地风扇,可想而知闷热难耐。

欢尔与她说起闺蜜间的悄悄话:"你和宋丛到哪一步了?"

"什么哪一步。"杜漫羞涩,"就聊了聊学校和课题的事,他给我一些建议。"

"这傻帽儿。"欢尔恨铁不成钢,翻身趴着问好友,"漫漫你说实话,你觉得宋丛怎么样?"

"就,是个很好的人。"

"天哪这评价太高了!"欢尔打趣,"他在你眼里竟然是个人!"

杜漫咯咯乐:"小心明天我告诉他。"

"他就是不被当人看啊。"欢尔掰手指数,"'学霸''学神''学圣'，自打我认识宋丛他就只是这些。自郝姨，哦就是宋丛他妈妈出了意外，大家好像对他更苛刻了。不能软弱也不能哭，因为宋丛必须比别人坚强，宋丛一定有办法。"欢尔抿抿嘴，"他又不是真的神，他哪有办法。"

杜漫不说话，良久问道："他妈妈现在怎么样？"

"超级好。"欢尔眨眨眼，"心态绝佳，复健也顺利，郝姨很厉害的。"

杜漫柔声说道："天遂人愿。"

欢尔在黑暗中点点头："所以啊，宋丛也是爸妈生的，最多算个智商高点儿的普通人。"

杜漫故作惊讶："高点儿？"

"高……高不老少。"欢尔顽皮地吐吐舌头，"总之，在你看来他就是个普通人，宋丛也算捡到了。"

"本来就是啊，"杜漫喃喃，"有缺点也有脾气，谁不这样。"

欢尔凑近一些问："漫漫，高中那会儿你喜欢他吗？"

杜漫摇头说："我没想过。"

她的高中时代只有做不完的练习册、考不完的试卷以及一次又一次的大榜排名，那时的宋丛只是她的后桌，轻而易举就能成为年级第一的学习委员。远远谈不上羡慕或嫉妒，因为知道差距所在，因为想要改变的心态足够迫切，杜漫没有多余精力去考虑其他。

"那个时候，"杜漫掐掐欢尔的脸，"非要说遗憾的，就是没和你们一起骑车回过一次家属院。"

人生总有想想才会后知后觉遗憾的事。

"不怕，"欢尔看着她，"这不是又在一起了嘛。"

幸运的是，那些遗憾在日后漫长的岁月里开出了花。

"你脑袋上这是什么？"杜漫注意到她发丝间的小小草本植物，"头发扎着睡觉不难受？"

"礼物。"欢尔微微一笑。

"啧，"杜漫自然猜到是谁送的，一脸鄙夷，"为了收礼你都没洗头，就那么喜欢小景？"

"老妹儿啊，"欢尔翻个身仰头对房顶闭起眼睛，"你也会有这一天的。"

"哪一天？"

"只要想到他，"欢尔点点自己的心口，"这里就会沉下去。"

开学后欢尔变得很忙。

一方面是博士生逃不过的论文压力，一方面是导师交代下来的死任务，再一方面她已预备好申请 CSC 联合培养项目，有意拿个更漂亮的英文成绩。要的越多付出必然越多，吃饭不规律加之睡眠又少，她开始频繁胃疼，最严重的一次疼到站起来又猛地摔落回椅子上，南方寒气扑面的十一月底，疼痛逼出的虚汗打湿了她毛衣里的 T 恤。

那日实验室只剩她自己。她先在桌上趴了一会儿，而后猛地记起刚刚写的研修计划似乎还未保存，挣扎着按亮屏幕，鼠标歪斜几下才点中文档保存键。想喝口热水缓缓，可保温杯已经空了，饮水机就在几步之外的靠窗位置，她却连走过去的力气都没有。太疼了，像身体里凭空生出一只拳头在拼命击打她那脆弱的胃部，由内而外，她一只手狠狠按住痛点，而另一只手，陈欢尔看到自己的手在抖。

抑制不住的，明明什么都没有做可手就是在抖。

她趴在桌上闭起眼睛，有一瞬间觉得今天大概回不去宿舍了。

周遭没有一丝声音。

欢尔自桌上摸到手机，挪到身下，给景栖迟打电话。

当然知道他什么都做不了，她也并不打算对他诉苦，她只是想在这样的夜里听听他的声音。

"欢尔，"他很快接起问道，"回去了吗？"

那头很吵，吵到景栖迟的声音几乎被杂音覆盖。欢尔皱着眉头问："在加班？"

"嗯，后天开平台上线发布会。晚上做终版测试出了一点儿问题，"景栖迟双手敲击键盘歪头夹着手机说道，"都在公司。"

"景工，五分钟后大会议室碰一下！"有人在过道处叫他。

景栖迟点点头，见姜森朝自己这边来赶忙让出座位，手指屏幕说："老大，你看看这里。"说罢摆正电话问："欢尔，在听吗？"

"在，"欢尔气若游丝，"那我不打扰你了，快忙吧。"

"等下，"他听出她语气中的虚弱，追问道，"怎么了？身体不舒服？"

"没。"欢尔痛得握不住电话，干脆将手机放到桌上开启免提，双手握拳抵住胃部，"就问问你在干什么。"

姜森这时站起来，见他打电话于是指指自己做了个去往会议室的手势。

景栖迟拉住人避开听筒问："是不是这块的问题？"

姜森回一句"等下会上说"，疾步离开。

三年磨一剑的重磅项目医疗 AI 平台即将上线，此前无数次测试皆运转正常，偏偏在正式问世前四十八小时出了岔子。

上到实验室总负责人龚乃亮，下到公司刚刚进来的实习生，即便不是医疗组的同僚们此时也全部留守，环岛喧嚣四起兵荒马乱之下是看不见摸不着的高压线，每个人都紧张到极点。

景栖迟放心不下欢尔，又问："是不是真没事？"

还未听到回答，邱阳抱电脑过来催促："别打了，开会。"

"马上。"

"什么马上。"邱阳上手火急火燎地拔掉他电脑接口处的各种连接线，最后干脆一手抱一台笔记本电脑小跑去往会议室，"你赶快！"

欢尔听到邱阳的声音，隔着电话赶人："赶紧去吧，我没事。"

"晚点儿，"景栖迟有心无力，"晚点儿我们视频。"

"好。"欢尔咬紧下唇，挂断电话。

她来不及，也做不到在这时告知他自己的境况。

因为那只会添乱，只会增加他的又一重焦虑。

自暑假分开，景栖迟只在国庆长假南下一次。没有待满整个假期，他是项目主力，现今已经开始带新人，在攻坚阶段必须迎头顶上。加班成为家常便饭，他既无家庭又无子女，仿佛所有业余时间就应该贡献给朝气蓬勃的事业。对此景栖迟倒鲜少抱怨，不是习以为常，欢尔知道那是他打从心里想要做成的一件事。

所以她竭尽所能支持他，即便力量只能显现在精神上。

可……大概是太疼了——这样一个寒冬将至的夜里，欢尔第一次感到无助。

很想你，所以会想为什么这时你不在我身边。

两天后，发布会顺利进行，环岛有惊无险渡过难关。

公众能看到的向来只是华彩，在项目最后一刻出现纰漏，作为领队姜森难辞其咎。

那是一场闭起门来的高层会议，百叶窗拉紧，蚊子都进不去。

两小时后，年逾五十的 CEO 板着脸出来。可下一秒面对诸多员工又恢复和蔼样貌，他在过道处喊话："平台如期上线，这段时间大家辛苦了，你们是环岛的荣耀！"

龚乃亮跟在他身后，见气氛有些压抑，出来打圆场："都累傻啦？万里长征才第一步。"

景栖迟这时正端一杯咖啡出茶水间，龚乃亮像抓住救命稻草一般赶紧介绍："利总这是小景，宣传片有一个单元拍的就是他。"

"呵，我知道。"利总走过来拍拍景栖迟肩膀，笑着说道，"市场部那些小姑娘可都豺狼虎豹似的盯着你呢。"

不知谁接一句："利总，我们景工有女朋友。"

气氛这才轻松些。景栖迟只在实验室揭幕当天远远见过这位CEO一面，此时也不知说些什么，于是咧嘴笑了笑。

"年轻有为啊。"利总点点头，再次面向众人，"一直以来我都坚信一个理念，人才是第一生产力，公司到今天离不开在座每一位的努力。我希望大家能够在环岛有所为亦有所得。"

"谢谢利总！"有人喊一句，接下来是一阵掌声。

"干活儿吧。"龚乃亮发布终止信号。

景栖迟这才发觉，所有人都是站着的。也在这时他才发现，姜森自始至终没有笑意。

这场闭门会议结束后，内部开始流出姜森要出走的消息。无从追溯源头，向来有人的地方就有江湖。消息一直传到春节，然而复工之后却再没有人提起这一茬儿，也许是长假过后大家忘了，也许是姜森表现得实在太过正常——他依然会凌晨回复邮件，依然偶尔发脾气训人，依然兢兢业业在每次月会上提出颇具建设性的方案。

流言起又落，一如冬去春又来。

欢尔在六月份收到CSC令人欣喜的确认结果。此前的准备事宜悉数落定——导师是丁和平旧识，一位业内颇具权威的教授David，去往英国板上钉钉。她不知是自己足够幸运还是过往辛苦终迎来回报，当然以结果论的观点去看，过程向来无足挂齿。

至于期限，师哥师姐当初给的建议是两年，丁和平少一位得力助手自然说越短越好，欢尔取了折中数字十八个月。

她悄无声息去了一次北京，谁都没有告知。飞机转大巴又换地铁，终于在下午六点抵达景栖迟公司楼下。发消息问他在哪儿，景栖迟答还没收工。欢尔套话似的补一句："周五也要加班?"对方回："今天不用，过半小时就可以撤了。"

半小时，欢尔默念，随即注意到写字楼一层的咖啡馆，抬步走进去。

说来也巧，咖啡刚喝上两口，正集中注意力观察写字楼走出的人群时，有位穿休闲装的年轻男人过来打招呼："嘿，真是你啊。陈……陈……"

欢尔只觉他面熟，可就像对方竭尽全力想自己的名字，她也记不起究竟在什么地点什么场合见过他。

"陈欢尔，对吧?"男人终于说出答案，"好……好久不见。"

这一结巴让欢尔终于定位到记忆——面前的人是廖心妍那位职业队男友，哦不，前男友。

一同吃过两次饭，算不得熟悉但总归算认识。

欢尔于是对他笑笑："可真是好久不见。"

男人手捧一杯外带咖啡，没有坐下来的意思，寒暄般问话："你……你来北京工作了?"

"没，"欢尔朝窗外扬扬下巴，"我等人。"

"这栋楼?"

"嗯。"

"巧了。"他指指旁边另一栋建筑，"我……我在那里面上班。"

欢尔有些诧异："你不踢球了?"

与廖心妍交往的时间里，他是本地一所二级俱乐部的主力，血气方刚青春正好，目标是踢进中超成为下一个李明或范志毅。

"去年退了。"对方自嘲般笑笑，"路……路不好走，年龄也大了。"

欢尔不知作何评价，转而问道："现在呢？"

"做体育管理。帮球队联系集……集训场地那些。"他转转咖啡杯，"心妍……她怎么样？"

这样想来也着实神奇。廖心妍的战绩虽比不过黄璐，可交往的历任男友皆没有说过她一句不好，次次问次次和平分手各奔前程，欢尔甚至怀疑某日老班长结婚会不会专门组一桌前任专场。

"她自在着呢。"欢尔笑，"过两年要叫廖科长了。"

"廖科长，"男人也笑，"心妍确……确实很优秀。"

欢尔再次瞄向窗外，然而大事不好，她正对上景栖迟投来的灼灼目光。

"我先走了。"她匆忙抓起背包，招呼都来不及打，快步冲出咖啡馆。

景栖迟站在写字楼出口脸色铁青地问话："那谁啊？"

他只看到男人的背影，以及……欢尔对着他笑。

一旁的邱阳赶忙打圆场："咱们欢尔咋也开始搞突然袭击了，什么时候到的？"

"就刚刚。"欢尔还未察觉到暴风将至，嘻嘻哈哈开起邱阳的玩笑，"你好像又白了哎，换精华了？"

邱阳拍拍自己的脸："能看出来？果然一分价钱一分货。"

景栖迟面色凝重地用余光目送男人离开咖啡馆，见鬼了，这人怎么还有想追过来的意思？

他换个位置背对那人将欢尔挡在身前，再回头，对方已经离开了。

也不看看是谁的人。

这厢邱阳还在与欢尔讨论护肤心得："我想再整个夜间补水的，回去帮我看看成分呗，瞅我脸这块干的。"

欢尔刚凑近些试图近距离观察，下一秒却被景栖迟大力拉开："缺水你就多喝水，一天十升我不信你还干。"

"甭理他。"邱阳抛去一个白眼，"吃导弹了。"

"怎么啦？"欢尔拉拉景栖迟衣角，"工作不顺心？"

"不是。"景栖迟烦躁地摆摆手，想问可又不愿表现出自己此时的焦虑——欢尔走路上都会被多看两眼，要心胸宽广，要习以为常。

邱阳见局面僵住，实在看不过眼，再次打起助攻："欢尔啊，刚才跟你说话那男的你认识？"

"认识呀。"欢尔点点头，未及他想。

这助攻打得景栖迟更烦了。

"回家回家。"他拉过她的手，负气地将电脑包甩到身后。

欢尔根本未将咖啡馆偶遇放在心上，心情大好地与他说话："晚上吃什么？"

"随便。"

因为见到人太开心，欢尔晃着他胳膊提议："烤鸭吧，我想吃

474

烤鸭。"

"行。"景栖迟憋着气问邱阳,"那去上次聚餐那家?坐公交是不是能直接到?"

"吃啥烤鸭。"邱阳见他别别扭扭的样子气不打一处来,"你喝醋都喝饱了,吃个屁鸭子。"

"我没!"

欢尔这才反应过来,一边笑一边揉景栖迟脑袋:"傻蛋,那是心妍前男友啊。我还以为你看到了。"

"心妍?前……"景栖迟眉头锁紧,"廖心妍?"

"对啊,咱们一起吃过饭的,忘啦?"

景栖迟闷不吭声。

误会了,狭隘了,小肚鸡肠了。

怎么就没再多瞧那人一眼,平白无故制造出一个假想敌。

欢尔再次晃晃他的手:"我现在有点儿高兴。"

"高兴?"景栖迟又气又喜掐掐她的脸,"换你试试。"

"完了,这饭吃不了了。"秒懂一切的邱阳此时对天大吼,"警察叔叔快来,有人虐狗!"

Chapter 20

十　年

八月底，欢尔抵达伦敦。

来接机的是祁琪——顺从父母之命修完商科学位，女生难得叛逆一次重新申读英国文学——乖顺太久，总要为自己做点儿什么。

欢尔没有特意告知将来大不列颠，祁琪自她朋友圈得到消息。完全没有介意，因为有过隔阂，祁琪知道在那样的青春期里，她曾惹得朋友伤心。

人是会随环境变化的。出来三年一次都未曾回国，开始是怕回归熟悉环境与宋丛产生交集，没有闹到天翻地覆此生各走各路，但也绝不会是再见如故相谈甚欢。他们的分手是沉默的、压抑的，甚至带些若有若无的感伤。然而祁琪知道，她知道宋丛也心知肚明，他们不会再回到从前了。

刻意回避亦是一种表态——无须惦念，我们都可以重新开始。

日子一忙便也抽不出心思再留恋过往，要应对考试，要准备毕业论文，要适应环境，要结交新的朋友。出国第二年祁琪开始运营自己的公众号，本意只是练练笔头记录些异国见闻，谁知道写申请英国文学专业的过程被一家颇具影响力的留学中介转载，她渐渐有了些关注者。后来一篇《苏格兰爱情故事》直接被国内某新媒体公司看中，她稀里糊涂签了合作协议，公众号交予专业团队运营，而自己变成了他们的头号写手。省去排版找图的烦琐更兼换来专注交稿的乐趣，现在的祁琪终于看到些儿时就印在心里的梦想的样子。

她从来都希望变成一个纯粹的文字工作者。不是如父母期望那般身着合体西装化着精致妆容栖身在说出来人人艳羡的大企业，依照他们心愿的留学终归赋予了她选择的权利，是对是错，是好是坏，这条路祁琪自作主张选了。

欢尔出机场险些没有认出她来——祁琪剪短长发，不施粉黛，穿一件军绿色冲锋衣和紧身牛仔裤，包裹着的小腿肌肉紧致有型。她摘掉衣服上的连体帽对欢尔挥手，待走近一把抱住欢尔，说："我还怕接不到你，时间刚刚好。"

冲锋衣湿漉漉的，有雨水的味道。

欢尔颇有些不好意思："干吗非要过来，那么远。"

祁琪在格拉斯哥读书——苏格兰地区最大城市，欢尔不知坐车过来要多久，可她查过距离，那里离伦敦足足四百多公里。

"我熟嘛。"祁琪笑着接过她的大号行李箱，"带你走一遭，免得以后绕路。"

预科与第一个硕士学位皆在伦敦，祁琪自然熟悉当地情况。

两人一路说笑着进入机场地铁站，祁琪边聊着自身境况边为她介绍周边，由购票机到城市区域划分，事无巨细的样子让欢尔刮目相看。

地铁人多，停过几站才空出一个座位，祁琪推着欢尔坐下，自己则站在她身前："还得走一段呢，飞机上没睡吧？"

"睡不着。"欢尔摇头，不由自主打个哈欠，"又紧张又兴奋。"

"对了。"祁琪掏出手机，"我给你分个热点，赶紧给家里报平安。"

这时身后有醉汉经过，不知有意无意拱了她一下，手机摔到地上。祁琪不假思索转头用英文训斥："注意点儿！"

面色通红的醉汉像是来了兴致，嘴里碎碎念瞄着她笑。

"离远点儿。"祁琪重重说出单词，同时用手势划出安全距离，"请。"

周围人纷纷侧目，她脸色极为凝重。

醉汉哼笑一声，摇摇晃晃去往另一节车厢。

说不怕是假的，初来乍到，欢尔对陌生之地一无所知。

祁琪弯腰捡起手机，见怪不怪的样子："别理他，神经病哪里都有。好了，密码是一串零，你快发消息吧。"

"好。"欢尔输入数字，先给父母发去一条，而后告知景栖迟："平安抵达，见到琪了，放心。"

发出不足几秒，景栖迟回复："OK，有事留言。"

陈家群鸦雀无声，鲜明对比让欢尔一阵感动。

有一天，有一个人，他好像比爸爸妈妈更关心你，那种情绪实则远不止感动。

祁琪看到她手机界面，低声问一句："栖迟还没睡？"

国内凌晨两点，他在等这条消息。

"这下要睡了。"欢尔收起电话，她不想再扰他睡眠。

"你们俩啊，"祁琪笑着看向她，"不结婚很难收场。"

一路奔波，时差作祟，欢尔脑袋有一时放空。然而听到这句，几乎是下意识作答："当然要结婚啊，不会有别人了。"

有熟悉的伙伴在侧，心一松困倦感顿时袭来。她合起双眼，头微微沉下去。

半睡半醒间她听到祁琪的声音："真好。"

顺利办好公寓入住，祁琪一边帮忙整理房间、归置行李，一边介绍接下来需要处理的行政事务。学校注册、警察局身份注册、银行卡、电话卡，遍及生活方方面面，连城里的中国超市都一一指明交通路线，末了对欢尔说道："不知道你们这样公派过来的会不会有老师帮忙处理。反正我当时网盒子都弄了一个月，信号时断时续，人家来修我也听不太懂，总之费了老大劲儿。"

这等杂七杂八的事情听起来简单，实则关系到在外生活的种种琐碎，很难想象从小被父母护在羽翼下的祁琪是怎么通过那一关的。

欢尔看着伙伴从双肩包里掏出一大包湿纸巾，面露诧异道：

"怎么连这都背过来了?"

"怕你刚到来不及买。"祁琪抽出纸巾麻利地擦拭起书桌椅子,"我看卫生间还算干净,你要不放心回头淋浴马桶也都再擦一遍。"

欢尔止住她干活儿的手:"我来吧,你别弄了。"

"你擦衣柜吧。"祁琪不甚在意,"一会儿可以先把衣服挂进去。"

"琪,"欢尔定定看着她,"你变了好多。"

无论是毫无惧色地与醉汉叫板,还是此时此刻的井井有条,甚至脱在床上的那件绝对称不上好看但功能性十足的冲锋衣。分开许久,眼前伙伴的变化让欢尔措手不及。

她甚至在想,如果宋丛遇到的是这样的祁琪,他们会不会有一个美满结局。

祁琪将手里的纸巾扔进垃圾桶,对她笑笑:"从前的我是不是挺糟糕的?"

"不是。"欢尔摇头否认,"我就是觉得,你变了很多。"

"其实刚出来那会儿我特别不适应,没朋友,没人帮,眼睛都哭肿了,第二天还得去上课。我给我妈打电话说受不了想回去,你知道她怎么说?"

欢尔再次摇头。

"她说不行。"祁琪无奈地咧咧嘴,"就两个字,不行。"

"阿姨可能……可能望女成凤心切。"

"现在再看,我挺感谢我妈的。真忍不了一时灰溜溜滚回去,那我肯定成笑柄了。"祁琪将视线转到窗外，"欢尔，我知道自己在变。"

天阴沉沉的，伦敦似乎总在下雨。

两人一同沉默。

祁琪重新望向伙伴："宋丛还好吗？"

"好，天之骄子怎么可能不好。"欢尔打趣，随之犹豫接下来的话要不要说。

"你啊……"祁琪叹气，"杜漫的朋友圈我能看到，欢尔我不傻。"

他们还未正式宣告在一起，可同一天做了同样的事，朋友圈发布类似的场景，社交网络让一切都有迹可循。

欢尔不知自己该站在哪方立场，只得小声说一句："琪，我……"

"怎么还为难上了。"祁琪走近揉揉她脑袋，"早都过去了，宋丛和我是完完全全过去时。我可不希望你夹在中间左顾右盼，以后你结婚我们可都要去的。"

"结婚？"欢尔不记得地铁上说过的话，那却也是迷迷糊糊中给出的答案。

"哎哟。我都不知道该为栖迟高兴还是担心。"祁琪拉过她的手，"干活儿，早收拾完我带你去逛超市，好多要买的呢。"

兢兢业业走动着的时间改变了很多人，而这种改变恰也抚平了众多难以安放的心事。好的坏的，踌躇的留恋的，久久徘徊的抑或刻骨铭心的，记忆既然无法消除，那就让它留存吧，再次被拾起，那也只是一段如此那般曾经发生过的事而已。

归档是成年人的必修技之一。

"欢尔，"祁琪突然说道，"我和你，你和宋丛栖迟，这样算来有十年了。"

欢尔一怔："是哎。"

从初三搬来家属院的暑假，十年，就这样有波澜却也平淡地过来了。

"真快。"祁琪感叹，竟然就这样过了人生十年。

这一刻她丝毫不觉难过，她为宋丛、也为自己高兴。

因为有结束才有下一场未知的开始啊。

开学后第一次组会，欢尔见到自己的外导 David。对方年龄与丁和平相仿，挺着一个圆圆肚腩，样貌和善。因来之前读过他诸多文献，本身又有对"学术大牛"的滤镜，欢尔对未来十八个月的异地生活期待值拉满。然而组会从开始至结束一共持续了只有一刻钟，这期间大家各自汇报，David 给出指导意见，只在最后两分钟他才正式介绍陈欢尔的到来。

"我不会经常过来，有事随时发邮件。"David 在会后向她介绍另一个人，"我不在的时候 Mark 会作为副导帮助你，他的研究方向与你一致，任何情况都可与他讨论。"

被称作 Mark 的人三十上下，刚刚会上他的两倍语速让欢尔印象深刻。

"谢谢。"欢尔对两人笑笑。

"希望你在这里一切顺利。"David 拍拍她肩膀，也笑了笑，"首先要适应坏天气。"

阴雨连绵数日，伦敦久未放晴。

Mark 这时叫住正经过的另一金发女生："Natasha，你能带新人熟悉一下吗？"

"OK." Natasha 对欢尔说声"嗨"，随之又道："跟我来吧。"

两人向前走出一段距离，欢尔忽然想起明天需要请假去警察局办理居留卡，于是对身旁女生说句"稍等"，快步追回去。还未近身，她听到 Mark 的抱怨："怎么又是女生，累了只会哭，事情又多，什么都做不好。"

欢尔止住脚步。

"你不能这样。"David 的声音，"做不好可以提出来，绝不可以在开始之前就做出评价。"

"好，知道了。"

他们身后的欢尔没有言语，转身离开。

等在原处的 Natasha 见她回来神情严肃，小心地问了一句："怎么了？"

欢尔摇头，随之问道："David 经常不在？"

"对啊，老板很忙的。"Natasha 知无不言，"组会绝不会超过一刻钟，每周也就这时可以见到他。"

"那 Mark……"

"Mark 带你？"

"是。"

"他这个人……"Natasha 稍作犹豫，"不算好相处。不过我很少和他一起工作，了解也不多。你做什么方向？"

"肿瘤靶向制剂。"

"那的确是 Mark 的领域。"Natasha 点点头，颇为乐观地说道，"总而言之做好自己分内事就好啦，不要担心其他。"

欢尔道谢，只是面前这位俄罗斯姑娘的话让她有种不好的预感。

风平浪静地过了两个月，这日欢尔与另外一名印度男生一同被 Mark 留下，他们都做靶向制剂给药系统，碰面并不奇怪。然而在这场谈话中，Mark 先问印度男生的研究进展，两人你一言我一语一聊就是两小时。欢尔与对方方向类似课题却不尽相同，打断不妥，离开又有失礼貌，只得颇为尴尬地站在一侧旁听。待印度男生离开，Mark 开始总结她最近的研究进度。他本就语速快，又带着浓重的北方口音，欢尔两次用"pardon"示意自己没有听清后，Mark"啪"地合起笔记本："我认为，这是在耽误我们两个人的时间。"

声音和动作都很大，欢尔一惊。

"这句也没有听清？"Mark 板起脸，"我说你在耽误我的时间。"

欢尔先是致歉，随之说道："你讲慢一点儿，我只是想知道我的问题。"

"你的问题？你最大的问题就是我说什么你都不明白！"

"Mark，"欢尔不由有些恼火，却还是沉下气与对方说明，

"请你理解英语并非我的母语,可我的课题我比任何人都清楚。"

Mark 斜眼看她,在那里面欢尔读到了一种轻蔑。

她紧紧抓住裤线,有些委屈又有些不服。

"我发邮件给你。"Mark 重新翻开笔记本屏幕,手下飞快打字,"陈,你有必要重新进修英文。我会另外写一封邮件,希望你认真对待。"

他没有再看她,欢尔说声"谢谢",离开了办公室。

半小时后,欢尔收到两封邮件。第一封是针对她课题给出的指导建议,寥寥数语不足百字;而第二封则带有两个附件——压缩包是本科生交上来的期中作业,解压后是二十份 Word 文件;PPT 是只有格式没有内容的空白文档。Mark 在邮件正文里交代任务——作业需要一一批改给出导师意见,PPT 用以出一份完整教学课件,主题是本科二年级学生即将进行的无机化学实验步骤与难点分析。

欢尔是访问学者,任务列表里根本没有带本科生这一项,也就是说,Mark 要将自己的日常工作转移给她。

在半小时前那场谈话中,他已然铺垫好冠冕堂皇的理由——你英文存在短板,这是一种锻炼。

Natasha 发来消息:"陈,你那里有柠檬顺便带过来哦。"

欢尔这才记起今天是这位俄罗斯姑娘的生日,自己一周前就被邀请去参加生日聚会。

她合起电脑,见冰箱里还有一袋柠檬,拿上后回复信息:"好,我来了。"

Natasha 的公寓离欢尔住处不远，待她赶到已有四五名同事在，房间里放着颇具气氛的电子音乐。寿星接过柠檬大呼"太棒"，而后指着桌台上一排酒瓶说："谢谢你们的礼物。"

那里有啤酒有香槟还有伏特加，一周前大家集资由组里一名英国男生统一采购，看样子对方深谙俄国式庆祝方式。

欢尔道句"生日快乐"，而后凑近 Natasha："你有帮 Mark 处理过本科生作业吗？"

Natasha 性格开朗不拘小节，加之留校时间久深谙人际门道，欢尔与她还算聊得来。

俄罗斯女生皱眉问一句："他让你做？"

欢尔点头。

"Mark 又搞这一套。他就是这样，自己不喜欢做的事情经常丢给别人。可是陈，你没有义务帮他干活儿啊。"Natasha 声音放低，"不过你拒绝他的时候要小心，Mark 可是会记仇的。"

欢尔不说话。

"总有些……不那么讨喜的人。"Natasha 撇撇嘴，"多注意吧。"

有人过来吵着要酒，Natasha 作为主人自然要照顾周到。欢尔见状躲去阳台一角。

心里堵得难受，毫无还手之力的那种难受。

她给景栖迟打去电话，顾不得考虑国内已经凌晨他是否在休息了，电话直接拨了出去。

第一遍没有接通。正犹豫要不要再打，同事过来递上一杯香槟，两人借机聊起实验室正在进行的一个项目。这时景栖迟打回来，欢尔一边按下通话键一边对身旁同事说句"不好意思我接个电话"，继而冲话筒问："栖迟，睡了吗?"

"没。"那头回答，"我跟老宋在外面。"

"这么晚还没回去?"

"嗯。出来吃饭喝了点儿酒，没注意时间。"

"哦。"欢尔望着伦敦还未全然暗下去的天色，莫名更难受了。

伙伴们还在一起，打声招呼便能穿城而见热热闹闹喝酒喝到大半夜。而她就像被遗留在海滩上的那枚小小贝壳，放眼望去孤立无援，试图呼救却发不出任何声音，不，其实这通电话已经是她的呼救，可他们没有听见。

景栖迟问："你那里怎么这么吵?"

"有同事过生日，我们都在她公寓。"

那头笑着问一句："好玩儿吗?"

"还行吧。"欢尔恹恹，满腹心事说道，"栖迟，我的副导Mark……"

话说一半她听到声音——"你们这桌加两瓶纯生?"

"对。"景栖迟回答，继而又问："欢尔你刚才说什么? 我没听清。"

"我说我的副导Mark下午……"

话至一半再次被打断，那头声音继续——"只剩常温的了，现在开还是等下?"

"开吧。"景栖迟说完朝向听筒:"什么? 欢尔你再说一次。"

今天怎么了,全是,全部都是该死的没听清。

原来不被听清要重复自己说过的话是这样惹人厌。

心急又委屈,欢尔一股火上来朝电话大叫:"景栖迟,你能不能听我说完!"

"是你那边太吵了,"景栖迟声音加大,语气显然并不好,"要么找个安静地方打,要么就结束再说,非要现在说我根本听……"

宋丛的声音传来:"有话好好说,嚷嚷什么。"

"她那边音乐声……"

欢尔直接挂断。

景栖迟没有再打回来。

午夜北京的某家川菜馆,从头到尾见证了这一场不愉快通话的宋丛拍拍面前兄弟的肩膀:"行了,先给欢尔回个电话。"

"回过去也是吵她。"景栖迟将电话扣到桌上,"同事过生日,应该玩儿得挺开心的。"

"干吗?"宋丛举起酒杯与他碰一下,"你不就怕欢尔心烦才不跟她说自己这摊事儿吗? 她开心你应该高兴啊。"

景栖迟闷头喝酒。

杯中见底,他淡淡回一句:"欢尔压力一大就不好好吃饭,我本来就担心她照顾不好自己,也怕把我这边的负面情绪带到她那儿。"

宋丛转转酒杯："明白。"

"但是老宋，"景栖迟叹气，"我这事……我怎么都不好选。"

三天前，邱阳告知景栖迟一个重磅消息。

那是个如常加班后的工作日，两人在回家的路上点好外卖，刚进门不足十分钟，外卖小哥准时抵达。邱阳吃地三鲜盖浇饭，边吃边刷着手机里的短视频；他要了一碗海鲜面，大半时间眼睛都盯着电视机里正在转播的球赛——总而言之，这一天与平时没有半分不同。

景栖迟先吃完，照例靠在椅背上问："你先洗我先洗？"

家里只有一个卫生间，邱阳洗漱加护肤没有半小时出不来，通常这样的先后顺序决定他何时与欢尔视频。

"先等下。"邱阳在这时叫住他，手机收起，外卖盒装进塑料袋，而后将电视机音量调小，他问，"姜头儿如果起手单干，你来不来？"

医疗平台上线只带来片刻轻松，投入销售阶段后各种优化需求接踵而至。姜森依旧是项目主力，一方面驳回产品经理异想天开的构思，一方面又在加紧督促团队出整合方案。所以当邱阳提起这个话题，景栖迟甚至以为对方真的只在推出一种假设。

"老大的构想是做公司分包商介入。环岛树大好乘凉，有的是做不开的项目，这个阶段也需要有知根知底的靠谱团队分担。"邱阳表情没有半分玩笑之意，"我打算跟他走。"

对此景栖迟倒不觉惊讶。曾经的上下铺如今同一屋檐下，邱阳是憋着一口气想要出人头地的性格。他崇拜姜森也信赖姜森，或者说，他想要成为那样一个人。

有能力亦有手腕，拿得起也放得下的，姜森一样的人。

景栖迟忽而有些难过。他被姜森钦点破格进入环岛，这样的操作从前没有，日后似乎也不会出现，于公于私，论交集、论交情他跟姜森都在邱阳和姜森之上，可很显然，邱阳今日说这样一番话必定是姜森先将打算透露于他。

而自己，不知何故没有在第一份信任名单里。

他问邱阳："老大让你来问我？"

"不重要。"邱阳既未否认又没承认，他顿了顿说道，"你在利总那边挂过号，龚博也很看重你，姜头儿不想让你有负担。"

这大概是他们私底下聊过的事，景栖迟不傻，他知道这是姜森对自己的照顾。

"所以，"邱阳问，"你怎么想？"

景栖迟沉默良久，而后提出问题："还在北京是吧？"

"那当然，资源都在这儿。"邱阳试探着问一句，"欢尔？"

就像景栖迟了解自己，邱阳也太知道他。关心的第一件事恰恰是地域，除去欢尔，邱阳想不出兄弟这样问的缘由。

景栖迟诚实点头。

"你们家欢尔毕业后也可以过来的。"因为站定立场，邱阳试图游说，"北京药企那么多，她一博士怎么可能找不到合适的去处。"

不，不是。

因为欢尔在出国前不经意透露过——丁和平很看重她，如果她有留校打算，作为导师定会出一把力。欢尔那时的说法是，如果真能留校就好了。

景栖迟对伙伴笑笑，不做表态。

"姜头儿你比我更了解，出一份力收一份回报，他不会亏待手下人。"邱阳看着他，"栖迟我不瞒你，有人已经决定走了，就算你留下，换了领队，旧部下的日子不好过。"

这是一番推心置腹的交谈，邱阳句句在理。

"让我想想吧。"景栖迟揉揉太阳穴，"我没法儿现在就答复你，你们。"

邱阳拍拍他肩膀，而后又道："龚博那边可能也听到风声了。"

景栖迟抬起头。

"让你难做，"邱阳叹气，"兄弟，对不住。"

就在今天，在与宋丛吃这餐饭之前，龚乃亮确实发出过"聊聊"的信号。景栖迟避开了，他说："龚博不好意思，我哥们儿那边遇到点儿难事，我得现在过去。"

"回头再说。"龚乃亮这样告诉他，那注视惹得景栖迟发毛。

难选。

说或者不说难选，去或者不去更难选。

午夜的北京，喧嚣退去大半。

后厨已经关闭，炒菜的大师傅与服务生们单开一桌吃起工作餐，说说笑笑好不热闹。

宋丛敲敲桌子，一如既往理性分析："出走利弊，留下来利弊，这些你比我更清楚。想不明白就列个清单，用你最擅长的数据说话。"

景栖迟回一句："哪那么容易。"

"那就让数据条件变复杂，加一项影响比例，给各项利弊定个系数。"宋丛单手托腮，"越复杂的运算得出的结果越精确。"

景栖迟陷入沉思。

宋丛的意思他懂了。是去是留利弊当然不可一概而论，那其中有薪资待遇、有岗位适配度、有晋升空间，亦有行业前景，他需要把每一项匹配一个系数。而所谓影响比例不过是工作之外那些让自己不得不考虑的因子，比如旧部下的处境，比如同事关系，再比如……

"不妨先这样算算看，"宋丛看着他道，"也保不准结果没出来，答案就已经有了。"

景栖迟沉默着点点头。

隔日酒醒后景栖迟给欢尔发消息，等上一小时没有收到回复。昨晚他的确喝了不少，打车回来的路上就睡了过去，到底也记不起有没有哪句话说重了抑或暴露出了烦闷引得她不开心。这样想着，景栖迟打出国际长途，意料之外，欢尔关机。

心一慌去问宋丛，宋丛按自己的理解交代："也没怎么样啊。欢尔不是有同事过生日吗？估计玩儿晚了正睡着呢。"他知伙伴因工作上的事情心情欠佳，于是邀约，"来踢会儿球吧，放松放松。"

景栖迟这才稍稍放心，与宋丛说句"我洗个澡过来"，又给欢尔留言："醒了给我回个电话，我去老宋学校踢球。"

欢尔是故意关机。

事实上她昨夜没等到凌晨给寿星庆生便提早离局，Mark 交代的任务压得她喘不过气——做了耗时耗力且心里不服，可不做那是她的副导，掐着毕业与否的生死线，所以陈欢尔没得选。

准备睡觉时天已蒙蒙亮，桌上摊着批改完三分之一的作业。欢尔熬了一个通宵脑袋昏昏沉沉，与此同时胃又开始隐隐作痛。她关了台灯，拉起窗帘，制造出夜晚的气氛想让自己休息一会儿，可那不听话的肠胃较劲似的与她为敌，实在受不住跑去卫生间，对着马桶吐了个干净。

只有冲水声，伦敦还未迎来新一天的喧嚣。

"真难受啊。"欢尔自言自语，鼻头发酸。

她想到 Mark 并不友善的神色，想到自己出国之前的雄心壮志，想到丁和平和师哥师姐的声声鼓励，也想到景栖迟与宋丛笑语晏晏大声畅谈。

而现在，在异国他乡的公寓里，她只能听到自己的呼吸声。

撑着马桶站起来，欢尔挪着慢吞吞的步子躺回床上。

她很想给景栖迟打个电话，可拿起电话又赌气似的选择了关机。

没有自己，景栖迟似乎也能过得很好。

伙伴在旁，家人在侧，工作充实，生活愉快。

好像被遗忘了，在归零的时区里，在这座总是阴雨绵绵的陌生城市中。

直到晚上十点，欢尔仍是关机状态。

景栖迟找不到可以联系的人——他没有她实验室里任何一位同事的电话。他甚至想过打给祁琪，可对方与欢尔在不同城市，平添麻烦，还是算了。

邱阳这时敲敲他房门："明天去烧烤？"

"烧烤？"

"嗯。姜头儿找了个地方，我们今天把东西都买齐了。"邱阳说道，"还有公司几个人一起。"

听到有公司其他人，景栖迟一下来了火气："邱阳，你逼我站队？"

"脑子进水了吧！"邱阳听他这副冷冷语气一拳打在门上，"景栖迟你当我什么人，走不走那是你自己的事儿，至于一惊一乍以为全世界都算计你？"

邱阳说罢转身就走，走到客厅又气呼呼折回来："姜头儿说这段时间大家辛苦攒个局聚聚，好，你以为要站队没人管你，但别把老子这份好心当驴肝肺！"

他重重摔上门，接着对面房间传来同样的响动。

景栖迟有气没处撒，在房间内无头苍蝇似的转两圈又重新坐回床上。

这样敏感的时间节点以领队的身份请大家出去玩儿，姜森连谁都搞不定的客户都能治得服服帖帖，他什么时候做过无用功。

去，他就被自动带入小团体；可不去，眼下姜森是走是留还没有定数，倘若走不成自己一定被划到安全线之外。

这盘棋，布得太妙了。

电话振动，景栖迟接起伴着一连串发问："你出什么事了非要关机？手机没电不能借一个给我回个消息？陈欢尔你看看我发了多少信息，我打不通电话又联系不上其他人，你想没想过我多着急？"

欢尔按按太阳穴："你不踢球去了吗？"

关机是一种刻意闭关——要批改作业还要准备课件，万事一团乱，交晚了 Mark 那边又会有无尽挑剔。欢尔的压力只能自己消解，孤身在外，她没有帮手。

做景栖迟多好啊，在纷纷进入的消息里让欢尔不舒服的只有这第一条——还能去踢球，他有这样的时间却都不愿听听自己的处境。

对方不冷不热的语气让景栖迟一阵心凉，他握紧电话："欢尔，我有自己的难处。"

"是啊，谁不难呢。"欢尔揉揉肿胀的眼睛，看着面前那些密密麻麻的英文单词，"我不会关机了。但是这段时间比较忙，抽不出多余精力。"

"好，我不打扰你。"景栖迟还要说些什么，可他下一秒听到欢尔的回答："先这样吧，挂了。"

通话戛然终止。

景栖迟最终还是去了烧烤局。

即便深知如此一来定会被列入某人亲信范围，日后也可能被别有用心的人揪住大肆做一番文章，可让他决定出席的理由只有一个——他不愿让姜森失去威信。

环岛 AI 实验室人尽皆知，四年前他被姜森钦点破格录取，一路走来姜森带着他攻难点、做项目，也将质疑变为有目共睹的进步和成绩。于景栖迟，姜森既是伯乐又是领导，他对自己的提携与帮助无法用只言片语形容。这样一场私下聚会如若不出席，那就是摆明告诉大家姜森能力不足以服众，或者——景栖迟不知道在场的人有多少知道内部消息，这样的时刻与之划清界限，对那些并不坚定还在试探的人来说，自己的不出现也许会释放某种信号。

——看，连小景都跟他掰了，出走没前途。

不，从为人到资质到这么多年打拼下的人脉，姜森即便单干也能闯出一番天地。

正是知道这一点，所以景栖迟才来。

出席者不算多，除去他们这些姜森亲近的手下，还有外组几名经验丰富的工程师，平日工作在不同楼层，交集也寥寥，大家见面心照不宣，好像真只为赴一场烧烤之约。

邱阳还在生闷气。早晨景栖迟想叫他一同出门却发现对方已经离开，房门上贴着地址，一副爱来不来随你便的样子。今天这场合，大概也只有他当成关系较好的同事间聚会——邱阳当然机灵，可他那点儿机灵劲儿全贡献给虚拟世界了，真要搞起职场斗争恐怕都活不过第一集。

"你啊。"趁只有两人的工夫，景栖迟小声说一句，"以后跟姜头儿多学学吧。"

"用你废话。"邱阳瞪他一眼。

也好，有姜森护着这家伙未尝不是好事。

大家三三两两聊着天，说工作，也说公司里的八卦，没有人傻到捅开那层纸表明立场，可仔细听总有人在迂回进攻，又有人在隐秘闪躲。职场有职场的规则，有些白纸黑字写着一视同仁，又有一些却永远都不会落在纸面上只能小心探寻。

"昨天我说话有点儿冲。"景栖迟不去看人，扬手拍拍对方肩膀。

"行了。"邱阳故作厌烦躲开，"老子没那么小心眼儿。"

兄弟之间，真道歉反倒生疏。

邱阳又问："你是不是跟欢尔闹别扭了？"

景栖迟绝不是无缘无故发脾气的性格，当时正在气头上邱阳也未深琢磨，这么一看自己简直撞枪口上，莫名变成了撒气桶。

"我也不知道。"景栖迟轻轻叹了口气，"她这阵子应该挺忙的，可隔这么远，也不是说买张机票就能过去的。"

"你们家陈欢尔知书达理，如果挑毛病那一定是你有毛病。"邱阳振振有词，"多好的白菜被猪拱了，你啊，你就可劲儿嘚瑟吧，人家哪天真远走高飞我看你抓瞎不。"

"那不会。"景栖迟歪歪嘴角。

"呵。"邱阳一声冷笑,"你这自信劲儿可着仨屯子都找不到。"

他俩正说着,姜森走过来,说:"聊什么呢这么开心。"又见景栖迟娴熟地翻动烤肉,上油撒料一气呵成,打趣说道,"不知道你还有这手艺啊,进修过?"

景栖迟笑,"以前住家属院儿我们几家常聚着吃饭,欢尔她爸烧烤在行,我这都偷师学来的。"

"我俩正说欢尔呢,老大你快给他传授点儿恋爱经验,不然这小子得天天拿我出气。"邱阳开始装盘,"这拨行了吧?我先给大家送过去。"

姜森当然知道景栖迟这位小女朋友,一边将蔬菜放到烤架上一边问道:"欢尔还得一年多回来吧?"

"嗯。"

"不打算去看看?"说罢一拍脑门儿,"可别现在请假啊,不批。"

景栖迟早有规划:"过年吧,我想攒年假跟她多待几天。"

"你俩原先一南一北,现在又一东一西,到今天真不容易。"姜森看着他,慢悠悠说道,"我媳妇刚怀孕时候公司派我去杭州支援半年,走了还没一个月她就在电话里哭,她那会儿情绪比较脆弱,我呢,本来就是去解决烂摊子的,每天压力大到睡不着,离婚就是一个念头的事。"

姜森很少提及家里种种,景栖迟问道:"后来呢?"

"还能怎么办,拼命找解决方案赶紧回北京呗。"姜森翻找手

498

机相册，"给你看看我最瘦的时候。"

屏幕上出现一张团队合影，穿笔挺西装的姜森站在最中间，劲头正盛，意气风发。

景栖迟瞧瞧照片，又去打量面前的人，一下笑出来："老大，你确实……胖了点儿。"

姜森"啧"一声收起手机："我真感谢我们俩都没将那个念头说出来。栖迟，工作重要，家庭同样重要，越到最后越会发觉爱人、家人，他们所赋予的动力与鼓励难以衡量。"

景栖迟默不作声。

"是无价的。"姜森神情认真补一句，与此同时拍下他后脑，"努力吧小伙子，做选择慎重一点儿。"

他依然是那位良师益友，他不动声色挑明了这场聚会背后的暗流。

"老大，"景栖迟朝他点点头，"谢谢。"

姜森笑眯眯收下这句真诚的道谢，余光瞄到烤架大惊失色："快翻面，我鸡翅膀都糊了!"

姜森即将出走的消息又一次成为环岛 AI 实验室茶余饭后的主要话题。

景栖迟自然绕不过同事间的私下试探，对此他口径一致："不清楚，好奇去问姜头儿。"他想，或许当事人也在犹豫吧——从青年到中年，一个个项目由干瘪的种子到开花结果繁茂生长，环岛何尝不是姜森的故地。

告别是需要勇气的。

十二月初，景栖迟被叫进龚乃亮办公室。

房门闭紧，百叶窗拉起，对方直截了当，"你知道姜森要走吧？"

说这话时龚乃亮神情复杂。

正值午休，室外有人在张罗着去哪儿吃饭。

景栖迟抿抿嘴，低头未做回答。

"小景，"龚乃亮叫一声，"我上周和姜森聊过，我……大概知道。"

"龚博，这事我没有发言权。"景栖迟不知对方何意，打起推拉战术，"你们亲自沟通比较好。"

"我跟利总那边打过招呼了，姜森这样级别的人事变动，公司要提前准备。"龚乃亮说道，"叫你过来是想让你交个底。你呢，没毕业就进团队，这几年做出的成绩大家都看在眼里，之前宣传片一拍，也为咱们实验室增加不少存在感，我个人的意思，希望你留下。"

景栖迟再次沉默。

"小景，我也跟你交个底。"龚乃亮清清嗓子，"姜森手里平台这几摊子，医疗 AI 前期研发虽然告一段落，但投入销售后活儿只会多不会少；图形图像算法是条长线，3D 人脸识别明年公司也准备重点投入；语音识别需要配合业务端指令，未来会根据实际应用场景分割进行。我跟公司提过将医疗分出去平行于其他直接向我汇报，让你去带这支团队，但是……考虑到你的经验和资历，提议被总部驳回了。"

景栖迟未曾料想对方这样看重自己，低声说道："龚博，我确实还不够格。"

龚乃亮摆摆手："切不可妄自菲薄。你底子扎实又有拼劲儿，姜森还不是进公司就被推上去带团队，有时啊，在你身上我能看到他的影子。"

对方真挚坦率，看样子姜森离开已成定局。

"我……"景栖迟停顿片刻，"龚博，如果有可能，我想调去研发中心。"

"研发中心？"龚乃亮面露惊讶，"所以你不打算留北京？"

景栖迟摇摇头。

宋丛提议用数据去做决定，他照做了，可算来算去欢尔的影响系数是百分之百——无法撼动的百分之百。姜森出走恰好给他一次重新选择的机会，去研发中心意味着他会回到他们读书的城市，他要等欢尔回来。

"小景，你想清楚了？"龚乃亮皱起眉头，"当然我不是说研发中心不好，可实验室是公司未来重点扶植对象，方方面面资源都会倾斜。这次提议不通过还有下次，我不希望你因为这档事灰心……"

"我没有。"景栖迟笑了笑，"龚博，谢谢您。"

"那因为什么？上级变动？"龚乃亮惜才心切，试图改变他的想法，"现在还没有决定是外聘还是总部派人过来，如果你觉得因为是旧部下就会怎样，大可不必。我们是科研岗，大家所做一切皆为项目，谁有工作之外的小心思我第一个送他走。"

"真不是。"景栖迟挠挠眉毛，"完全出于我自己的考虑。而且我之前听研发中心的同事说他们正在开发一些医疗产品，这个领域也比较符合我对未来的职业预期。"

龚乃亮眯起眼睛："什么时候做的功课？"

"就最近。"

"看样子你也慎重考虑过了。"龚乃亮叹气，"小景，你是个好苗子，就我个人来说我还是不希望你走，哪怕调岗。"

面对这位年龄几近父辈的实验室总负责人，景栖迟大胆迎上对方的目光："龚博，可能这话在您听来会有些滑稽，我只是越来越能体会到什么对我来说是最重要的。我……我不想再做让自己遗憾的事。"

十八岁经历过一场惨痛的失去，自那之后许久，景栖迟一直在与心里的懊悔和自责斗争。时间让伤痛变得不那么尖锐，也让他在选择面前更为从容。即便所有人都觉得调去研发中心从头起步不算明智决定，可景栖迟确信自己不会选错。

他不会再犹豫了。

景栖迟的调岗申请在新年前一天正式通过，同样在这一天，AI 实验室为姜森办了一场送别会。

明眼人不知内情却也清楚这是好聚好散的信号——他将离开环岛，但联系或许不会切断。

行政同事将各式茶点摆进大会议室，没有额外装扮，龚乃亮对全体员工发了一封邮件将消息传达，同时感谢这位得力干将对团队做出的卓越贡献。

来送别的人一拨接一拨，姜森就像婚礼上的新人，谈笑风生迎来送往，收下大家"前程似锦"的祝福也感谢以往日子的多加照顾，言谈举止始终得体，看不出特别情绪。

景栖迟挨到快下班才走进会议室，送别会接近尾声，桌上餐点几乎空盘。姜森见到他隔空做个"过来"的手势，与此同时对正在说着话的人点点头，对方回头看到景栖迟，心照不宣地将位置腾出来。

"老大。"景栖迟走近，像平时那样叫了他一声，却又不知该说些什么。

姜森此前去了总部一趟，今日回归一整天都在开会，算起来有快一周他们没打过照面。

"臭小子还羞涩上了。"姜森抱胸半坐在会议桌上，似笑非笑，"怎么，不跟我走觉得不好意思？"

"倒也不是。"景栖迟笑。

"你调走可有我一份功劳，"姜森挑挑眉，"这份情你得给我好好记着。"

"嗯？"景栖迟不解。正式通知还没下来，消息是龚乃亮今天上午单独告诉他的。

姜森环顾四周，声音压低："公司要把这边的医疗平台分过去，再加上研发中心本来就要着手做的医管平台和运动复健产品，几项合并成立大医疗组。你过去带队。"

消息着实突然，景栖迟当场愣住。

"这事龚博顶了不少压力，你可得争口气。"姜森拍拍他肩膀，语重心长道，"一旦过去肯定有人不服，毕竟比你年长的、资历老的、学历高的大有人在。我的经验是，有的没的不用理，专心把自己一摊事儿稳住，用能力说话。"

景栖迟仍有些失神，他当然听得进姜森的话，只是从未想过自己会被顶上这样的位置。

至少不是现在。

"老大，"他看着面前的人，"你……你们就这么信我？"

"我带出来的兵几斤几两我心里当然有数。"姜森坦言，"说实话，我是希望你跟我走的。但……怎么说呢，你这么选我完全理解。家庭重要，我也能猜到你怎么想。"

见他不语，姜森又补一句："自己的事也上点儿心，我可当你是为家庭选的啊。"

"我知道。"景栖迟笑笑，一时间忽而有种难以名状的情绪，他上前一步有些动容地抱住姜森，"老大，真的……谢谢你。"

头脑里开始上演回忆杀，火车上初见姜森主动伸出手做自我介绍，稀里糊涂来环岛面试意外被录用，更多的是关于最开始那半年—— 一只菜鸟硬生生挤进一群智力优越眼光超前的硕博中间，每日每日都是被碾轧的挫败感，也数不清多少次趴在电脑桌前一觉到天明。那时也是姜森拍着他肩膀说"不会就学，年纪轻轻还怕干吗"，他会语重心长地指出他的不足也会板起脸厉声批评他的失误，他带他参加行业大会也在他需要帮助时积极调配人

504

手。很久以后景栖迟才明白那是姜森带人的方式——他的迅速成长、他所取得的成绩、他在项目重压下表现出的临危不乱，继而收到的那些认可与称赞，景栖迟在环岛的每一步都离不开姜森。

"客套话就免了。山不转水转，以后没准儿还打交道呢。"姜森拍拍他的背回应这个充满感激的拥抱，随后站起来看看时间，"我晚上还有个局。作为老领导最后再嘱咐一句，小景，到什么时候也别忘了初心。"

景栖迟郑重地点点头。

他很想将消息告诉欢尔，转念又作罢——最近她忙，自己也忙，这两个月打电话次数寥寥，唯一一次视频刚接通五分钟欢尔便被同事叫走。年假申请已经递交人事，既然调岗落定，中间正可以稍稍喘息。

下班前景栖迟做了两件事：查询办签证资料，拟定机票时间。

邱阳未参加送别会便赶去机场，他要回老家陪家人跨年。景栖迟本也打算回天河，可母亲今晨发消息告知晚上会顶个夜班，特意嘱咐："不用回家看我，宋丛你们一帮放松放松。"他为让对方宽心只得应下。至于为什么没有联系宋丛——杜漫给爸妈报了旅游团去外地玩儿，想也知这俩肯定在一块儿。

新年将至，处处透着喜庆。

景栖迟在家楼下的便利店买了一份微波快餐和一打啤酒，有些恹恹地往小区里走。这几步路又让他想起欢尔，因为晋升而高兴，因为压力而沉重，喜悦却又彷徨地矛盾着，很想诉说却无人可以分享。欢尔应该有很多这样的瞬间吧，他不知道在她经历那样的瞬间时自己又在哪里，只是，似乎，他缺席了。

因为时差，因为异地，因为忙不完的工作，因为如履薄冰的职场，他们之间不知不觉进入了一段"冷静期"。

即便谁都没有点破，但这好像已成为事实。

没有开电视，景栖迟热了饭，吃一口喝三口，还剩半盒就已经饱了。手机群里开始有人发红包，公司群、班级群、球队群，他又抢又发，仿佛只有这样才能打发掉一段本该热闹的时间。正准备洗澡时，门铃响了，与此同时他听到熟悉声音："栖迟，开门。"

宋丛和杜漫一起赶到。

心里满是感动，嘴上却不饶人。景栖迟一边请两人进来，一边开玩笑："过完二人世界才想起来慰问孤寡人家？"

杜漫羞答答解释："我们就一起吃了个饭。给你打电话你不接啊。"

"我哪儿敢接。"景栖迟一副不着调模样，"我要过去怕得被某人手刃。"

"你就吃这个？"宋丛瞄到桌上的快餐，又抬眼望望周围，"邱阳不在？我以为你俩在一块儿呢。"

"回老家了。"

"你真是……"宋丛瞪他一眼，实打实的埋怨语气，"他回去你早说啊！"

"随便坐，杜漫。"景栖迟赶忙招呼第一次来的客人，"你喝什么？啤酒？可乐？"

"都行。"杜漫挨着宋丛坐下，环顾一番，"你这儿还挺干净的。"

"这几天加班都没收拾。"景栖迟将一罐啤酒递到他手里，随手拉把椅子懒懒散散靠上去，"你们怎么想起过来了？"

"我俩吃完饭也不知道去哪儿，宋丛说你们这儿有麻将，正好能凑一桌。"杜漫笑笑，"我连零钱都带了。"

"三缺一，"景栖迟打趣，"要不你俩再回去？"

"没听过请神容易送神难？"杜漫一向禁逗，"钥匙留下，你走吧。"

她喝一口酒，又问："你给欢尔打电话了吗？我俩上周发消息她说圣诞假在外边浪呢，还没回学校吧？"

"嗯，跟祁琪出去玩儿了。"景栖迟随口答一句。说这话时，他只把祁琪当成几人共同的老同学，欢尔与对方恰巧在同一国家，出门在外自然会互相照顾。

"这样啊。"随着杜漫这一句回应，景栖迟才后知后觉自己这张破嘴。

那是宋丛的前任啊！

杜漫看看他，又去瞧瞧故作镇定的宋丛，"噗"一声笑出来："你俩……表演哑剧呢。"

她一点儿都不介意。在宋丛和祁琪交往的那时，宋丛对她来说还只是年级第一的学霸，是学业上有困难才会去求助的老同学，是躺在通讯录里很少联系极为普通的一个名字。那时的杜漫甚至没有想过两人可以变成朋友，更不会想到很久以后的今天自己与他会并肩坐在同一张沙发上。

在杜漫的认知里，一个人的现在是由无数星星点点或闪耀或黯淡的过去构成的，它们的历练也成全了此时此刻的自己，所以她丝毫不在意，她甚至感谢那些过去将宋丛送到自己身边。

"走一个吧。"景栖迟举着啤酒打破沉默，轻呷一口随后说道，"你俩怎么还不谈恋爱？"

宋丛正喝着，这下被结结实实呛到，咳得眼泪直往外涌。杜漫一边递纸巾一边拍他后背，脸色绯红不说话。

景栖迟憋住笑，按亮手机屏幕举到他们面前："还有四分钟，要不这事儿可就抻到明年了。"

十一点五十六，哦不，十一点五十七分。

还有三分钟。

宋丛止住咳嗽，他仿佛听见秒针旋转的声音。

"我可不希望你们像我，"景栖迟低声说道，"犹豫着错过很多很重要的时刻。"

杜漫想要说些什么，却被宋丛抢先。他伸手盖住手机屏幕，深切地注视着她："不是因为这个时间点，是……漫漫，我真的很想和你在一起。"

杜漫的眼眶一下红了。

"我没有大家说的那么好，但也总不至于差到哪儿去。"宋丛对她笑笑，"身体上的毛病你都能治，其他方面的你也能修理……"

杜漫眼圈仍红红一片，眼睛里却有笑意："你身体上哪有毛病?"

这句问得宋丛哭笑不得。

"杜医生意思是，答应你之前让你去做个全身体检。"景栖迟故意做出翻找通讯录的样子，"我妈今天值班，咱这就走，我让她给你加个塞儿。"

"还用你。"杜漫歪头看他，"自己家属，我就能搞定。"

"家属，听见没?"宋丛在沙发下拉过杜漫的手，朝兄弟挑眉，"就你那老胳膊老腿，以后过来挂号友情价。"

杜漫将掌心翻上来，十指相扣，原来他的手这么暖。

从同学到朋友再到恋人，从陌生到熟悉再到了解，他们踏着时光的脚步不急不缓走近彼此，没有错过，一丁点儿都没有。

景栖迟白他们一眼，有点儿好笑地想自己这也算遭报应了吧——谁叫从前老和欢尔腻腻歪歪被大家说虐狗呢。

"我洗澡去了，你俩慢慢来。"他放下喝空的啤酒罐起身，刚走一步又转回头，"对了，我打算春节连上年假去看欢尔。"

宋丛问："你年假批了?"

"我升职了，年后调去研发中心。"

"什么?"

杜漫不明所以："换工作吗?"

"他们公司研发中心，"宋丛急着解释，"简单来说，他不在北京待了，去欢尔那边。"

杜漫稍稍一愣，而后开怀大笑："景栖迟，好事啊!"

"好归好，"宋丛神色有些复杂，"就是太突然了。"

正因为他了解景栖迟更多，所以他知道自己这哥们儿用了多大劲儿付出比其他人多多少的努力与精力才走到今天。不至于说在北京站稳脚跟后路无忧，可在自己的领域内，景栖迟已然是同龄人中的佼佼者。

"我琢磨挺久了，正好赶上有机会。"景栖迟看着窗外远处绽放的烟花，"老宋，你还记得那年寒假欢尔咱们三个躲在基地喝'酒'吗？好像丽娜阿姨除夕夜班吧，我本来要买几个蹿天猴儿一起放，你非说被保安逮住麻烦，后来才买了'酒'。"

"有这回事。"宋丛笑着对杜漫说明，"还不如放烟花呢，喝完回家我挨训，他差点儿挨打。"

杜漫笑笑，而后感叹道："可真快啊，到现在都十年了。"

"嗯。"景栖迟望着燃起又落下的一片绚烂，"一晃都十年了。"

Chapter 21

主谓宾结构

景栖迟在接机人群中一眼找到欢尔。

她站在外围，穿件黑色呢子大衣，背着布包，头发在颈下随意扎起，在一众西方面孔中显得有些孤独。景栖迟拖着行李快速走过去，因为心急，这几步路还险些撞到人，他不算太熟练地说声"sorry"，而正是这一声引得欢尔抬头，四目相交的一刻仿佛进入了电影中的慢镜头，他看到她的脸上荡漾起一个无比好看的笑。

如同一朵正在绽放的花，就那样灿烂地开了。

欢尔跑过来抱住他，双手勾住他的脖子，头扎进他怀里，她依然说着那句早就在信息里表达过的话："你怎么这时候过来啊。"

在她看来，景栖迟大老远来一趟必定怀揣看场球的心愿——对于一个从小熬夜追比赛的人来说，现场看一次英超大概可列入人生待做事项。然而这时节正赶上冬歇期，所有比赛停摆，她想

511

不出他不再等等反而用尽年假的理由。

景栖迟略过问题，反过来问："穿这么少冷不冷？"

周围人的穿戴尽是棉衣羽绒服，他抱着她单薄的身体一阵心疼。

"不冷。我出门晚了怕接不到你，打车过来的。"欢尔说着，却也任由他摘下围巾转移到自己脖子上，尽管进机场一路小跑已然汗津津的。

"就怕你照顾不好自己，被我逮到了吧。"景栖迟系好围巾，又抓起她双手，"还不冷，手这么凉。"

他一边搓她的手一边哈气取暖，热度来得太慢，干脆拉开羽绒服拉链握着她的手送进去，欢尔贴着毛衣环住他的腰，熟悉的温度与久违的味道，一时间惹得她要哭。

景栖迟揉揉她的头："我以为你在生我的气。"

过去的三个月里，他们的联系着实不似一对情侣。尽管知道欢尔忙，自己也难以抽身，可那种若有若无的冷淡总让景栖迟挂心。他似乎明白她为什么生气，可仔细一琢磨却又说不出具体原因，每次想去问欢尔又怕扰到她工作，这种情绪一直持续到飞机降落。

见面就好了，欢尔笑起来那一瞬间他就知道一切都好了。

并非感情不够坚固，亦非彼此之间有了隔阂，只是太久没见让那些堆积的情绪找不到一个出口，独自消化总归没那么容易。

"我气啊。"欢尔仰脸看他，"可也没气到你都来了还能装生气。"

太可爱了。

景栖迟忽然很想发条让全世界都能看到的消息——我女朋友太可爱了。

坐地铁回去的路上，欢尔说起祁琪："琪变了好多，你见到肯定会大吃一惊。我们圣诞出去玩儿，酒店、车票她一手包办，还提前查了不少攻略。那会儿她和宋丛来学校看咱们还因为住民宿吵架，现在别说民宿了，在'青旅'里都能呼呼大睡。"欢尔顿了顿，"今年毕业她说想留在这边，因为自由。"

景栖迟点点头："出来这么久大事小事全靠自己，怎么都会变的。"

"想想也可惜，若是现在宋丛遇到她，不见得会是那样的结局。"欢尔说完一脸紧张地看向景栖迟，"这话你知我知，被漫漫听到得一刀灭了我。"

"嘿。"景栖迟笑一声，"人家可没工夫搭理你。杜漫轮岗一天到晚忙得天昏地暗，老宋今年毕业八九不离十进他们学校附属医院，跟他俩一张桌吃饭就跟到三院食堂似的，我听他们讨论病例脑瓜仁儿都大。"

"宋叔估计喜忧参半吧。"欢尔咯咯笑起来，"一个家四个医务人员。"

"还真是。我说老宋怎么憋着没告诉郝姨他们，敢情想提前渗透打好预防针。"

"过年回来没说?"

"没。"景栖迟摇头，"郝姨还偷摸跟我妈打听情况来着，我妈又来问我，我实在扛不住用'车到山前必有路'混过去了。"他这时揉揉欢尔脑袋，"本来想早几天过来陪你过春节，但……"

欢尔打断他的话："我反倒不希望你来陪我。"

景妈孤身一人，做儿子的当然要守在她身边。

"这边本就没什么节日氛围，我又不放假还得照常干活儿。你留在家里是对的。"欢尔说道，她不愿让景栖迟产生一丝左右为难的念头。

"你啊。"景栖迟知道她讲这番话的意思，一时歉意与感动交织再也说不出什么，只得将人紧紧揽在怀里。

"栖迟，"欢尔用只有两个人能听见的声音说道，"其实我生过你的气。事情太多了，多到我控制不住情绪，又觉得你在国内有朋友有消遣过得多姿多彩，我在这里算什么。"她忽而鼻子一酸，声音跟着抖起来，"就觉得自己被大家抛弃了吧，连你都离我越来越远。"

地铁走走停停，有人匆忙下去，又有人慢吞吞上来。

"怎么会呢。"景栖迟静静注视着她，眼睛里的温柔像要溢出来。

"是啊，我知道你不会。可我就偏要那么想，偏会有那种感觉。"欢尔叹气，"大家都说我运气好，回过头来想我运气的确好，好到会让人羡慕。大概是我得到的太多了，稍微被拿走一点儿就觉得没理由不公平，太脆弱了。"

"真正脆弱的人是意识不到自己脆弱的。"景栖迟勾下她的鼻尖，"我们家欢尔铜墙铁壁，怎么会被一时困难缠住手脚？"

514

欢尔轻声笑一下："你说的对。"

"在我心里你比任何人都坚强。但是欢尔……"景栖迟握住她的手，"你可以哭可以生气也可以发泄，我希望自己变成你的退路。灰心时、难过时、找不到方向时，所有这些时候不要硬生生顶上去，你可以放心地退到我这里来。"

"然后呢?"

"然后……"景栖迟眨眨眼，"我和你一起打怪，直到最后通关。"

欢尔听罢，自在地将头靠上他肩膀，骨头一下散了。

从出国到现在，她没有，从没有任何一刻如此时这般放松。目之所及仍是那些异乡面孔，地铁停靠站很多仍不熟悉，耳边传来的英文交谈声还是难以辨别口音，什么都没变，可随着景栖迟的到来又好像什么都变了，她有一种彻头彻尾的、从外到内的——安心。

"为什么非要这时候过来?"欢尔再次发出疑问。

"陪你过春节。"

"那也没必要把年假全休了吧。再等一阵就踢联赛了，你不想看?"

景栖迟轻笑一声："你怎么还关心起英超了?"

"不仅是英超啊。"欢尔如数家珍，"我们可以绕欧洲玩儿一圈，法甲、意甲、西甲，一边玩儿一边把这几大联赛全看一遍。"

"嚯，有进步啊小姑娘。"景栖迟惊叹一声，转而又道，"就算我有空，你哪有那么长时间假。"

"我……"欢尔稍稍停顿，"到时候没准儿就有了，你不用管。"

景栖迟一直盯着车厢内的路线图，这时拉拉她的手："下一站要下车吧？"

欢尔望望此时的停靠站，点头："对。你连这都查好了？"

在她印象中，景栖迟可不是什么会记路线的人。之前无论去四水还是到杜漫家做客，身边有宋丛他就万事不操心；两人出去玩儿哪怕在他的主场北京，路线交通都是欢尔查好他跟在身后，宋丛常挂嘴边的一句话——"就是被咱俩惯的。"

"我还看了谷歌街景呢。"景栖迟一脸傲娇，"你楼下有个花店对不对？住那条街走到头是个特别大的乐购百货。"

"哈哈，"欢尔笑着问，"怎么去学校你也知道啰？"

"去学校……"景栖迟说着掏出手机，打开谷歌地图给她看，"信息时代，不用全记脑子里。"

地图界面显示出他提前标识的地点，家、学校、超市、餐厅。

欢尔好奇地指着餐厅问："这是什么？"

"你附近两公里评分最高的店，改天去尝尝。"

"好啊。"欢尔又指指学校，"这个真不用标，我闭着眼睛都能带你过去。"

"我想着要去接你嘛。"景栖迟收起电话，见即将到站一手拉行李一手揽过欢尔肩膀站起来，"去接你还不得自己走。"

两人刚上地面，欢尔便接到 Mark 电话："陈，你今天请假为

516

什么不说？"

"我给 David 写邮件了，你在抄送里。"

Mark 反问："为什么不把我放在主送？你知道抄送邮件我一向不关注的。"

欢尔冷静反驳："Mark，你的习惯我不知道。"

景栖迟见她脸色转阴，做个"怎么了"的口型。

欢尔摇摇头。

"那现在你知道了。"Mark 的语气仍是错在欢尔一方，"今天很忙，每个人都有要做的事，这样我要重新分配任务，很不方便。"

欢尔不作声。

Mark 又道："你的申请 David 告诉我了，明天来学校我们聊一聊。"

"明天我不过去，我请假到周一。"欢尔有些赌气地说道，"下周任何你方便的时间我随时可以聊。"

电话那头短暂静默，Mark 说道："可以。周一需要把论文你的部分交上来，事实上只差你没有交。"

"OK。"欢尔问，"还有其他事吗？"

"就这样，周一见。"Mark 挂断。

见她收起电话，景栖迟这才问："同事？"

"我副导。"

"你们……"

"嗯，关系一般。"欢尔很想大吐苦水，又觉他刚下飞机应该很累，于是叹气，"回去再说吧。"

景栖迟听出她话里有话，皱着眉头问："他欺负你？"

听得这两个字，欢尔忽然委屈起来，委屈到眼泪都在打转。

她极力忍回去，转换话题："喏，我就住那栋楼。"

没有哭，可声音却在抖。

"好了。"景栖迟敏锐感知到她的情绪，晃晃两人拉在一起的手，"回去我告诉你一个好消息。"

刚进公寓门，欢尔便急急发问："所以到底是什么好消息？"

"总得先给口水喝吧。"景栖迟话音未落，肚子极其不配合地"咕"一声响，他立刻补充，"能赏口饭吃就更好了。"

时至九点，的确早过了晚饭时间。

欢尔去翻冰箱，她能找出最好的存货是一袋冷冻腌排骨。原本计划今天早早出门先去超市再奔机场，谁知道显微镜出故障一来二去耽误了好一会儿工夫，大显身手展露厨艺的计划自然泡汤。她一边催促景栖迟洗漱，一边望着半空的冰箱发愁——该怎么慰劳他的胃呢。

排骨先拆封扔进烤箱，怕不够入味特意刷一层油又撒些墨西哥调味粉。其余就地取材，拿几颗土豆洗净，中间来一刀一分两半，大火上锅蒸软。这期间又切了葱末将早餐吃的芝士片切成细丝，因为心急，土豆蒸熟后直接上手去拿，热气着实把欢尔烫了一下。可她仍是开心的，因为在做这一切时可以听到浴室里传出的流水声，深爱的那个人啊，他就在自己身边。

陈欢尔梦寐以求的生活也不过如此——在疲惫的一天结束后，两个人坐下来简简单单吃一餐饭。

排骨拿出来再将土豆放进烤箱，景栖迟刚洗完出来便注意到写字桌已变成餐桌，大呼一声："好香啊！"

"快尝尝我的……"欢尔拍拍嘴巴，"应该是 Marks & Spencer 的手艺。"

东西是超市买回来的，她可不能居功。

景栖迟直接上手捡一块塞进嘴里，舌头被烫得打卷却仍忍不住夸赞："太好吃了！"

"这个也好啦。"随着烤箱"叮"一声响，欢尔献上自制的芝士焗土豆，"今天委屈官人了，明天小娘子定备上好酒好菜。"

景栖迟"噗"一声笑出来说："小娘子的心意哥哥领了。"

她那些无聊的笑点他总能稳稳当当接住。

排骨香气喷人，土豆泥滋滋入味，欢尔的厨艺好到令景栖迟刮目相看，可好之外又让他有一丝隐秘的歉意——因为必须要会做饭所以才学会了做饭，因为必须独自生活所以只能适应这样的生活，这是他不在身边的半年多时间里，欢尔不得不去做出的改变。

"吃呀。"欢尔站在一旁用筷子戳戳他额头，"好吃傻啦？"

景栖迟起身去大衣口袋里拿出手机，翻出邮件递给她，而后一边吃饭一边等对方的反应。

奇怪的是，欢尔呆呆看了许久，半晌没有出声。

"怎么啦？"景栖迟跟着站起来，他以为自己找错邮件，拿回手机确认。

没错啊，他给她看的正是那封群发的正式任命邮件。

"我回去直接到研发中心报道。"景栖迟以为她没有看懂，解释道，"到那边带队做大医疗项目，医疗平台也会并过去。"

欢尔还是没有反应。

他放下筷子，心下一紧："你……不打算留校了？"

欢尔这才摇摇头，并且摇头的力气越来越大，她直接抱住他："我就是觉得……我……我们……"

"吓我一跳。"景栖迟回过神拍拍她后背，"我先过去安置好了等你，最多再有一年就熬出来了。"

欢尔松开人，定定看着他纠正："半年，最多半年。"

"你的项目不是……"

"我申请了提前回去，昨天刚申请的。"欢尔做个深呼吸平复情绪，"栖迟，我们好像做了同一件事。"

在我向你快步奔去的同时，你正急速向我跑来。

这样一件浪漫而认真的事。

景栖迟难掩激动，一把抱起人在小小房间里原地转了三圈，直到欢尔拍他肩膀吵着头晕，这才将人放下来。

欢尔娇嗔地埋怨："你怎么不提前和我说呀？"

"正式通知才下来不久，我想亲眼看到你知道后的样子。"景栖迟挠头笑笑，又道，"你也没和我说啊。"

"申请刚递上去，导师还没批。"欢尔拉着他坐下，"快吃饭，要凉了。"

景栖迟大口吃着，忽然想到一个问题："怎么好端端的要提前回去？"

"就是……"欢尔放慢速度咀嚼，借此思考该如何回答这个问题，她最终决定实话实说，"我在这里过得挺不开心的。虽然组里同事都很好，环境和资源也是一流，但……我导师David'放养'，平时不太能见到，副导Mark……我和他不太合得来。"

"刚才给你打电话那个人？"

欢尔点点头，娓娓说起做出决定的原因："Mark最初让我做一些私活儿，我做了也交了，但我不服气啊，那些原本就是他自己的工作。大概有两次，我就把这件事跟David说了，大老板可能找他谈话了吧。反正自那之后他没再让我做过，可我的课题他也……"欢尔口吻里带些自嘲，"可能我达不到他的要求吧，这半年课题进度远不如在国内的时候，就像好运气都用完了，这里不对，那里也不对，压力很大。"

景栖迟沉默着，眼神复杂地看着她。

"吃饭呀，你这样我说不下去。"

他只能低头吃饭，明明前一刻滋味丰富的餐食现在却变得索然无味。

"这里面也有我自己的原因。我一旦认定他针对我，就觉得处处都在针对我。其实Mark学术水平不错，也发过重量级论文，他的确有资格做我的副导，只是……"欢尔轻轻叹一口气，"我没办法与他长期共事。我想你，想家，想老丁，想从前自由自在做实验搞研究的日子，我想回去。"

"你不是那种会无缘无故给他人下定义的人。"景栖迟望着她，一字一顿，"所以，不要认定自己有错。"

欢尔牵牵嘴角："你就这么相信我?"

"相信。"景栖迟语气不容置疑。

陈欢尔是窝里横，可她又比任何人都护短。大学时有次两人一起吃饭听到邻桌说邱里闲话，又是转系靠关系又是富二代目中无人，各种难堪字眼层出不穷。欢尔气冲冲走过去告诉他们："嘴不用我现在就给你们缝上，凭什么根本不知道就判断别人。"未知的事、不了解的人不应该去定义，这是欢尔的准则，景栖迟对此一清二楚。

她绝不会平白无故去认定"针对"。

"总之，"欢尔继续说道，"我跟老丁也通过电话了，他巴不得我回去，应该问题不大。"

景栖迟捏捏她的脸："我等你。"

欢尔笑："怎么个等法?"

"就，"他稍作停顿，"多赚点儿钱，少要点儿嫁妆，明媒正娶让你落户。"

"少要嫁妆?"

"没有也行。"景栖迟将最后几块排骨一股脑儿推到她面前，"街坊住着，赔本儿我也得把人弄过来不是。"

周一一早欢尔去学校，两小时后，景栖迟按导航路径找过去。

他成功打听到 Mark 办公室，拿本书装作本校学生在走廊里远远盯着那里的动静。

提前在官网看过资料，他知道对方的模样。

约莫半小时，一名身材不算高大穿西装的白人男子独自推门进入。

景栖迟看看四周，深吸一口气走近敲门。

"进来。"他听到准入许可。

Mark 皱眉，显然对来者身份一无所知。

"我是欢尔……"景栖迟调整称谓，"陈的未婚夫。"

Mark 起身，礼貌招呼过后与他握手："有什么事吗?"

在景栖迟看来，对方与地铁上那些路人并无二致。

"作为她的家人，"景栖迟拿出比在公司做汇报更庄重的态度，清清楚楚说出那套演练几遍的英文说辞，"我听欢尔说了一些关于学业的事，也许我不够客观，但我认为她受到了一些不公正的评价。"

Mark 皱眉，他已经意识到来者不善。

"具体指什么?"

除去开场白，景栖迟当然也预判过对方的反应，提问在意料之中。

"具体细节你应该比我更清楚。"他不卑不亢直视对方，"就像欢尔的能力你应该同样比我更清楚。"

Mark 有些愠怒："如果是来说专业问题，我更希望陈本人过来与我交谈。"

"专业上的事我当然没有权利置评，欢尔说过她很敬重你的研究成果。"景栖迟语气缓和些，"站在我的立场，我只关心她在这里是不是开心，能否像从前一样施展拳脚去实现她的梦想。"

"先生，"Mark 保持礼貌，"开不开心是陈自己的事，我没有精力去关心每一位博士生今天心情怎么样。"

遇到对手了，景栖迟咬紧内唇。

"我的需求很简单。"职场打拼几年，他太清楚有需求才会有解决方案，于是表情严肃地说道，"我希望对于我的未婚妻，你可以像对待其他人一样。"

Mark 再次皱眉："我当然会平等对待每一个人。"

"谢谢。"景栖迟稍稍鞠躬。

"我还有会，不送。"Mark 不看他，径直坐回屏幕前。

景栖迟离开办公室，不知怎的，他感觉自己弄巧成拙。

走出校园，景栖迟给宋丛打去国际长途，从头到尾描述了与 Mark 见面的事，末了问道："老宋，我是不是给欢尔添麻烦了？"

"麻烦倒谈不上，你太这　通多少能给他敲个警钟。"宋丛仔细分析，"但这人不好搞啊，尤其专业上导师对学生有偏见，这种事很难道出个所以然。人家大可说你的情况就是如此，我因材施教无可厚非。"

"欢尔已经申请提前回国了。"

"提前？"

"嗯，最多再半年吧。"

"好事啊，你俩可算熬出来了。"宋丛笑着说道，"也真巧，你刚调过去欢尔也马上回来。"

"你说这边导师会不会不批准？"

"应该不会。"宋丛在这方面自然比景栖迟内行，有理有据回答道，"她本就是访问学者身份过去的，主导师在国内，况且多个人多份劳动力，国内组里一定巴不得她尽快到岗。再说因为研究课题需要提前回来，理由充分，没有故意卡人的必要。"

景栖迟稍稍放下心："有你背书我就放心了。"

"不过，"宋丛单刀直入提醒，"你别去找第二次了。那人毕竟是欢尔的海外副导，有一定话语权，小心激化矛盾。"

"不会。"景栖迟答道，又问，"这事我要不要告诉欢尔？"

"你怎么打算？"

"我没想讲。"

宋丛嘿嘿笑两声："你都决定了还问我？"

"有点儿……拿不准。"

这次会面当然算不得成功，即便景栖迟在来之前也未曾设想过聊到何种程度才算"成功"——这并非一场你出价我压低大家各有底线的商业谈判，他的目的只是让对方正视问题收敛气焰，可显然 Mark 模棱两可的回复让他摸不清日后走向。

告诉欢尔可以让她做好万全准备，但那也势必会增添她的顾虑，所以景栖迟才会犹豫。

"主意还得你自己拿，我给不出意见。"宋丛说道，"毕竟啊，你才是最了解欢尔的人。"

"挂了。"

"等下。"宋丛急急叫停，"你回来给杜漫带个帕丁顿熊的玩偶呗，戴红帽子的。她特别喜欢那部电影。"

景栖迟歪嘴一乐："回去给我报销。"

"算今天的咨询费。"那头大言不惭，"你赚了，不谢。"

景栖迟有意逗他："那我找杜漫报。"

"你敢！"宋丛笑着威胁，"你敢给漫漫发一条消息，今天的事我全给你捅出去。"

"防火防盗防兄弟啊。"景栖迟故作夸张地感叹，一边往校外走一边对电话那头说道，"知道啦，我就算自个儿不回去也把熊给你安全送达。"

"多买几个，选好看的。"

"挂了。"景栖迟笑着按下结束通话键，转而用手机去搜帕丁顿熊的图片，寥寥看过几张图暗自感叹——这熊孩子不都长一个样儿吗？到底哪来的好看不好看。

欢尔七点回到公寓，隔着一层门便闻到中餐饭香。

感慨之余却又有一层担忧——炒菜烟大，这家伙千万别触动烟雾警报器。

事实证明，忧虑并非空穴来风。打开门的一刻，灶台火焰有半尺高，而景栖迟正手忙脚乱开水龙头接水。

欢尔冲过去从下面橱柜里拿出锅盖迅速盖住锅，明火消失，

526

她长舒一口气。

“我……我不知道锅盖在哪儿。”景栖迟关了水龙头，身上系着她的围裙，表情委屈又无奈。

“这回知道了？”欢尔说着，见他赤手就要去掀锅盖，一把打开他的手，麻利地从旁边架子上取过隔热手套戴上，起锅瞬间红烧肉的香气伴着烧焦味四散开来。

“完犊子了。”景栖迟懊恼叹气。

欢尔接过他手里的水倒进去小半碗，用铲子翻两下，笑着说道：“能吃，闻上去挺香的。炖肉要开慢火，小傻子。”

当事人噘嘴，此情此景显然与预想中景大厨大显身手一点儿不搭。

欢尔翻着锅忽然提问：“你哪里买的五花肉？”

要知道当地超市五花肉只做烧烤用，皆是切成薄片整盒包装。这种两三厘米的方肉块街角乐购绝对买不到。

“我去了趟中国超市。”景栖迟朝写字台方向扬扬头，“顺便给你买了点儿零食。”

“你……知道怎么走？”欢尔这才注意到菜板上已经切好的蒜苔和腊肉——这些东西只有中超有售，因为距离远，她来这么久也只去过一次。

看上去就好吃爆了。

“跟导航走，挺顺利的。”景栖迟挽起袖子，“我来炒，你做场外指导。”

“别了，还是我来吧。”欢尔上手就要去摘他围裙，谁料被景栖迟一把按住。他紧紧攥住她的手，目光坦率而纯净，"过日子哪能就一个人会做饭，我至少学点儿简单的。"

许是被"过日子"这种父母辈才会讲的朴素说法触动，许是今天两人的公寓让她有了家的感觉，欢尔仰脸问道："以后都要和我一起过，会烦吗？"

年少相识，他们的人生从太久前便开始重合。相看两不厌的唯有敬亭山啊，因为山不动不移不离不弃，可人的未来却总有数不尽说不清的变数。

景栖迟放下铲子，双手拉过她的手："你知道我高考改了志愿吧？"

"嗯。"

"当时徐老师问我，为什么非要改，他说这是人生大事，很可能关系到一辈子命运的。"景栖迟定定看着她，"说实话我犹豫过，北京好，离家近，毕业后就地找工作方便，宋丛他们一帮人都在。可我又觉得，只有你一个人在南方，光这一个理由就足以抵过前面很多个。"

欢尔的心像被什么揪了一下，想哭，自从他来总是想哭。

"所以啊，怎么可能会烦。"景栖迟捧起她的脸，"我做了最最正确的决定。"

"改志愿可真吓到我了。"

"不是这个。"他摇头，"爱上你、照顾你、陪着你，这才是最正确的决定。"

欢尔泪光盈盈，她最终还是哭了。

只有景栖迟可以卸掉她的铠甲——每次与父母通话报喜不报忧，默默忍受副导的冷暴力还要装作无所谓，大年三十熬夜写实验报告怕吃饱犯困只能用一杯又一杯咖啡充饥——她想到很多，连泡面坨成一团吃两口就扔进垃圾桶这种无关紧要的小事都想到了，所有的坚强在他面前溃不成军。

"我好想你。"欢尔扎进他颈窝，"孟婆汤摆在面前我都不会喝，我怕忘了去想你。"

景栖迟抑制不住去吻她，从唇到齿再到舌头，他摸到灶台关了火，迅速脱掉围裙，将人揽在怀里吻得忘乎所以。

好像，这个深吻是对长久以来异地思念的答复。

脑子里只有一个念头：这是我的妻子，未来的孩子妈，会与我相守相伴度过漫长岁月的人。

欢尔，爱一个人原来真的会想到这些，想到所有所有关于我们的以后。

"等下，"欢尔感受到他身体的变化赶忙叫停，"我危险期，没准备措施。"

景栖迟低头看看那隐秘的反应，叹口气哼了一句："中超的货还是不全。"

乐购就在街角，楼下就有药店，回来路上他一心惦记做饭全然忘了这茬儿。

机会果然只留给有准备的人。

"明天我去买。"景栖迟挠挠眉毛，"明天。"

"我爱你。"欢尔说完再次亲下他的嘴。

"行吧。"终于等到这句,景栖迟克制住快要爆裂的心脏故作淡定,"主谓宾结构,光把动词做了也不好。"

欢尔本就是文科吊车尾,一时没有理解他的意思:"什么主谓宾?"

景栖迟揉揉她的头发,淡淡笑道:"你细想想,我爱你其实是主谓宾结构的一个词组,只有'爱'就成扫黄打非对象了,那纯属耍流氓。"

"你!"

"我啊。"他重新打开灶台,背身对着她,"我愿意做家务,我愿意分担你的情绪,我愿意与你共渡难关,我愿意在你脆弱时照顾你,我……我很需要你,傻蛋,这些才是我爱你的本质。"

欢尔抱住他宽阔的后背,一直以来都有这种感觉——无论到什么时候,景栖迟似乎总会超过自己一点点。

在爱情这件事上。

"油差不多了,放葱吧。"她就这样抱着人发出指示,"对,翻两下就可以放蒜薹了。"

"你能好好看着吗?"景栖迟被她抱得寸步难移,像哄小孩儿那般无奈转移话题,"去看看零食,我买了果冻。"

"真的假的?"欢尔飞奔去写字台翻购物袋,眼睛亮闪闪,"哥,今天我上钟,晚上好好伺候您。"

这家伙,小剧场自个儿都能演起来。

景栖迟不由得笑了:"明天吧,明天哥带好家伙什儿点你。"

"得咧。"欢尔拆开一包果冻放进嘴里,"要滑滑的哦。"

"陈欢尔!"

"干吗! 我都没要求你芒果味!"

景栖迟装作头痛拍拍脑门儿。偶尔,只是偶尔,他的确自愧不如甘拜下风——守着一个生物化学皆精通的女博士,那点儿事不成为她的科研论据就算好的。

可惜可惜,后悔已经来不及了。

你有没有过这样的念头,希望时间慢一点儿,再慢一点儿,慢到每一分钟发生的都可以被记住,在有限的时间里一口气做完所有期待的事;可又希望时间快一点儿,再快一点儿,快到略过所有的异地与分离,一步跨越到相守团聚的那一刻。

景栖迟来的这些日子,欢尔时不时便会陷入这样的矛盾中。

其实并没有精心策划过该怎样度过在一起的时间,景栖迟没有,她也没有。但似乎从前独自做的事情也都顺理成章变成了两个人的记忆——比如一起去了大英博物馆,逛到腿脚酸痛仍是没有看完;比如一起坐了摩天轮,夜晚的泰晤士河另有一番雅致;比如一起吃饭,一起睡觉,一起去超市,一起看完一场电影。所有的重复单调都因为"一起"变得生动有趣——欢尔甚至开始感谢这座总是阴雨连绵的城市,在这里经历过的孤独与无助最终让她意识到最该珍视的东西是什么。

景栖迟离开的前一夜,两人很晚才睡,先是收拾行李,检查机票和证件,而后躺在床上借月光聊天。

欢尔靠着他肩头问:"调职是不是影响挺大的?"

虽然那座城市对景栖迟来说并不陌生，可生活起居方方面面都要重新适应，她知道如果不是因为自己，他不会、也不需要做这样的选择。

"怎么会。"景栖迟试图用事实消除她的顾虑，"姜森一走，邱阳还有组里好几个人都跟他离开了，整个团队大换血，留下也要从头适应。我去研发中心带大医疗，项目多，产线广。龚博说让我到那边安下心放手干，这是好事。"他说着说着双眼放光，"研发中心有个一直未启动的运动康复项目，用 AI 指导康复训练，这个领域在欧洲日本都已经很成熟了，你们学校跨学科专题下就有一个专门的运动康复实验室……"

欢尔惊讶地问："这你都知道？"

"官网写的。"景栖迟不以为意，"我前天去接你还想去看看，可惜没找到。"

欢尔点点头："好多实验室是跟企业合作的，不在本校。"

"我说呢，估计闲人免进。"景栖迟聊起专业滔滔不绝，"这个领域日后是大势，人工智能算法集成运动康复处方区块链，从诊断到训练用数据代替传统方案，时间短、成本低、误差小、安全系数高。之前就因为研发中心跟实验室这边没打通项目才长期搁置着，我过去正好可以搭一座桥，需要支持提支持，需要资源要资源，只要技术落地，产品方案就能看见曙光。"

正因为看到过，也经历过，景栖迟比其他人更清楚其中潜力。

欢尔用下巴蹭蹭他："虽然听不懂，但我觉得你好棒啊。"

景栖迟一下笑了，带着被时间打磨出的成熟与自信告诉她："等着吧，等出来我第一个让你懂。"

康复训练是他不愿同任何人诉说的过往，欢尔太知道躺在理疗床上咬着牙一遍遍做抬腿和放下的少年是什么样子。那些简单到不能再简单的动作击碎了他的梦，可它们，那些过往的不幸与痛苦，却在很多年后以另一种姿态悄然回到他身上，命运用影子背后的光显示着它宽厚的馈赠。

景栖迟又道："我反倒怕你提前回去影响学业。"

导师已经批准了，学期结束她便可回归母校。

"不会。"欢尔语气坚定。

"如果因为……"

"肯定有你的原因啊。"她猜到他要说什么，先一步抢断，"老丁总说科研路难走，背后一定要有强有力的支持。这句话以前我没往心里去，读博、出国，我都把自己放在第一位，我想做的事优于所有之上。"欢尔顿了顿，"可现在我知道，继续往下走，你是我最大的支柱。"

景栖迟伸过胳膊穿到她脖颈下，顺势将人揽进怀里："大四那会儿去北京我也一样，想闯，想做出成绩。我……我也忽略了分开两地对我们的影响，忽略了你。"

"不许说对不起。"欢尔捂住他的嘴，"我也想道歉，谁都不说就算扯平了。"

景栖迟挪开她的手，找准她的嘴巴亲下去。

欢尔仰头迎上这个缠绵的深吻，闭起眼睛，却吻得热泪盈眠。

他们终于在时间的磨砺下收获一份成熟的感情——曾经我认为自己很重要，后来我觉得你也很重要。承认为自己不觉得难以启齿，承认为你亦不会觉得卑微不公，自己和对方的选择就像儿时被问喜欢爸爸还是喜欢妈妈，都喜欢，喜欢到不分上下难以抉择出第一第二——明明世间就有"并列"这个词啊。

成熟的感情是一种平衡——我不需要为了你放弃自己，可我也会为了你在力所能及的范围内改变我自己。

这是他们在相爱中学到的功课。

宋丛最近有点儿纠结，确切地说，这是一件无意中得知却不太好开口告知的事。

春节长假后的第一个周五，他回了趟天河。换作以往，这个时间点他是不会回来的——假期才刚过，况且今夏他将结束学业，此时正是医院学校两头跑还要兼顾论文的关键时期。必须回去只因导师要他明日和自己去机场接一位美国归来的业界泰斗，宋丛深知这是得意门生才有的特别待遇，作为晚辈自然要做司机，而他的驾照因平日很少用并未带在身边。

下午四点抵达家属院，匆忙而来并未来得及备好家中钥匙，他穿过基地直奔三院欲先找母亲。就在医院大楼下，他看到景妈和一西装革履的陌生男性相对而立，宋丛第一反应是他们应该只是工作关系——患者家属抑或其他，身为副院长日常社交总比普通医生多些。宋丛放缓脚步，他想若他们谈话即将结束便上前打声招呼，若不见终止架势那就不打扰绕开走过去。

正这样打算着，只见那中年男性从手中的礼品袋中取出一条驼色披肩，隔着一段距离，宋丛听不到对话，可却清清楚楚看到那人将披肩径直圈到景妈身上——他正以超过社交距离的动作赠送一件礼物。

景妈没有躲闪，她顺着他的手将披肩扣紧些。

宋丛疾步走进三院大楼。

再明晰不过，绝不是工作关系。

那人看上去与父母同龄，样貌未仔细端详，大概可算得上一位精神的普通中年男性。也就是说，景妈要重新开始了。

这种猜测在见到母亲后得以证实。宋妈在一个背人的角落处告诉他："老刘是你爸同学的朋友，做钢材生意。前妻是澳门人，适应不了咱们这里的生活，孩子十岁时就带着回澳门了。前几年你爸组局介绍你林阿姨他们认识，情况彼此都知道，慢慢接触下来两个人都有意向前，可能碍着栖迟，你林阿姨一直没表态。"

宋丛一向宽厚，听得这话点点头："倒也该往前走了。"

"老刘我接触过，是老实人。你爸也侧面打听过，离婚之后一直忙着生意，本本分分，算得上儒商。"宋妈仰头看看儿子，"你景叔走了这么多年，你们小的一转眼也都大了，应该能从成人的角度理解，对吧？"

"妈。"宋丛蹲下来把住轮椅扶手，"我当然能理解，可栖迟毕竟……"

"所以啊，你知道了就得点拨点拨他。"宋妈叹气，"你林阿姨多辛苦啊，医院大大小小一摊子杂事儿，栖迟常年在外地，赶上忙几个月都回不来一次，当妈的希望你们小的好，问少了担心，问多了又怕扰了你们怕你们烦，她好不容易遇到一个各方面都妥帖能聊得来的人，闷着不说的顾虑还能是因为谁？"

宋丛沉默。

他只是觉得，自己也好，杜漫、栖迟、欢尔也好，他们似乎都太自私了。

只活在那一方天地中，关心的总是前途事业、情感走向、朋友喜乐、有关自我周身的一切一切，他们太习惯于将最少的关心分给最亲爱的家人们。

"我知道了。"宋丛虽这样说，心里却对如何点拨景栖迟完全没谱儿——这并非他擅长的领域，况且从小亲如兄弟，他很担心这件事会刺伤对方，越亲近的关系往往越难决断。

"快回去吧，别耽误你的事。"宋妈仔细叮咛，"钥匙放家里就行，下班我和你爸一起回去。该拿的都拿好，明天开车务必小心。"

"妈，过段时间我带个朋友回来。"宋丛推轮椅送母亲回办公室，"让你们见见，互相认识一下。"

这是突然闪过的念头，不假思索便说出来了。换作以往宋丛绝不会这样做——他会提前铺垫一些细节，敲定两方时间，设想可能发生的情况，直到一切都在可控范围内才安排接下来具体的会面事宜。他发现自己似乎变了些，省去不必要的计划，亦开始尊重那些偶尔燃起的冲动。

一如此刻，他已经清楚父母虽不提起却无时不在的关心，他想让他们少一分挂念。

"朋友要来家里呀?"宋妈早已从儿子的表情中参透一二，"好啊，我做几个拿手菜，保准不给你丢面子。"

宋丛笑:"我这面子您可得给我守住。"

"怎么认识的?"

"就同学。"

"大学同学?"

"高中大学都是同学。"

"本地姑娘啊。"宋妈从寥寥回答中一下识别出关键信息，转头朝儿子笑笑，"地下工作够隐秘的。"

"哪有。"宋丛因羞涩别过脸，"都是后来才熟悉的。"

"你说什么就是什么。"

"妈!"

"改天我找欢尔栖迟打听打听。"

"问出大天来也没花样。"宋丛满脸正气，"我高中怎样您还不知道?"

宋妈一愣，片刻从身后拉过人到自己旁边，脸色轻微动容:"儿子，妈让你挺辛苦吧?"

"正相反。"宋丛先是摇头，而后看着母亲笑了，"您啊，是我的榜样，独一份儿，唯一的榜样。"

怀揣独家新闻的宋丛先和杜漫说了这件事。

景爸出事那时杜漫虽住在家属院，可毕竟与他们"三剑客"来往不多。宋丛讲完问她："换你你会怎么做？"

他的确需要一个旋涡外的立场指点迷津。

"在我看来，往前走是人之常情。"杜漫全然没有介意宋丛在这件事上将自己摘出去，她知他所虑，于是站在自身角度说道，"相守此生当然值得称颂，可有勇气去拥抱新的人生迎接新的开始同样值得赞扬。大部分人的想法应该和我一样，所以……"

"所以得让栖迟不那么主观。"宋丛接话。

"嗯。"杜漫继续，"如果栖迟能跳出来去看——那个人不是他的母亲，只是一个失去过挚爱丈夫的女人，她悲伤过也痛心过，在子女已经长大的今日她又遇到另一个人，想为自己的余生再好好活一次，她不该被剥夺这样的权利。"杜漫说罢又补一句，"虽然对景栖迟来说，跳出来很难。"

"我先和欢尔打个招呼吧。"宋丛稍作沉默，"总归都会知道。"

"是。"杜漫点点头，"大家陪着他先把心里那关过去，总好过突然发现难以接受。"

宋丛到底是考虑得多，他再次征求杜漫的意见："要不过段？栖迟刚到研发中心，这阵子估计忙得天旋地转。"

"你啊。"杜漫戳戳他脑门儿，"当然得立刻告诉欢尔啊，小陈有小陈的办法，到时你来做外援就好啦。"

宋丛想想笑了："也是。"

欢尔对付那家伙总比自己点子多。

538

"其实越早让栖迟知道，"杜漫眨眨眼，"对他妈妈才是好事。"

宋丛愣住。

他恍然觉得，将这件事告诉杜漫是个无比正确的决定。

正因杜漫游离在圈外，她看待事情的角度才更加宽阔——在自己只挂心朋友接受度的这时，杜漫关注到的却是景妈，那个真真正正应该被关心的当事人，她的幸福。

宋丛侧过头，迅速在她脸颊上啄了一口。

"喂!"杜漫瞪人，"我早晨刚涂的粉底。"

"你不用。"宋丛一边笑一边抬手在亲过的地方蹭蹭，"你天生丽质。"

不仅是样貌，杜漫的心和她的人一样纯净。那份纯净是骨子里透着的不易被察觉的善良，是身在浮躁中却总可以沉下来去感知周遭的同理心。

"下周或者下下周，"宋丛以肯定语气询问，"跟我回趟家吧?"

杜漫"欸"一声："去你家?"

宋丛逗她："人生大事杜医生不紧着考虑，我可不得多上心。"

"可我没时间准备啊。"

宋丛以为她指见父母的事，刚要打消对方疑虑，却又听杜漫自语："你爸妈不会考我骨折专有体征、外伤清创术原则之类的吧? 要是折在这儿我没脸见人了我。"

这得什么脑回路能把见男友父母当成医师考核啊。

宋丛无奈："他们不会。"

"不行。"杜漫拨浪鼓似的摇头，"我紧张。"

宋丛瞧着她如临大敌的样子一下笑出来："好啦，谁家见儿媳妇会考临床。"

"啊？"杜漫听到这称呼回过神，脸"唰"地红了。

"再说还有我呢。"宋丛拍拍她脑袋，"你扛不住的我兜底。"

杜漫晃晃他的胳膊："对了，叔叔阿姨喜欢什么？"

"我喜欢的他们都喜欢。"

杜漫未及多想，脱口而出："那你喜欢什么？"

宋丛看着她，目光闪亮地蹦出一个字："你。"

欢尔得知景妈近况后第一时间给母亲打去电话。消息着实有些突然，连自己都这么觉得，她更不敢毫无准备就告诉景栖迟。

"我听你郝姨说了。"这通电话在意料之中，陈妈说道，"被宋丛撞上也好，早一天晚一天总归是要摊开到桌面上说的。"

"那林阿姨……"

"还没告诉她。这会儿知道免不得想这想那，本来就怕栖迟接受不了。"

每个人都怕自己关心的人受伤。

欢尔"嗯"一声，问道："妈，从什么时候开始的？"

"俩人认识有……"陈妈停顿一下，"哟，算起来也快三年了，是你要读博那时候。"

欢尔惊讶："这么早？"

"对，就是你博士刚申下来那会儿。有天师哥说想介绍个人给你林阿姨，怕单独见面尴尬就说那组个局大家一起吃顿饭，先见个面互相认识一下。"陈妈毫无保留告知女儿，"赶上周末，约着吃饭那天好巧不巧栖迟回来了。我琢磨你林阿姨出去这小子自己肯定又对付，所以第一次见面我就没去。那天栖迟在咱们家吃的饭。"

"你没告诉他？"

"说了，估计栖迟没注意听。"陈妈陷入回忆，"毕竟当初只是见个面，八字没一撇的事，我后来就没提。再者栖迟那时候心情也不好，你读博到最后一刻才通知人家，换谁能好受。你妈当时光顾给你打补丁了，哪儿顾得上别的。"

欢尔握紧电话，轻轻叹一口气。

陈妈乘胜追击："这回明白父母心了吧？"

欢尔轻笑，马屁拍得叮咚响："钱医生大恩大德天下无双！"

陈妈笑笑，继续道："这几年下来接触过几次，老刘呢，绝对是实在人，得知栖迟他爸的事还私底下赶去公墓祭拜过，不沾亲不带故还有这份心，至少能说明人品没问题。老刘可只字未提，这都是我们后来无意中知道的。"

"还有吗？"欢尔意欲探听更多信息。

"说起来可多了去了。"陈妈稍作沉思，"哦，就今年年初栖迟小舅跟人打官司，一来二去被骗了五十多万，你爸不是有战友转业去了法院嘛，人家说老刘帮着找那律师全国都能排上号，说话都得按分钟计费。路遥知马力，闺女啊，好不好可不看怎么说，在怎么做。"

已经很清楚了，林阿姨身边的人无一不认同。

"妈，栖迟那边我来说。"欢尔定定神，忽然闪现出某一年夏天大家一起摘葡萄的场景，"景叔……会安心吧？"

"会。"陈妈难得正经，"这一定也是栖迟他爸的心愿。"

其实欢尔也无绝佳办法，无非是在日常聊天中一点点渗入。比如说起俄罗斯姑娘 Natasha 的爸爸与继母带弟弟妹妹来伦敦看望她，一大家子五口人走到哪儿都欢声笑语好不热闹；比如感叹时间过得真快高中班里某某都开始在朋友圈晒娃，小家一组可就彻底脱离父母羽翼了；再比如时不时提点让林阿姨多出去、多交朋友，毕竟不像从前离得近，周末都能回天河陪她。

平衡点并不好找。说深了怕景栖迟内疚，说浅了又怕他不能理解言外之意；说多了他必定担心，备不住某日突然杀回去撞个正着，说少了他不见得往心里去，只当茶余饭后闲聊听完作罢。

一日又一日，欢尔挑拣许多看似无关紧要却又围绕同一核心的话题，她从未点破，只是极为耐心地引导景栖迟跳脱出来去思考其他可能性。

循循善诱的渗透显示出成效，有天两人聊到家属院某位医生家半夜进了贼，亏得只是图财不害命，景栖迟喃喃一句："出这种事，一想到我妈一个人我就放不下心。"

欢尔本想用自家经验安慰"老陈常年在部队钱医生还不是独守空房"，然而稍加思索，她换了种说法："就算摊上了林阿姨也不会告诉你，即便她肯定希望身边有人能分担。"

景栖迟沉默。

国内时间已经过了晚上十一点，欢尔适时止住："快休息吧，别总熬夜。"

她知道他已经有了某种念头，虽然只是一株幼苗。

"欢尔，"景栖迟轻声唤人，"我这儿子当得……太一般了吧？"

"怎么会。"

"我组里的实习生今天请假早退，说要去取蛋糕给他妈妈补过生日。"景栖迟自顾说下去，"因为他妈妈过阴历生日，日子每年都变，一不留神就会错过。我记得小时候我妈也过阴历生日的，后来不知怎的就变成身份证上的日子了。大概是我不愿意记吧，自作主张就选了更方便的那天跟她说生日快乐。"

欢尔懂他的意思，耐心安抚道："对阿姨来说，你只要记得她就是高兴的，她不会在乎阴历阳历。母亲节你不是还寄礼物回去了吗？你这操作直接把我和宋丛推向了不仁不义白眼狼窝。"

显而易见的玩笑话，景栖迟却没有笑。

"我……"他声音沉下去，久久回一句，"其实我很担心她。"

欢尔想，他心里的那株幼苗一定在疯狂生长。

因为为之施肥的是一个简单到不能再简单的主谓宾结构——

我担心你。

孩童成长为大人，终也开始用成人视角去理解相守与陪伴的关系。过去重要，曾经亦重要，可那些通通都比不过当下重要。

眼前人才是最应该珍视的人。

Chapter 22

树下有片红房子

欢尔敲定了回国日期，一个月后，七月二十号。

这几乎是一条皆大欢喜的消息。祁琪虽有些遗憾可还是约定到时从苏格兰南下送她去机场；导师丁和平早就跃跃欲试安排起活计，却也不忘嘱咐不可松懈将手头事项妥善收尾；宋丛和杜漫显得比当事人更开心，已经计划着回天河那个周末大家怎么聚聚；父母自不必多说，陈爸当下决定随她的时间请假回来，且两人罕见地问起那个从未被提起的话题——接下来，小景你俩什么打算？

欢尔笑："我总得先毕业吧。"

陈妈一向开明："倒也不用刻意等。我们院去年来的博士人家带老婆孩子一起参加的毕业典礼，你俩也都二十六七了，是时候考虑考虑人生大事了。"

"你说结婚？"陈爸所谓的"打算"显然不指这个，语气里尽是舍不得，"早了点儿吧。你别急着张罗，这得看俩孩子意愿。"

"早什么早，我二十六七你闺女都会跑了。"陈妈说起自家人毫不嘴软，"栖迟就是奔着咱家这活宝过去的，要不好端端离了北京干吗。欢尔这一回来也就稳定了，早解决早放心。"

陈爸"哼"一声，转而问道："闺女，你往下怎么想的?"

"我跟老丁聊过留校的事。"欢尔稍作沉思，还是决定报喜不报忧，"关键还得看我的成绩和课题进展，还有时间，慢慢来吧。"

出国这一年比预想中艰难许多。主导师 David 实行放养政策，而她与副导 Mark 的关系又一直很微妙，种种原因导致科研进度严重搁置。若只用好与不好来评价，欢尔一定会说不好——只有一篇论文要发，论贡献度她算得上第一作者，可说一千道一万也是联合一作。

世上没有回头路，她不愿去假设如若没出来会不会比现在更顺畅。

"别给自己那么大压力。"陈妈抚慰，"现在留校也不像从前那么容易了，技能傍身不怕没活路，妈相信你到哪儿都能发光。"

"你妈说得对。身体第一，其余都是小事。"陈爸仍是那套说辞，"我闺女我心里有数。"

从来都没变过，打从记事起他们就对她毫无要求，无限宽容。

临近通话结束，欢尔清清嗓子声音嘹亮地说道："老陈，节日快乐。"

这一天刚好是父亲节。

预想中那头向来以刚毅形象示人的老父亲定会动容感叹——我闺女长大了。

老陈的确开口了，可说话对象显然是妻子："怎么着，我就说这丫头不能忘吧？还跟我打赌，你赌得过我们父女同心吗……"

欢尔瞬间反应过来，陈家家风一以贯之没正形，哪天真走起细腻温柔路线那可就出大事了。

钱医生显然对此结果不服："谁知道你俩是不是沆瀣一气串通好的。"

"愿赌服输，别挣扎了。"陈爸告诉女儿，"我这回赢了你妈就得同意换车。家里现在的车小毛病不断，前一阵你妈开回四水排气管冒了一路黑烟，她自己还不知道，事后想想多危险。"

"车又不常开，修理修理……"

"论年头也该换了。"陈爸硬气打断，"这事必须听我的，没有商量余地。"

欢尔不作置评，只笑着听他们拌嘴。如果你问她恩爱夫妻应该什么样，一时半会儿她肯定想不出词来形容。但倘若问题变成举例，欢尔想她可以写出整整一部论文的篇幅。

当然不会每一天每件事都顺顺利利，可自决定一起生活的那天起，那个人便会停留在惦念名单上，且一刻都不曾被取代。

更晚些景栖迟才打来电话。先是问回来后在家里待多久几时返校，得知欢尔的计划当下打开机票预订网站，一边查一边说道："我可以周五晚上飞天河，十一点落地。周一……最早一班是

546

八点，那来不及，我周一早晨有例会，这样的话只能周日晚上回来。"

欢尔听他讲话鼻音极重，于是问道："感冒了？"

"有一点儿。"景栖迟没忍住打个喷嚏，继续说着，"我先把票订了。回头看你怎么过来，我去接你。"

"不然别折腾了，反正回校就能见面。"

那头笑一声："我想你都想疯了，这算什么折腾。"

欢尔不再阻拦，小声回一句："我也是。"

她听到敲击键盘的声音，猜测着景栖迟正在输入信息订票，又问："机票贵吗？"

"还行。"

"我给你报销吧。"

男人又一声笑："我涨工资了，一时半会儿养你没问题。"

"一时半会儿？"

"你要愿意我当然可以一直养啊。"景栖迟开了免提将电话放在一旁，一边按照网页指示敲入信息一边浅浅淡淡地同她说话，"今天头疼，回来就睡着了。醒过来家里一点儿声音都没有，然后看到你发的消息，我就在想过一个月就不是这样了，真好。"

欢尔"哼"一声："谁说要和你一起住。"

"是是是，看你意愿，反正我随时。"他付了机票款，待订票成功页面出来关闭免提，重新将电话放到耳边，"上周末我跟同事去看了一处楼盘，地段结构都不错，价格嘛他们说也合适。小区带幼儿园，绿化很好，而且是你喜欢的那种红房子。"景栖迟看着窗外万家灯火，沉默一会儿告诉她，"欢尔，我想跟你定下来。"

他在说他们以后的生活。

在她所不知道的时间里，他已经绘制出——并非在心里，而是看得见触得到的一幅未来图景。

他们会有个家。

那一刻欢尔忽然无比沉静，什么 Mark 会不会给出不良评价、到底能不能留校、课题要怎么做、论文何时发才能尽早毕业，所有所有都变得轻如鸿毛。她仿佛看见景栖迟张开怀抱，而自己正全力奔他而去。

"好。"欢尔郑重作答。听得那头又是一连串喷嚏，赶忙问道，"是不是还没吃饭？"

"准备下楼买一口。那先挂电话？"

"别。"欢尔舍不得挂断，"就这样去吧，我想听。"

景栖迟牵牵嘴角，举着电话去玄关换鞋，而后带上钥匙出家门。他现在住的地方离公司很近，小区外便是商业街，吃喝玩乐一应俱全。南方的夏天已经到来，街上人头攒动，清凉的穿着好似让一切变得热闹。

点好餐食，景栖迟去餐厅外等候。两人聊起宋丛和杜漫，欢尔告诉他杜漫去见家长那天其实紧张得很，衣服都留了好几套备选。"算起来老宋可是漫漫初恋哎，零经验登门不打怵才怪。以后他俩要闹别扭我肯定挺漫漫，无脑站队……"

景栖迟没有接茬儿，欢尔纳闷儿地听到电话那头的背景音——有人正在唱歌：

　　　时光时光慢些吧，不要再让你变老了

　　　我愿用我一切换你岁月长留

　　　一生要强的爸爸，我能为你做些什么

　　　微不足道的关心收下吧

　　间奏时歌手开始说话："今天是父亲节，这首《父亲》献给大家，祝愿每一位爸爸身体健康，也希望儿女们常回家看看。"

　　"栖迟？"欢尔唤人。

　　"哦，我在。"景栖迟回过神，"那个……楼下有个购物中心，挺大的，好像在做周年酬宾请了人唱歌。好多人在看，还有个吉祥物，这种天气闷在玩偶服里穿得密不透风，没几分钟就得一身汗……"

　　他又犯了老毛病，用很多无关紧要的说辞掩饰心里的情绪。

　　欢尔只听不作答，而景栖迟最终找不到话题可讲，安静下来。

　　一曲还未结束，歌手唱得投入。

　　"我……"景栖迟握紧电话，仰头看向天空，"我都知道了，我妈的事儿。"

　　欢尔担心他，忍不住问："你还好？"

　　"还好吧，算是。"景栖迟说道，"你和老宋整天说些有的没的，我就直接问了我妈。一晃这么久，她，我，我们都应该走出来。我为她高兴。"

"栖迟。"他语气越轻松，欢尔却越难过，心绞着拧成一团。

她只是突然觉得，走出来并非义务，那只是一种选择，愿意或不愿意的选择。而他们每个人都在推着他向前看，他们说尽日后的种种好处试图让他斩断过去重新开始，他们在无形中忽略了他的意愿。

对于伤痛，有些人或许一生都走不出来。

可那又有什么不可，没关系的啊。

歌手唱起最后一段——

　　时光时光慢些吧，不要再让你变老了
　　我愿用我一切换你岁月长留
　　我是你的骄傲吗，还在为我而担心吗
　　你牵挂的孩子啊长大了

景栖迟远远望一眼人群，而后对着电话说道："我也想往前看，可我又怕他会怪我。我们可以幸福，可以好好生活，但是他只有自己啊，欢尔，他在那头就只有一个人。"

欢尔偶尔感觉自己就是景栖迟。他所惦念的、矛盾的、徘徊的，他的喜乐也好，两难也罢，她仿佛是他身体里的一个器官、一根肋骨，他疼一下，她便跟着疼一下。

正如此刻。

"慢慢来。"欢尔轻轻说着，"栖迟，我们慢慢来。"

在机场见到父母的一刹那，陈欢尔的眼泪夺眶而出。

趁他们没有看过来，她躲在熙攘的人群背后暗暗擦掉了那些不争气的泪珠。

就在登机前欢尔得知消息——那篇联合发表的论文，出国期间唯一算得上成绩的证明，Mark 与那名印度男生赫然署名为共同一作，而她，被硬生生挤了下去。

没有任何预兆。最初 Mark 提出观点，由她与印度男生作为主力带组里几名研究生共同完成。可印度男生不久后便因学业冲突退出项目，勉强只写完开题部分，后期实验论据、观点论证以及大半写作工作全由欢尔承担。并非头脑简单心思单纯到被人利用，她只是从未想过，全然没有动那些七七八八的心思会想到摆在眼前的事实也能被颠倒黑白。

委屈，从上飞机到转机再到落地，十几个小时都在因这一件事委屈。那些委屈像一盆冷水扑灭了心中的火焰，陈欢尔无数次问自己，是因为这篇影响因子还算不错的论文吗？是因为拿得出手可以助力的一作头衔吗？是因为那些算数据算到天亮忍着胃疼熬过的大夜吗？不是，她的委屈远比这些更深刻。那团火焰是她所执着、所向往的，是她用无与伦比的虔诚所信仰的，是这些年她甘之如饴去钻研和追赶的学术，她的梦想被践踏了。

那片纯净的土地被五光十色的歪曲念头沾染成一片狼藉。

所以欢尔才会哭。

父母抱着她说"累了吧可算回家了"，他们不懂她此刻的心情，她也不愿让他们知道，她只得强忍住眼泪告诉他们"我好想你们啊"。

这方故土，这片港湾，这个拥抱，我真的好想你们。

景栖迟回来的周末，景妈安排了一场饭局。

就在家里，老友齐聚，陌生面孔只有带来半个海鲜市场的老刘。

龙虾、面包蟹、皮皮虾、扇贝、桂鱼，老刘有些不自在地告诉众人："说这娘俩儿都爱吃海鲜，刚出差回来，也没来得及准备别的。"

他省略掉主语——景栖迟爱吃海货大概是景妈说的，而景妈爱吃想也知道是源于长久接触下的观察。

宋爸拽着欢尔爸爸进厨房："今天你们都歇着，我跟陈磊露一手。"

"师哥，你可别露怯。"陈妈打趣，"这么好的物料砸你手里，我们可当场掀桌子啊。"

"老宋现在做饭可以，出徒了。"宋妈笑着接话，"再说你们家陈磊不还跟炊事班取过经吗？能差到哪儿去。"

"他也就剩个取经了。"陈妈哼笑，"实战零经验。"

"钱丽娜，你给我留点儿面子！"陈爸自厨房发出反抗之声。

"急了。"景妈边笑边问，"真不用帮忙？"

"不用。"厨房二人组异口同声。

客厅里家长们互相揶揄打趣，景栖迟的房间里却出奇沉静。

宋丛抱胸靠着书柜，欢尔盘腿坐在床上，而今天的主角正在接一通工作电话。

"明天先让徐工带小乔加个班去现场看下情况，我估计是兼容性问题。解决不了周一把问题集中反馈一下，另外让产品那边把使用手册做个脱敏版，每次培训三四个小时医生们哪有那么多闲工夫。"景栖迟面向窗外对电话那头说道，"我周日晚上回去，有问题随时电话。"

欢尔与宋丛对视一眼，心照不宣。

他们当然见过景栖迟工作的样子，可那印象还停留在他入职不久每日任务压身指哪儿打哪儿的时候，如今精兵已变为悍将，从表情到语气，若不是这通无意间打来的工作电话，他们都不知他早已适应了眼下的角色。

"好，先这样。"景栖迟挂断，与此同时转过身。

似是面前两人的存在一下将他拉入现实，他怔了怔放下电话："说到哪儿了？"

宋丛对手机挑挑眉："有事儿？"

"我们的影像平台在一家医院跑不动。明天先让两个同事过去调试看看，应该问题不大。"景栖迟一语带过，随即又道，"你俩说让我注意什么？"

"让你注意礼貌。"欢尔继续被中断的话题，"人家刘叔第一次正式登门，说到底就是为见见你，别冷着张脸。"

自老刘进门，景栖迟只打过一声招呼就扎回房间，尽管知道他不舒服不适应，可该提醒的地方总要直言不讳点出来。

闭起门的这个房间里只剩三个人，而他们之间从来都不需要欲言又止。

"我没冷脸。"景栖迟有些烦闷地扭过头，"我就是……不知道说什么。"

该说什么呢？在日后漫长的岁月里，门外那位陌生人的身份许会变成自己的继父。

"你这样，林阿姨会多想。"宋丛上前拍拍兄弟肩膀，半打趣半认真，"刚才打电话不是挺有那劲儿的吗？把你社会人的成熟一面先拿出来顶上。"

"不是一回事。"

宋丛不知该如何劝说，朝欢尔投去求救眼神。

"这样好了。"欢尔从床上跳下来，两只脚伸进拖鞋里慢悠悠蹭到景栖迟身边，"你就当检验合作方资质，全本着公平公正公开原则，过关最好，有改进意见提出来。人家带着诚意，咱们总不能一棒子打死。"

景栖迟本来绷着脸，听得这话一下笑了："怎么到你这儿还抢上家伙了。"

欢尔揉揉他脑袋："小同志，先想想是不是这个理。"说罢转身打开房门，"我去看看我爸，老陈可别一激动把自己煮了。"

她前脚刚走，宋丛后脚迅速关上门。

景栖迟面露疑色。

"欢尔还没告诉你吧？"宋丛稍稍皱眉，"关于她的论文。"

老刘临走时脚下已经打晃——摊上宋爸陈爸两位酒罐子，初来乍到不喝多才怪。

喝酒这事在中年人的观念里时常代表着一种善意。喝大了，畅快了，该说的话全都说了，酒在某种程度上是交换真实与心意的载体。

老刘酒品不错，没哭没闹，直至上了出租车还在笑着挥手："下回去我那儿，管够。"

这场饭局唯一的意外是——景栖迟也喝多了，谁都没有注意，他在老刘离开时莫名其妙就倒在了餐桌上。

宋丛将人架回房间，而后对跟上来的欢尔说一句："先走了，你看着他。"

宋爸今日也面红耳赤，他急着回家代替腿脚不便的母亲照顾喝多了的父亲。

欢尔将毯子盖在景栖迟身上，而后拉起窗帘，带上房门。

正准备收拾餐桌时接到母亲电话："林阿姨送老刘回去了，他那状态自个儿还真不行。我把你爸安置好过去接她一趟。"

欢尔答"好"，随即逗趣："姐妹情深啊。"

"饭桌上栖迟一口酒都没跟老刘喝，你林阿姨心里能好受？"陈妈轻轻叹一口气，"身边有个人，总不至于苦水都往自己肚子里咽。"

欢尔这才知母亲用心，喃喃地为景栖迟说话："头回见面，总不能热情得像上辈子旧识吧。栖迟没有抵触，他就是不知道该怎么表现，这事对他来说也不是一起吃顿饭就能肝胆相照称兄道弟的。"

"嚯，小词一套一套的，平时不见你这么能说啊。"陈妈笑了笑，又道，"你呢，有你心疼的人，我也有我的朋友，咱娘俩儿就别互相叫板了。"

欢尔懂母亲的意思，却还是习惯性嘴硬："我实事求是!"

"打住。"陈妈叫停，忽而问道，"栖迟真喝多了?"

"真?"欢尔敏锐捕捉到关键词，只是一时没有明白母亲的言外之意。

"他跟你爸俩人能干进去一斤白酒，今天才多少，三瓶啤的?"陈妈点到为止，"我去接人了，挂了。"

夏日天长，偶有几声蝉鸣自窗外传来。

欢尔朝紧闭的房门望一眼，稍作犹豫没有行动。她径自将餐桌收拾干净，剩菜剩饭盖住保鲜膜放入冰箱，碗筷扔进洗手池，打开水龙头浸泡，这才端了杯水走向他卧室。

没有敲门，欢尔知道他一定醒着。

母亲的一席话提点了她，景栖迟装出喝醉的样子不过是一种笨拙的逃避——他做不到满脸关切地送老刘下楼，又怕显现出冷淡惹得景妈寒心，明目张胆的"醉"不过是权宜之计。

敞开的房门带进客厅灯光，欢尔借着那一缕光亮恰好能看清他的模样。

人四仰八叉躺在床上，眼睛呆呆地望向天花板，偶尔才慢慢地眨一下。

"喝水吗?"欢尔问话。

景栖迟怔怔坐起来，接过她手里的水杯一口到底。

"我再去接点儿。"欢尔说着却被一把拉住，他朝她摇头："不用了。"

欢尔刚欲挪动脚步，不想他抓住她手腕的力气更大了。她无奈："我不走，放杯子。"

景栖迟这才松手，看着她将空空如也的水杯放到写字台上，又坐回自己身边。

"真会演。"欢尔替他理理额前的头发，笑了笑，"连我和宋丛都骗。"

"头确实有点儿晕。"景栖迟握住她的手贴在自己脸上，像小孩子撒娇那般使劲儿蹭蹭。

欢尔将下巴搭在他支起的膝盖上，歪头问："在想什么?"

"想我爸。想那年我如果绝了踢球的心思专心念文化课，现在会不会不一样。"景栖迟自嘲般摇摇头，"都是些没头没尾的假设。"

"好啦。"欢尔用两根手指支起他的嘴角，柔声说道，"景工笑一个。"

"我啊。"景栖迟仰起头，在明暗交错的空间里深深叹一口气，"我好像总会搞砸一些事，也不知道为什么就弄得一团糟。"他沉默许久，重新拉过她的手吻吻掌心，"在伦敦时我去你学校找过 Mark 一次，你的论文……老宋都说了，怪我。"

欢尔着实不知这一出："你找 Mark ?"

景栖迟颇为懊恼地抓抓头发："说我是你未婚夫，说你受到不公正待遇，说……总之算不得什么好话。"

"真的假的？"

"我也希望是假的。"

欢尔歪歪脑袋，似笑非笑："我是说，未婚夫什么的，真的假的？"

"嗯？"

"倒插门儿的女婿泼出去的水。"欢尔心满意足捏住他的下巴，"以后户口本写一起咯。"

景栖迟一愣。

"说是。"

"是……不是，怎么成倒插门儿了？"

"我老陈家书香门第有车有房，招你进来委屈了？"欢尔怒目而视，"祖坟冒青烟了你遇到我。"

景栖迟一下笑了，这丫头的脑回路啊，比蛋白质四级结构都绕。

他低下头，如犯了错的孩童把玩她的手指头："论文的事，不怪我？"

"本来就跟你没关系。"欢尔稍作停顿，"你去或者不去，Mark 都已经做了决定，我也不是一个日后提起来会让他称赞的学生。栖迟，这事我的确生气，刚回来那天我给老丁打电话说要举报，我手里有证据不怕扳不倒他，你知道老丁说什么？"

景栖迟皱眉："让你忍？"

"嗯，让我忍。"欢尔点头，"老丁说闹大对我没好处，他不

558

想因为这些污浊让我失了信心。他说做学术也讲缘分，人和未知的缘分，种子埋下总要经历些风霜雪雨才能开花结果。这两天我想明白了，科研那么渊博，庄稼地大了一定有害虫，天空大了东边日出西边雨，所有的庞大都不会是一张白纸。我唯一能做的，就是把课题做扎实，几年也好，十几年、几十年也好，让时间去证明我的选择没有错。"

欢尔几乎没有这样激情澎湃地说过一番话，这种感觉有些失真，可在这个寂静的夏夜里，在景栖迟面前，她又觉得一切都有了实实在在的奔头。她的理想、她的抱负，她那些压制不住的对未来的期望，景栖迟的存在近乎一种力量稳住了她，勇往直前吧，即便、即便退守他也会接住自己。

他就是这样一种力量。

"欢尔，"景栖迟定定望着她，许久许久，久到她几乎要问一句"怎么"，他才哑着嗓子说出那句话——

"嫁给我吧。"

准备当然值得称颂，可真心往往展现在毫无准备的瞬间。

景栖迟想过求婚，他甚至在网络上搜索过求婚图片，烟花、海边、气球、戒指，他心知肚明应该有一场仪式，可突然，突然就说出来了。

全无准备，好像头脑一热就做出了一个有关余生的——请求。

他字字句句听进了欢尔的话，当"十几年、几十年"的字眼涌出时，景栖迟瞬间失控。

时间会证明所有选择的对错。

可一生对于一个人，也不过几十年光阴。

景栖迟只是忽然想到某天下班时看到的场景——公交站台前，白发苍苍的爷爷提着购物袋，他将满是斑驳的手递向车外的妻子，奶奶似乎腿脚不好，拉住那只手时微微颤抖，可她却在笑，似乎在说"你也老了啊，力气都不如从前了呢"。

执子之手，从今以后甘苦与共，你便是我毕生的荣耀与梦想。

他不假思索说了出来，等待一个回应。

家门在这时被开启，两位母亲说说笑笑进门，景妈的声音隔着客厅传来："呵，桌子肯定是欢尔收的，回去了吧？"

"估计是。"陈妈站在玄关处止住，"我不换鞋了。老刘的事急不得，到底也不差这一天半天的。"

"丽娜，你说栖迟……"

"栖迟我从小看着长大，你啊，你得相信孩子们有自己的判断。"

"好，你跟陈磊肯把欢尔交给他，我信。"

"哎呀，昨天说起来给俩孩子添点儿钱在那边安家，她爸那脸拉得比驴脸都长。"陈妈嗤笑，"平时练闺女跟练兵崽子似的，这回知道舍不得了。"

"安家你们别操持。栖迟他爸的抚恤金我一分没动，这是老景的心愿，我得让他没后顾之忧。"

"师姐，别想了。"

"是，不想了。"

欢尔听得话音落下，与景栖迟对视一眼朝门外喊道："妈，林姨，你们回来啦？"

室外忽然没了声响。

而这种比鬼故事都可怕的沉寂让欢尔顷刻意识到——她那思路活泛的妈肯定想歪了。

果然，钱医生平静提示："你俩注意安全措施。"

欢尔白眼翻上天，妇科主任，职业病说犯就犯。

刚欲起身，景栖迟一把将人拽回怀里，他用只有两个人能听见的声音问话："嗯？"

关于那句"嫁给我"，他尚未听到回答。

景妈轻咳一声："我们……出去散散步。"

"不用！"欢尔扬声应着，与此同时勾住景栖迟的脖子，她站在床边降低音调给出心里的答案："好。"

景栖迟深吸一口气，继而捧起她的脸忘乎所以吻了上去。

"别！"欢尔笑着推开他，知道两位母亲就在门外，一半羞涩一半躲闪逃离，可她最终不敌他的力气，景栖迟光着脚踩上地板一直将她抵到墙边，深切的吻让她一时间筋骨酥软。

室外重新传来说话声，两位母亲商量起下个月老刘儿子从澳门过来的安排。他前妻早已再婚，这对父子按惯例每年寒暑假各见一次，关系不错。这餐饭虽没有实际去落定一些事儿，可大家心里都知道已经到了更进一步的时候。

让一个人进入自己的生活，就要敞开门迎接关于他的一切。

景栖迟单手护住欢尔后脑，嘴巴吃遍埋头又去吻她的脖子。他喝了酒，呼吸都带些迷醉的味道，却又像克制似的，蜻蜓点水地一下一下。欢尔受不住抬手捂住他的嘴，羞红脸用蚊子声吐出一个字："痒。"

景栖迟止住动作，看着她笑。

"条件不允许。"欢尔朝门外挑挑眉。

母亲们的说话声浅浅淡淡传来。

他先是看一眼外面，而后扶住她的肩膀，低头做个深呼吸。

箭在弦上却必须收回，总归要调整一下。

"你没有喝多吧？"欢尔问。

他十分确定地摇摇头。

"很清醒？"

景栖迟想了想，点头。

"今天说过的每一个字，明天都会记得？"

他再次点头。

"走啦，明天见。"欢尔眼如弯月，踮起脚亲了亲他的鼻尖。

陈妈开始催促，景栖迟只得放手。

他没有出门送人，指尖还有她的温度，景栖迟合起手掌。

事实上，自从欢尔答出那个"好"字，他一句话都没有说。

很多念头交织在一起，可最终又汇聚成一个——

她会变成我的妻子。

这个许诺是肃穆而神圣的，与其说沉默，景栖迟只是词穷了。

他们谈了一场很久的恋爱，千回百转，弯弯绕绕，似乎任何一个节点出错现在都不会是眼下的样子。然而回过头去看，那仿佛又是世间最普通的爱情，有误解，有胆怯，有试探，有心动，一次又一次选择，一次又一次拥抱住对方。

欢尔，谢谢你出现在我的生命里。

而我，将一如既往毫无保留地，爱着你。

在家中待过一周，欢尔返校。

与景栖迟商量过后，两人决定暂不提起自己的事。一来老刘儿子暑期会待上一个月，景妈自然要顾着那一头，再添一出难免分神；二来欢尔回归学业任务注定繁忙，加之有留校意愿，往下方方面面都要朝目标使劲儿；第三条是景栖迟提出来的——当初周游哥和珊珊姐毫无预兆放出领证的重磅炸弹，整个家属院险些被掀飞，咱俩还是悠着点儿。

而今周家小夫妇定居在美国，两人相伴早已变成三口之家，可那并不影响他们成为前车之鉴，结婚这事在父母眼里，真的大过天。

两个月后，欢尔搬去与景栖迟同住。

决定下得很突然，前一晚说完，后一天提着行李登门。四季衣物全都带过来了，连打折时买的两大桶浴液都一并挪入卫生间。

景栖迟措手不及，无头苍蝇似的在房间里乱转。一会儿把攒了几天的脏衣服全部扔进洗衣机，一会儿又黏在她屁股后面跟着收拾行李，一会儿去卧室换干净的床单枕套，一会儿又去整理餐桌上摊放的文件电源线。他着实纳闷儿，这丫头怎么说来就来了？

太突然了，家里枕头都只有一个，好在欢尔带齐了洗漱用品，不然牙刷都得去楼下现买。

独居男人的住处总归有点儿糙。

欢尔对他的说法是早来早适应环境，多磨合多进步。真正缘由其实在她踏入这里的一刻便觉得好笑——前几日景栖迟去学校接她，约好一起吃饭，恰逢同组师妹的朋友过来玩儿，对方不知其中关系，一进办公室便急着向闺蜜打探："楼下有个大帅哥你认识吗？之前没见过哎，有联系方式快推给我。"

欢尔出去一年，这期间景栖迟没来过学校，生人自然会有没见过一说。

师妹心知肚明，当即斩断好友心思："人家有女朋友，恩恩爱爱，你看看得了。"

说完这话她对一旁的欢尔笑了笑，三人身处一室，点破着实尴尬。

欢尔没有再听下去，打声招呼离开了办公室。

心情当然算不得好，醋劲儿发酵，一冲动干脆搬过来。

可是啊，她看着乱糟糟的屋子和一脸蒙围着自己打转的屋主人忽然就没了脾气——他还是他啊，景栖迟值得被喜欢，万幸自己是被他喜欢的那个。

"我没带拖鞋。"欢尔翻遍行李箱，苦着一张脸叹气。

到底是出来急了。

景栖迟二话不说当即脱掉自己的鞋："你先穿我的。"

他赤脚去卫生间拿来拖把，回来见欢尔还没换，目光凛然："嫌弃我？"

"哪有。"欢尔乖乖换上，心里一阵暖。

地上铺着理石地砖，秋天已至，近些天降温得厉害。景栖迟就这样光脚踩地开始了清洁工作，从卧室到客厅，他怕她着凉才将拖鞋给她，又怕她抢着干活儿才率先拿来拖把。

手机进来一条语音消息，景栖迟点开："我买了二号的票，晚上到。把你家地址发一下，我直接过来。"

是邱阳。

景栖迟告诉欢尔："我们宿舍赵伟国庆结婚，邱阳本来说到我这儿住。"

不等欢尔反馈，他直接回去语音："不方便，你住酒店吧。"

未料邱阳直接打来电话，炸毛的声音隔着听筒一清二楚："你有啥不方便的！金屋藏娇还是家里装金库了，说变卦就变卦。"

景栖迟歪嘴笑笑："你嫂子在。"

"我嫂……"邱阳反应过来惊叹一声，"欢尔搬过去了？你俩要造人啊？"

欢尔这时凑近话筒："嗯，准备造个你这样的伶俐小伙儿。"

"没天理！"邱阳大呼，"虐狗不够，现在还合起伙占我便宜。"

欢尔嘿嘿乐，又问："阳阳最近怎么样呀？"

"就那样呗。忙，跟着老大见客户胡吃海喝，我这阵儿脸上总爆痘。"邱阳语气认真，"你没事研究研究那种平衡油脂的药呗，不用占用太多精力，稍微研究一下下。冲剂药片都行，从内里调节的，我给你当小白鼠。"

景栖迟抢白："少吃点儿油你能从根儿上调过来。"

"滚蛋。"邱阳呛一句，口气忽而变得软萌，"我懒得订酒店了，沙发也行，收留我一晚嘛。到时候咱们还可以一起过去。"

"你来吧，我回宿……"欢尔话说一半被景栖迟掐住脸，他另一只手夺过手机："不方便，晚上更不方便。"猜到邱阳要说什么，话音刚落自己又补一句，"字面意思，就是你想的那个意思。"

"行，你等老子有对象全还回来！"邱阳哼哼唧唧挂断。

欢尔对景栖迟摊手："兄弟没了。"

男人一本正经点头："以后生个像兄弟这样的，确实还行。"

"哎哟。"欢尔不好意思，转移话题般指指冰箱，"有菜吗？晚上我做饭吧。"

"好像……"景栖迟跟在她身后走到冰箱跟前，欢尔打开上下看看，他笑着挠挠眉毛，"还真一点儿没有。"

除去两颗苹果三瓶啤酒，空空如也。

欢尔关上门提议："去趟超市？"

"别。这里不比宿舍，明早去学校还得转车。叫个外卖，你今天早点儿休息。"

欢尔逗他:"跟谁学得这么贴心。"

"也不是……"

"走吧,超市又不远,回来做很快的。"

"就,别去了。"

"我不累。"

"不是,"景栖迟支支吾吾,余光瞥到墙上的时钟,"一会儿吧……有球……"

欢尔咂嘴,呵,想多了。

"我不是也怕你累嘛,拖着大箱子过来还收拾半天。"景栖迟后退几步,凭空摸到茶几上的遥控器,又准确按下开启键,直至体育频道传来解说的赛前预告,他仍一脸讨好地看向她,"国足,你不看,我不看,哪年才能真夺冠。"

经常,她会被他气笑。

但就是生不起来气,能怎么办。

参加婚礼的前一天,欢尔与黄璐约了一顿密友下午茶。

地方是黄璐选的,本地超五星酒店顶层咖啡厅,餐具精致,环境宜人,放眼放去整座城市尽收眼底,当然,惬意里还隐隐透着股奢华的味道。

"我一直想来这儿。"黄璐点好餐食环顾四周,口无遮拦地说道,"跟别人来估计光顾着拍照,弄得像网红聚会似的,也就跟你能安静坐会儿,享受一下这地方的本质。"

蓝白相间颇具海洋风情的遮阳伞挡住午后日光,高品质的人造草坪踩上去松松软软，南方早秋天，一切恰到好处。

欢尔听罢递去自己的手机："快，给我拍个网红照。"

黄璐夸张地"呵呵"两声，然而照片拍完立即打脸，她调出美颜相机塞到欢尔手里："我也要，拍侧面啊，太好看了。"

这小妮子明明美艳不可方物，偏偏偶尔透出一股子憨劲儿。

摄影师欢尔……也就按了十来张吧。

双层下午茶套餐呈上，两人感叹着拍了一通又互相换尝饮品，得出的结论是——人民币让一切都变得可口。

"我听说，"黄璐十分做作地翘起兰花指，用弱不禁风的小叉子叉起一大块蛋糕塞进嘴里，"你快吃这个，奶油一点儿不腻。"

欢尔禁不住笑她一通，问："听说什么？"

"田驰和学姐分手了。"黄璐舔舔嘴唇上残留的奶油，"我们公司接了那学姐叔叔私人医院的推广业务，她在那边做财务，好巧不巧跟我同事对接。应该是年初的事，家里给介绍了一位金融小开，俩人相亲相对眼，学姐转头就把田驰踹了。"

欢尔耸耸肩没有接话。

"这下那孙子估计医院也待不下去了，毕竟是人家地盘。事业爱情双夭折，我真想给他寄张贺卡。"

黄璐这张嘴，损起来无人能敌。

"不过相亲那男的也不是省油的灯，我同事肤白貌美水蛇腰，跟他们吃过一次饭，那哥们儿下了餐桌就来要微信。"黄璐不屑地撇撇嘴，"我同事形容他脸上写着俩字，'渣男'。"

"懒得听他们的事。"欢尔垂下眼帘说一句。

无关紧要的人，她可没时间关注。

"干吗不听。"黄璐兴致大起，"我超想知道大结局，狗血剧嘛，总有它独具一格的魅力。"

景栖迟这时发来消息："我还得一会儿，你们结束告诉我。"

他被大林叫去踢球，调职过来有如放虎归山，昔日这些队友们隔三岔五便会组织一场。

欢尔猜他中场休息才得空发信息，于是嘱咐："注意安全，膝盖不舒服赶紧下来。"

"小景？"黄璐坏笑，"屁股还没坐热他就不放心啦？"

欢尔放下电话："他一会儿过来接我。明天他们宿舍赵伟结婚，我想去买条裙子。"

"你就算素颜去也带得出手啊。"黄璐喝上一口红茶忽而想起什么似的去翻手机，半晌将一份电子请柬推到欢尔面前，"这对？"

请柬上有新人名字和婚纱照，欢尔确认过后"欸"一声："你认识？"

"我是新娘那头的。在学生会我俩经常搭伙干活儿，关系不错。"黄璐连连感叹，"新郎原来是小景舍友啊，世界可真小。"

也不知道谁和谁就会走在一起，缘分总是奇妙又有趣。

她们顺势说起曾住一间屋的那些姑娘们，仍在广州打拼的慧欣也好，出走一遭终还是回来继承家业的邱里也罢，大家沿着自己的轨道正全力行驶，往日如薄薄一纸书页，轻轻一翻便过去了。

"你和小景选择留在这儿，我其实特别高兴。"黄璐双手撑住下巴，笑眼眯眯看向对面的欢尔，"退一万步，哪天你遇到困难或者想家了，姐们儿那八十八平方米两室一厅，总有你落脚的地方。"

"好好，八十八平方米，记住了。"欢尔虽嘴上揶揄，眼里的笑却掩不住。

你知道，"朋友"这两个字是很动人的存在。

因为最最开始，没有谁会将一个陌生人列入"朋友"范围。可以不在同一座城市，可以不常见面，甚至可以忘记对方的生日，朋友是随时间沉淀，经彼此挑选而被留下来的那个人，大多数情况下，它不会是一种单向关系——你所能为我做的，我也愿意为你去做。

即便没有大风大浪，即便在平凡而过的岁月里，朋友依然有着厚重而耀眼的意义。

就像黄璐随口而出的落脚之地，那便是朋友间最真挚的许诺。

景栖迟来接欢尔时，好友间的知心话仍未讲完。黄璐人精当惯了，把欢尔往他面前一推："明天见面接着说，你们先去买东西。"

欢尔这才想起告知他黄璐和赵伟的新娘这层关系，景栖迟先是叹声"太巧了"，随后对黄璐一笑："回头多留意留意伴郎，符合你只看脸的择偶标准。"

黄璐听这话立即呛回去："原来人家是看脸选的伴郎呀，怪不得你落败。"

"新娘子那头就一位伴娘，赵伟没辙拉了我们一群人抢红包，谁抢的最大谁上场。"景栖迟作势捂住欢尔耳朵："别听她的，才不是看脸选的呢。"

欢尔仰头看看他："所以伴郎颜值咋样？"

"就……还行吧，跟我差不多。"景栖迟不屑。

"人品呢？"

"不了解。不过听说是赵伟高中同学，差不到哪儿去吧。"

欢尔来了精神，伸手捏捏黄璐的脸："明天好好打扮，万一呢。"

"什么啊。"黄璐笑，"你俩还原地踏步呢，我着什么急。"

"我俩快了。"欢尔冷不丁冒一句。

"啊？"

"快了。"景栖迟替答，胳膊搭上欢尔肩膀，"再不快点儿，我觉都睡不踏实。"

与黄璐分开，二人步行前往不远处的购物中心。

假日气氛正酣，结伴而来的小姐妹、带孩子的年轻父母、花白头发的老夫妻，形形色色的人交错在这片欢声笑语的海洋里，喧嚣，却又有着世间最质朴的温馨。

景栖迟搭着欢尔肩膀走过几家店，面对灵魂拷问"这件好看还是那件好看"，他一时间心力交瘁，真恨不得把衣服上传系统跑几套程序得出最优解排序。说喜欢逛街那纯属瞎话，连网络购物他都只认准那么一两家店铺，风格统一、码数好选、亲切的客服甚至会不定期推荐——咱家上新了，有你的号，来件不？

简直构建了人工智能的未来形态。

而欢尔，此时又将两条连衣裙摆到他面前——你觉得哪个好看？

景栖迟揉揉眼睛："差别大吗？"

"这个是黑底白点，"欢尔一手举一件介绍，"这个是白底黑点，而且长度不一样。"

景栖迟不知怎的想到《101 斑点狗》动画片，他甚至开始不确定那些狗狗们到底是黑底白点还是白底黑点。

"左边这个吧。"他随手指向其中一件。

欢尔若有所思"嗯"一声，随后将白底那件递回给一旁等待的销售人员："我老公说这件不好看。"

景栖迟正百无聊赖看着她们，听到这儿耳朵瞬间竖起。他迟疑地问一句："什么？"

欢尔也不理他，继续同销售小姐姐讲话："这件就先不要了，是吧，老公——"

她故意拉长语调，而景栖迟这下听得一清二楚。

他先是扭过头暗自笑笑，转回脸依然克制不住笑意。"你重新说一遍。"

"老公。"

"再说一遍。"

"老公——"欢尔余光瞥到被抛弃的裙子上，"你觉得……不好看？"

"好看！谁说不好看！"景栖迟忙不迭朝销售人员点头，"两件都要，麻烦了。"

全程观览一出好戏的销售小姐姐乐得直捂嘴，一边接过欢尔手里的裙子一边询问："码数合适的吧？"

"合适，谢谢。"

"你老公对你真好，长得又帅。"销售小姐姐笑容亲切，"两位到这边跟我结下账吧。"

"你歇着，我去。"景栖迟直接将欢尔按在等待沙发上，快步跟过去。

原来还能这样啊。

欢尔望着他的背影，再也忍不住一下笑出来。

购物中心正门有直通住处的公交，欢尔说下午茶吃撑了想走走，景栖迟于是打开导航看一眼，随后收起电话牵过她的手："这边。"

与公交路线反方向，欢尔不由问："确定？"

他略过问题："就算绕点儿也无所谓嘛。"

的确，走常规路线的代价是失去看更多风景的机会。

以为欢尔真的担心被带跑，景栖迟晃晃她的手："这条是近路，走累了咱们叫车回去就好。"

"嗯。"欢尔点头，"其实绕点儿也不错。"

正如他们两个人，走一遍弯路才更知彼此重要。

城还是那座城，有江水的味道，有历史的厚重，也有听上去凶巴巴实则明快率真的方言。十八岁带着憧憬坐火车一路南下，这座城市记录了她以及他，还有许多人或黯然或勇敢的青春故事，总有些遗憾，总有些后知后觉，也总有些回过头去看只能一笑而过的无奈。可那些日子啊，它们在记忆里永远鲜活，也永远停在某一节点真切赤诚着。

梧桐树下，景栖迟止住脚步。他拦过路人："麻烦您帮我们拍张照。"

旁人当他们是远道而来的游客，接过手机调整相机角度："一,二,三。"

快门接连闪过，路人递回手机："拍了好多张，你们慢慢挑。玩儿得开心。"

景栖迟道谢，随意点开其中一张，欢尔这时凑上来："哇，好漂亮啊。"

整排茂密树木下，他揽着她的肩膀，两人皆是牛仔裤、单色T恤、运动鞋——扔进人群里再普通不过的装扮，他们都在对着镜头笑。

有点儿傻，或许换个滤镜会文艺几分。

可毋庸置疑，那是自心底感知到幸福才会绽放的笑，那笑容代表很多很多层意思，而其中最重要的一层是——

遇到你，我觉得自己很富足。

而在照片右上角，背景最深处，像是被树木安然庇护住，那里，有一片若隐若现仿佛童话故事里才会出现的——红房子。

元旦假期将至，接机口人满为患。欢尔站在外围，一边踮脚张望一边给景栖迟打去电话。打过两遍，仍是关机。

航班显示准点落地，欢尔心急，拦住刚出来的一位大哥询问："您好，请问这班是深圳飞过来的吧？"

"系啊。"大哥操一口广普，"后面还许多人啦。"

欢尔道谢，再次抬头时终见到熟面孔。她笑着扬扬胳膊："马哥。"

"哎，弟妹。"对方压压手示意她不要上前，拉行李箱快步走过来。

老马是环岛科技研发中心副总监，景栖迟的直属上级，此次两人代表中心同去深圳开技术研讨会。

"这小景啊。"老马笑着叹口气才进入正题，"上摆渡车发现手机没了，好在是刚下飞机，人家说让在原地等一下，找到给送过来。他说你现在情况特殊，务必让我先出来告诉你不要着急。弟妹，甭担心啊。"

"他咋不把自个儿落飞机上！"老马不算外人，欢尔气得一通数落，"我俩今天要回老家，本来我说让他直接飞天河，他偏不，非要中间转这么一遭。一会儿就要登机了，懒驴上磨。"

"来得及来得及。你快坐下，别站着了。"老马边安慰边引着欢尔到一旁座椅上坐着，笑眯眯道，"要不是这出我都不知道你怀孕了，小景还算着呢，说够三个月了现在能说了。回头有需要就联系你嫂子，我们家一大一小，经验足足的。"

欢尔笑："行，替我先谢谢嫂子。"

"可真快。"老马又一声感叹，"我这印象还停留在你俩刚结婚的时候，你瞧，就一转眼的工夫。想来也是，小景到研发中心都三年多了，有时候要不是看着孩子一年一年升学，我都觉不出时间在走。"

他乡定居几载，毕业、留校、结婚，而今身体里又开始孕育着一个新的生命。有些算目标达，有些属意外之喜，偶尔深感无能为力整夜整夜辗转反侧，偶尔也会因一道雨后彩虹哼起上学时无限循环的那首歌。搬进新家，有了新的社交圈，与父母通话时反过来会叮嘱他们注意身体，一天又一天，还真说不清时间怎就跑得那样快。

欢尔点点头，转而问道："研讨会开得怎么样？"

"挺好。公司内部交流嘛，各自取长补短。"

"我听栖迟说还遇到之前实验室的同事了呀。"

"别提这茬儿。那龚乃亮老奸巨猾贼心不死，见了面还撺掇小景回他们实验室呢。"老马眉飞色舞，"我说你再怂恿我们就把实验室整个并过来，统共一个连的兵力还想跟我们一个营碰，没点儿眼力见儿。"

手机这时进来消息："等我，马上出来。"

欢尔回了一个"好"，转而告知老马："栖迟联系上了，马哥你赶紧回去吧，趁现在不堵车。"

"不急，跟你等会儿。"老马摆摆手，又怕欢尔过意不去似的赶忙补上一句，"我正好想起来还有点儿事跟小景商量。"

"赶年底请假怪耽误工作的吧？"

　　这趟回天河是因景妈与老刘张罗大家伙一起聚聚——两人上个月领了结婚证，没有大张旗鼓办婚礼的打算，亲朋好友间吃个饭以此正式宣告变为一家人。景栖迟担心节后高峰路上拥挤，便与欢尔商议好晚归一日。

　　"一天两天的，不打紧。也是这次开会提供不少新思路，趁热打铁，可行性敲定了后期执行就简单了。"老马对欢尔笑笑，"弟妹，管这帮人可比你们管学生难多了，都搞技术出身的，一个比一个轴。今天老大哥也跟你说句知心话，小景不容易，刚从北京调过来那会儿人家都以为他是绣花枕头，是哪个高层硬塞到我们这儿的。要资历没资历，要学历没学历，人生地不熟，他是硬着头皮破了一个僵局啊。"

　　欢尔沉默。

　　她知道景栖迟难，可这番话从他身边的人嘴里说出来，她的心一下就软了。

　　已经是很久以前的事了——景栖迟离开北京独自来到这里。

　　她知道他凌晨两点还在写季度总结，她看过他一边吃饭一边开技术会议，她也听过他气愤至极抱怨"屁大点儿事都做不好脑子进水了"，可是他从未、没有一次说过后悔。

　　欢尔比谁都更清楚，那个选择关乎自己，那是景栖迟为两个人的未来做出的选择。

　　她揉揉眼睛望向登机口："怎么还不出来。"

　　爱人，丈夫，孩子爸爸，所有温柔的称呼都只属于你。

　　我啊，多幸运可以遇到你。

Extra chapter
番外

平凡的人们给我最多感动

"也差不多了……"老马站起身张望，片刻过后扬起手挥挥，"小景，这儿呢。"

一边肩膀上挎着电脑包，另一只手拖行李箱，外套扣子敞着，里面是西装白衬衣——仍未来得及换下的与会装扮。景栖迟过来先揉揉欢尔脑袋，脸上讪笑："有惊无险，啥都没丢。"说罢朝向老马："劳烦马总费心，等回来叫大嫂来家里吃饭。"

"这家伙。"老马指着他对欢尔笑，"飞机上还跟我杠呢，现在想起叫马总了。行，你们赶紧走吧，别误机。"

"谢谢领导！"景栖迟揽过欢尔肩膀，刚要转身又叫住人，"对了马哥，Q1计划我做得差不多，今天晚点儿发给你。平台交付这块做了一点儿调整，你看完有问题我们再讨论。"

"知道了。"老马做个赶人手势，"路上顾好你媳妇儿。"

欢尔醒来时飞机已进入滑行阶段——许是这段劳累，又许是孕期反应，她最近总有些嗜睡。机上开始播报目的地信息，她伸个懒腰望向窗外，嘴里喃喃："终于回来了。"

尽管全世界的停机坪皆大同小异，可这里的气息却独一无二。

生于斯长于此，天河就是心里的根。

景栖迟收起电脑，单手捏捏她的脸："累不累？"

"还好。"欢尔知他一路都在忙工作，于是笑着问道，"景工Q1 计划做完没？"

"不完也得完啊。"景栖迟也笑，"留到我妈人生大事的饭局上赶报告，我这不肖子的名号就挂上了。"

其实欢尔并不完全清楚从哪一个节点开始景栖迟将老刘视为了家人。想来命运时常赋予一些意料之外——在那场席卷全球的疫情来临时，景妈主动请缨带三院将士赶来支援，事实上，他们与她的物理距离不足十公里，隔一条江，跨两个区，转几站地铁而已，可是见不到。每日每日守着景妈报平安的电话，那是一种从未有过的、真真切切的度日如年。大约就在这担惊受怕的某一天中，景栖迟第一次与老刘单独通话。前一秒老刘说："我托了好多人打听，可眼下怎么都过不去，你们离得近去看看吧，只要远远看到你妈平安就行。"后一秒却又改口："特殊时期还是别出门了，你妈忙，见了面又要平添担心，你们小两口儿一定注意好防护。"有时聊几句就挂断，有时一通电话会打上半小时。于时代，那是一场血与泪交织、肩负民族与国人使命的艰难战役；而于他们，再再普通不过的一群医生家属，那只是日日夜夜希望某个人平安归来的心愿。

或许是老天爷硬塞给景栖迟这样一个机会，欢尔想，因为无法躲避更不能拒绝，他唯一的选择便是接受。于是在一通又一通电话中，在一点一滴的接触与了解中，他逐渐接纳老刘——作为母亲的另一半，作为倍感珍惜的半路家人。

"嘿，晚上班长张罗吃饭呢。"景栖迟将手机推到欢尔面前，"估计是老宋他俩提了一嘴咱们今天回来，廖心妍地方都订好了。"

群聊天记录有几十条，大半是插科打诨的玩笑话。欢尔边翻看边乐："去去去，好不容易能凑上，我还挺想心妍的。"

"是，我也想……"景栖迟正说着话，忽然感受到一阵灼灼注视，他不由做个吞咽动作，却又着急往下说，一来二去竟被口水呛到猛咳起来。

欢尔故意挑挑眉，警示意味不言而喻。

景栖迟瞧着她，顺势摆出一张认真脸："我意思是，我也想知道廖科长有没有好好干工作，作为纳税人这点儿权利我还是有的吧。"

"有，当然有。"欢尔憋住笑，递还手机，"纳税大户，请拿上您尊贵的行李，咱到家了。"

廖心妍将晚餐订在市中心一家自助餐厅。远远见欢尔二人进门，包都顾不上拎从座位弹起小跑着冲上去，临到跟前却又来个紧急刹车，小心翼翼抱了抱欢尔，第一句话是："我可别把孩子吓到。"

欢尔嘿嘿乐："这家伙随我，胆大禁吓。"

景栖迟在一旁撇嘴："你夸就夸，怎么还拐弯骂人。"

自打参观完杜漫邻居那巨大的养鸡场，他这胆小的帽子就被扣上了。想来也怪，跟抢劫团伙对峙都不犯怵，偏偏到了什么看惊悚片、坐过山车的环节就腿肚子发软，进动物园面对一群尖嘴生物更是浑身起鸡皮疙瘩，为此景栖迟没少遭欢尔取笑。家里这位药学博士更是放言——随着生命科学的发展，很多疑难杂症都可以从基因学角度找到新的依据，到时候对症下药，别担心，能治。

还能怎么办，再否认没准儿真成人家的研究样本了。

"杜漫他俩还没到。"廖心妍揽着欢尔回座位，"她刚拿驾照，手生不敢开快。"

"漫漫开车？"

"对啊，说宋丛做了一天手术，还没上车眼睛就闭上了。"廖心妍东道主般指指自助餐台，"这边是冷食，还有做好的，那边可以自取原料现炒烧烤都有。我本来说去大排档一起喝点儿酒什么的，没成想杜漫下午抛个重磅炸弹说你们有宝宝了，天哪，你俩给不给单身女青年留活路。"

欢尔知她特意为自己换了地方，一时有些感动："酒现在不能喝，别的没什么忌口的。"

景栖迟接话："不是班长，你怎么又……"

"嗐，分了。"廖心妍摆摆手，眼圈忽而微红，"人家家里嫌我单亲，就……遇不到良人呗。"

欢尔与景栖迟对视一眼，而后轻轻揽过廖心妍肩膀："别往心里去，好的都在后边呢。"

"你可别为了赶我俩进度硬凑合一人。"景栖迟打趣，"慢慢来，总能遇到。"

无忧无虑的学生时代不曾去仔细琢磨未来。不，也许有过，可那一切都是美好的、幸福的，充斥着生机与希望。谁都不知道柴米油盐的琐碎，没有人会料想在许多年后，在开始谈婚论嫁的年纪，"单亲"会成为这样荒谬的一项阻碍。没关系，所有经历皆为经验，一定会有一个人，合拍的、执着的、无所畏惧亦无所动摇的那样一个人，奋不顾身只为爱情而来。

心妍，再等等。

三人落座，欢尔刚要脱外套被景栖迟按住，他握了握她的手："手这么凉，先穿着缓缓。"说罢拦住正经过的一名服务生："您好，有大麦茶吗?"

坐在另一侧的廖心妍同欢尔小声耳语："小景现在被调教得可以啊。"

"没教过，自学成才。"

"哟，你这就有点儿狂妄了啊。"

欢尔笑："真没有。"

这些年常听到景栖迟有变化的评价，朋友、师长，甚至爸妈偶尔也会冒出一句——栖迟跟小时候可太不一样了。听得多了，欢尔有时也默默自问，有吗？或许有吧，只是她留在他身边太久了。漫长的岁月曲线里，无论高潮低谷，逆境或顺遂，落寞与荣耀，她都在最近的位置看着他、帮助他，也守护他，以致那些恍然闪现令人大吃一惊的变化都消融在平凡的一天又一天中，所以欢尔没有这样陌生的感受。景栖迟一直是他，从前也好，婚后也好，到明年此时他们会成为一个小小的三口之家，那时也好，时间当然会赋予一些改变，可于她而言，他一直会是最初的那个人。

我此生至亲至爱。

闲聊间，宋丛与杜漫牵手赶来。老朋友们许久未见，又是交换近况又是互损打趣，话题没有一刻间断。廖心妍显然是最开心的那个，酒过三巡，她丝毫不见醉意，声音却有些哽咽："毕业时我特别坚定要回家，想着家里朋友多啊，凡事有照应多好。可是朋友们都出去了，遇到……遇到不如意的事都不知道能和谁去交这份心。"

欢尔轻轻抱了抱她："好啦，我们都在呢。"

也是从刚刚的聊天中得知，廖心妍其实上个月才与男友分手。人人都艳羡的财政系统提拔最快、最年轻的女科长，在这样一个夜晚，她将脆弱毫无保留地展现给这群永远不会嘲笑她的朋友。

"你们，"廖心妍深吸一口气，看向对面的宋丛与杜漫，"是不是也快了？"

杜漫低头，与此同时宋丛看过去，似乎在等女友的意见。

见他们不语，景栖迟叩叩桌子："快宣布吧，班长没那么脆弱。"

"真的假的？"廖心妍睁大眼睛看看他们又去看身旁的欢尔，"不会已经持证上岗了吧？"

"还没。"杜漫有些不好意思，"打算……年后去领证。"

话赶话提及班长刚刚失恋，心细如杜漫唯恐这好消息加深对方的难过，若不是被问起，她与宋丛本打算就不提了。

"大喜事怎么才说！"廖心妍噘嘴，"不够意思！"

"够意思了。"欢尔笑，"我们第一份知道，你第二份，这俩还没跟家里报备呢。"

"行，到时候我备个大红包。"廖心妍举起酒杯，"走一个吧。"

大家不约而同一饮而尽。

"说真的，那会儿听说欢尔怀孕我确实吓一跳。"宋丛朝景栖迟挑挑眉，"你小子怎么就……"

"我怎么就不行呢。"景栖迟一字一顿，"大力出奇迹。"

这回应换来老朋友们异口同声的一声——"嘿哟"。

"媳妇儿，你告诉他们是不是。"景栖迟摆出一副前所未有的傲娇脸。

欢尔乐不可支眯起眼睛："正常繁衍，差不多得了。"

隔日的又一场聚会，主角是景妈和老刘。

包厢里一共三桌，邀请嘉宾为双方亲人以及关系密切的朋友——规模着实不算大。景栖迟的爷爷奶奶均到场，欢尔对此不太敏感，倒是陈妈告知女儿个中关系："照理说栖迟他爸一走，我这师姐跟景家逢年过节走动着足够了。凡事将心比心，这么多年她一直当老两口是爸妈，人家对她早就亲闺女一样。"

欢尔只点头不说话。

陈妈以为女儿不懂，抬手戳戳她脑门儿："你婆婆是榜样，学着点儿。"

"妈，我不傻。"欢尔叹气。

她望向另一桌，恰好与正往这边看的景栖迟目光交会。欢尔稍稍朝母亲一侧挑了下眉，而后暗戳戳摇摇头。信号被景栖迟悉数接收，他对她笑笑，随即指指自己的耳朵做出口型——乖乖听。

陈妈没有注意到这些小动作，依旧用职业口吻叮咛着："你啊，现在这阶段也得适量运动，别整天窝在一个地方打坐，听见没。另外实验室那些器械灯光辐射都要注意，不能总熬夜。"

"知道啦。"欢尔拍拍母亲的大腿，"产检就在我们学校附属医院做的，那地方是我大本营，放心。"

"知道什么，等真当了妈你才会知道。"

话音刚落，老刘站起来面向众人："今天非常感谢各位亲朋好友百忙之中过来。我和林医生从认识到现在少不了大家方方面面关照，真心地谢谢各位。"

餐桌上有几张生面孔大概是老刘邀请的朋友，此时齐齐起哄："拿出点儿实际行动。"

"我干了，干了。"老刘笑呵呵回应，举起酒杯仰头见底。

景妈在下面暗暗拽他衣角："行了，慢点儿喝。"

"都是自己人，别的不说了。今天是元旦，大家吃好喝好，来年顺风顺水。"老刘说罢坐下，再次将杯子续满，照婚礼礼节开始敬同桌长辈。

欢尔收回视线，开始同身旁的宋丛耳语："你和漫漫的事儿，说了没？"

宋丛先是瞧瞧一侧的父母，压低声音："别提了，早晨说完把我数落一顿，到现在还看我不顺眼呢。"

"怎么啦？"

"两家人没见过面。"宋丛叹气，"我跟漫漫都忙，父母见不见的也没当回事，人家俩就觉得都要领证了还没正式认识，不是这个礼数。"

欢尔拍拍他肩膀："这次我站宋叔郝姨。"

宋丛"嘁"一声："你俩属于红利既得者，得了便宜还卖乖。"

欢尔嘿嘿乐，想想又问："你们打算办婚礼吗？"

"嗯。"宋丛点头，忽而目光闪亮，"要不一起？你们不也还没办吗，回头咱们商量商量一起得了，省心省力。"

"我看行！"欢尔拍拍肚子，"宝宝听见没，这下要热闹啦。"

老刘过来这桌敬酒时已有些微醺，他对着宋爸叫一声"宋医生"，眼睛瞬间就红了。大家被他突如其来的情绪弄得有些不知所措，还是景妈在侧解释："嗐，估计是想起去年年初的事了。"

距离那场生死攸关的浴血奋战，已然快一年了。

"我……我谢谢各位老哥们儿，老朋友。"老刘一手举着酒杯，一手盖住眼睛，片刻，他神色稍稍恢复，"那时候我真怕了，一个大活人好端端去，万一、万一回不来怎么办，我怕啊。"

一个"怕"字令所有人动容。

三院的医生们，他们的亲人们，以及所有看着他们的人们。

景栖迟不知何时来到欢尔身后，他静静说道："刘叔，我妈早都回来了，都过去了。"

"是，回来就好。"老刘对他笑笑，看看自己的妻子又去看大家，"总而言之，那会儿又是让你们帮着打听又是问这问那，给大家伙儿添麻烦了，我郑重说声感谢。现在我也是医生家属了，这杯酒，敬白衣天使，敬国泰民安！"

"好！"大家齐声应和，然而酒还未沾到嘴唇，包厢门突然被推开，酒店餐厅值班经理满头大汗冲进来："实在不好意思，咱们这间有大夫是吧？"

景妈最先反应过来："怎么了？"

"那什么，听说咱们这包厢有医生。"值班经理站在门口双手合十，"酒店有个客人踩空楼梯摔了一下，打过120，可赶上新年，救护车堵路上一时半会儿过不来。咱们这儿要是有……"

"我去吧。"作为骨科主治医师的宋爸放下杯子就往外走，"人在哪儿？"

值班经理长舒一口气："还在楼梯口，情况很严重，因为客人还是孕妇……"

陈妈听得此话立即跟上："得，师哥我跟你一起吧。"

景妈同时放下杯子："算了，一块儿过去看看。"

"那就都去吧。"有人附和，眨眼间半桌全空。

所以，这场饭局的中途在场的三院医生们倾巢出动，余下的人们经过短暂诧异，你看看我，我望望你，笑意便浮上嘴角。

景栖迟弯下腰，耳朵贴在欢尔肚子上问话："小朋友，你听到了吗？"

极其，极其轻微的一下，可欢尔的确感受到了腹中传来的力量。

"动了！"她兴奋地捂住嘴巴，"栖迟，动了！"

景栖迟直起身，轻轻将自己的妻子拥进怀里。他久久沉默着，任何言语都难以表达此刻的心情。

欢尔伸出手揽住他的腰，喃喃自语："真好啊。"

一个崭新的生命见证了这一切，他，或者她，接收到了此时此刻父母试图传达的人生第一课——我们希望你也能记住，记住这些平凡却又赋予最多感动的人们。